Arabische Nächte

Arabische Nächte
Erzählungen aus Tausend und eine Nacht

Mit fünfzig farbigen Bildern
von Edmund Dulac

in einer Zusammenstellung
von Ernst Ludwig Schellenberg

Faber & Faber

Diese Ausgabe wurde eingerichtet nach der
1919 im Gustav Kiepenheuer Verlag Weimar
erschienenen Fassung.

Copyright an dieser Ausgabe 2010 by
Faber & Faber Verlag GmbH Leipzig
Alle Rechte vorbehalten

Gesamtausstattung sowie Satz und Reproduktion
atelier eilenberger, Taucha
Druck auf 130 g/m² Fly von Schleipen durch die
Offizin Andersen Nexö Leipzig GmbH, Zwenkau
Bindung durch die Leipziger Kunst- und Verlags-
buchbinderei GmbH, Leipzig

Printed in Germany
ISBN 978-3-86730-117-6

Von dieser Ausgabe erscheint eine limitierte
Luxusausgabe von 200 Exemplaren in Ganzpergament
ISBN 978-3-86730-118-3

Dieses und weitere schöne Bücher
finden Sie auch im Internet unter
www.faberundfaber.de

Inhaltsverzeichnis

Eingang *9*

Geschichte des Fischers mit dem Geiste *21*

Geschichte des versteinerten Prinzen *41*

Geschichte Sindbads des Seefahrers *55*

Geschichte vom Zauberpferde *123*

Geschichte des Prinzen Zeyn Alasnam
    und des Königs der Geister *149*

Geschichte Chodadads und seiner Brüder *175*

Geschichte der Prinzessin von Deryabar *187*

Geschichte des Prinzen Ahmed und der Fee Pari Banu *217*

Geschichte des Ali Baba und der vierzig Räuber,
    die durch eine Sklavin ums Leben kamen *303*

Die listige Dalilah *357*

Geschichte der messingnen Stadt *379*

Schluß *413*

Abbildungsverzeichnis *415*

Eingang

Bei dem Namen Gottes, des Gnädigen und Barmherzigen, Friede und Heil über unsern Herrn Mohammed, den Obersten der Gesandten Gottes, auch über seine ganze Familie und Gefährten insgesamt; Friede und Heil immer fortdauernd bis zum Tage des Gerichts. Amen. O Herr der Welten! Das Leben der Früheren ist eine Lehre für die Späteren, dazu daß der Mensch die Lehren, welche andern zuteil geworden sind, schaue und sich daran belehre, und die Geschichte der älteren Völker lese und sich daraus unterrichte. Gelobt sei Gott, der die Begebenheiten der Früheren als Unterricht für Spätere aufgestellt hat. Zu dieser Art von Belehrung gehören nun auch die Erzählungen: »Tausend und eine Nacht« genannt. Es wird nämlich von dem, was bei früheren Völkern geschehen, berichtet (Gott weiß das Verborgene; er ist allweise und barmherzig und edel!):

Es regierte einst in den ältesten Zeiten und verflossenen Äonen ein König von den Sassaniden[1] auf den Inseln Indiens und Chinas, der viele Truppen und Verbündete, Diener und zahlreiches Gefolge besaß. Auch hatte er zwei wackere, tapfere Söhne, von denen jedoch der ältere noch tapferer war, als der jüngere; er herrschte über viele Länder und war so gerecht gegen seine Untertanen, daß ihn alle sehr liebten. Sein Name war Scheherban, sein jüngerer Bruder hieß Schahseman und war König von Samarkand in Persien. Beide hatten ihre Heimat nicht verlassen und jeder regierte höchst glücklich zwan-

---

[1] Man sieht hieraus, wie wenig historische und geographische Kenntnisse unser Erzähler haben mußte, da er einen persischen Regenten über Indien und China herrschen läßt.

zig Jahre lang in seinem Reiche. Da sehnte sich der ältere König nach seinem jüngeren Bruder und befahl seinem Wesir, zu jenem hin zu reisen und ihn mit zu bringen. Der jüngere Bruder gehorchte alsbald, machte Anstalten zur Reise und ließ Zelte, Kamele, Maultiere, Diener und Gefolge herbeikommen. Die Regierung war indes dem Wesir übertragen, und der König reiste ab nach dem Lande seines Bruders. Um Mitternacht erinnerte er sich, etwas im Schlosse vergessen zu haben; als er dorthin zurückkam, fand er seine Frau in vertrautem Umgang mit einem schwarzen Sklaven; bei diesem Anblick wurde die ganze Welt schwarz in seinen Augen; er dachte, wenn dies schon vorfällt, ehe ich kaum die Stadt verlassen, was wird diese Verruchte tun, wenn ich einmal weit entfernt bin? Er zog sein Schwert und erstach beide; dann ließ er sogleich wieder aufbrechen und reiste weiter, bis er in die Nähe der Hauptstadt seines Bruders kam. Dort ließ er seinem Bruder durch Boten seine Ankunft melden. Dieser erschien sehr erfreut, ihn zu begrüßen, ließ die Stadt beleuchten, setzte sich zu ihm und unterhielt sich aufs angenehmste mit ihm. Aber der König Schahseman dachte an die Begebenheit mit seiner Gemahlin, und das kränkte ihn so tief, daß er bleich wurde und sein Körper an Kraft abnahm. Als sein Bruder ihn in diesem Zustande sah, dachte er, dies kommt gewiß davon, weil er von seinem Lande und Königreiche entfernt lebt; er ließ ihn deshalb in Ruhe und fragte ihn nichts. Doch eines Tages sagte er zu ihm: »O mein Bruder! Ich sehe, dein Körper wird immer schwächer und deine Farbe bleicher.« Jener antwortete ihm: »Ich habe eine innere Krankheit«; aber er sagte ihm nicht, was er von seiner Frau gesehen. Hierauf versetzte der ältere: »Ich möchte, daß du mit mir auf die Jagd gingest, vielleicht wird dich dies zerstreuen«; da sich jener aber weigerte, ging er allein fort. Nun waren in dem Schlosse, das der jüngere Bruder bewohnte, Fenster, die auf den Garten seines Bruders gingen. Hier sah er auf einmal die Türe des Schlosses sich öffnen und zwanzig Sklavinnen mit ebensoviel Sklaven herauskommen; in ihrer Mitte ging die Frau seines Bruders, ausgezeichnet schön und von bewundernswertem Wuchse. Als die Sklavinnen zu einem Teiche gelangt waren, entkleideten sie sich und setzten sich zu den Sklaven. Da rief die Königin: »Masud!« und es kam ein schwarzer Sklave und umarmte sie und sie umarmte

Eingang

ihn. Die übrigen Sklaven und Sklavinnen taten dasselbe, und so brachten sie den ganzen Tag mit Küssen und Umarmungen zu. Als der Bruder des Königs dies sah, dachte er bei sich: bei Gott mein Unglück ist geringer als dieses; ihm ist schlimmeres geschehen als mir! Kummer und Gram fühlte er nun plötzlich weichen und er konnte wieder essen und trinken.

Als hierauf sein Bruder von der Reise zurückkam und sie einander begrüßten, sah der König Scheherban, daß sein Bruder Schahseman sein früheres Aussehen wieder erlangt hatte und mit Appetit aß, während er früher nur wenig gegessen hatte, und er sagte zu ihm: »O mein Bruder, ich sah dich ganz gelb, und nun siehst du wieder gut aus, sage mir doch, wie dieses zugeht?« Darauf antwortete ihm jener: »Ich will dir zuerst sagen, warum ich so schlecht aussah, und dann, wie ich wieder meine frühere Farbe bekam. Wisse, mein Bruder, als du deinen Wesir schicktest, um mich zu dir zu holen, machte ich mich reisefertig und ging zur Stadt hinaus; da erinnerte ich mich, daß ich etwas im Schlosse vergessen; ich kehrte allein zurück und fand einen schwarzen Sklaven bei meiner Frau; ich erschlug sie beide und kam zu dir her und dachte immer an diesen Vorfall. Dies ist die Ursache, warum sich meine Farbe verändert und ich so schwach geworden bin. Was aber das wiedererlangte gute Aussehen betrifft, so erlasse mir, es zu erwähnen!« Als sein Bruder dies hörte, sprach er: »Ich beschwöre dich bei Gott, sage mir alles!« Da erzählte ihm jener alles, was er gesehen. Und als hierauf Scheherban seinem Bruder Schahseman sagte: »Ich will mich mit meinen eigenen Augen überzeugen«, entgegnete ihm dieser: »Sprich, du wolltest auf die Jagd gehen, und verbirg dich bei mir, dann wirst du sogleich zur Überzeugung gelangen.«

Der König ließ bekanntgeben, daß er eine Reise machen wolle, und es zogen Truppen mit Zelten zur Stadt hinaus. Der König begab sich auch ins Lager und sagte zu seinen Pagen: »Lasset niemand zu mir hereinkommen!« Er verkleidete sich dann und ging heimlich in seines Bruders Schloß, setzte sich dort ans Fenster, das den Garten beherrschte, und nach einer Weile kamen die Sklavinnen mit ihrer Gebieterin und den Sklaven in den Garten und taten wieder alles, was der Bruder erzählt hatte, so lange bis das Nachmittagsgebet ausgerufen wurde. Als Scheherban dies gesehen, verließ ihn die Besinnung, und er sprach zu seinem Bruder Schahseman: »Komm, wir wollen unseres Weges gehen; wir wollen nichts mit der Regierung zu schaffen haben, bis wir jemand finden, dem es ebenso geht, wie uns; ist dies nicht der Fall, so sei uns Tod besser als Leben.« Sie gingen hierauf zu einer verborgenen Türe des Schlosses hinaus und reisten Tag und Nacht, bis sie in eine liebliche Ebene kamen, wo neben dem Meere eine süße Wasserquelle sprudelte. Sie tranken aus dieser Quelle und ruhten aus; nach einer Weile fing das Meer an zu toben, es stieg eine schwarze Säule zum Himmel empor, die ihre Richtung gegen die Ebene nahm. Als sie dies sahen, fürchteten sie sich sehr und stiegen auf einen Baum, wartend, was es wohl geben möchte.

Da kam ein Geist, von denen unsers Herrn Salomo[2] (Friede sei mit ihm!), von langer Statur, mit großem Kopf und breiter Brust; er hatte einen gläsernen Kasten auf dem Kopfe, an dem vier Schlösser von Stahl waren. Er setzte sich unter den Baum, auf welchen die Brüder gestiegen, legte den Kasten ab, nahm vier Schlüssel aus dem Schoß, öffnete die Schlösser und zog ein Mädchen heraus, vollkommen gewachsen, mit gewölbtem Busen, süßem Mund und einem Gesichte wie der Vollmond. Der Geist sah sie liebevoll an und sprach: »O Herrin aller freien Frauen! O du, die ich entführt, ehe dich jemand außer mir gekannt! O Geliebte meines Herzens! Laß mich ein wenig in deinem Schoße schlafen.« Hierauf legte er den Kopf auf ihre Knie und schlief und schnarchte, daß es wie der Donner klang. Als das Mädchen nun aber den Kopf in die Höhe hob und Scheherban und seinen Bruder erblickte, legte sie langsam den Kopf des Geistes auf den Boden und bat sie, sie möchten doch herunterkommen. Jene antworteten: »Bei deinem Leben, o Herrin, entschuldige uns, wenn wir nicht kommen!« Da erwiderte sie: »Wenn ihr nicht kommt, so rufe ich den Geist, meinen Gemahl, daß er euch auffresse.« Sie winkte ihnen dann noch einmal freundlich zu, und sie stiegen zu ihr herunter. Jetzt verlangte sie, daß sie ihr beide zu Willen sein sollten. Sie antworteten aber: »Bei Gott, Herrin, verschone uns damit, wir fürchten uns zu sehr vor diesem Geiste.« Sie sprach jedoch: »Ihr müßt

---

2 Salomo wird von den Muselmännern als das Oberhaupt der Geister angesehen.

Eingang

mir gewähren, oder ich schwöre bei dem, der die Himmel gewölbt hat, wenn ihr meinen Wunsch nicht erfüllet, so wecke ich den Geist, daß er euch töte. Ihr dürft mir nicht widerstehen!« Da taten beide Brüder, was sie verlangte. Jetzt zog sie einen Beutel aus ihren Gewändern hervor und zählte achtundneunzig Siegelringe und sprach: »Wißt ihr wohl, was dies für Ringe sind? Sie stammen von achtundneunzig Männern, die sich mir gefällig zeigten. Gebt ihr mir also auch die eurigen, dann sind es hundert Männer, die mir dazu verhalfen, diesen häßlichen, abscheulichen Geist zu hintergehen, der mich in diesen Kasten eingesperrt und in diesem tobenden Meere wohnen läßt und so strenge bewacht, damit ich tugendhaft bleibe und niemandem außer ihm zuteil werde. Dieses Scheusal weiß nicht, daß die Bestimmung sich nicht ändern läßt, und daß das Wollen der Frauen sich von niemand abhängig machen läßt.«

Als die beiden Könige dies hörten, wunderten sie sich sehr und sagten: »Gott! Gott! Es gibt keinen Schutz und keine Macht, außer beim erhabenen Gott! Wir wollen deshalb bei ihm gegen die List der Frauen Hilfe suchen, denn sie ist wahrlich zu groß.« Hierauf sprach sie zu ihnen: »Geht nun eures Weges!« – Und als sie weggegangen waren, sprach Scheherban zu seinem Bruder: »Mein Bruder! Sieh, dies Abenteuer ist noch bedeutungsvoller als das unsrige. Hier ist ein Geist, der sein Mädchen in der Hochzeitsnacht raubte und es in einen gläsernen Kasten gesperrt hat, der mit vier Schlössern geschlossen ist. Er hat ihr das Meer zur Wohnung gegeben, weil er glaubte, sie so der Bestimmung und dem Schicksal zu entreißen, sie aber hat doch, wie wir gesehen, hundertfache Untreue geübt. Laß uns also jetzt getrost in unser Königreich zurückkehren und den Beschluß fassen, nie mehr zu heiraten; ich will dir schon sagen, wie ich es machen will.« Sie kehrten also wieder um und gingen bis es Nacht ward; und am dritten Tage kamen sie wieder in ihre Heimat, traten unter die Zelte, setzten sich auf den königlichen Thron, und es kamen die Intendanten, Adjutanten, Fürsten, Großen und andre Leute. Sogleich wurde befohlen, in die Stadt zu ziehen. Der König begab sich in das Schloß, ließ den Wesir kommen und befahl ihm, sogleich seine Gemahlin zu töten. Der Wesir brachte sie um. Alsdann ging der König zu den Sklavinnen, zog sein Schwert, erschlug sie alle, ließ

14 · 15

dann andere kommen und schwur, daß er sich jede Nacht eine andere erwählen wolle, die er dann des Morgens hinrichten lassen werde, denn es gäbe auf der ganzen Erde kein tugendhaftes Weib. Schahseman machte sich auch sogleich auf, um abzureisen, nachdem ihm sein Bruder das Nötige zur Reise gegeben hatte, und so kehrte er in sein Land zurück. Sultan Scheherban befahl indessen seinem Wesir, ihm die Sklavin für die Nacht zu bringen. Dieser führte ihm eine der Fürstentöchter zu. Der König verfügte sich zu ihr, aber am Morgen befahl er dem Wesir, ihr den Kopf abzuschneiden. Dieser mußte den Befehlen des Sultans gehorchen und sie umbringen. Dann brachte er ihm eine andere Tochter der Großen des Landes, die auch wieder am Morgen umgebracht wurde. Und so ging es lange fort; jede Nacht erhielt er ein Mädchen, und des Morgens ließ er sie dann hinrichten, bis es zuletzt kein Mädchen mehr gab und die Mütter und Väter weinten und seufzten und dem Könige den Tod wünschten und dem Schöpfer der Himmel klagten und den Erhörer der Gebete zu Hilfe riefen. Nun hatte der oberste Wesir, dem er stets den Befehl gegeben, die Frauen umzubringen, zwei Töchter. Die ältere hieß Schehersad und die jüngere Dinarsad. Jene hatte viele Bücher gelesen, unter anderen auch philosophische und medizinische Werke; sie hatte Gedichte auswendig gelernt und kannte Geschichten, Volkstraditionen und Reden der Weisen und der Könige; sie war sehr gelehrt und gebildet. Einst sprach nun Schehersad zu ihrem Vater: »Mein Vater! Ich will dir mein Geheimnis anvertrauen; ich wünsche, daß du mich mit dem Sultan Scheherban verheiratest; denn ich will entweder die Welt von diesen Mordtaten befreien oder selbst sterben wie die andern.« Als ihr Vater, der Wesir, dies hörte, sagte er: »Du Törin, weißt du nicht, daß der König geschworen hat, jeden Morgen sein Mädchen töten zu lassen? Wenn ich dich also zu ihm führe, so wird er mit dir dasselbe tun.« Sie antwortete: »Ich will zu ihm geführt werden, mag er mich auch umbringen.« Da erwiderte der Vater: »Was fällt dir ein, daß du dich selbst so in Gefahr bringen willst?« Sie antwortete: »Gleichviel, aber führe mich nur zu ihm!« Der Wesir sagte hierauf zornig: »Wer nicht mit Klugheit zu Werke geht, stürzt sich ins Verderben, und wer nicht die Folgen einer Sache berechnet, hat keinen Freund in der Welt. Sprichwörtlich sagt man:

ich saß im Wohlbehagen, da ließ mir mein Übermut keine Ruhe. Ich fürchte sehr, es möchte dir gehen, wie dem Ochsen und dem Esel mit dem Bauer.«

Aber sie antwortete: »Ich werde nie zurücktreten, auch wird diese Geschichte meinen Entschluß nicht ändern, und führst du mich nicht zum Sultan, so werde ich allein zu ihm gehen und gegen dich klagen, daß du mich einem Manne seines Standes verweigerst und ein Mädchen wie mich deinem Herrn entziehst.« Der Vater fragte wieder: »Es muß also sein?« – »Ja,« antwortete sie. Nun, sagt der Erzähler, als er sich lange mit ihr abgemüht und geplagt hatte, ging er zum König Scheherban und wünschte ihm Glück, küßte die Erde vor ihm und sagte ihm, daß er ihm in der nächsten Nacht seine Tochter bringen werde. Der Sultan fragte ganz erstaunt: »Was soll dies? Da ich doch bei dem, der die Himmel gewölbt, dir morgen befehlen werde, sie umzubringen? Und wenn du es nicht tust, so werde ich ohne weiteres dich umbringen lassen.« Er antwortete: »O König der Zeit! Sie hat es gewünscht, ich habe ihr alles gesagt, sie wollte nichts hören, sondern diese Nacht bei dir sein.« Der König sprach: »Gut, geh, mache Vorbereitungen zu ihrer Ankunft und bring sie diese Nacht zu mir!« Der Wesir ging, brachte die Botschaft seiner Tochter und sagte: »Gott gebe mir keine Sehnsucht nach dir!« Schehersad freute sich sehr, machte alle ihre Sachen zurecht, ging zu ihrer jüngeren Schwester Dinarsad und sprach zu ihr: »Höre, meine Schwester, was ich dir rate. Wenn ich bei dem Sultan bin, werde ich nach dir schicken; wenn du dann kommst und siehst, daß der Sultan sich nicht mehr mit mir beschäftigt, so sage zu mir: »O Schwester, wenn du nicht schläfst, so erzähle uns von deinen schönen Geschichten, damit wir die Nacht dabei durchwachen! Dies wird meine und der Welt Rettung von diesem Übel verursachen und den König von seiner unseligen Gewohnheit abbringen.« Dinarsad sagte zu, und als es Nacht war, begab sich Schehersad zu dem Könige. Dieser empfing sie in zärtlicher Weise und begann mit ihr zu scherzen, sie aber weinte. – Als er sie fragte, warum sie weine, antwortete sie: »O König der Zeit! Ich habe eine Schwester, von der ich diese Nacht noch Abschied nehmen möchte.« Der König schickte nach Dinarsad. Diese wartete, bis der Sultan sich an ihrer Schwester ergötzt und etwas geschlafen hatte, dann seufzte sie und sagte: »O meine Schwester! Wenn du nicht schläfst, so erzähle uns von deinen schönen Geschichten, daß wir die Nacht dabei durchwachen, vor Tagesanbruch will ich dir dann Lebewohl sagen, denn ich weiß ja nicht, wie es morgen mit dir enden wird.« Schehersad bat den Sultan um Erlaubnis, und als er diese erteilte, ward sie hocherfreut und begann:

Eingang

Geschichte des Fischers mit dem Geiste

Man erzählte mir, daß es einmal einen Fischer gegeben habe, der schon hoch bejahrt war. Er hatte eine Frau und drei Töchter, war arm und besaß nicht einmal seine tägliche Nahrung. Er war gewohnt, sein Netz nur viermal am Tage auszuwerfen. – Einst ging er bei Mondenschein zum Dorfe hinaus an das Ufer des Stromes, er legte seinen Korb ab, schürzte sein Hemd auf und watete bis zur Mitte des Körpers ins Wasser, warf das Netz aus und wartete, bis es untersank. Dann zog er es an sich und wollte es langsam zusammenlegen, aber er fand es durch etwas zurückgehalten und zog daher mit größerer Gewalt daran. Da er es dennoch nicht von der Stelle brachte, ging er ans Land, befestigte das Ende des Seils, an dem das Netz war, entkleidete sich, tauchte in der Nähe des Netzes unter und arbeitete sich so lange ab, bis er es endlich ans Ufer gezogen. Hier fand er einen toten Esel darin, der das Netz ganz zerrissen hatte. Als der Fischer dies sah, war er sehr betrübt und niedergeschlagen und sprach: »Es gibt nur Schutz und Kraft beim erhabenen Gott. Mit dem Lebensunterhalte geht es wunderbar zu.« Hierauf sagte er folgende Verse:

»O du, der du untertauchest in das Dunkel der Nacht und der Gefahr, bemühe dich nicht so sehr, denn der Lebensunterhalt kommt nicht durch die Anstrengung; siehst du das Meer mit dem Fischer, der darin steht, um seinen Lebensunterhalt zu suchen, während die Sterne der Nacht sich verbergen? Er taucht unter bis in die Mitte des Körpers und läßt sich von den Wellen schlagen, sein Auge hört nicht auf das Netz zu beobachten. Und wenn endlich die tödliche Angel einem Fische die Kiemen spaltet, dann ist er mit seiner Nacht zufrieden. Den Fisch aber kauft ihm einer ab, der die Nacht im schönsten Wohlbehagen, nicht in der Kälte zugebracht. Gelobt sei mein Herr, er gibt dem einen und versagt dem andern; der eine fängt die Fische und der andere ißt sie.«

Als der Fischer seine Verse vollendet und den Esel aus seinem Netze befreit hatte, setzte er sich auf die Erde und besserte es wieder aus. Als er damit fertig war, drückte er es tüchtig aus, ging wieder ins Wasser, rief den Namen Gottes an, warf es aus und wartete, bis es untertauchte. Jetzt zog er die Schnur langsam an sich, sie hing aber wieder und zwar noch fester als zuvor. Er glaubte, es sei ein Fisch und freute sich darüber, zog seine Kleider aus und tauchte unter, um das Netz loszumachen. Langsam zog er es an Land und fand nun einen großen irdenen Topf voll Sand und Kot darin. Als er dies sah, weinte er und war sehr betrübt und sprach: »Dies ist ein wunderbarer Tag; ich gehöre Gott und vertraue auf ihn.« Hierauf sagte er folgende Verse:

»O quälendes Schicksal, höre auf! Glaubst du, mich noch nicht gehörig verfolgt zu haben? Verschone mich doch aus Gnade! Ich ging aus, meinen Lebensunterhalt zu suchen, und jetzt weiß ich's: er ist für mich dahin. Ich werde weder vom Glücke begünstigt, noch nützt mir meiner Hände Arbeit. Wie mancher Unwissende ist bei den Sternen, und mancher Gelehrte bleibt im Staube liegen.«

Er warf dann den Topf weg, drückte das Wasser aus dem Netze, breitete es aus, bat Gott um Verzeihung, ging wieder ans Meer, warf dann das Netz zum dritten Male aus und wartete bis es untertauchte. Jetzt zog er es wieder an sich und fand es voll Scherben, Steine, Knochen und anderen Unrat. Der Fischer weinte vor vieler Müdigkeit, Anstrengung und wegen seines Mißgeschicks; er gedachte auch seiner Frau und Kinder, die zu Hause ohne Nahrung waren, schlug die Hände vors Gesicht und sprach folgende Verse:

»Der Lebensunterhalt ist so, daß du ihn weder lösen, noch aber binden kannst; weder Bildung noch Kunst können dir ihn verschaffen. Glück und Unterhalt sind nur Bestimmung; so herrscht Fruchtbarkeit in einem Lande und Mangel in einem andern. Die Wechsel des Schicksals erniedrigen jenen edlen Menschen und erheben den, der keinen Wert hat. Hole mich daher heim, o Tod, denn das Leben ist abscheulich, wenn Falken erniedrigt und Enten erhöht werden. Es ist kein Wunder, wenn du einen Tugendhaften arm siehst und einen Lasterhaften mit reichen Gütern. Unser Lebensunterhalt ist uns vorausbestimmt, und im Schicksalsbuche sind wir wie Vögel, die bald hier, bald dort etwas aufzulesen finden. Ein Vogel umfliegt die Erde nach Osten und Westen, und ein anderer erhält das Wertvolle, ohne die Flügel zu bewegen.«

Dann hob der Fischer sein Auge zum Himmel, die Morgenröte war schon angebrochen, der Tag fing an zu leuchten und sprach: »O Gott, du weißt, daß ich mein Netz an einem Tage nur viermal auswerfe; schon habe ich es dreimal getan, mir bleibt also nur noch einmal zu tun übrig. Tue mir ein Wunder, o Herr, wie du es Moses im Meere getan!« Hierauf flickte er das Netz wieder, warf es ins Meer, wartete bis es untersank und hängen blieb, um es dann an sich zu ziehen; allein er konnte es nicht, denn es war ganz zerzaust und auf dem Grunde verwickelt. »Es gibt keinen Schutz und keine Macht, außer bei dem erhabenen Gott!« rief er aus, dann entkleidete er sich, tauchte unter und gab sich viele Mühe, es loszumachen. Als er damit ans Land gegangen, fand er etwas Schweres darin, und als er es nach vieler Mühe entwirrte, fand er eine gefüllte messingne Flasche, oben mit Blei geschlossen und unseres Herrn Salomos[3] Siegel darauf eingegraben. Als der Fischer den Fund sah, freute er sich und dachte: »Dies verkaufe ich dem Kupferschmied, es ist gewiß zwei Malter

---

3 Nach den Traditionen der Mohammedaner war Salomo Herr der ganzen Erde mit allen ihren irdischen und geistigen Wesen.

Weizen wert.« Er schüttelte nun die Flasche und bemerkte, daß sie mit etwas angefüllt war. Da dachte er: »Ich will doch einmal sehen, was in dieser Flasche ist; ich will sie erst öffnen und dann verkaufen.« Er zog ein Messer aus der Tasche, durchstach damit das Blei und arbeitete so lange, bis er die Flasche geöffnet; hierauf nahm er sie, setzte sie an den Mund und schüttelte sie, aber es kam nichts heraus. Der Fischer war darüber sehr erstaunt. Doch nach einer Weile stieg Rauch aus der Flasche empor, der sich über die Erde verbreitete und immer zunahm, bis er das ganze Meer bedeckte, dann stieg er gegen die Wolken des Himmels. Der Fischer wunderte sich, als er dies sah. Als dann aller Rauch aus der Flasche war, verdichtete und vereinigte er sich und ward zu einem Geiste, dessen Füße auf der Erde waren und dessen Haupt bis in die Wolken ragte. Er hatte einen Kopf wie ein Brunnenloch, Vorderzähne wie eiserne Haken, einen Mund wie eine Höhle, Zähne wie Felsensteine, Nasenlöcher wie Trompeten, Ohren wie Tartschen, einen Schlund wie eine Gasse, Augen wie Laternen; mit einem Worte, er war abscheulich häßlich. Friede sei mit uns![4] Als der Fischer ihn sah, zitterte er am ganzen Körper, seine Zähne klapperten und sein Hals wurde trocken. Da sagte der Geist: »O Salomo, Prophet Gottes! Verzeihe, verzeihe! Ich will dir nie mehr ungehorsam sein und deinen Befehlen nimmer zuwider handeln.«

Als der Geist dies gesagt, erwiderte ihm der Fischer: »O Geist, was sagst du von unserm Herrn Salomo, dem Propheten Gottes, der vor achtzehnhundert und einigen Jahren gestorben ist, und wir leben jetzt in einer viel späteren Zeit? Was ist dir widerfahren? Wie bist du in diese Flasche hineingeraten?« Als der Geist dies hörte, sagte er: »Vernimm eine gute Nachricht!« Da dachte der Fischer bei sich: »O Tag der Glückseligkeit!« Der Geist aber fuhr fort: »Ich bringe dir die Nachricht, daß du sogleich umgebracht werden sollst.« Hierauf sprach der Fischer: »Du verdienst für diese Botschaft, daß dir der Schutz und die Gnade Gottes entzogen werde; warum willst du mich umbringen, da ich dich doch befreit, aus der Tiefe des Meeres herausgezogen und auf die Erde versetzt habe?« Der Geist aber antwortete:

---

4   Heißt soviel als: Gott bewahre uns vor so etwas!

»Bitte dir etwas aus von mir.« Der Fischer fragte freudig: »Was sollte ich mir von dir ausbitten?« Und der Geist antwortete: »Bitte dir eine Todesart aus, auf die du sterben willst, damit ich dich nach deiner Wahl töte.« – »Was habe ich verbrochen,« wiederholte der Fischer, »ist das mein Lohn, daß ich dich befreit habe?«

Darauf sprach der Geist: »Höre meine Geschichte!« – »So erzähle!« erwiderte der Fischer, »doch mach's kurz, denn ich gehöre zu den Heiligen.« Und der Geist sprach: »Wisse, ich gehöre zu den widerspenstigen und abtrünnigen Geistern, ich war mit dem Geiste Sacher Salomo, dem Propheten Gottes, ungehorsam. Er sandte mir Asaf[5], Sohn des Berachja, welcher gegen meinen Willen zu mir kam und das Urteil über mich aussprach und vollzog. Er fesselte mich auf eine demütigende Weise mit Gewalt und brachte mich zu Salomo, dem Propheten Gottes. Als dieser mich sah, nahm er seine Zuflucht zu Gott, weil er sich vor mir und meiner Gestalt fürchtete. Er sagte mir, ich solle ihm gehorsam werden; aber als ich mich dessen weigerte, ließ er diese messingne Flasche bringen, sperrte mich hinein, schloß sie mit Blei, drückte den Namen des erhabenen Gottes darauf und befahl dann einem Geiste, mich wegzutragen und in die Mitte des Meeres zu versenken. Nachdem ich zweihundert Jahre darin geblieben war, beschloß ich, den reich zu machen, der in den ersten zweihundert Jahren mich befreien würde. Die zweihundert Jahre verflossen aber, ohne daß mich jemand befreite. Es vergingen dann wieder zweihundert Jahre, und ich beschloß nunmehr, dem, der mich befreien würde, alle Schätze der Erde zu öffnen; es vergingen aber vierhundert Jahre und niemand befreite mich. In den folgenden zweihundert Jahren beschloß ich, meinen Befreier zum Sultan zu machen, selbst sein Diener zu werden und ihm täglich drei Wünsche zu gewähren. Aber auch in diesen zweihundert Jahren befreite mich niemand. Nun ward ich böse, stampfte, tobte, schnarchte und beschloß, den zu töten, der von nun an mich befreien würde. Entweder sollte er den schrecklichsten Tod sterben oder er sollte selbst wählen, wie er sterben wolle. Kurz, nach diesem Beschlusse kamst du, mich zu

---

[5] Asaf ist der berühmte Minister Salomos, der bei den Orientalen als Symbol der Weisheit gilt, so daß noch jetzt die Minister mit diesem Namen betitelt werden.

befreien. Sage mir jetzt also, auf welche Weise ich dich umbringen soll.«

Als der Fischer diese Worte des Geistes gehört, sprach er: »Ich gehöre Gott an und kehre zu ihm zurück; mußte ich gerade in diesen unglücklichen Jahren dich befreien, so ist mein Schicksal verflucht; doch verzeihe mir, Gott wird auch dir verzeihen, töte mich nicht, sonst wird Gott jemandem die Kraft verleihen, auch dich zu töten.« – »Es hilft alles nichts«, erwiderte hierauf der Geist; »sage mir nur, wie du sterben willst.« Als der Fischer sah, daß er wirklich umgebracht werden sollte, ward er sehr betrübt und rief weinend aus »O meine Kinder! Gott lasse mir nicht das Herz weich um euch werden!« Hierauf wandte er sich wieder zum Geist und sagte: »Bei Gott, verzeihe mir zum Lohne, daß ich dich aus dieser messingenen Flasche befreit habe.« Da antwortete der Geist: »Gerade weil du mich gerettet hast, will ich dich umbringen.« – »Wie«, sagte der Fischer: »ich habe dir eine Wohltat erzeigt, und du willst mir dafür Böses tun? Wahrlich, das Sprichwort lügt nicht, welches sagt:

»Wir haben ihm Gutes erwiesen, man hat mit Bösem uns vergolten; so, bei meinem Leben, handeln alle ruchlosen Menschen. Wer Gutes tut, dem, der es nicht verdient, dem wird es gehen wie einem, der einer Hyäne Obdach gibt.«

Der Geist versetzte nun: »Zaudre nicht lange, du wirst umgebracht, wie ich dir gesagt habe.« Da dachte der Fischer bei sich selbst: »Dieser ist ein Geist und ich bin ein Mensch; Gott hat mich durch Verstand über ihn erhoben, ich will mit meinem Verstand ihn überlisten.« Er überlegte eine Weile und sprach dann zu dem Geiste: »Willst du mich denn durchaus töten?« Und als der Geist diese Frage bejahte, sprach er weiter: »Bei der Wahrheit des höchsten Namens, der auf Salomos, Sohn Davids, Siegel gestochen war, wirst du mir die Wahrheit sagen, wenn ich dich um etwas befrage?« Der Geist zitterte und bebte, als er den erhabenen Namen erwähnen hörte und antwortete: »Frage immerhin, doch mach's kurz!«

Da sagte der Fischer zu dem Geiste: »Bei dem Namen des erhabenen Gottes frage ich dich, warst du in dieser Flasche eingesperrt?« – »Ich war darin eingesperrt, beim erhabenen Gotte«, antwortete der Geist. »Du lügst«, versetzte der Fischer, »diese Flasche kann nicht ein-

mal deine Hand fassen und würde schon durch deine Füße zersprengt werden, wie soll sie dich ganz fassen können?« Da sagte der Geist wieder: »Bei Gott, ich war darin; willst du es nicht glauben?« – »Nein«, antwortete der Fischer. Da löste sich der Geist nach und nach auf, ward ganz Rauch, der in die Höhe stieg und sich über das Meer und das Land ausbreitete. Er zog sich dann wieder zusammen und nach und nach in die Flasche, bis er endlich ganz darin war. Da schrie er aus der Flasche heraus: »Siehst du nun, Fischer, wie ich in der Flasche bin? Glaubst du mir jetzt?« Aber der Fischer nahm sogleich das Blei, mit dem die Flasche geschlossen war, und drückte es wieder auf dieselbe. Dann rief er: »O Geist! wähle du nun, wie du sterben willst und wie ich dich wieder ins Meer werfen soll; dann werde ich hier ein Haus bauen lassen und alle Fischer warnen die hier fischen wollen, und ihnen sagen: »Hier liegt ein Geist, der den umbringt, der ihn heraufzieht und befreit, und ihn nur wählen läßt, welchen Tod er sterben wolle.« Als der Geist dies hörte und sich eingesperrt sah und heraus wollte und nicht konnte, weil Salomos, des Sohnes Davids Siegel ihn zurückhielt, merkte er wohl, daß der Fischer ihn überlistet hatte, und er sprach zu ihm: »Guter Fischer, tue doch das nicht, ich habe nur meinen Scherz mit dir gehabt.« – »Du lügst«, sagte der Fischer, »du schändlichster und niedrigster aller Geister!« Der Fischer rollte alsbald die Flasche gegen das Meer, während der Geist schrie: »Nicht doch, nicht doch!« Aber der Fischer sagte: »Ja doch, ja doch!« Da wurde der Geist sehr demütig und sprach in bittendem Tone: »Was willst du tun, guter Fischer?« – »Dich ins Meer werfen«, antwortete dieser, »und hast du zum ersten Male achthundert Jahre im Meere bleiben müssen, so werde ich dich diesmal bis zur letzten Stunde darin lassen. Habe ich dir nicht gesagt: »Laß mich leben, Gott wird auch dich erhalten; du wolltest aber durchaus treulos gegen mich werden und mich umbringen; nun werde ich ebenso mit dir verfahren.« Da sprach der Geist: »Öffne, o Fischer, ich will dich reich machen und dir viel Gutes erweisen.« – »Du lügst«, sagte der Fischer. »Wir beide gleichen dem Könige der Griechen und dem Arzte Duban.« – »Wieso?« fragte der Geist.

Fortsetzung der Geschichte des Fischers mit dem Geiste

Hierauf sagte der Fischer zu dem Geiste: »Hätte der König den Arzt leben lassen, so hätte Gott auch ihn erhalten, weil er ihn aber umbringen ließ, hat Gott auch ihn getötet; ebenso du, o Geist, weil du mich durchaus töten wolltest, werde ich dich wieder in diese Flasche sperren und auf den Grund des Meeres werfen.« Der Geist schrie: »O Fischer, tu dies nicht! Befreie mich und bestrafe mich nicht. Der Menschen Handlungen müssen immer edler sein, als die eines Geistes; habe ich auch schlecht gehandelt, so tue du doch Gutes! Denn das Sprichwort sagt: Vergelte Böses mit Gutem, verfahre nicht wie Imama mit Ateka verfuhr.« – »Was haben Imama und Ateka getan?« – »Jetzt«, sagte der Geist, »ist nicht Zeit, davon zu reden, so lange ich in diesem engen Gefängnisse bin; wenn du mich freigelassen, will ich dir's erzählen.« Aber der Fischer antwortete: »Ich lasse dich nicht heraus, ich werfe dich ins Meer, denn ich habe dich lange gebeten und doch wolltest du mich schuldlos umbringen, obwohl ich dich aus deinem Gefängnisse befreite. Da du dies getan, weiß ich, daß du schlecht von Natur bist und von niedriger Gesinnung, du vergiltst Gutes mit Bösem; ich werde daher, wenn ich dich ins Meer geworfen habe, hier ein Haus bauen und darauf schreiben: »Hier haust ein Geist; wer ihn heraufzieht, wird von ihm getötet; dann kannst du lange unten bleiben, du verächtlichster aller Geister!«

Da sprach der Geist: »Laß mich noch einmal wieder frei; ich verspreche, dir gar nichts zu Leide zu tun, sondern dir nur nützlich zu sein. Du sollst reich werden.« Als er auf diese Worte einen Eid geleistet und bei jenem erhabenen Namen geschworen, der auf Salomos Siegel stand, öffnete der Fischer die Flasche, aus der wieder Rauch in die Höhe stieg, aus dem sich ein Geist bildete; er zertrat die Flasche mit den Füßen und flog gegen das Meer hin. Als der Fischer dies sah, fürchtete er etwas Schlimmes; er verunreinigte seine Kleider und sah den Tod schon vor Augen, denn er hielt dieses Zertreten für ein böses Zeichen. Dann faßte er aber wieder Mut und sprach: »O Geist! Du hast einen Eid geschworen, darfst also nicht treulos gegen

mich werden, sonst wird es Gott auch gegen dich. Ich wiederhole dir, was der Arzt Duban sagte: »Laß mich leben, Gott wird dich auch erhalten.« Der Geist lachte und sagte: »Folge mir, Fischer!« Dieser folgte ihm erschrocken, denn er glaubte, nicht mit dem Leben davonzukommen. Sie gingen durch die Wüste bis zu einem Berge; dort fanden sie mitten in einer großen Einöde vier kleine Hügel und zwischen diesen einen See. Der Geist blieb hier stehen und sagte dem Fischer, daß er nun sein Netz auswerfen solle. Dieser sah im See rote, weiße, blaue und gelbe Fische und war sehr erstaunt darüber. Dann warf er sein Netz aus, und als er es an sich zog, brachte er vier Fische heraus: einen roten, einen weißen, einen blauen und einen gelben, über die er sich sehr freute. Darauf sagte ihm der Geist: »Gehe damit hin zu deinem Sultan, er wird dich reich machen; aber fische nicht mehr als einmal am Tage. Entschuldige mich, wenn ich dich jetzt verlasse, ich weiß mir, nachdem ich solange in der Tiefe des Meeres gelebt habe, auf der Oberfläche der Erde nicht mehr zu helfen. Allah stehe dir bei!«

Hierauf stampfte der Geist mit den Füßen; die Erde öffnete sich und verschlang ihn, und der Fischer ging freudig in die Stadt zurück, verwundert über das, was ihm mit dem Geiste widerfahren, und über die farbigen Fische. Er verfügte sich in den Palast des Sultans und brachte sie ihm.

Als der Sultan die Fische sah, wunderte er sich sehr darüber und sagte seinem Wesir: »Bringe sie der Köchin, die uns der König der Neugriechen geschenkt.« Der Wesir brachte sie dem Mädchen und sagte: »Backe sie recht gut, denn sie sind dem Könige zum Geschenk gemacht worden.« Auch ließ der Sultan dem Fischer vierhundert Dinare geben; dieser lief damit nach Hause und fiel und stand auf und stolperte und glaubte, es sei nur ein Traum. Es war aber kein Traum, sondern schöne Wirklichkeit, denn er konnte seiner Familie alles kaufen, was sie bedurfte.

Dies ist's, was den Fischer angeht. Was aber die Köchin betrifft, so nahm sie die Fische, spaltete und salzte sie, setzte die Pfanne aufs Feuer, goß Öl hinein und wartete, bis es heiß war, dann warf sie die Fische hinein, ließ sie darin, bis sie auf der rechten Seite gebacken waren und drehte sie um. Da spaltete sich auf einmal die Mauer und es kam aus der Öffnung ein schönes Mädchen heraus, edel von Wuchs, mit ovalen Wangen, ohne Tadel, die Augen mit Kohle bemalt; sie hatte ein Oberkleid von blauem Atlas an mit Kreisen aus ägyptischen Blumen, kostbare Ringe an den Ohren und am Arme, und in der Hand trug sie ein indisches Rohr. Sie steckte das Rohr in die Pfanne und sagte mit wohltönender Stimme: »O Fisch, hältst du dein Versprechen?«

Es sagt der Erzähler: Als die Köchin dies sah und hörte, fiel sie in Ohnmacht. Das Mädchen wiederholte noch einmal seine Frage, und die Fische hoben ihre Köpfe auf und sagten ebenfalls in klarer Sprache: »Jawohl, jawohl, wenn du wiederkehrest, so kehren auch wir wieder, bist du treu, so sind wir auch treu, fliehst du uns, so haben wir doch das unsrige getan.« Sie stürzte dann die Pfanne um und ging weg, wie sie gekommen war, und die Wand schloß sich wieder. Als die Köchin wieder zur Besinnung gelangt war und die Fische ganz verbrannt und in Kohle verwandelt fand, war sie sehr betrübt und fürchtete sich vor dem König und sagte: »Dem König ist bei seinem ersten Kriegszug der Lanzenschaft zerbrochen.«[6] In diesem Augenblick kam der Wesir, forderte die Fische und sagte ihr, der Sultan warte darauf. Die Köchin fing an zu weinen und erzählte ihm, was ihr mit den Fischen geschehen. Er war sehr erstaunt, ließ sogleich den Fischer holen und sagte zu ihm: »Du mußt uns sogleich andere Fische, solche, die den ersten gleichen, bringen, denn sie gefallen uns sehr.« Der Fischer nahm seine Gerätschaften, ging zu den vier Hügeln an den See, warf sein Netz aus und zog vier ähnliche Fische heraus; dann kehrte er heim und brachte sie dem Wesir. Dieser gab sie der Köchin und sagte ihr: »Backe sie nun in meiner Gegenwart, ich will die Geschichte mit ansehen.« Die Köchin reinigte die Fische, stellte die Pfanne auf und warf sie hinein. Als sie gebacken waren, öffnete sich die Wand wieder, das Mädchen kam wieder in derselben Kleidung, mit einem Rohr in der Hand, steckte es in die Pfanne und sagte: »O, Fisch, hältst du dein Versprechen?« Die Fische streckten ihre Köpfe in die Höhe und sagten: »Wohl, wohl, kehrst du wieder,

---

6 Ein arabisches Sprichwort von einem, dem gleich der Anfang seines Unternehmens mißlingt.

Geschichte des Fischers mit dem Geiste

kehren auch wir wieder, bist du treu, so sind auch wir es, fliehst du uns, so haben wir doch das unsrige getan.«

Als die Fische so gesprochen, stürzte das Mädchen die Pfanne um und verschwand durch die Spalte der Wand, die sich hinter ihr wieder schloß. Da sagte der Wesir: »So etwas kann man dem Könige nicht verbergen.« Er ging zu ihm und erzählte ihm, was sich mit den Fischen zugetragen. Der Sultan rief voller Verwunderung: »Ich muß das mit meinen Augen sehen«, und schickte sogleich nach dem Fischer, zu dem er sagte: »Hole mir gleich noch vier Fische, wie die ersten, eile aber damit.« Der Fischer ging, nahm seine Gerätschaften mit an den See, fischte vier Fische von verschiedener Farbe, wie die ersten, und brachte sie dem Sultan. Dieser gab ihm wieder vierhundert Dinare, zugleich ließ er ihn streng bewachen und sprach zu seinem Wesir: »Geh und backe du selbst diese Fische in meiner Gegenwart!« Nachdem er die Fische zurecht gelegt, setzte er nun die Pfanne aufs Feuer, goß Schmalz hinein und warf die Fische darauf, sobald es heiß geworden war. Kaum aber waren die Fische gebacken, spaltete sich die Wand der Küche wieder, und es kam ein schwarzer Sklave heraus, gerade als wäre es ein Berg oder ein Überbleibsel vom Stamme Aad.[7] Der König und der Wesir fürchteten sich vor ihm, denn er war sehr lang und breit und hatte einen grünen Ast in der Hand. Er sagte mit deutlicher Sprache: »O Fische, bleibt ihr beim Versprechen?« Sie hoben ihre Köpfe auf und riefen: »Wohl, wohl, kehrst du wieder, kehren auch wir wieder, bist du treu, so sind auch wir es, fliehst du uns, so haben wir doch das unsrige getan.« Hierauf stürzte der Sklave die Pfanne um, die Fische verbrannten und wurden zu Kohlen. Dann verschwand er durch die Wand, die sich sogleich wieder zusammenfügte. Der Sultan erschrak über diesen Vorfall und sagte: »Ich kann mich unmöglich eher wieder niederlegen, als bis ich dieser Sache auf den Grund gekommen bin; es hat gewiß eine besondere Bewandtnis mit diesen Fischen.« Er ließ schnell den Fischer holen, und als dieser kam, sprach er zu ihm: »Wo hast du

---

7 Aad ist ein Stamm, den Gott ausgerottet hat, als er dem Propheten Hud kein Gehör geben wollte, der ihn zum wahren Gottesdienste zurückzuführen sich bemühte. Alle Leute dieses Stammes waren von riesenhafter Gestalt.

denn diese Fische her?« – »Aus einem See«, antwortete der Fischer, »außerhalb der Stadt zwischen vier Bergen.« Der Sultan fragte dann den Wesir: »Kennst du diesen See?« Er antwortete: »Ich gehe schon dreißig Jahre lang auf die Jagd, durchstreiche die Ebenen und die Gebirge und habe nie diesen See gefunden.« Da fragte der Sultan den Fischer: »Wie weit ist's nach diesem See?« – »Zwei Stunden«, antwortete der Fischer. Der Sultan befahl hierauf einigen Soldaten, mit ihm zu reiten, auch den Wesir nahm er mit, und der Fischer mußte vorangehen. Der fluchte dem Geiste. Sie gingen bis zum Berge hin und sahen den See mit Fischen von allen Farben bevölkert. Der Sultan war sehr erstaunt darüber und sagte: »Ist's möglich, daß noch niemand diesen Ort gesehen hat, da dieser See doch so nahe an der Stadt liegt?« Er fragte die Soldaten, ob einer von ihnen diesen Ort gekannt; aber alle antworteten, sie sähen ihn jetzt zum erstenmal. Da schwur der Sultan: »Beim erhabenen Gott, ich gehe nicht eher in die Stadt zurück, bis ich weiß, was das für ein See und was das für bunte Fische sind.« Er befahl, abzusteigen und die Zelte aufzuschlagen, dann stieg er selbst ab und blieb bis zur Nacht. Jetzt rief er seinen Wesir, der ein sehr erfahrener und vielwissender Mann war; er ging heimlich zu ihm, ohne daß die Soldaten es merkten, und sprach: »Ich will etwas tun, was ich dir mitteilen will; ich will mich nämlich von den übrigen absondern, um zu sehen, was dies für Fische sind. Ich gehe nun fort. Morgen sagst du den Truppen und hohen Beamten, ich sei krank und es könne niemand vorgelassen werden; du wohnst indes in meinem Zelt, und ich bleibe drei Tage lang weg, nicht länger.« Der Wesir antwortete: »Es soll alles so besorgt werden.« Dann umgürtete sich der Sultan mit seinem Schwerte, ging fort und schlug den Weg jenseits des Berges ein, bis der Morgen zu leuchten anfing. Als die Sonne aufging, sah er in der Ferne etwas Schwarzes, er freute sich und dachte, vielleicht finde ich jemanden, der mir Auskunft geben kann. Er ging darauf zu und siehe da, es war ein Schloß, aus schwarzen Steinen gehauen und mit eisernen Platten belegt, das unter einem glücklichen Gestirne gebaut war.

Das Schloß hatte ein Tor, von welchem ein Flügel durch den andern Flügel geschlossen war. Der König freute sich und klopfte leise, hörte aber keine Antwort; er klopfte noch einmal etwas stärker, hörte wieder nichts und erblickte auch niemanden. Da dachte er, ohne Zweifel ist dieses Schloß unbewohnt; er machte sich Mut, ging in einen Gang und schrie: »O Bewohner dieses Schlosses! Hier ist ein fremder, bittender und hungriger Reisender; habt ihr wohl etwas zu essen? Der Herr aller Sklaven wird euch reichlich dafür belohnen.« Er wiederholte dies zum zweiten- und drittenmal, hörte aber keine Antwort. Dann faßte er sich ein Herz, schritt durch den Gang ins Innere des Schlosses, drehte sich rechts und links um, sah aber niemand. Da bemerkte er, daß das Schloß mit seidenen Teppichen, worauf goldene Sterne gestickt, bedeckt war; er sah auch schöne Vorhänge und Polster und Sofas. Mitten im Saale war ein großer Raum, ringsherum Diwans und Nischen und Nebenzimmer; auch sah er einen Springbrunnen mit vier goldenen Löwen, die aus den Rachen Wasser spien, das so klar wie Perlen und Edelsteine war. Es flogen allerlei Vögel im Saale herum, die ein goldnes Netz nicht entwischen ließ. Der König war sehr erstaunt, niemand hier zu finden, den er ausfragen konnte; er setzte sich auf die Seite des Saals und hörte plötzlich eine seufzende Stimme aus traurigem Herzen, welche sang:

»O Schicksal, du schonst mich nicht und hast kein Erbarmen; mein Leben schwebt ja zwischen Qualen und Gefahr. Habt ihr nicht Mitleid mit einem Großen seines Volks, der im Bunde der Liebe erniedrigt wurde, mit dem Reichsten unter seinem Volke, der verarmte? Ich war eifersüchtig auf die Luft, die euch anwehte, aber wo das Schicksal niederfällt, da verdunkelt sich das Gesicht. Was nützt die Kunst des Schützen, wenn er dem Feind begegnet, die Sehne aber in dem Augenblicke zerreißt, da er den Pfeil schleudern will? Wenn dann ganze Scharen sich um den Tapfern häufen, wie sollte er dem Schicksal entfliehen? Wie entfliehen?«

Als der König diese Verse und ein lautes Weinen gehört, ging er der Stimme nach und fand einen Vorhang an der Türe eines Zimmers hängen, er hob ihn auf und sah darin einen Jüngling auf einem Throne sitzen, der eine Elle hoch war. Er war ein hübscher Jüngling von regelmäßigem Wuchse, klarer Sprache, leuchtender Stirne, frischen Haarlocken, roten Wangen, darauf hatte er ein Fleckchen wie Ambra, gleich wie der Dichter sagte:

»Er war hübsch gewachsen, durch seine Haare und seine Stirne wandelte die Welt zugleich in Licht und Dunkelheit. Verleugnet nicht das braune Fleckchen auf seiner Wange, denn auch die Anemone hat ein solches.«

Der König freute sich und grüßte den Jüngling, der einen seidenen Mantel mit goldnen ägyptischen Stickereien anhatte; auf seinem Haupte trug er eine ägyptische Krone. Man merkte ihm aber an, daß er traurig war und geweint hatte; er erwiderte freundlich des Königs Gruß und sagte: »Du verdienst mehr, als daß ich vor dir aufstehe, darum entschuldige mich.« – »Ich entschuldige dich, o Jüngling«, sprach der Sultan, »ich bin hier dein Gast und komme in einer wichtigen Angelegenheit zu dir. Du sollst mir nämlich über den See und die farbigen Fische Auskunft geben, über dieses Schloß, das du allein bewohnst, ohne daß dir jemand Gesellschaft leistet, sowie auch über die Ursache deines Kummers.« Als der Jüngling dies hörte, flossen ihm die Tränen über die Wangen und überschwemmten seine Brust, und er sprach die folgenden Verse:

»Sagt denen, die vom Schicksal mißhandelt worden, wie viele Unglücksfälle hat es schon verbreitet! Wenn du auch schläfst, so schläft das Auge Gottes nicht; wem waren wohl die Zeiten immer günstig? Wem dauerte die Welt ewig?«

Dann weinte er wieder heftig, und der König wunderte sich darüber und fragte nochmals: »O Jüngling, warum weinst du?« Da antwortete er: »Wie soll ich nicht über meine Lage weinen?« Er hob den Saum des Kleides auf, und der König sah, wie er halb Mensch und halb ein schwarzer Stein war.

Der König war sehr betrübt und niedergeschlagen über diesen Anblick und sagte: »O Jüngling, du hast meinen eigenen Kummer noch vermehrt, ich wünschte über die Fische Nachricht zu bekommen, nun muß ich mich auch noch nach deiner Geschichte erkundigen, es gibt keinen Schutz und keine Macht außer bei Gott. O Jüngling, erzähle mir schnell.« Darauf erwiderte der Jüngling: »Leihe mir dein Gesicht und dein Gehör, denn es hat sich eine wunderbare Geschichte mit mir und diesen Fischen zugetragen; wenn sie mit einer Nadel in den Augenwinkel gestochen wäre, so würde sie eine Belehrung für jeden abgeben, der sich belehren möchte.

Geschichte des versteinerten Prinzen

Wisse, o Herr! Mein Vater war König dieser Stadt, sein Name war Sultan Mahmud, er regierte ungefähr siebzig Jahre lang über die Inseln dieser Berge. Als er starb, regierte ich an seiner Stelle und heiratete meine Muhme, die mich so sehr liebte, daß, wenn ich nur einen Tag von ihr abwesend war, sie weder aß noch trank, bis ich wieder bei ihr war; sie lebte auf diese Weise fünf Jahre mit mir. Eines Tags ging sie ins Bad; vorher ordnete sie ein Nachtessen an, dann kam ich in dieses Schloß und schlief hier, an dem Orte, wo du jetzt dich befindest; ich ließ zwei Sklavinnen zu mir kommen, mich zu beräuchern. Eine saß mir zu Häupten und die andere zu Füßen. Es war mir nicht recht wohl, ich konnte nicht schlafen, obschon meine Augen geschlossen waren, ich atmete schwer. Da hörte ich, wie die eine Sklavin zur andern sagte: »O Masuda, sieh unsern armen Herrn! Schade um seine Jugend, die er mit unsrer verfluchten Herrin zubringen muß.« – »Schweige!« sagte die andere, »Gott verdamme die Verräterinnen und Buhlerinnen. Ein junger Mann wie unser König, paßt wirklich nicht zu dieser Metze, die keine Nacht zu Hause schläft.« – »Aber unser Herr ist sehr dumm«, versetzte die erstere wieder, »er sollte es doch merken, wenn er nachts erwacht und sie nicht neben sich findet.« – »Wehe dir«, sagte die zweite, »Gott verdamme die Metze, unsere Gebieterin, die gibt ihm einen Schlaftrank, daß er wie ein Toter schläft, dann geht sie aus, bleibt bis morgens weg, wo sie ihn mit Räucherwerk aufweckt, das sie ihm vor die Nase hält. Schade um ihn!« – »Als ich«, sagte der Jüngling, »dies Gespräch der beiden Sklavinnen hörte, ward ich sehr aufgebracht. Wie nun meine Frau aus dem Bade kam, konnte ich die Nacht gar nicht erwarten, wir ließen den Tisch bereiten, aßen ein wenig und gingen dann zu Bett. Sie reichte mir wieder einen Schlaftrank, ich tat, als wenn ich tränke, goß ihn aber aus, dann stellte ich mich, als wenn ich schliefe und streckte mich auf dem Lager aus. Da sprach sie: »Schlafe! O möchtest du nie mehr erwachen! Bei Gott, deine Gestalt ist mir zum Ekel, ich bin deiner satt.« Sie stand auf, kleidete sich an, beräucherte sich, gürtete mein Schwert um, öffnete die Tür und ging hinaus; ich stand auf und folgte ihr durch die ganze Stadt nach bis ans Tor, ohne daß sie mich bemerkte. Am Tore sagte sie etwas, das ich nicht verstand, die Riegel fielen und das Tor öffnete sich von selbst, sie ging hinaus, und ich folgte ihr, bis sie zwischen einigen Schutthaufen an eine kleine Hütte aus Ziegelsteinen kam. Ich stellte mich auf das Dach der Hütte und belauschte sie, und siehe da, meine Frau stand vor einem alten schwarzen Sklaven, der auf einem Bündel Rohr saß, ganz in Lumpen gekleidet. Sie küßte die Erde vor ihm. Der Sklave hob seinen Kopf zu ihr auf und sagte: »Wehe dir, wo bleibst du so lange? Soeben waren unsere schwarzen Vettern da und haben sich jeder mit seinem Liebchen vergnügt, und haben getrunken, ich wollte nichts trinken, weil du abwesend warst.« Da sagte meine Frau: »O mein Herz! Geliebter meines Herzens! Weißt du nicht, daß ich mit meinem Vetter verheiratet bin? Daß ich die Welt hasse, weil ich ihn sehen muß; wenn ich nichts für dich fürchtete, so ließe ich die Sonne nicht aufgehen, ehe ich seine Stadt verwüstet hätte, daß Nachteulen und Raben darin herumschrien und Füchse und Wölfe darin wohnten; ich würde ihre Steine hinter den Berg Kaf[8]

---

[8] Der Berg Kaf ist nach orientalischen Begriffen das Ende der Welt.

Geschichte des versteinerten Prinzen

werfen.« – »Du lügst«, sagte der Schwarze, »du Verdammte! Ich schwöre dir bei der Ehre der Schwarzen, daß wir von dieser Nacht an nicht mehr mit unsern Vettern zusammenkommen, ich werde gar nicht mehr dein Freund sein und dich nicht mehr berühren. Du Verdammte spielst nur so mit uns; sind wir denn nur für deine Lust da, du Übelriechende!« Als ich hörte, wie er mit ihr umging, ward die Welt ganz schwarz vor mir, ich wußte nicht mehr, wo ich war. Meine Frau fing an zu weinen und sagte zu dem Schwarzen: »O Geliebter meines Herzens! Was bleibt mir, wenn du mir zürnst? Wer nimmt mich auf, wenn du mich verjagst? O mein Geliebter, mein Herz, mein Augenlicht!« Sie hörte nicht auf, vor ihm zu weinen und zu flehen, bis er wieder gut war; da freute sie sich, legte einige Kleider ab und sagte: »Mein Herr, hast du nichts zu essen für deine Sklavin?« Er antwortete: »Decke dieses Becken auf!« Sie deckte es auf und fand darin ein Stück von einer Maus. Nachdem sie dieses gegessen hatte, sagte er ihr: »In diesem Topfe ist noch Bier, trinke es!« Sie trank, wusch ihre Hand und setzte sich dann zu ihm auf das Bündel Rohr mitten unter die Lumpen. Ich stieg vom Dache herunter, nahm das Schwert, mit dem meine Frau gekommen, und schwang es, um beide zu töten; ich schlug zuerst den Schwarzen auf den Hals und glaubte schon mit ihm fertig zu sein, aber ich durchschlug nur die Haut, das Fleisch und die Kehle, nicht die Halsadern. Ich glaubte indessen doch, ihn getötet zu haben, er schrie laut auf und meine Frau fiel so seitwärts, daß sie hinter mir lag; ich legte dann das Schwert wieder an seine Stelle, kehrte zur Stadt zurück, ging ins Schloß, begab mich in mein Bett und blieb bis zum Morgen liegen. Als meine Frau zurückkam, sah ich, daß sie ihre Haare abgeschnitten und Trauerkleider angezogen hatte; sie sagte mir: »O mein Vetter, wirst du dich wohl dem, was ich tue, widersetzen wollen? Wisse, ich habe Nachricht erhalten, daß meine Mutter gestorben ist, daß mein Vater im heiligen Krieg umgekommen, daß einer meiner Brüder durch einen Schlangenbiß und ein anderer durch einen Sturz das Leben verloren; ich muß daher weinen und trauern.« Als ich dies hörte, ließ ich sie gehen und sagte ihr: »Tue was du willst, ich werde dich nicht hindern.« Sie verharrte nun ein volles Jahr in Weinen und Trauern.« Nach dieser Zeit sprach sie zu mir: »Ich möchte, daß du mir im Hause eine Grabstätte mit einem Zimmer bauen ließest, damit ich darin allein trauern kann, ich würde es das Trauergebäude nennen.« Ich erwiderte ihr: »Tue, was dir gut dünkt!« Jetzt erteilte sie sogleich Befehle, ließ sich das Trauerhaus bauen und in dessen Mitte eine Kuppel errichten. Den Sklaven aber brachte sie in die Grabeshöhle. Diesem war nicht mehr zu helfen. Er lebte zwar, denn seine Zeit war nicht abgelaufen, auch konnte er noch trinken, aber vom Tage an, wo ich ihn verwundet hatte, konnte er nicht mehr sprechen. Meine Frau besuchte ihn nun morgens und abends, und weinte und brachte ihm Wein und Fleischsuppen. So verging ein ganzes Jahr, in welchem ich alles das mit Geduld ertrug. Nach diesem Jahre ging ich ihr einmal nach, ohne daß sie es merkte; ich hörte, wie sie weinte und sagte: »O mein Geliebter! O mein Herz! Warum muß ich das von deiner Liebe erfahren? Warum sieht dich mein Auge nicht immer und warum in einem solchen Zustande? Warum sprichst du nicht mit mir, o sage mir doch etwas!« Dann fügte sie noch folgende Verse hinzu:

»Ein Tag der Wunscherfüllung ist der, an welchem ich Eure Nähe gewonnen, ein Tag des Unheils der, an welchem ihr Euch von mir trennt. Wenn ich in der größten Angst und Furcht übernachte, so ist mir eure Nähe doch süßer als die gewisseste Sicherheit.«

»Lebte ich im schönsten Wohlbehagen und besäße ich die ganze Welt, das Reich der Chosroen, so würde ich es doch nicht so hoch als den Flügel einer Mücke anschlagen, wenn mein Auge dich nicht sähe.«

Als sie diese Worte gesprochen hatte, sagte ich zu ihr: »Muhme, höre doch einmal auf zu trauern! Du hast genug vergebens geweint.« Sie antwortete mir: »Widersetze dich meinem Willen nicht, sonst bringe ich mich um.« Ich schwieg und überließ sie ihrem Zustande; sie aber fuhr wieder ein Jahr fort zu trauern und zu weinen. Nach dem dritten Jahre, an einem Tage, wo ich gerade eines unangenehmen Ereignisses willen in Zorn geraten war, ging ich ihr wieder nach, denn nun dauerte mir diese Qual doch zu lange; ich fand sie bei der Grabeshöhle unter der Kuppel und hörte, wie sie sagte: »Werde ich denn, o mein Herr, kein einziges Wort mehr von dir vernehmen? Nun gibst du mir schon drei Jahre keine Antwort.« Dann vernahm ich folgende Verse von ihr:

Geschichte des versteinerten Prinzen

»O Grab! O Grab! Haben seine Reize aufgehört zu sein? Ist seine blühende Gestalt von dir gewichen? O Grab, du bist ja doch kein Himmel und kein Lustgarten, wie kann Sonne und Mond sich in dir vereinigen?«

Mein Zorn nahm überhand, als ich dies hörte, und ich rief: »Wehe! Wie lange wird dieser Schmerz noch dauern.« Dann aber sprach ich folgende Verse:

»O Grab! O Grab! Haben seine Unvollkommenheiten noch nicht aufgehört? Hat sein abscheulicher Blick sich von dir gewandt? O Grab! Du bist ja doch kein Teich und kein Topf, wie kann Schmutz und Ruß sich in dir vereinigen?«

Als sie meine Verse hörte, stand sie auf und sagte: »Wehe dir, du Hund! Du hast mir dies getan, du hast den Geliebten meines Herzens verwundet und hast mich um seine Jugend durch seinen Tod gebracht. Nun ist er schon drei Jahre weder tot noch lebendig.« Ich antwortete: »O du abscheulichste, du schmutzigste Dirne unter allen, die Schwarze lieben! Freilich habe ich dies getan.« Jetzt entblößte ich mein Schwert und ging auf sie zu, um sie umzubringen; als sie dies sah, rief sie lachend: »Ziehe dich zurück, wie ein Hund! Was vorüber ist, kehrt nicht mehr wieder, bis die Toten wieder belebt werden. Gott hat mir Macht gegeben über den, der mir etwas getan, worüber in meinem Herzen ein unauslöschliches Feuer entbrannte.« Sie stellte sich dann aufrecht auf die Füße, sprach etwas, das ich nicht verstand und rief: »Werde durch meine Kraft und meinen Zauber halb Stein und halb Mensch!« – Sogleich ward ich nun, wie du mich jetzt siehst, o Herr! Betrübt und niedergeschlagen, kann ich weder stehen, noch sitzen, noch schlafen, ich bin nicht tot bei den Toten und lebe nicht mit den Lebendigen.

»Als ich so war, wie du mich jetzt siehst«, erzählte der verwunschene Mann ferner, »erhob sich meine Frau und verzauberte die Stadt mit allen Gärten und Marktplätzen, und dies hier ist der Ort, wo jetzt deine Zelte mit den Truppen sind. Die Bewohner der Stadt waren Muselmänner, Christen, Juden und Feueranbeter. Sie verzauberte nun die Muselmänner in weiße Fische, die Feueranbeter in rote, die Christen in blaue und die Juden in gelbe, ebenso verwandelte sie die Inseln in vier Berge, die sie mit einem See umgab. Aber dies genügte ihr noch nicht. Nun kommt sie noch jeden Tag, entkleidet mich, gibt mir hundert Streiche, bis mein Blut fließt und meine Schultern wund sind; dann umkleidet sie meinen Oberleib mit einem härenen Stoffe und hüllt darüber dieses Ehrenkleid.« Der junge Mann weinte hierauf und sprach folgende Verse:

»Ich trage standhaft deinen Beschluß und dein Urteil, o Gott! Ich habe Geduld, wenn du an diesem Zustande Wohlgefallen hast; man hat mir Unrecht und Gewalt angetan, doch wird vielleicht das Paradies mir meinen Verlust ersetzen. Gewiß, mein Herr, entgeht deinem Auge kein Übeltäter, ich bete daher zu dir, schütze mich gegen das Unrecht meiner Quäler.«

Der Sultan sprach zu dem verzauberten Manne: »Du hast zwar meine Wißbegierde gestillt, doch meinen Kummer nur noch vermehrt: Wo, junger Mann, ist sie und wo ist der Sklave?« – »Mein Herr«, antwortete hierauf der junge Mann, »der Sklave liegt in der Grabstätte unter der Kuppel, und sie ist in dem Saale, dieser Tür gegenüber; sie besucht den Sklaven täglich bei Sonnenaufgang, und wenn sie dann zurückkommt, gibt sie mir die hundert Prügel; ich schreie und weine, kann mich aber nicht bewegen, um sie zu bändigen, ich habe keine Kraft, mich zu verteidigen, weil die eine Hälfte meines Körpers aus Stein und nur die andere Hälfte aus Fleisch und Blut ist. Nachdem sie mich gezüchtigt hat, geht sie wieder zum Sklaven, gibt ihm Wein und Fleischbrühe zu trinken, und frühmorgens kehrt sie erst wieder zurück.« Da sprach der König: »Bei Gott! Junger Mann, ich werde hier etwas tun, was lange nach mir allenthalben erzählt werden wird.« Er setzte sich nieder und unterhielt sich mit dem jungen Manne bis zur Nacht. Dann schliefen sie bis an den Morgen, da machte sich der König auf, legte einen Teil seiner Kleider ab, zog sein Schwert aus der Scheide und ging zur Grabstätte. Hier erblickte er viele Wachskerzen und Lampen, Weihrauch, wohlriechende Öle und andere Düfte umwehten ihn: er schritt auf den Sklaven zu, tötete ihn und warf ihn in einen Brunnen, der im Schlosse war. Dann zog er des Sklaven Kleider an, legte sich tief in die Grabeshöhle, behielt aber immer sein bloßes Schwert unter den Kleidern. Nach einer Weile kam die verruchte Zauberin, und das erste, was sie tat, war, ihren Vetter zu entkleiden und ihn tüchtig durchzuprügeln.

Geschichte des versteinerten Prinzen

Ihr Vetter schrie: »O wehe, Muhme, habe Mitleid mit mir, ich habe genug gelitten, der Zustand, in dem ich mich befinde, sollte dir genügen!« Sie aber antwortete: »Hast du wohl mit meinem Geliebten Mitleid gehabt?«

Als die Zauberin ihren Vetter geschlagen, bis sie müde war und das Blut von seinem Körper herabfloß, kleidete sie ihn in ein härenes Gewand, legte ein linnenes darüber und ging dann zum Sklaven. Sie nahm, wie gewöhnlich, Wein und Fleischbrühe mit, und als sie unter die Kuppel trat, fing sie an zu weinen und zu klagen: »O Geliebter, es war doch sonst deine Gewohnheit nicht, mir deine Nähe zu versagen; o stoße mich nicht länger zurück! Besuche mich wieder, denn dein Besuch gibt mir Leben. O nahe dich mir! Die Trennung ist doch nicht nach deiner Gewohnheit; bleibe nicht fern von mir, denn unsere Feinde frohlocken über uns! O mein Herr, sprich mit mir!« Sie fügte diesen Klagen noch folgende Verse hinzu:

»Wie lange noch diese Zurückhaltung? Diese Pein? Habe ich noch nicht genug Tränen vergossen?«

»O mein Geliebter! Sprich doch mit mir! Sage mir doch etwas! O meine Seele, antworte mir doch!« Da sprach der König mit schwerer Zunge und tiefer Stimme, so wie die Schwarzen reden: »Ach! ach! ach! es gibt keinen Schutz und keine Macht, außer bei dem erhabenen Gott.« Als sie ihn sprechen hörte, freute sie sich so sehr, daß sie in Ohnmacht fiel; als sie wieder zu sich gekommen, sprach sie: »O mein Herr! Hast du wirklich mit mir gesprochen? Ist es wahr, daß du mich angeredet?« Da erwiderte der König: »Du Verfluchte! Verdienst du wohl, daß jemand dich anredet?« Sie fragte: »Warum nicht?« und er antwortete: »Du quälst deinen Gemahl den ganzen Tag, er schreit immer um Hilfe, so daß ich gar nicht schlafen kann, er weint und klagt von abends bis morgens und flucht dir und mir. Nun ist mir dies schon längst zum Überdruß und höchst lästig; und wäre dies nicht, ich wäre längst wieder genesen; das ist die Ursache, warum ich dir so lange nicht geantwortet und nichts mit dir gesprochen habe.« Darauf antwortete sie: »Mit deiner Erlaubnis, mein Herr, will ich ihn befreien;« und da er zu ihr sagte: »So befreie ihn denn, daß wir einmal Ruhe vor ihm bekommen«, so ging sie hinaus, nahm eine Schüssel voll Wasser, sprach etwas darüber, bis es zu kochen und aufzuwallen anfing, wie ein Topf am Feuer; sie bespritzte hierauf ihren Gemahl damit und sprach: »Bei der Wahrheit dessen, was ich eben gelesen und gesprochen, hat dich Gott so geschaffen oder aus Zorn dir diese Gestalt gegeben, so verändere dich nicht, bist du aber durch meine Zauberkunst so geworden, so nimm durch die Kraft des Schöpfers der Welt deine frühere Gestalt wieder an!«

Sogleich erhob sich der junge Mann ganz aufrecht, freute sich seiner Befreiung und seines Lebens, und rief: »Gott sei gelobt!« Die Frau aber sagte ihm: »Geh von mir hinweg und komme nie wieder hierher, denn sobald ich dich wieder sehe, töte ich dich.« Als er weggegangen war, kehrte sie zur Kuppel zurück, trat in die Gruft ein und sagte: »O mein Herr, komme doch heraus, damit ich deine schöne Gestalt wieder sehe.« Der König antwortete wieder in einer Sprache, die der eines Schwarzen glich: »Wohl hast du mir jetzt vor einem Zweige Ruhe verschafft, nun aber schaffe mir auch Ruhe vor dem Stamme!« Sie antwortete: »O mein Herr! Was ist denn der Stamm?« – »Wehe dir!« versetzte er, »du Veruchte, es sind die Bewohner der Stadt der vier Inseln! Jede Nacht um Mitternacht strecken die Fische ihre Köpfe in die Höhe, schreien um Hilfe und fluchen mir; darum kann ich nicht gesund werden. Gehe also schnell hin und befreie sie, kehre dann wieder zurück, gib mir die Hand und hilf mir aufstehen, denn ich bin der Genesung schon wieder sehr nahe.« Als sie dies hörte, freute sie sich über die gute Botschaft und sprach: »Recht gern, mein Herr! Im Namen Gottes, mein Herz!« Sie machte sich dann auf, ging zum See und nahm ein wenig Wasser daraus und sprach einiges über das Wasser, da fingen die Fische an zu tanzen, ihr Zauber löste sich und die Stadtbewohner standen wieder da, kauften und verkauften, gaben und nahmen. Sie kehrte jetzt wieder zur Kuppel zurück und sprach: »O mein Herr! Gib mir deine edle Hand und steh auf!« Da sagte der König mit tiefer Stimme: »Komm näher!« Sie trat näher zu ihm hin. »Komm noch näher!« rief er wieder. Als sie hierauf so nahe zu ihm hinging, daß sie ihn berührte, sprang der König auf, spaltete sie mit dem Schwerte in zwei Teile und warf sie so geteilt auf den Boden, dann ging er hinaus und fand den entzauberten Mann, der ihn erwartete und den er zu seiner Rettung beglückwünschte. Der junge Mann küßte die Hand des Sultans, dankte

Geschichte des versteinerten Prinzen

ihm und wünschte ihm viel Gutes. Der König fragte ihn: »Willst du in deiner Stadt bleiben oder willst du mit mir in meine Stadt kommen?« Da erwiderte der junge Mann: »O Herr der Zeit und Meister deines Jahrhunderts, weißt du wohl, wie weit von meiner Stadt zu der deinigen ist?« – »Eine halbe Tagereise«, antwortete der König. Aber der junge Mann sagte ihm: »Erwache doch! Man braucht ein volles Jahr von deiner Stadt zur meinigen; nur als du hierher kamst, war die Stadt verzaubert und der Weg dahin so nahe. Jetzt kann ich dich keinen Augenblick verlassen.« Da sagte der König: »Gelobt sei Gott, der dich mir beschert, du sollst nun mein Sohn werden, da ich in meinem Leben noch mit keinem Sohne beschenkt worden bin.« Sie umarmten sich, küßten sich, dankten einander und freuten sich. Als sie mit einander ins Schloß kamen, sagte der entzauberte König den Großen und Ausgezeichneten seines Reichs, daß er nun eine Reise machen wolle; er packte dann ein, was er für die Reise brauchte. Die Fürsten und Kaufleute der Stadt brachten ihm alles, was er bedurfte, und er traf zehn Tage lang seine Vorbereitungen zur Reise. Dann reiste er ab mit dem Sultan, dessen Herz sich nach seiner Residenz sehnte, von der er so lange abwesend war. Er nahm fünfzig Sklaven mit und hundert Ladungen an Geschenken, Vorräten und Gütern. Die Sklaven mußten sie auf der Reise bedienen, die sie ein ganzes Jahr lang, Tag und Nacht, fortsetzten.

Gott hatte ihnen eine glückliche Reise bestimmt. Sie langten in der Stadt an und ließen sogleich dem Wesir sagen, daß der Sultan glücklich angekommen sei. Der Wesir, alle Truppen und die größte Zahl der Einwohner zogen höchst erfreut dem Sultan entgegen, denn schon hatten sie alle Hoffnung verloren, ihn jemals wiederzusehen. Sie schmückten dann die Häuser der Stadt und breiteten seidene Teppiche auf dem Boden aus. Nachdem die Truppen alle vorübermarschiert waren, blieb der Wesir beim Sultan, es verbeugten sich aber alle vor dem Sultan und brachten ihm ihre Glückwünsche dar. Der König setzte sich auf den Thron und sagte seinem Wesir alles, was dem jungen Manne widerfahren, er erzählte ihm auch, was er selbst dessen Muhme getan und wie er dadurch jenen und die ganze Stadt befreit habe, weshalb er ein ganzes Jahr abwesend geblieben. Der Wesir wandte sich hierauf zum jungen Manne und wünschte ihm Glück zu seiner Rettung. Der König bestätigte dann die Verweser und Adjutanten, einen jeden in seinem Range, verteilte Ehrenkleider und machte viele Geschenke; er schickte auch nach dem Fischer, der die Ursache der Befreiung des jungen Mannes und der Einwohner gewesen war. Als jener erschien, beschenkte er ihn und fragte ihn, ob er Kinder habe. Nachdem dieser geantwortet, er habe einen Sohn und zwei Töchter, mußte er sie gleich holen; der König heiratete die eine und der junge Mann die andere. Hierauf machte der König den Fischer zu seinem Schatzmeister. Dem Wesir verlieh er eine Ehrenkette und schickte ihn als Sultan in die Stadt der schwarzen Inseln, nachdem er ihn hatte schwören lassen, daß er ihn besuchen wolle. Die fünfzig Sklaven, die er mitgebracht hatte, gab er ihm mit und viel Volk, und die übrigen Großen und Statthalter wurden reichlich beschenkt. Der Wesir verabschiedete sich dann, küßte dem König die Hand und reiste ab; der Sultan und der junge Mann blieben in der Stadt, und der Fischer ward einer der reichsten Leute jener Zeit und seine Töchter waren alle mit Königen verheiratet.

Geschichte des versteinerten Prinzen

Geschichte Sindbads des Seefahrers

Man behauptet, o glückseliger und verständiger König! daß unter der Regierung des Kalifen Harun Arraschid, Gott erbarme sich seiner! in Bagdad zwei Männer lebten: der eine hieß Sindbad der Seemann und der andere Sindbad der Lastträger. Sindbad der Lastträger war ein sehr armer Mann, der eine große Familie und einen kleinen Verdienst hatte; Sindbad der Seemann hingegen war ein äußerst angesehener und weiser Kaufmann, der einen so ausgebreiteten Handel trieb, daß er am Ende gar nicht mehr wußte, wo er das viele gewonnene Gold und Silber und die mancherlei Waren aufbewahren sollte. Er kaufte Sklaven und Sklavinnen und besaß einen Palast, der einem Sultan zur Wohnung hätte dienen können. Die Wände waren mit den reizendsten Malereien und Zieraten bedeckt und glänzten von Gold und Edelsteinen; alle Zimmer wurden mit Rosenwasser besprengt, das mit Ambra und Aloe vermischt war; köstliche Räucherwerke vermengten sich mit dem Dufte der Blumen, welche in den ans Haus grenzenden Gärten wuchsen, die alles enthielten, was sich das Herz nur wünschen kann. Viele Sklaven waren zur Bedienung aufgestellt, und fortwährend erscholl Gesang und Musik von Zimbeln, Harfen und andern Instrumenten. Während der Seemann dies alles besaß, war der andere ein armer Teufel, der um Lohn den Leuten ihre Last da und dorthin trug. Eines Tages nun kam ein Mann auf ihn zu und sagte: »Willst du mir diese Last da und dahin tragen?« Sindbad erklärte sich bereit dazu, und nachdem ihm der Fremde den geringen Lohn gegeben und gesagt hatte, wo er den Pack hintragen solle, ging er fort. Sindbad lud sich die Bürde auf und verfolgte den ihm angegebenen Weg. Dieser führte an dem Hause Sindbads des Seefahrers vorüber, und da der Träger sehr ermüdet war, legte er seinen Pack nieder, um ein wenig zu ruhen. Vor dem Hause war sauber gekehrt und gespritzt, der Ort war kühl und von Wohlgerüchen geschwängert, welche das Herz erquicken und die Müdigkeit verscheuchen.

Wie er nun so dasaß und den süßen Duft einatmete und sich abkühlte und ausruhte, hörte er aus dem Innern des Hauses muntere Vogelstimmen von Tauben und Nachtigallen, Töne der Laute und Harfe, und entzückenden Gesang von Mädchen. Er sah in das Haus hinein und erblickte viele Diener und Sklaven und die feinsten Speisen und allerlei Gewürz, wie man es gewöhnlich nur bei Königen und Sultanen findet. Da hob er sein Auge zum Himmel empor und sagte: »O Schöpfer! O Erhalter! O allmächtiger Gott! Verzeihe mir meine Sünden, ich kehre von allen meinen Verirrungen zu dir zurück! O Herr! Niemand ist unter den Sterblichen, der etwas einwenden könnte gegen das, was du tust. Niemand darf dich fragen, warum du so handelst und nicht anders! Du weißt alle Geheimnisse und deine Macht kennt keine Grenze! Sei gelobt und gepriesen, o Herr! Wie groß und erhaben ist deine Herrschaft, du verteilst Armut und Reichtum, Glück und Unglück, wie es dir gefällt! Wie groß, o Herr! Wie erhaben ist deine Macht! Du hast diese Diener und diese Jungen und den Herrn dieses Ortes glücklich gemacht; sie leben Tag und Nacht in jeglicher Lust und Freude, dein Befehl wird an allen deinen Geschöpfen vollzogen; die einen führen ein ruhiges Leben, die andern, wie ich, ein mühevolles, von allen Freuden beraubtes.« Dann sprach er folgende Verse:

Geschichte Sindbads des Seefahrers

»Wie viele Qual ohne Ruhe, während andere den Schatten des Glückes genießen. Ich lebe in täglichen Beschwerden und Sorgen, und übergroß ist meine Last. Andere sind selig ohne Leid, und nie gibt ihnen das Schicksal eine Last, wie mir, zu tragen. Sie sind immer vergnügt im Leben, haben Reichtum und Ansehen, Essen und Trinken. Und doch entstehen alle Geschöpfe aus einem Tropfen, und doch gleichen die andern mir, und ich bin wie sie. Aber unser Leben und Schicksal ist sehr verschieden, ihre Bürde gleicht der meinigen nicht! Ich erfinde nichts, meine Worte gehen zu dir, o gerechter Richter, dein Spruch ist doch Gerechtigkeit!«

Kaum hatte Sindbad diese Verse beendet, sah er einen sehr hübschen, reichgekleideten Jungen von feinem, schönem Ansehen zur Tür herauskommen und auf sich zugehen. Der Junge ergriff ihn bei der Hand und sagte: »Mein Gebieter, der Eigentümer dieses Hauses schickt mich zu dir, er will dich sprechen.« Der Träger sträubte sich anfangs einzutreten, doch fand er keinen Grund, sich zu weigern. So hob er denn seine Last auf, legte sie in die Vorhalle des Hauses zum Pförtner und folgte dem Jungen ins Haus, das sehr geräumig und solid gebaut war, bis sie in einen großen Saal kamen. An seinen vier Seiten waren Erhöhungen mit kostbaren Diwanen angebracht, in der Mitte sprang ein Springbrunnen, die Fenster gingen auf einen schönen Garten, ein erfrischender Zephir führte den Duft der Blumen, den Gesang der Vögel und das Murmeln der Bäche durch die Fenster zu den Ohren der ehrwürdigen Versammlung, welche in weitem Kreise um den Hausherrn herumsaß. Dieser, ein ehrwürdiger Greis, nahm den Ehrenplatz auf einer Erhöhung ein. Als der Lastträger eintrat, grüßte er und küßte die Erde vor den Gästen und dem Hausherrn und dachte: nur im Paradiese gibt es einen solchen Ort. Dann blieb er wie ein wohlgebildeter, anständiger Mann ruhig stehen. Alle erwiderten seinen Gruß und hießen ihn willkommen. Der Hausherr aber grüßte und empfing ihn noch ganz besonders, lud in ein, sich neben ihm niederzulassen und fragte ihn, wie er heiße, wo er her sei und was für ein Geschäft er treibe. Der Lastträger antwortete ihm: »Wisse, mein Herr, ich heiße Sindbad der Landmann oder Lastträger, denn meine Beschäftigung besteht darin, den Leuten um Lohn ihre Lasten zu tragen. Dies ist mein einziges Geschäft, das mich ernährt.

Ich bin ein sehr armer Mann und weiß nichts anderes zu treiben, um mich vor dem Hungertode zu schützen.« Der Hausherr sagte zu ihm: »Sei nochmals willkommen, du Lastträger! Wisse, auch ich heiße Sindbad wie du, ich bin Sindbad der Seemann, und du Sindbad der Landmann. Ich heiße dich daher als meinen Bruder willkommen.« Er ließ ihm dann kostbare Speisen vorsetzen, und da er hungrig war, aß er, bis er satt war, worauf die Sklaven den Tisch wegtrugen. Der Hausherr hieß ihn dann nochmals willkommen und versicherte ihm, daß ihm seine Gesellschaft angenehm sei. Dann fuhr er fort: »Ich möchte nun, daß du die Verse wiederholtest, welche ich dich vorhin sprechen hörte, da ich zufällig am Fenster stand.« Bei diesen Worten senkte Sindbad, der sich schämte, voll Verlegenheit das Haupt und sagte: »Bei Gott, Herr! Nimm mir diese Worte nicht übel! Die große Müdigkeit und die Qual der Armut führt oft den Menschen zu törichten und unanständigen Reden!« – »Glaube ja nicht«, erwiderte der Hausherr, »daß ich dir darum zürne! Ich betrachte dich nun als meinen Bruder und du hast nichts von mir zu fürchten. Ich bitte dich daher, sage mir jene Verse noch einmal her.« Der Träger trug nun noch einmal die Verse vor, und sie gefielen dem Hausherrn ungemein. Nachdem er ihm seinen Beifall und Dank ausgedrückt hatte, sagte er zu ihm: »Wisse, o Bruder, man nennt mich Sindbad den Seemann, ich will dir alles erzählen, was mir widerfahren ist, ehe ich zu diesem Hause und zu einer solchen Gesellschaft gelangte, denn erst nach schweren Verlusten, großen Mühseligkeiten und unendlichen Qualen habe ich solchen Wohlstand erreicht. Was habe ich nicht in früherer Zeit leiden müssen! Ich habe sieben Reisen gemacht und jede bildet eine wunderbare Erzählung, die mit Gold geschrieben werden sollte, um jedermann zum Beispiel zu dienen!« Hierauf begann er folgendermaßen: »Wisset, ihr geehrten Herren! Mein Vater, der ein sehr reicher Kaufmann war, starb, als ich noch ein kleiner Junge war, und hinterließ mir ein ungeheures Vermögen an liegenden Gütern, Geld und kostbaren Waren. Ich ließ mir wohl sein und verbrachte meine Zeit bei guten Speisen und Getränken und mit Gesellschaften, die ich meinen guten Freunden gab, und glaubte, das würde mir von Nutzen sein, oder ewig so fortgehen. Jahrelang hatte ich so gelebt, bis ich zur Vernunft zurückkehrte, und aus meinem Leichtsinn er-

wachte, da fand ich mein Vermögen geschwunden und meine Lage verändert. Ich war ganz betäubt und zerknirscht, als all mein Geld dahin war und ich einsah, daß ich dem Schicksal nicht entfliehen könnte. Da fielen mir die Worte ein, die ich als Kind oft von meinem Vater als einen Spruch von dem Herrn Suleimann, Friede sei mit ihm! sagen hörte: »Drei Dinge sind drei anderen vorzuziehen! Der Sterbetag dem Geburtstag, ein lebendiger Hund einem toten Löwen und ein Grab dem festesten Palaste!« Dann ging ich mit mir zu Rate, was ich tun sollte. Nach einiger Überlegung verkaufte ich, was ich an Kleidungsstücken, Gerätschaften und liegenden Gütern noch besaß. Ungefähr dreitausend Dirham war der Erlös davon; mich trieb es, nun zu reisen, fremde Länder und Städte zu sehen, und ich gedachte der Verse eines Dichters, welcher sagt:

»Eine hohe Stufe wird nach dem Maße der Anstrengungen erreicht. Wer hoch steigen will, muß manche Nacht durchwachen. Wer Perlen wünscht, muß in die Tiefe des Meeres tauchen, dann erst kann er Ansehen und Reichtum erwerben. Wer aber Hoheit und Ansehen wünscht, ohne mit Kraft darnach zu streben, der verliert sein Leben in unerfüllbaren Wünschen.«

Erste Reise Sindbads

Ich machte mich also auf, begann Sindbad, und kaufte allerlei Waren ein. Da ich aber besondere Lust zu einer Seereise hatte, ließ ich alles auf ein Schiff laden, das nach Baßrah ging. Das Schiff war sehr groß, und es waren viele Kaufleute darauf; wir reisten nun von einer Insel zur andern, von einem Meer ins andere, von einem Ufer ans andere. Überall, wo wir ankerten, verkauften oder vertauschten wir unsere Waren. So ging es lange gut fort auf dem Meere, bis wir an eine schöne Insel kamen mit Bäumen, auf welchen viele Vögel herumflogen und die Einheit Gottes verkündigten. Diese Insel war herrlich grün und schien ein Lustgarten des Paradieses zu sein. Der Kapitän des Schiffes rief seinen Leuten zu, die Segel einzuziehen und vor dieser Insel Anker zu werfen. Nun verließ alles das Schiff und lief auf die Insel; es wurden Fische bereitet, Herde aufgerichtet, Pfannen darüber gehängt und Feuer angezündet. Der eine wusch seine Kleider, der andere kochte, der dritte ging auf der Insel spazieren, um Gottes Schöpfung zu bewundern. Alle waren munter und aßen und tranken auf der Insel. Während wir so in der größten Freude waren, schrie uns auf einmal der Kapitän ganz laut vom Schiffe aus zu: »Wehe, ihr Reisenden! Kommt schnell auf das Schiff, laßt alle eure Gerätschaften im Stiche und rettet nur schnell euer Leben vor dem Untergange, denn die Insel, auf der ihr seid, ist nichts als ein großer Fisch, der nun zu wenig Wasser hat und nicht auf dem Lande leben kann. Auch hat der Wind den Sand von ihm weggeblasen, und da er jetzt das Feuer auf seinem Rücken spürt, fängt er an, sich zu bewegen und wird nun mit euch ins Meer tauchen; kommt daher schnell aufs

Schiff und rettet euer Leben.« Aber noch ehe der Kapitän ausgeredet hatte, fing die Insel an sich zu bewegen und mitten ins stürmende Meer unterzutauchen, so daß alle, die darauf waren, untergingen. Auch ich sank in die schäumenden Wellen, aber Gott half mir durch ein großes Brett, auf dem die Reisenden gewaschen hatten. Mit leichtem Herzen bestieg ich es, und der Wind spielte mit mir mitten im Meere. Der Kapitän, der die Leute, die auf der Insel waren, untergehen sah, spannte die Segel auf und fuhr mit der Mannschaft, die bei ihm auf dem Schiffe geblieben, davon. Ich sah das Schiff von ferne, konnte es aber nicht mehr einholen. Der Tag war schon vorüber, die Nacht brach herein mit ihrer Dunkelheit, und das Schiff entschwand nun ganz meinen Blicken. So blieb ich auf dem Brett die ganze Nacht hindurch. Am andern Morgen warf mich eine große Woge glücklicherweise auf eine Insel. Die Ufer aber waren so abschüssig, daß man nirgends hinaufsteigen konnte, und ich wäre angesichts derselben untergegangen, wenn nicht einer der Bäume, welche längs der Küste standen, seine Äste soweit ausgebreitet hätte, daß ich sie ergreifen konnte. Ich hing mich mit aller Kraft und Anstrengung an ihnen fest, kletterte auf den Baum hinauf und von da herunter auf die Insel. Als ich meine Füße betrachtete, sah ich, daß die Fische das Innere meiner Zehen abgefressen hatten, ohne daß ich es vor vieler Anstrengung bemerkt hatte. Ich warf mich nun auf den Boden nieder, denn ich war von meinen vielen Leiden bewußtlos wie ein Toter. So blieb ich vom ersten Nachmittag bis zum folgenden Morgen liegen und erwachte erst, als die Sonne sich schon über die Erde verbreitet und die Insel beschienen hatte. Ich richtete mich auf und versuchte zu gehen, was mir aber bei dem Zustande meiner Füße, die in der Nacht noch angeschwollen waren, sehr schwer wurde; dessen ungeachtet schleppte ich mich weiter, blieb dann wieder stehen und dachte über meine Lage nach, dann machte ich einige Schritte auf den Fersen, aß von den Früchten der Insel und trank aus den Bächen. Mitten in der Insel fand ich eine frische süße Wasserquelle und blieb hier einen Tag und eine Nacht. Der Schlaf und die Ruhe, die ich hier fand, gaben mir meine Kräfte wieder und ich konnte mich leichter bewegen; ich ging unter den Bäumen spazieren und schnitt mir einen Stock, um mich darauf zu stützen. Auf einmal leuchtete etwas von der Seite des Meeres her wie ein hoher Hügel; ich ging darauf los, mich immer an den Ästen festhaltend, und erblickte ein Pferd, welches an einen Baum gebunden war. Als es mich sah, wieherte und tobte es so heftig, daß ich erschrak. Dann rief auf einmal eine männliche Stimme und sagte: »Wie kommst du hierher, und woher kommst du? Aus welchem Lande bist du?« Ich sagte: »Wisse, Fragender, ich bin ein fremder Mann, der Schiffbruch erlitt und sich auf diese Insel rettete; nun weiß ich nicht, wohin ich mich wenden soll.« Als der Fremde, ein kräftiger, starker Mann, mich angehört hatte, kam er zum Vorschein, ergriff meine Hand und stieg mit mir in eine Höhle hinab, in welcher sich ein schönes, großes Zimmer befand, das mit Teppichen bedeckt war. Er ließ mich an der oberen Seite dieses Zimmers niedersitzen und brachte mir einige Speisen, von denen ich aß, bis ich ganz satt war. Mein Geist erholte sich und mein Schrecken ließ nach. Als er sah, daß ich meinen Hunger gestillt und ausgeruht hatte, erkundigte er sich nach meinem Zustande und nach meinen Abenteuern. Ich erzählte ihm meine ganze Geschichte von der frühesten Zeit bis jetzt. Er hörte mit vielem Erstaunen zu, und ich sagte zu ihm: »Verarge mir nicht, mein Herr, wenn ich dir eine Bitte vortrage. Da ich dir nun alles, was mich betrifft, erzählt habe, mußt du mich wohl auch über deine Lage aufklären und mir sagen, wer du bist und warum du hier so abgeschlossen lebst?« Da antwortete er: »Wisse, ich bin der Oberstallmeister des Königs Mihrdjan und habe die Aufsicht über seine Stallknechte und andere Diener; wir erziehen ihm echte Rassepferde. Zu dieser Zeit nämlich bringen wir eine Stute von echter Rasse hierher, binden sie an der Stelle fest, die du gesehen hast, und verbergen uns dann in dieser Höhle. Sobald es nun still ist, kommt ein Meerhengst und bespringt die angebundene Stute, welche er dann mit sich ins Meer nehmen will, weil sie aber angebunden ist und ihm nicht folgen kann, zu zerreißen sucht; sobald er sich aber auf sie stürzt, um sie umzubringen, kommen wir bewaffnet aus der Höhle hervor, so daß er sich fürchtet, entflieht und ins Meer zurückkehrt. Die Stute trägt dann von diesem Hengste, und die Jungen werden so gute Pferde, wie man sie nur bei den Sultanen der Inseln und des Meeres trifft. Wir warten eben, daß der Hengst komme, und sind wir mit unserer

Arbeit fertig, so gehen wir nach Hause und nehmen dich mit. Es ist ein Glück für dich, daß du uns hier getroffen hast; sonst hättest du niemand gefunden, der dir einen Weg gezeigt hätte, und du wärest nie mehr in ein bewohntes Land gekommen, denn du bist weit davon entfernt. Du wärest hier in Trauer gestorben, und niemand hätte etwas von deinem Tode gewußt.« Während wir so sprachen, stieg ein Pferd aus den Meereswogen hervor wie ein reißender Löwe; es war höher und breiter als gewöhnliche Pferde und hatte stärkere Füße. Es ging auf die Stute los, belegte sie und wollte sie mitnehmen, da kam aber der Stallmeister mit seinem Gefolge mit Lanzen bewaffnet aus der Höhle hervor, so daß es entfloh und wie ein wütendes Kamel ins Meer zurückkehrte. Der Mann band darauf die Stute los und ließ sie eine Weile auf der Insel springen. Es kamen dann noch viele andere dazu, die auch mit Stuten auf der anderen Seite der Insel waren. Als nun alle versammelt waren, nahmen sie die Polster aus der Höhle und ließen, was noch von Lebensmitteln übrig war, zurück. Wir gingen dann immer weiter, bis wir zur Stadt des Königs Mihrdjan kamen, der sich sehr freute, als er die Pferde ankommen sah. Man erzählte ihm mein Abenteuer und stellte mich ihm vor; er hieß mich willkommen, erkundigte sich nach meinem Wohle, und ich erzählte ihm alles, was mich betraf. Der König war sehr erstaunt und sprach: »Bei Gott, du betrittst nun ein neues Leben; gelobt sei Gott, der dich gerettet hat!« Er schenkte mir Kleider, zog mich in seine Nähe, und seine Großmut ging so weit, daß er mich zum Aufseher über die Küsten des Meeres machte. Lange genoß ich seine Freigebigkeit, wofür ich ihm seine Geschäfte besorgte, bei denen ich auch meinen eigenen Vorteil fand. So oft Kaufleute oder andere Reisende uns besuchten, erkundigte ich mich nach Bagdad, denn ich hoffte immer, jemand zu finden, der dahin reisen würde; aber niemand war je dort gewesen, niemand wußte was von Bagdad. Mir ward nun bald unheimlich in der Fremde, nach einer so langen Entfernung vom Vaterlande und von meinen Leuten. Einst kam ich zum König und grüßte ihn, da fand ich indische Kaufleute bei ihm; wir grüßten uns gegenseitig, sie fragten mich nach meinem Lande und erzählten mir dafür von Indien und wie seine Einwohner in verschiedene Stämme eingeteilt wären. Unter diesen seien die Schakirijeh die vornehmsten, weil sie nie ein Unrecht begehen, noch jemand beneiden; dann das Völkchen der Brahmanen, das nie Wein trinkt, aber doch immer munter und heiter in Scherz und Freude lebt. In ihrem Lande gibt es Pferde, Kamele und Rindvieh. Sie sagten mir auch, dass die Indier sich in zweiundvierzig Sekten teilen. In dem Lande des Königs Mihrdjan sah ich eine Insel, Kasel genannt, in der man Tag und Nacht Tamburin und andere Instrumente spielen hört; die Seeleute sagten mir, die Einwohner seien recht wackere und verständige Leute. Auch sah ich in jenem Meere zwei Fische, einen zweihundert Ellen lang, und einen andern, hundert Ellen lang, deren Köpfe denen einer Nachteule glichen. Überhaupt begegnete mir auf dieser Reise so viel Wunderbares, daß ich gar nicht alles beschreiben kann. Nachdem ich einige Zeit in diesem Königreiche zugebracht hatte, ging ich einst nach meiner Gewohnheit ans Meeresufer; da landete ein Schiff, sehr reich beladen. Ich blieb stehen, bis die ganze Ladung ausgeschifft war, um sie aufzunehmen. Da kam der Kapitän des Schiffes zu mir und sagte: »Herr, wir haben noch Waren auf dem Schiffe, dessen Eigentümer wir auf einer Insel verloren haben, wir wissen nicht, ob er noch am Leben oder ob er umgekommen ist!« Ich fragte ihn nach dessen Namen und er sagte: »Sein Name steht auf seiner Ladung, er heißt Sindbad der Seemann und war von Bagdad aus auf unser Schiff gekommen.« Der Kapitän erzählte mir dann alles, was vorgefallen, »und«, setzte er hinzu, »wir haben ihn nicht mehr gesehen. Wir wollen daher seine Ladung verkaufen, ihren Wert aufnehmen und das Geld seiner Familie bringen.« Nun erhob ich meine Stimme und sagte dem Kapitän: »Ich bin Sindbad der Seemann, den du aus deinem Schiff auf jene Insel ausgeschifft, und dieser und jener war mit uns; als der Fisch sich zu bewegen anfing, riefst du den Reisenden zu, sich zu retten; einige stiegen schnell aufs Schiff, andere blieben zurück, zu diesen gehörte auch ich«, und so erzählte ich ihm alles, was mir widerfahren, von Anfang bis zu Ende. Er sagte: »Gelobt sei Gott für deine Rettung.«

Der Kapitän neigte jedoch nachdenkend seinen Kopf und schwieg, dann sagte er: »Es gibt keinen Schutz und keine Macht, außer bei Gott, dem Erhabenen. Es ist keine Redlichkeit und kein Glauben mehr unter den Menschen.« Ich fragte ihn, warum er dies sage und

er antwortete: »Weil du mich den Namen Sindbads nennen hörtest und ich dir schon seine ganze Geschichte erzählt habe, gibst du dich für ihn aus, um dich dieser Ladung zu bemächtigen. Bei Gott! Das ist eine Sünde; denn ich und alle, die mit auf dem Schiffe waren, sahen ihn mit eigenen Augen ertrinken.« Ich sagte ihm: »O Kapitän! Höre meine Erzählung und merke wohl auf, denn Lüge ist nur Sache der Heuchler, ich habe dir ja schon alles erzählt, wie es mir gegangen und wie ich gerettet worden bin.« Ich erinnerte ihn dann noch an das, was zwischen mir und ihm auf dem Schiffe vorgefallen war, ehe wir zur Insel kamen, und an verschiedene Zeichen zwischen uns, von dem Tage an, wo wir von Baßrah abreisten. Als er diese Zeichen von mir vernahm, als meine Sache ihm klar ward und er sich unsrer Gespräche erinnerte, überzeugte er sich, daß ich wirklich Sindbad sei, und benachrichtigte davon alle, die auf dem Schiffe waren; sie versammelten sich um mich, grüßten mich, erkannten mich und glaubten mir, so daß nun auch der Kapitän von meiner Aufrichtigkeit überzeugt ward. Ich erzählte den Kaufleuten alles, was ich gelitten und gesehen, und wie ich gerettet worden, und sie waren erstaunt darüber. Der Kapitän übergab mir dann alles, was mir gehörte. Ich öffnete sogleich einen Ballen, nahm einiges Kostbare heraus, schenkte es dem König Mihrdjan und sagte ihm, daß dieser Kapitän der Herr des Schiffes sei, auf dem ich war, und daß meine sämtlichen Waren angelangt seien, worauf er mich sehr ehrte und mir viele Geschenke machte. Ich verkaufte dann meine Ladung und gewann sehr viel daran; dann kaufte ich andere Waren von dieser Stadt, packte sie ein und brachte sie aufs Schiff. Nachdem ich vom König Mihrdjan, der mir noch viele Geschenke machte, Abschied genommen hatte, reisten wir mit Erlaubnis des erhabenen Gottes ab. Die Bestimmung begünstigte uns mit einem guten Wind, und wir reisten glücklich Tag und Nacht, von Insel zu Insel und von Meer zu Meer, bis wir in Baßrah ankamen. Freudig über unser Wohl gingen wir in die Stadt, und nach einem kurzen Aufenthalt daselbst reisten wir nach Bagdad. Ich begab mich mit den vielen Waren, die ich mitgebracht, in mein Stadtviertel, grüßte meine Nachbarn und Freunde, kaufte mein Haus wieder und bewohnte es mit allen meinen Verwandten, die sich sehr über mein Glück freuten. Dann kaufte ich viele Sklavinnen und

Sklaven, Häuser und Güter, schöner als die früheren waren, die ich hatte verkaufen müssen. Ich schaffte mir alles wieder neu an, was ich früher vergeudet. Alle meine Leiden vergaß ich in kurzer Zeit und lebte wieder ganz in der schönsten Freude, in angenehmer Gesellschaft, bei gutem Essen und Trinken. Das ist's, was meine erste Reise betrifft.

»Doch die Nacht umgibt uns schon; du hast uns durch deinen Besuch viel Freude gemacht: bleibe daher noch bei uns zum Nachtessen. Komme dann morgen wieder, damit ich dir mit Gottes Segen erzählen kann, was mir auf der zweiten Reise begegnet ist.« – Als das Nachtessen vorüber war, ließ Sindbad dem Lastträger hundert Dinare auszahlen. Derselbe nahm sie an und ging mit seiner Last seines Weges, ganz erstaunt über das, was er gehört hatte; ebenso alle anwesenden Freunde Sindbads.

Der Lastträger konnte kaum den Tag erwarten, als er aufstand, sich wusch, sein Morgengebet verrichtete und zu Sindbad dem Seefahrer ging. Er wünschte ihm guten Morgen, küßte die Erde zu seinen Füßen und dankte ihm für seine Wohltaten. Dann, als die übrigen Freunde auch schon da waren, bildeten sie einen Kreis um ihn, wie am ersten Tage. Sindbad der Seefahrer bewillkommnete den Lastträger und sagte zu ihm: »Deine Gesellschaft ist uns sehr angenehm.« Hierauf hieß er sie sich an den Tisch setzen, der mit den köstlichsten Speisen bedeckt war, und sie ließen sich es wohl schmecken; dann wurde der Weintisch gebracht, auf welchem es an auserlesenen frischen und trockenen Früchten, Leckerbissen, Wohlgerüchen von Blumen und allerlei Sorbetten, nicht fehlte. Als sie sich satt gegessen und getrunken hatten, sprach der Seefahrer zu dem Lastträger: »Höre mir, Bruder, aufmerksam zu, was ich von den Abenteuern meiner zweiten Reise erzählen werde: sie sind weit merkwürdiger als die der ersten und ich habe noch Härteres auf derselben gelitten.« Er begann hierauf wie folgt:

Zweite Reise Sindbads

Nach meiner ersten Reise war ich, wie ich gestern erzählt habe, wieder zu meinem früheren Wohlleben in Gesellschaft von Freunden zurückgekehrt. Diese Lebensweise dauerte eine Weile. Eines Tages, als ich sehr vergnügt war, ergriff mich wieder die Lust zu reisen und zu handeln. Ich kaufte Waren, die sich zu einer Seereise eigneten, und schiffte mich auf einem guten Schiffe mit andern Handelsleuten ein. Nachdem wir uns den Segen Gottes erfleht hatten, lichteten wir die Anker und gingen unter Segel.

Wir fuhren von Insel zu Insel, von Land zu Land, von Stadt zu Stadt, sahen uns alles an und machten vorteilhafte Tauschgeschäfte. Eines Tages warf uns das Geschick, nach Gottes Willen, auf eine Insel, die reich an verschiedenen Fruchtgattungen, Blumen und Vögeln, aber so verlassen war, daß wir weder eine Wohnung, noch überhaupt ein menschliches Wesen entdecken konnten. Der Kapitän ankerte vor dieser Insel, die Reisenden stiegen aus und ergötzten sich an diesen Bäumen, Bächen und Vögeln, und bewunderten die Schöpfung Gottes. Auch ich verließ das Schiff, setzte mich an einer sprudelnden Quelle nieder und ließ mir von einem Sklaven kostbare Speisen auftragen. Nachdem ich gegessen und getrunken hatte, schickte ich den Diener wieder mit dem Tische aufs Schiff zurück, erquickte mich an der klaren Luft, die mich umwehte, und schlief ein. Als ich erwachte, sah ich das Schiff nicht mehr, und fand mich ganz allein, das Schiff war abgesegelt und niemand hatte an mich gedacht. Da überfiel mich so großer Kummer und Ärger, daß mir fast die Galle zersprang, denn ich hatte keinerlei Lebensmittel, noch sonst was bei mir und war innerlich und äußerlich erschöpft und verzweifelte am Leben. Ich gab mich allerlei Gedanken hin, seufzte und jammerte, schalt mich selbst, daß ich eine zweite Reise unternommen, da ich doch zu Hause mit meiner Familie bei größtem Überflusse an Speisen, Getränken und Kleidung, in Ruhe hätte leben können. Ich bereute es, Bagdad verlassen und mich nochmals auf die See begeben zu haben, nachdem ich das erstemal schon so viel gelitten, und beinahe, ohne Gottes besondere Gnade, umgekommen wäre. Ich geriet fast von Sinnen.

Zuletzt ergab ich mich in den Willen Gottes, ging eine Weile gedankenlos umher und stieg dann auf einen hohen Baum, um von da aus nach allen Seiten zu spähen, ob ich einen Menschen entdecke. Meine Blicke schweiften über die Meeresfläche hin, konnten jedoch nichts als Himmel und Wasser entdecken.

Endlich erblickte ich auf der Insel etwas Weißes. Ich stieg vom Baume und wendete mich nach der Seite, wo ich den Gegenstand meiner Aufmerksamkeit wahrgenommen hatte.

Schon in einiger Entfernung bemerkte ich, daß es eine außerordentlich große weiße Kugel war. Näher gekommen, berührte ich sie und fand, daß sie zarter als Seide war. Ich ging um dieselbe herum, um nach einer Öffnung zu sehen, ohne daß ich jedoch eine entdecken konnte; ich hielt es auch für unmöglich, hinaufzusteigen, da sie sehr glatt war. Sie konnte fünfzig Schritte im Umfange haben. Als die Sonne sich zum Untergang neigte, verfinsterte sich auf einmal die Luft, wie wenn sie von einer dunklen Wolke bedeckt gewesen wäre. Großes Erstaunen über diese Erscheinung befiel mich, denn wir waren im Sommer, ich entdeckte aber, daß sie von einem Vogel von außerordentlicher Größe herrührte. Es fiel mir bei, daß mir die Matrosen oft von einem Vogel, den sie Roch nannten, erzählt hatten, und daß die große Kugel, die mich in ein solches Erstaunen versetzt hatte, ein Ei dieses Vogels sein müsse. In der Tat, er schlug sein Gefieder auseinander und ließ sich darauf nieder, gleichsam um es auszubrüten.

Als der Vogel auf dem Ei saß und seine Füße ausstreckte, erhob ich mich, band mich mit der Binde meines Turbans daran fest und dachte bei mir: morgen wird der Vogel seinen Flug fortsetzen. Auf diese Weise könnte er dich von dieser verlassenen Insel auf bewohntes Land bringen. Bist du erst in Sicherheit, machst du die Binde wieder los und brauchst dann nicht mehr auf Inseln herumzuziehen und bist vor wilden Tieren sicher. So brachte ich die Nacht wachend zu. Am folgenden Morgen flog er, sobald der Tag anbrach, davon und trug mich tief in die Wolken hinein, daß ich nichts mehr unter mir sah; er schien das Gewicht, das an einem seiner Füße hing, durchaus nicht mehr zu spüren, als wenn eine Feder an seinen Krallen hinge; darauf stieg er aus der furchtbaren Höhe wieder herab mit einer Schnelligkeit, die mir die Besinnung raubte. Als er wieder mit mir Boden gefaßt hatte, band ich schnell die Binde los, die mich an ihn gefesselt hatte. Kaum war mir dies jedoch gelungen, als er mit dem Schnabel eine Schlange von unerhörter Größe erfaßte und mit ihr davonflog. Hierüber war ich sehr erstaunt und verlor meinen Mut. Nachdem ich mich wieder etwas gefaßt hatte, stellte ich Betrachtungen über meine Lage an. Der Ort, wo ich mich befand, war ein großer Hügel, unter mir war ein großes, weites Tal, von allen Seiten mit Bergen umgeben, deren Spitzen sich in den Wolken verloren, so daß kein Auge sie sehen konnte, noch jemand imstande war, sie zu ersteigen. Ich machte mir Vorwürfe über das, was ich getan und sagte: es gibt keinen Schutz und keine Macht, außer bei Gott, dem Erhabenen! Sowie ich einer Gefahr entgehe, gerate ich in eine andere.

Während ich im Tale umherging, entdeckte ich, daß dessen Boden aus Diamant bestand. Es ist ein sehr harter, fester Stein, den man weder mit Eisen, noch mit Stahl brechen kann und der zum Zerschneiden von Porzellan und Perlen und Mineralien gekauft wird. In dem Tale gibt es auch eine große Anzahl Schlangen, so lang und dick wie ein großer Dattelbaum, so daß jede von ihnen einen Elefanten hätte verschlingen können. Während des Tages zogen sie sich in ihre Höhlen, aus Furcht vor dem Vogel Roch, zurück und kamen erst des Nachts zum Vorschein.

Ich ging im Tale umher, bis ich eine große Höhle erblickte; ich ging auf sie zu und trat hinein. Den Eingang, der niedrig und eng war, schloß ich mit einem großen Stein. Als ich mich aber in der Höhle umsah, entdeckte ich eine große Schlange, welche auf Eiern von der Größe eines Elefanten lag. Ich konnte die ganze Nacht vor Furcht nicht schlafen, denn ich erblickte bald noch andere von gleicher Art. Doch nahm ich mich zusammen und hielt mich wach, bis der Tag anbrach und einen Schein in die Höhle warf, da schob ich den Stein von der Höhle weg, ging heraus und wandelte, vom langen Wachen und von Furcht wie eine Leiche aussehend, im Tale umher. Auf einmal fiel ein geschlachtetes Tier vom Berge herab. Als ich dies sah, fiel mir ein, was mir früher ein Kaufmann erzählt hatte: Es gibt einen Berg von Diamantstein, der aber so hoch ist, daß ihn niemand besteigen kann, die Kaufleute gebrauchen aber eine List, um sich trotzdem Diamantsteine zu verschaffen. Sie schlachten ein Lamm, ziehen ihm die Haut ab und werfen das Fleisch in das Tal, so daß Steine an dem frischen Fleische hängen bleiben. Wenn dann die Adler dieses Fleisch nehmen und damit auf die Höhe fliegen, gehen die Handelsleute auf die Adler los und zwingen sie durch starkes Geschrei, davonzufliegen und das Fleisch im Stich zu lassen, worauf die Kaufleute die Diamanten von den Fleischstücken lösen und mitnehmen und das Fleisch den Raubtieren überlassen. Sie bedienen sich dieser List, weil es kein anderes Mittel gibt, um Diamanten und Magnetsteine zu gewinnen.

Ich fing an, viele Diamanten zu sammeln und einzustecken. Dann nahm ich das Stück Fleisch und band es mit dem Tuche meines Turbans fest. Bald kam ein Adler, faßte mit seinen Krallen dasjenige Stück, in das ich mich hineingebunden hatte, trug es auf den Gipfel des Berges und wollte es verzehren, aber die Handelsleute, die in der Nähe waren, schrien laut und machten großen Lärm mit Brettern, um den Adler von seiner Beute zu verscheuchen, was ihnen auch gelang. Ich aber machte mich, sobald der Adler das Lamm verlassen hatte, los und blieb daneben stehen. Einer der Kaufleute näherte sich hierauf und suchte nach Steinen an dem Tiere, und als er keine fand, schrie er: »Wehe! Wehe! Alle meine Mühe war vergebens, meine Reise bringt mir keinen Vorteil.« Als er dann seinen Blick auf mich warf, erschrak er. Ich aber sagte: »Fürchte nichts, mein Bruder, ich bin ein Mensch wie du, ich bin auf wunderbare Weise hierher gekommen. Du sollst keinen Schaden durch mich haben, ich besitze viele Diamantsteine und gebe dir mehr, als du an diesem Tiere gefunden hättest, dem ich meine Rettung verdanke, da ich mit demselben auf diesen Berg gekommen bin. Sei nur ohne Sorge!« Kaum hatte ich zu Ende gesprochen, als die andern Handelsleute, die mich bemerkt hatten, sich um mich versammelten und ihr Erstaunen, mich zu sehen, ausdrückten, das ich noch durch Erzählung meiner Geschichte vermehrte. Sie sagten mir, daß ein jeder von ihnen ein solches geschlachtetes Tier ins Tal werfe, und zeigten mir die Diamanten, die jeder gewonnen hatte. Da zog ich eine Handvoll aus meiner Tasche und gab sie dem Kaufmanne, mit dessen Lamm ich auf den Berg gekommen war, und da es mehr war, als er gefunden hätte, freute er sich sehr und dankte mir. Die übrigen Diamanten verkaufte ich den Kaufleuten, ließ mir einen Beutel geben und legte das übrige Geld in einen Gurt, den ich bei mir trug. Ich reiste dann mit ihnen von Land zu Land, von Stadt zu Stadt, machte überall Geschäfte, bis wir glücklich in Baßrah anlangten.

Unter vielen Inseln, die wir durchwanderten, war auch eine, auf welcher der Kampferbaum wächst, der so dick und laubig ist, daß hundert Menschen in seinem Schatten Platz haben. Die Flüssigkeit, die der Kampfer gibt, fließt aus einer Öffnung, die man mit einer langen Lanze oben am Baume macht. Dieselbe sieht wie Milch aus, verdichtet sich wie Gummi und bildet den Saft des Baumes; nachdem die Flüssigkeit ausgelassen, dörrt der Baum und stirbt ab.

Auf der nämlichen Insel gibt es Rhinozerosse, Tiere, größer und stärker als der Elefant, sie weiden wie Büffel, deren es viele Sorten auf dieser Insel gibt, und wie die Stiere bei uns, frei umher; sie tragen ein zehn Ellen langes starkes Horn, so dick wie ein Dattelbaum. Man sieht darauf Umrisse, die einen Menschen vorstellen. Das Rhinozeros schlägt sich, wie mir ein Reisender erzählt hat, mit dem Elefanten, durchbohrt ihm den Leib mit seinem Horn und trägt ihn auf seinem Kopfe, ohne eine Last zu spüren, umher, bis er tot ist; bald jedoch fließt im Sommer bei der Hitze das Fett des Elefanten über seine Augen und macht sie blind. Darauf kommt der Vogel Roch, umfaßt sie beide mit seinen Krallen, um sie in sein Nest zu tragen und seine Jungen damit zu füttern. Ich habe auf jener Insel noch andere Merkwürdigkeiten und Wunderdinge gesehen. Als wir nach Baßrah kamen, hielten wir uns einige Tage dort auf, dann reisten wir nach Bagdad. Meine Familie freute sich über meine glückliche Ankunft, meine Freunde beglückwünschten mich, und ich machte ihnen sowohl wie meinen Nachbarn viele Geschenke, setzte wieder mein Handelsgeschäft mit allerlei Waren und Edelsteinen fort, deren ich mehr als früher besaß, schaffte mir schöne Diener an und ließ mir es wohl sein bei gutem Essen, Trinken und allerlei Zerstreuungen. Ich ward wegen meiner Abenteuer bewundert und von jedem, der eine große Reise unternehmen wollte, zu Rate gezogen.

Hiermit schloß Sindbad die Erzählung seiner zweiten Reise. Er gab dem Lastträger noch hundert Zechinen und lud ihn auf den folgenden Tag ein, die Erzählung der dritten Reise zu hören.

Der Lastträger ging nach Hause und kam den darauffolgenden Tag wieder. Man setzte sich zu Tische. Sindbad fuhr, nach genommener Mahlzeit, folgendermaßen fort:

Dritte Reise Sindbads

Wisset, meine Freunde, nachdem ich mich, wie ich euch gestern erzählt habe, einige Zeit in Bagdad dem Wohlleben hingegeben hatte, kam mir wieder die Lust zu reisen und zu erwerben, denn der Mensch sehnt sich immer nach etwas. Ich packte daher viele Waren für eine Seereise zusammen, vergaß meine früheren Leiden, reiste nach Baßrah und ging am Ufer des Meeres umher. Da sah ich ein großes Schiff, auf welchem sich angesehene, rechtschaffene und fromme Kaufleute befanden. Ich ließ meine sämtlichen Waren auf das Schiff bringen, und die Kaufleute freuten sich meiner Gesellschaft. Wir reisten mit Gottes Segen ohne Unfall und machten großen Gewinn. Eines Tages, als wir ganz vergnügt auf wogendem Meere waren, stieß der Kapitän ein Jammergeschrei aus, schlug sich ins Gesicht, riß sich die Haare aus dem Barte und zerriß seine Kleider. Dann rief er laut: »O ihr Kaufleute! Wir sind alle verloren.« Als wir fragten, was es gebe, sagte er: »Wisset, daß die heftigen Stürme uns vom Wege abgeführt haben, und unser Mißgeschick uns an die Affeninsel gebracht hat, auf welcher Affen wie Heuschrecken umherspringen. Noch ist kein Mensch auf diese Insel gekommen, der nicht seinen Tod gefunden hätte.« Der Kapitän warf die Anker aus und ließ die Segel einziehen, aber alsbald kamen die Affen von der Insel her auf uns zu, und stiegen von allen Seiten in so großer Zahl auf das Schiff, daß wir sie weder töten, noch fortjagen konnten. Bald bissen sie auch mit ihren Zähnen das Ankertau und die Segelstricke durch, zogen das Schiff ans Land, ließen uns aussteigen und verschwanden mit dem Schiffe samt allem, was darauf war. Diese Affen hatten gelbe Augen, schwarze Gesichter und klebrige Haare. Wir gingen, ohne zu wissen, was aus uns werden sollte, auf der Insel umher und nährten uns von Pflanzen. Da leuchtete uns eine Wohnung mitten auf der Insel entgegen, und als wir uns derselben näherten, bemerkten wir ein großes, wohlgebautes Schloß, mit einem großen Tore und zwei Flügeln von Ebenholz. Wir traten hinein und befanden uns in einem großen Hofe, in welchem viele Gebeine umherlagen und viel grünes und trockenes Holz aufgespeichert war. Wir wunderten uns sehr darüber, blieben jedoch, da wir sehr müde und niedergeschlagen waren, im Schlosse, in welchem wir keinen Menschen sahen.

Während wir in diesem gräßlichen Zustande der Verzweiflung waren, bebte auf einmal die Erde mit uns, und mit einem Geräusch, ähnlich dem Brausen des Sturmwindes, trat eine schwarze Menschengestalt, groß wie ein Palmbaum, zu uns heran. Sie hatte rote Augen, ein schwarzes Gesicht, weite Nasenlöcher und einen großen Mund. Sie setzte sich auf eine Bank und ruhte ein wenig aus, dann heftete sie ihre Augen auf uns und trat uns näher. Beim Anblick dieses Riesen bebten und zitterten wir vor Angst. Er faßte mich dann, setzte mich auf seine Hand wie einen Sperling, drehte mich herum und befühlte mich, wie es ein Metzger mit einem Schlachttiere tut und stellte mich dann auf die Seite, fern von meinen Reisegefährten. Er verfuhr dann mit diesen in gleicher Weise bis er an den Kapitän kam, welcher der Fetteste von uns war. Diesen packte er am Nacken, warf ihn aufs Gesicht, setzte seinen Fuß auf das Genick und zerbrach es. Hierauf holte er viel Holz herbei, zündete ein Feuer an, und als das Holz zu Kohlen ward, nahm er einen großen Bratspieß, durchbohrte damit den Kapitän, hob ihn über die Kohlen und drehte ihn rechts und links über denselben, bis er gebraten war. Dann legte er den Leichnam vor sich hin, bis er erkaltet war, riß mit den Nägeln von ihm herunter, aß davon, bis er satt war und warf die abgenagten Beine auf die Seite. Dann kehrte er nach seinem Platze zurück, legte sich auf die Bank und schnarchte wie ein Tier, das man schlachtet. Wir aber blieben von einander getrennt stehen und wagten vor Angst nicht, uns wieder zu vereinigen, bis Gott den Morgen leuchten ließ und der Riese seines Weges ging, ohne daß wir wußten wohin. Dann traten wir wieder zusammen und bedauerten den Kapitän und dach-

Geschichte Sindbads des Seefahrers

ten: morgen wird es einem andern von uns ebenso ergehen, und wir werden alle hinsterben, ohne daß jemand etwas von uns weiß. Wir beschlossen, auf der Insel ein Versteck zu suchen oder zu entfliehen. Da wir aber keinen sichern Ort fanden, kehrten wir, nachdem wir einige Pflanzen als Nahrung zu uns genommen, wieder in das Schloß zurück und setzten uns auf unsern frühern Platz. Kaum saßen wir, so erbebte die Erde, der Riese erschien, trat auf uns zu, und nachdem er ein wenig auf der Bank ausgeruht hatte, drehte er uns, einen nach dem andern herum, ergriff dann einen von uns und verfuhr mit ihm wie mit dem ersten. Nachdem er ihn gebraten und verzehrt hatte, legte er sich wieder auf die Bank und schnarchte, wie wenn ein Sturmwind braust, die ganze Nacht durch; wir aber konnten vor Furcht nicht schlafen. Als der Tag leuchtete, verließ er uns, wir traten zusammen, klagten über unsere Lage und dachten: bei Gott, besser ertrinken als gebraten werden. Da sagte einer von uns: »Meine Freunde, laßt uns eine List ersinnen, diesen Verruchten zu töten und uns und allen Gläubigen Ruhe zu schaffen.« Die übrigen Kaufleute stimmten mit diesem Vorschlag überein, ich aber sagte: »Guter Rat ist noch besser als Totschlagen, wollt ihr ihn durchaus töten, so lasset uns vorher von diesem Holze ein Floß bauen, das wir am Ufer bereit halten. Gelingt es uns, den Riesen zu töten, so mag daraus werden, was Gott will, wenn nicht, so steigen wir auf das Floß und rudern in die hohe See und vertrauen auf Gott. Werden wir gerettet, nun gut, ertrinken wir, so sterben wir als Märtyrer und werden doch nicht getötet und verbrannt.« Mein Rat wurde gutgeheißen, wir trugen alsbald Holz nach dem Ufer, nahmen Stricke, die um das Schloß herum lagen und allerlei Fetzen, die wir zusammenflochten und banden damit das Floß fest, das wir am Ufer befestigten. Hierauf kehrten wir in das Schloß zurück, und kaum hatten wir unsern früheren Platz wieder eingenommen, so bebte die Erde und jenes Ungeheuer kam wieder mit einem Getöse wie ein Sturmwind, faßte einen von uns und verfuhr mit ihm wie mit dem ersten. Als er ihn gebraten und verzehrt hatte, schlief er wie gewöhnlich wieder ein. Da nahmen wir den eisernen Spieß, an dem er die Menschen gebraten hatte, legten ihn auf die Kohlen, trugen noch mehr Holz hinzu und legten einen zweiten Spieß daneben. Als sie rot wie feurige Kohlen waren, gingen wir damit auf den verruchten Schwarzen zu, der wie der Donner schnarchte und bohrten die Spieße in seine Augen. Er stieß einen fürchterlichen Schrei aus, erhob sich von der Bank und ging im Hofe umher, immer nach uns greifend. Wir verbargen uns, doch überfiel uns große Angst und wir sahen schon den Tod vor Augen. Indessen hatte er das Gesicht verloren, und ging unter gräßlichem Geheul und Gestampf zur Türe hinaus, so daß die Erde unter uns bebte. Wir verließen das Schloß und begaben uns an das Ufer der Insel, wo wir unsere Flöße stehen hatten und sagten zu einander: wenn der Verruchte bis nach Sonnenuntergang ausbleibt, so dürfen wir annehmen, daß er umgekommen ist, kehrt er aber wieder ins Schloß zurück, so müssen wir uns auf die Flöße begeben und fortrudern und uns in den Willen Gottes ergeben. Während wir uns so besprachen, kam der Schwarze mit zwei andern, die noch stärker und gräulicher waren als er und wie Werwölfe aussahen, mit Augen wie glühende Kohlen. Als wir ihn so, auf die Schultern seiner beiden Gefährten gestützt, dem Schlosse zugehen sahen, begaben wir uns auf unsere Flöße, die wir so schnell als möglich vom Ufer wegzurudern suchten. Die Riesen bemerkten dies zeitig, bewaffneten sich mit großen Steinen, liefen auf das Ufer zu und warfen uns die Steine nach, von denen uns viele trafen und töteten, während andere ins Meer fielen. Da ich und meine Kameraden mit allen Kräften ruderten, befanden wir uns bald auf hoher See und wurden ein Spiel der Winde und Wellen, die uns hin und her warfen. Wir waren nur noch unsrer drei, die übrigen waren umgekommen und wurden, sowie sie tot waren, von uns ins Meer geworfen. Trotz aller Hungerqual hörten wir doch nicht auf, mit aller Kraft zu rudern und uns gegenseitig zu ermutigen, bis wir vom Winde gegen eine Insel getrieben wurden, auf welcher wir Bäche, Bäume und Vögel fanden. Da wir vor Ermüdung, Hunger und Furcht halbtot waren, freuten wir uns über unsere Rettung und stärkten uns an den Früchten dieser Insel. Als der Abend nahte, legten wir uns nieder und schliefen ein. Auf einmal wurden wir von einem Geräusche, ähnlich dem eines Sturmwindes, geweckt und groß war unsere Furcht, als wir uns von einer mächtig großen Schlange umzingelt sahen. Sie fuhr auf einen meiner Kameraden los und würgte ihn hinunter; man sah nur noch seine Schultern und seinen Kopf aus

Geschichte Sindbads des Seefahrers

ihrem Rachen hervorstehen; er schrie laut und die Schlange machte eine schnelle Bewegung, indem sie sich zusammen und gleich darauf wieder auseinander rollte. Wir hörten seine Gebeine krachen und verschlungen war der ganze Mann! Darauf ging die Schlange wieder ihres Weges. Wir zwei übriggebliebenen fürchteten, die Schlange möchte auch bald in ähnlicher Weise mit uns verfahren und sagten: »Es gibt keinen Schutz und keine Macht außer bei Gott, dem Erhabenen. Schon fühlten wir uns glücklich, der Grausamkeit der Riesen und der Wut der Wellen entgangen zu sein; und jetzt befinden wir uns in Lagen, die noch schrecklicher sind.«

Wir gingen auf der Insel umher, um eine Zuflucht zu suchen, fanden aber keine; wir aßen von den Früchten, die darauf wuchsen, mit der schrecklichen Vermutung, daß einer von uns von der Schlange noch diesen Abend aufgefressen werde. Endlich bemerkten wir einen hohen Baum, auf den wir stiegen, um uns die Nacht über in Sicherheit zu bringen. Gleich darauf nahte sich die Schlange dem Baume, auf dem wir waren. Sie legte sich an dessen Stamm, erreichte meinen Kameraden und würgte ihn hinunter; ich stieg auf die obersten Zweige und dachte, wenn ich herunterstürze und umkomme, so habe ich doch Ruhe vor dieser Angst, vor dem Hunger und den Strapazen in der Fremde. Indessen ging die Schlange, nachdem sie meinen Gefährten am Baume zermalmt hatte, wieder ihres Weges, und ich brachte die Nacht allein auf dem Baume zu, erschüttert von dem, was ich gesehen, und entschlossen, mich vom Baume herunterzustürzen, falls die Schlange wiederkehren sollte, denn ich dachte, lieber so sterben, als von der Schlange verschlungen zu werden. Am folgenden Morgen wollte ich mich ins Meer werfen, aber mein Innerstes sträubte sich dagegen, denn der Mensch hängt doch am Leben. Ich machte mich daher auf, suchte verschiedenes Holz und trockenes Gesträuch zusammen, aus dem ich Stricke flocht; dann umgab ich mich von allen Seiten mit festgebundenen Brettern und Scheiten, so daß ich wie in einer Kiste lag und die Schlange mich nicht erreichen konnte. Die Schlange kam des Abends und schlich um mich herum. Sie konnte meiner jedoch nicht habhaft werden wegen des Walls, der mir zum Schutze diente, und trieb es so bis zum Tage, indem sie unter fortwährendem Gezische sich bald näherte, bald wieder entfernte;

ich sah alles und war dem Tode nahe vor Furcht. Als der Tag nahte, zog sie sich zurück; ich machte mich alsbald von dem Holze los, lief auf der Insel umher, aß einige Früchte und gelangte auf einen Hügel, von welchem ich ein Schiff mitten in den Meereswellen erblickte. Ich rief demselben aus voller Kehle zu, winkte mit dem Zweige eines Baumes und ward sogleich von der Schiffsmannschaft gesehen.

Das Schiff näherte sich dem Ufer und die Leute fragten mich, wer ich sei. Ich antwortete: »Ich bin ein Mensch, nehmet mich auf, ich will euch erzählen, wie ich hierhergekommen.« Sie nahmen mich auf, brachten mir einigen Proviant und als ich mich gestärkt hatte, erzählte ich ihnen meine ganze Leidensgeschichte von meiner Abreise aus der Heimat an bis zum Augenblick, wo ich aufs Schiff kam, und sie waren sehr erstaunt über meine Abenteuer! Sie zogen mir dann meine zerfetzten und übelriechenden Kleider aus, warfen sie in das Meer, brachten mir andere, reine Kleider, sowie auch verschiedene Lebensmittel und frisches Wasser. So ward ich wieder neu belebt, nachdem ich schon der Verzweiflung preisgegeben war, und ich wähnte mich wie im Traume, als ich mich, nach so schweren Leiden, wieder in solchem Wohlbehagen sah.

Eine Zeitlang trieben wir bei günstigem Winde, landeten endlich bei Kalaset, woher man das Sandelholz bezieht und gingen im Hafen dieser Insel vor Anker. Meine Reisegefährten und sämtliche Handelsleute fingen an, ihre Waren ausschiffen zu lassen, um sie zu verkaufen oder um Tauschhandel zu treiben. Unterdessen rief mich der Schiffskapitän und sprach zu mir: »Höre, mein Herr, du bist fremd und arm und hast uns erzählt, was du gelitten, darum will ich dir Gutes zuwenden und dir um Gottes Willen Nutzen verschaffen.« Als ich hierauf antwortete, ich sei allerdings in größter Dürftigkeit, er möge tun, was ihm gut dünke, fuhr er fort: »Wisse, auf dem Schiffe befinden sich Waren, die einem Handelsmanne in Bagdad gehörten, der mehrere Jahre mit uns gereist ist, und den wir dann verloren haben. Wir wollen seine Waren verkaufen, das Geld dafür nehmen und es nach Rückkunft seinen Erben zustellen, sowie sie sich als solche ausweisen werden. Du aber sollst sie verkaufen und einen entsprechenden Lohn dafür in Empfang nehmen, wovon du auf der Reise leben kannst.« Ich dankte Gott, sprach kein Wort, und nahm mich zusammen, bis alle Waren ausgeladen waren und die Kaufleute sich miteinander unterhielten; da wendete ich mich zum Kapitän und bat ihn, mir näheres über den Eigentümer dieser Waren zu berichten, und als er erzählte, wie sie ihn auf einer Insel zurückgelassen, weil sie ihn ganz vergessen hatten und dabei auch meinen Namen nannte, war meine Freude grenzenlos, und ich rief laut: »O Kapitän, o ihr Kaufleute! Bei Gott, ich bin Sindbad der Seefahrer, die Waren gehören mir, alle Kaufleute werden es bezeugen.« Da sagte der Kapitän: »Wie kannst du dies behaupten?« und er wollte nichts von alledem glauben. Bald versammelten sich die übrigen um uns; die einen glaubten mir, während mich die andern für einen Lügner hielten. Da trat auf einmal ein Handelsmann aus ihrer Mitte hervor, grüßte mich und sprach: »Du hast wahr gesprochen, Sindbad der Seemann; dieses Geld und diese Waren gehören dir. (Doch höre, so erzählte Sindbad, wie dies zuging.) Dieser Kaufmann sagte: Ich erzählte euch vor kurzem das wunderbarste, was mir jemals auf Reisen begegnet, daß ich nämlich einst Diamanten sammelte und vom Diamantberge herab Fleischstücke auswarf und daß einst ein Mensch daran festgebunden war. Dies war Sindbad, der mir dann viele Diamanten schenkte, von denen er die Taschen voll hatte. Wir reisten dann zusammen nach Baßrah, von wo er sich nach Bagdad begab, ich weiß nicht, was ihm inzwischen zugestoßen, danke aber Gott, daß er wieder bei uns ist, um euch zu überzeugen, daß ich euch die Wahrheit berichtet und daß ihn der Herr wieder zu seinen Waren geführt.« Nachdem dieser Kaufmann so gesprochen, gab ich dem Kapitän noch andere Beweise, sodaß er keinen Zweifel mehr hatte und mich aufs neue willkommen hieß, mich umarmte und sagte: »Gott sei für deine Rettung gepriesen.« Nachdem ich dann meine ganze Geschichte erzählt und noch andere Beweise angeführt hatte, wurden mir meine Waren ausgeliefert, ich handelte damit und machte ungewöhnlich großen Gewinn.

Von der Insel Kalaset segelten wir nach Indien, wo ich Gewürznelken, Ingwer und andere Spezereien einkaufte. Von hier segelten wir nach Sind, wo wir auch Handel trieben und uns das Land ansahen. Auf dieser Reise sah ich ungezählte Merkwürdigkeiten, unter anderem Fische wie Stiere und Esel, auch Vögel, die aus einer Seemuschel hervorgehen und auf dem Wasser Eier legen und ausbrüten und nie das trockene Land betreten. Endlich kam ich, nach einer langen Reise von Insel zu Insel, in Baßrah an und erreichte schließlich wieder Bagdad mit mehr Geld und Waren, als ich selbst wußte. Ich machte meinen Freunden und Bekannten viele Geschenke, kleidete Waisen und Witwen, schaffte mir wieder Sklaven und Sklavinnen an, und lebte in süßer Behaglichkeit an guten Speisen und Getränken, an Musik, Gesang und schönen Mädchen mich ergötzend, froh und heiter und gedachte nicht mehr der ausgestandenen Leiden. Das ist der Schluß meiner dritten Reise.

Sindbad ließ dann Speisen auftragen, gab dem Lastträger wieder hundert Goldstücke und sprach: »Komme morgen wieder, du sollst dann hören, was mir noch Merkwürdigeres auf der vierten Reise begegnet ist.« Der Lastenträger versprach es und ging nach Hause, verwundert über das, was er von Sindbad gehört hatte; des andern Tages ging er wieder zu ihm. Als sie alle beisammen waren, schmausten sie wie am vorhergehenden Tag; später begann Sindbad:

Vierte Reise Sindbads

Ich lebte einige Zeit allen Lebensgenüssen hingegeben und vergaß alle früheren Strapazen im Übermaße meines Glücks und meiner blühenden Geschäfte. Eines Tages besuchten mich vornehme Kaufleute, die durch ihr Gespräch über Handel und Reisen auch meine Wanderlust wieder weckten, so daß ich beschloß, mit ihnen zu reisen, um neue Länder zu sehen. Ich kaufte kostbare Waren für den Seehandel ein und begab mich mit meinen Freunden auf ein großes Schiff. Wir waren längere Zeit unterwegs, als wir eines Tages bei einer bisher außerordentlich günstigen Fahrt von einem Windstoße getroffen wurden, der den Kapitän zwang, die Segel einzuziehen und die Anker auszuwerfen, – der Sturm kam aber dann von vorne, zerriß unsere Segel, sowie das Ankertau und schlug den Mastbaum um, so daß das Schiff unterging und eine große Anzahl Handelsleute ertrank und die Ladung zugrunde ging.

Ich und einige andere Handelsleute hatten das Glück, uns an einem Brette festhalten zu können, auf dem wir einige Zeit bei stillem Winde mit Händen und Füßen fortruderten. Dann erhob sich der Sturm wieder, und die Wellen trieben uns, nach Gottes Bestimmung, gegen eine große Insel. Wir stiegen ans Land, außer uns vor Erschöpfung, Hunger, Durst und Kälte, und nährten uns von einigen Pflanzen. Die Nacht aber ruhten wir am Ufer aus. Den darauffolgenden Tag entfernten wir uns mit dem ersten Strahl der Sonne vom Ufer, drangen auf der Insel vor und bemerkten Wohnungen, denen wir uns näherten. Sogleich kam uns ein Schwarzer aus den Hütten entgegen. Ohne uns zu grüßen ergriff er uns und führte uns zu ihrem

Oberhaupte. Man setzte uns eine Speise vor, die wir weder kannten, noch je gesehen hatten. Meine Kameraden, an denen der Hunger gezehrt hatte, aßen davon. Ich aber hatte einen Ekel davor und wollte trotz meines Hungers nicht einmal davon kosten; dies war mein von Gott beschiedenes Glück; denn kurz darauf bemerkte ich, daß meine Kameraden den Verstand verloren und wie Rasende weiter aßen. Man reichte uns darauf Kokosnußöl; meine Kameraden, die schon von Sinnen waren, aßen auch hiervon und rieben sich damit ein. Ich erstaunte darüber und sah dann, daß es Magier waren, die jeden Fremden, der zu ihnen kam, mästeten und ihrem König, der ein Werwolf war, gebraten zu essen gaben. So ging es meinen Kameraden, die durch diese Speise ihren Verstand verloren hatten; ich aber blieb zwei Tage bei ihnen und enthielt mich aus Furcht und Angst jeder Speise und jeden Getränkes. Ich zehrte sichtbar ab und meine Haut dorrte aus; die Schwarzen bemerkten meinen krankhaften Zustand, ließen mich leben und kümmerten sich nicht weiter um mich.

So konnte ich mich eines Tages von den Wohnungen der Schwarzen entfernen und, mich von den Pflanzen der Insel nährend, unauffällig weitergehen. Da bemerkte ich in der Ferne einen Greis und ging auf ihn zu, um zu sehen, wer er sei. Er war der Hirt, der die Menschen auf die Weide führte, die dann vom König verzehrt werden sollten. Er mußte sie, nachdem sie von der genannten Speise gegessen hatten, ins Freie führen, wo sie von den Früchten der Insel aßen bis sie recht fett wurden. Als ich dies wahrnahm, fürchtete ich mich und wollte umkehren; der Greis, der merkte, daß ich verständiger als die anderen war, gab mir durch ein Zeichen zu verstehen, daß ich den Weg nach rechts einschlagen sollte, um zu meinem Ziele zu gelangen. Ich folgte dieser Weisung, schlug den bezeichneten Weg ein, fürchtete jedoch immer verfolgt zu werden. Bald lief ich, bald ruhte ich aus; endlich, als die Nacht hereinbrach und ich weit von dem Greis entfernt war, legte ich mich nieder, konnte aber vor Angst und Müdigkeit nicht schlafen. Ich stand wieder auf und ging die ganze Nacht hindurch; des Morgens ruhte ich wieder aus und stärkte mich an einigen Pflanzen und Früchten, und setzte so meinen Marsch sieben Tage lang fort.

Geschichte Sindbads des Seefahrers

Am achten Tage bemerkte ich in der Ferne einen Greis; ich ging auf ihn zu, erreichte ihn jedoch erst bei Sonnenuntergang. Ich fand bei ihm weiße Menschen, die beschäftigt waren, Pfeffer zu sammeln. Als sie meiner ansichtig wurden, kamen sie mir sogleich entgegen und frugen mich, wer ich sei und woher ich käme. Ich erzählte ihnen, daß ich Schiffbruch gelitten hätte, auf diese Insel gekommen und in die Hände der Schwarzen gefallen wäre. Sie unterbrachen mich mit der Frage: durch welche Wunder ich den Schwarzen habe entkommen können, die diese Insel beherrschten. Ich erzählte ihnen alles von Anfang bis zu Ende, was hier zu wiederholen überflüssig wäre, und sie waren über alles sehr verwundert.

Sie brachten mir dann etwas zu essen, und als ich mich ausgeruht hatte, schiffte ich mich mit ihnen ein und wir begaben uns auf die Insel, von der sie gekommen waren. Sie brachten mich zu ihrem König, der mich begrüßte und begierig, meine Geschichte zu hören, sich dieselbe genau erzählen ließ.

Nachdem ich alles erzählt hatte, beglückwünschte er mich, hieß mich setzen und ließ mir zu essen geben; ich pries Gott, dankte ihm für seine Güte und blieb in seiner Hauptstadt, die sehr bevölkert war und großen Handel trieb. Dieser reizende Aufenthalt brachte mich bald über mein Unglück hinweg, das Wohlwollen, das der König für mich hegte, machte mich vollends zufrieden, und ich befreundete mich bald mit den Bewohnern der Stadt.

Ich bemerkte in diesem Lande etwas, das mir sehr ungewohnt vorkam. Jedermann ritt auf den besten Pferden ohne Steigbügel und ohne Sattel. Ich frug daher eines Tages den König, warum er sich keines Sattels bediene. Er antwortete mir, daß er dessen Anwendung nicht kenne. Ich bat um die Erlaubnis, einen solchen zu verfertigen, ging sogleich zu einem Schreiner, und lehrte ihn einen Sattel nach einer Zeichnung zu verfertigen, die ich ihm gab. Als derselbe fertig war, fütterte ich ihn mit Wolle aus und besetzte ihn mit Leder. Darauf ging ich zum Schmied, der mir eine Gebißstange und Steigbügel, nach meinen Angaben herstellte.

Als dies alles aufs beste vollendet war, ging ich zum König, suchte eines seiner besten Pferde aus, legte ihm Sattel und Zaum an und bat ihn, das Pferd zu besteigen. Der König bestieg es und hatte an der

Erfindung so großen Gefallen, daß er mir seiner Freude durch die glänzendsten Geschenke Ausdruck gab. Darauf machte ich verschiedene Sättel für die übrigen Großen des Reiches, die mir Geschenke machten, durch die ich binnen kurzem zum reichen Mann ward. Auch bei den übrigen Einwohnern war ich allgemein geschätzt und geachtet, weil ich den Schreiner gelehrt hatte, das Gerippe zum Sattel zu verfertigen, und den Schmied, Zaum und Steigbügel zu schmieden. Eines Tages sprach der König zu mir: »Sindbad! Ich habe dich gern und weiß auch, daß alle meine Untertanen dich mögen. Ich habe eine Bitte an dich; du mußt mir versprechen, sie zu erfüllen, dann wirst du viel Gutes von mir erlangen.« »König!« antwortete ich, »was verlangst du von mir?« Der König erwiderte: »Mein Wunsch ist, dass du eine der vornehmsten Töchter meiner Stadt zur Frau nimmst, damit dich dieselbe feßle und du einer der Unsrigen werdest; ich will dir Einkünfte verschaffen, die dir gestatten, im Überfluß zu leben.« Da ich nicht wagte, dem Befehle des Königs zuwider zu handeln, erwiderte ich: »Du hast zu gebieten, o König der Zeit!« Er ließ alsbald den Kadi und die Gerichtszeugen rufen und verheiratete mich mit einer vornehmen, adeligen, sehr schönen Frau, die viel Geld und Güter besaß. Dann wies er mir eine Wohnung an, schenkte mir Sklaven und gab mir Diener, auch bestimmte er mir einen Gehalt und Rationen. Ich freute mich darüber und dachte: ich gebe mich der Fügung Gottes hin; will er mich einst wieder in meine Heimat zurückführen, so kann es niemand hindern, und es bleibt mir dann die Wahl, ob ich meine Frau mitnehme oder nicht. Indessen liebte ich meine Frau bald und ward auch von ihr geliebt, so daß wir eine geraume Zeit sehr glücklich lebten. Eines Tages hörte ich ein Jammergeschrei aus dem Hause meines Nachbars, mit dem ich befreundet war. Ich frug nach der Ursache dieses Jammers und vernahm, seine Gattin sei gestorben. Ich hielt es für meine Pflicht, ihn zu besuchen. Ich ging zu ihm, um ihn zu trösten, und fand ihn tief bekümmert. »Gott stärke dich, vermehre deinen Lohn, erbarme sich der Verstorbenen und verleihe dir ein langes Leben!« so begann ich. »Ach!« rief er aus, »was können mir deine Wünsche nützen? Ich habe bloß noch eine Stunde zu leben! Ich sehe dich und alle meine Freunde nicht wieder bis zum Auferstehungstage.« Und als ich ihn um Aufklärung darüber bat, erwiderte er: »Wisse, man wird alsbald meine Frau waschen, in ein Totengewand hüllen und beerdigen und mich mit ihr begraben. Dies ist die Sitte unseres Volks: der lebende Mann wird mit seiner verstorbenen Frau und die lebende Frau mit ihrem verstorbenen Mann begraben, damit sie auch nach dem Tode vereinigt bleiben.« Ich sagte: »Bei Gott, das ist eine abscheuliche Sitte, der sich niemand gern unterwirft.« Während wir uns so unterhielten, kamen die meisten Stadtbewohner herbei, um die Trauernden zu trösten. Man legte dann die Frau in einen Sarg und ging damit ans Ende der Insel bis zu einem großen Stein, der eine tiefe Zisterne bedeckte. Der Stein wurde aufgehoben, und sowohl der Leichnam, als der lebendige Mann wurden an einem Strick hinabgelassen. Der Mann, dem man einen Krug Wasser und sieben Brötchen mitgab, löste den Strick ab, der wieder heraufgezogen wurde; die Öffnung wurde sodann wieder mit dem Stein geschlossen und jeder ging seines Weges. Als ich hierauf wieder zum König kam, sagte ich ihm: »O mein Herr! Wie könnt ihr Menschen lebendig begraben?« Er antwortete: »So ist es Sitte bei uns: stirbt ein Mann, so wird seine Gattin mit ihm begraben, stirbt eine Frau, so folgt ihr der Gatte ins Grab. So war es Sitte bei unseren Vätern, Ahnen und den früheren Königen.« Ich sagte: » Das ist eine schlimme Sitte«, dann frug ich: »Gilt dieses Gesetz auch für Fremdlinge?« »Allerdings«, erwiderte er mir, »sind sie nicht davon ausgenommen.« Die Furcht, daß meine Frau vor mir sterben könnte, und daß ich dann lebend mit ihr begraben würde, flößte mir trübe Gedanken ein. Ich fühlte mich durch diese Worte des Königs schon wie in einem Gefängnis und verabscheute meinen Aufenthalt in einer solchen Stadt. Dann aber beruhigte ich mich wieder und dachte: vielleicht sterbe ich vor meiner Frau, oder Gott wird mir helfen, daß ich vor ihrem Tode in meine Heimat zurückkehre. Aber nach einiger Zeit schon erkrankte sie, mußte das Bett hüten und starb.

Mein Schmerz war groß, denn ich konnte nicht mehr entfliehen. Viele Leute kamen, um mich und die Verwandten meiner Frau zu trösten; auch der König selbst erschien, um mir sein Beileid zu bezeugen. Man stattete alsbald meine Frau aus, trug sie in einem Sarge ans Ende der Insel, und hob den Stein von der Zisterne, dann sprach man mir Trost zu und verabschiedete sich von mir. Ich schrie: »Ist es von Gott erlaubt, einen Fremdling lebendig zu begraben? Ich bin nicht von den eurigen, kannte auch eure Sitte nicht; hätte ich sie gekannt, würde ich keine eurer Frauen geheiratet haben.« Sie hörten mich aber nicht an und hatten kein Mitleid mit mir. Vielmehr banden sie mich fest, ließen mich in die Zisterne hinab und riefen mir zu: mache den Strick los! Als ich dies nicht tat und fortwährend schrie, warfen sie den Strick auf mich herab und deckten die Öffnung wie gewöhnlich zu. Da sie gewohnt waren, den Verstorbenen die schönsten Kleider anzuziehen und ihnen den kostbarsten Schmuck mitzugeben, so taten sie dies auch bei meiner Frau, die wertvolle Edelsteine in ihrem Schmuck hatte. Als die Leute fort waren, sah ich mich in der Zisterne um, die von einem abscheulichen Gestank durchdrungen war, und vernahm ein leises Stöhnen, das meine Angst noch vermehrte. Es kam von einem Manne, der wenige Tage zuvor hinabgelassen worden war. Ich wurde fast rasend vor Verzweiflung und dachte: es gibt keinen Schutz und keine Macht außer bei Gott. Gottes Wille geschehe! Warum mußte ich mich in dieser Stadt verheiraten, ich war doch früher so vergnügt. Mein früheres, so glückliches Leben kam mir in den Sinn und ich dachte: wäre ich doch wenigstens eines schönen Todes gestorben und gewaschen und beerdigt worden! Bei Gott, so wie ich einem Unheil entkomme, stürze ich in ein anderes, und am Ende soll ich jämmerlich umkommen und lebendig begraben werden! Gott verdamme das Gelüste nach weltlichen Dingen, nur meine Gier hat mich in eine so verzweifelte Lage gebracht. Ich fuhr dann fort, mir selbst Vorwürfe zu machen und mir zu sagen, daß ich dies und noch mehr von Gott verdient habe, da ich ein freies, ruhiges Leben geführt und nicht geruht hatte, bis ich in eine dunkle Zisterne zu den Leichen geworfen wurde. Ich wünschte mir den Tod, wandte mich dann vom Satan ab und flehte Gottes Schutz an. Ich hatte jedoch eine schlimme Nacht, war hungrig und durstig, und befand mich in solcher Dunkelheit, daß ich den Tag nicht von der Nacht unterscheiden konnte. Um meinen Hunger zu stillen, aß ich etwa die Hälfte eines Brötchens, nahm auch ein wenig Wasser aus dem Krug, denn ich dachte: ich will essen, vielleicht rettet mich Gott doch noch. Dann ging ich an den Seiten der Zisterne umher und sah, daß sie eine große Höhle bildete, in der viele Leichen und Knochen umherlagen. Plötzlich ging die Öffnung der Zisterne wieder auf, es kam Licht von oben und ich dachte: es wird vielleicht wieder jemand begraben. Ich blickte hinauf, ohne gesehen zu werden, und bald ließ man einen toten Mann, und eine hübsche, lebendige Frau zu mir herab, der man, wie gewöhnlich, einen Krug Wasser und sieben Brötchen mitgegeben hatte. Sobald die Leute sich von der Öffnung entfernt hatten, machte ich mich auf und gab ihr schnell mit einem der Knochen, die umherlagen, zwei Schläge auf den Kopf, wodurch sie die Besinnung und das Leben verlor. Ich nahm dann, was sie an Schmuck und Edelsteinen an sich hatte, und nährte mich von ihrem Brot, nahm aber nie zu viel zu mir, damit der Vorrat lange währte, denn ich hoffte immer noch auf Gottes Hilfe. So lebte ich längere Zeit, indem ich immer die Leute, die man lebendig herabließ, erschlug und mich ihres Vorrats bemächtigte. Eines Tages, als ich so dasaß, hörte ich ein Nagen an den Knochen, die längs der Zisterne lagen. Ich stand auf, um zu sehen, was dies bedeute, denn ich fürchtete mich; da bemerkte ich, wie etwas vor mir herging, ich ergriff einen Knochen und verfolgte den Gegenstand, er lief aber vor mir weg. Ich verfolgte ihn so lange, bis ich ein Licht entdeckte, das in der Ferne einem Sterne glich. Diesem Lichte kam ich immer näher und dachte, vielleicht hat die Zisterne eine zweite Öffnung. Schließlich entdeckte ich auch, daß es von einer Öffnung des Felsens kam, die nach dem Meere ging, durch welche Tiere kamen, um die toten Gebeine zu fressen. Als ich dessen gewiß war, beruhigte ich mich und sah wieder neues Leben vor mir, nachdem ich mich dem Tode verfallen geglaubt hatte, und mir war, als träumte ich. Mit vieler Mühe gelangte ich durch die Öffnung und befand mich so am Ufer des Meeres, durch einen hohen Berg von der Stadt getrennt, in die kein Weg führte.

Ich dankte Gott für meine Rettung und ging in die Höhle zurück, um das Brot und Wasser zu suchen, das ich noch darin hatte; dann kehrte ich wieder um und nahm alle Diamanten, Perlen, Rubinen, goldene Armspangen mit den übrigen Goldstoffen, die sich in den Bahren befanden, mit, um sie ans Meeresufer zu tragen. Ich machte mehrere Ballen daraus und hüllte sie in Totengewänder ein. So ging ich jeden Tag wieder in die Höhle, erschlug die Leute, die man lebendig herabgelassen und nahm ihnen Brot und Wasser. Nach einiger Zeit, als ich einmal am Ufer des Meeres saß, bemerkte ich ein Schiff, das vorübersegelte. Ich rief aus vollem Halse, damit man mich höre, und winkte mit einem Fetzen von einem Totengewande, das neben mir lag. Man bemerkte mich, und die Schaluppe ward abgesandt, um mich an Bord zu bringen. Auf die Frage der Matrosen, wer ich sei und wie es käme, daß ich mich an diesem Ort befände, wo sie vor mir noch keinen Menschen gesehen, antwortete ich, ich sei ein Kaufmann und habe mich auf einem Schiffe befunden, das untergegangen sei und nur mit großer Anstrengung habe ich mich hierher mit einigen Effekten und etwas Schmuck gerettet. Ich sagte ihnen aber nichts von dem, was mir in der Stadt und in der Höhle widerfahren, weil ich fürchtete, es möchte jemand aus der Stadt auf dem Schiffe sein.

Sie nahmen mich mit meinen Effekten auf, und als ich auf das Schiff kam, sammelte sich alles um mich herum. Dem Kapitän, der mich ausfragte, wiederholte ich, was ich dem Matrosen erzählt hatte, und bemerkte, daß ich meine ganze Ladung verloren hätte, kein Geld besitze und nur einigen Schmuck aus dem Schiffbruch gerettet habe. Ich bot ihm dann einiges davon an, da er mich doch aufgenommen, er nahm aber nichts an, sondern sagte, daß er Gott zu Ehren jeden, der Schiffbruch gelitten oder auf einer Insel verlassen ist, aufnehme und mit Proviant versorge, und daß er sich freue, mich außer aller Gefahr auf seinem Schiffe zu sehen. In der Tat versorgte mich der Kapitän unentgeltlich, bis wir glücklich nach Baßrah kamen, von wo ich mich nach kurzem Aufenthalt nach Bagdad begab. Ich teilte meine Schätze mit meiner Familie und mit meinen Freunden, beschenkte die Armen und Waisen und lebte wieder einige Zeit in Lust und Wonne mit meinen Freunden. Das sind die Abenteuer meiner vierten Reise; komme aber morgen wieder, sagte er hierauf zu Sindbad, dem Landmanne, um die Geschichte meiner fünften Reise zu vernehmen, die noch wunderbarer, als die der früheren ist. Er ließ ihm dann wieder hundert Dinare geben, und am folgenden Morgen, als er wiederkehrte und man gegessen und getrunken hatte, begann der Seefahrer folgende Erzählung:

Geschichte Sindbads des Seefahrers

Fünfte Reise Sindbads

Die Genüsse übten wohltuenden Einfluß auf mich aus, daß ich schnell die ausgestandenen Leiden und Strapazen vergaß. Aufs neue reizte mich der Trieb, fremde Länder kennen zu lernen; ich kaufte daher Waren, ließ sie einpacken und reiste damit nach Baßrah. Als ich an das Ufer des Meeres kam, sah ich ein großes Schiff, auf dem viele Kaufleute waren. Ich kaufte es, nahm einen Kapitän und Matrosen in Sold und bestieg es mit einem Sklaven und Dienern. Wir lasen die erste Sureh des Korans und reisten mit Gottes Hilfe Tag und Nacht, von Stadt zu Stadt und von Land zu Land, bis uns das Geschick auf eine verlassene Insel trieb, wo wir ein Ei des Vogels Roch fanden, das von der Ferne einer Kuppel glich. Das Junge war gerade im Begriff, auszuschlüpfen, und sein Schnabel war schon sichtbar.

Die Handelsleute, die sich mit mir eingeschifft hatten und auch mit mir an Land gestiegen waren, warfen mit Steinen auf das Ei und brachten darin eine Öffnung an, aus der sie das Junge des Vogels Roch herausnahmen. Sie schlachteten es und gewannen viel Fleisch davon. Ich schlief neben dem Schiffe; als ich erwachte, rief ich ihnen zu, das Ei nicht zu berühren, da sonst der Vogel unser Schiff zertrümmern würde, aber sie hörten nicht auf meine Worte, so dringend ich sie auch darum bat. Während wir so sprachen, verfinsterte sich der Himmel und die Sonne verhüllte sich, obgleich es zur Mittagszeit war. Die Sonne ward wie durch eine schwarze Wolke verdeckt, und als wir gen Himmel sahen, bemerkten wir, daß die vermeintliche Wolke die Flügel des Vogels Roch waren, der in der Luft über seinem

Ei kreiste. Der Kapitän rief uns zu, so schnell als möglich das Schiff zu besteigen, um nicht vom Roch getötet zu werden. Wir eilten auf das Schiff und entfernten uns schnell vom Ufer. Inzwischen sah sich der Vogel nach seinem Ei um, und stieß ein furchtbares Geschrei aus, als er es zerbrochen fand. Er verfolgte uns dann mit seinem Weibchen, und trotz aller Anstrengung, das Schiff so schnell als möglich vom Lande zu rudern, flogen sie doch bald über unserem Schiffe und wir bemerkten, daß jeder zwischen seinen Krallen ein Felsstück von ungeheurer Größe hielt. Der Roch ließ hierauf das Felsenstück, das er hielt, über uns fallen; der Steuermann konnte jedoch noch schnell genug dem Schiffe eine andere Wendung geben, wodurch der Felsblock ins Meer fiel und es bis auf den Grund aufwühlte, so daß das Schiff in die Höhe gehoben, dann wieder heruntergezogen ward und beinahe unterging. Kaum waren wir durch Gottes Hilfe dieser Gefahr entronnen, ließ das Weibchen eine noch größere Felsmasse mitten auf unser Schiff fallen, so daß es zerschmettert ward. Die Matrosen und Reisenden ertranken; ich selbst fiel ins Wasser, glücklicherweise konnte ich mich an einem Stücke der Schifftrümmer halten. Indem ich mich so drei Tage über Wasser hielt und mit den Füßen ruderte, wurde ich endlich mit günstigem Winde gegen eine Insel getrieben.

Ich war vor Hunger, Müdigkeit und Ärger zu Tode ermattet und ich machte mir wieder Vorwürfe, mein glückliches Leben aufgegeben und aus Übermut mich neuen Gefahren ausgesetzt zu haben. Als ich indessen eine Weile geschlafen und mich gestärkt hatte, ging ich auf der Insel umher und fand sie reich an Vögeln, Bächen und Baumfrüchten. Ich aß und trank, bis ich gesättigt war und legte mich des Abends nieder, in großer Furcht, weil ich keine Spur von einem menschlichen Wesen entdeckt hatte.

Als ich ein wenig auf der Insel zwischen Bäumen und Bächen vordrang, bemerkte ich einen Mann, der bei einem Wasserrade saß, das in Tätigkeit war. Er war ganz nackt, hatte nur eine Schürze aus Palmfasern und einen Gürtel aus geflochtenen Blättern an. Ich dachte, er ist vielleicht fremd wie ich, und ihn grüßend, näherte ich mich ihm. Er erwiderte meinen Gruß mit Anstand und Freundlichkeit und hieß mich willkommen. Ich frug ihn, wer er sei, woher er komme und wo ich mich befände. Er gab mir durch Zeichen zu verstehen, daß ich ihn zu dem Brunnen des Wasserrades tragen sollte.

Anfangs schien es mir, daß er wirklich dieser Hilfe bedürftig wäre; ich nahm ihn daher auf meinen Rücken und trug ihn bis an den bezeichneten Ort; dann hieß ich ihn absteigen und wollte ihn niedersetzen, ich konnte ihn aber nicht von den Schultern herunterbringen, denn er hatte mir die Beine um den Hals gelegt, deren Haut der eines Büffels glich und deren Druck mir unerträglich war. Als ich sah, in welch neues Unglück ich mich gestürzt, rief ich: »Es gibt keinen Schutz und keine Macht, außer bei Gott dem Erhabenen.« So oft ich von einem Übel erlöst bin, stürze ich in ein anderes, und mein Herz ward von Schrecken erfüllt, die Welt ward schwarz vor meinen Augen, und ich fiel wie ein Toter zur Erde nieder. Er hob seine Beine ein wenig auf, und ich erholte mich, bemerkte aber, daß seine Beine meinen Hals noch ärger zerschunden hatten, als wenn er mit einer Peitsche geschlagen worden wäre. Ich erhob mich und wollte davon laufen, er aber rief mich zurück und befahl mir, ihn unter den Bäumen umherzutragen, und als ich mich nicht beeilte, sprang er wieder auf meine Schultern und stieß mich mit seinen Füßen, daß ich glaubte, er habe mir meine Rippen zerbrochen. So trug ich ihn dann bis zur Mitte der Insel, denn so oft ich stehen blieb, schlug er mich, und ich war sein Gefangener, so daß ich am Leben verzweifelte. Er aber aß von den Früchten der Bäume und verunreinigte mich, stieg aber weder bei Tag, noch bei Nacht von meinem Nacken herunter; selbst wenn er schlief, hatte er seine Beine fest um meinen Hals geschlungen, so daß ich mich nicht los machen konnte, und wenn ich nicht alsbald nach seinem Wunsche aufstand oder weiter ging, schlug er mich auf die Seiten und auf die Brust, und seine Schläge waren ärger als Peitschenhiebe, so daß ich aus Furcht vor ihm ganz gehorsam sein mußte. Ich wünschte den Tod herbei und machte mir wieder Vorwürfe, daß ich mich von meiner Leidenschaft aus der Ruhe in solche Qualen hatte stürzen lassen; auch nahm ich mir vor, in Zukunft mich keinem Menschen mehr zu nähern, der mich um Hilfe flehte.

Eines Tages fand ich auf meinem Wege mehrere trockene Kürbisse; ich nahm einen ausgetrockneten, höhlte ihn schön aus und drückte den Saft mehrerer Trauben hinein. Als ich den Kürbis angefüllt hatte, schloß ich die Öffnung wieder und legte ihn einige Tage in die Sonne, bis der Traubensaft sich in starken Wein verwandelt hatte. Dann trank ich jeden Tag davon, und der gegorene Wein gab mir Kraft und berauschte mich, daß ich keine Müdigkeit mehr empfand. Eines Tages ward ich vom Weine so munter, daß ich anfing zu singen, Verse zu rezitieren, die Hände zusammenzuschlagen und mit dem Greis hin und her zu hüpfen.

Als der Greis die Wirkung merkte, die das Getränk auf mich gemacht hatte, gab er mir zu verstehen, daß er auch davon trinken wolle; ich reichte ihm daher den Kürbis, den er ergriff und bis auf den letzten Tropfen leerte. Er wurde alsbald sehr heiter, klatschte mit den Händen, hüpfte auf meinen Schultern; aber bald fingen seine Beine an, sich zu lockern, er zitterte an allen Gliedern und wurde ganz betäubt; da löste ich ihm seine Beine von meinen Schultern, setzte ihn auf die Erde und freute mich sehr, als ich ihn noch immer ganz bewußtlos sah. Ich holte dann einen großen Stein zwischen den Bäumen hervor und warf ihn mit aller Kraft auf seinen Kopf, so daß ich ihm den Schädel zerschmetterte, und sein Blut vom Kopfe rann und er alsbald seinen Geist aushauchte. (Möge Gott kein Erbarmen mit ihm haben!)

Ich ging dann wieder an das Ufer zurück und nährte mich von den Früchten der Insel, vergaß aber nicht, Ausschau auf das Meer zu halten. Groß war meine Freude, als eines Tages ein Schiff heransegelte und an der Insel ankerte. Ich ging auf die Mannschaft zu und begrüßte sie; man erwiderte meinen Gruß, und bald sammelten sich alle Leute vom Schiffe um mich, um zu hören, wie ich hierher gekommen. Nachdem ich nun meine ganze Geschichte erzählt hatte, sagte der Kapitän: »Der Alte, den du erschlagen hast, wird der Scheich des Meeres genannt, noch niemand ist ihm lebendig entkommen, und wen er zu Tode gemartert, den hat er gefressen.« Man wünschte mir Glück zu meiner Rettung, schenkte mir Lebensmittel und Kleidungsstücke und nahm mich mit auf das Schiff, das nach wenigen Tagen gegen eine große Stadt getrieben wurde, die am Ufer des Meeres lag. Sie ward durch ein großes Schloß befestigt, das Mauern mit einem eisenbeschlagenen Tore umgaben. Durch dieses Tor begeben sich die Bewohner der Stadt des Abends an das Ufer und besteigen ihre Nachen, auf denen sie mitten im Meere die Nacht zubringen, aus Furcht vor den Affen. Ich dachte mit Verwunderung darüber nach und erinnerte mich an meine früheren Abenteuer mit den Affen und gedachte auch meiner Freunde. Während ich aber so, in Gedanken vertieft, in der Stadt umherging, segelte das Schiff weiter, und ich bereute es, mich von ihm entfernt zu haben, aber meine Reue konnte mir nun nichts mehr nützen. Als ein Mann aus dieser Stadt mich so nachdenkend sah, sagte er zu mir: »Du scheinst hier fremd zu sein.« Ich antwortete: »Allerdings, ich befand mich auf dem Schiffe, das hier vor Anker lag; während ich mich in der Stadt umsah, segelte es weiter und ließ mich zurück; ich bin nun allein, ganz unbekannt mit der Stadt und ihren Bewohnern.« Der Mann erwiderte: »Sei ohne Furcht, geh mit mir auf meinen Nachen, denn wenn du die Nacht in der Stadt bleibst, kommst du um.« Ich folgte ihm und stieg in seinen Nachen, der sich ungefähr eine Meile weit von der Küste entfernte und erst des Morgens ruderten wir wieder nach der Stadt zurück, welche an der Grenze des Landes der Schwarzen lag; denn wer die Nacht über in der Stadt blieb, wurde von den Affen aufgefressen. Den Tag über ging jeder seinem Geschäfte nach. Mich aber frug der Mann, der mich aufgenommen hatte: »Verstehst du kein Handwerk?« Ich antwortete: »Bei Gott, ich bin kein Handwerker, ich war ein reicher Kaufmann und trieb Handel, habe aber durch Schiffbruch alles verloren.« Ich erzählte ihm dann meine ganze Leidensgeschichte, und als er sie mit großem Erstaunen angehört hatte, sagte er, indem er mir einen baumwollenen Beutel mit Steinen gefüllt überreichte: »Nimm diesen Beutel und folge mir!« Er führte mich dann zu einer Gesellschaft und sagte: »Hier ist ein fremder Mann, der Schiffbruch gelitten und nichts mehr besitzt, auch kein Handwerk versteht; nehmt ihn mit und lehrt ihn euer Geschäft, vielleicht erwirbt er soviel, daß er in seine Heimat zurückkehren kann.« Die Leute, denen er mich so empfohlen hatte, hießen mich willkommen und sagten: »Bei unserem Haupte und unseren Augen.« Dann sprach mein Retter zu mir: »Tu nun, was sie tun, und wenn du zurückkehrst, so komme wieder zu mir.« Er verließ mich dann, nachdem er mir noch einige Lebensmittel gegeben hatte. Ich dankte ihm und folgte den übrigen, bis sie zu hohen, glatten Bäumen gelangten, auf die kein Mensch hinaufklettern konnte, unter denen aber viele Affen lagen. Als die Affen uns bemerkten, stiegen sie auf die Bäume. Die Leute warfen ihnen Steine aus ihren Taschen nach, worauf die Affen Früchte pflückten und herabwarfen. Als ich sie näher betrachtete, waren es Kokosnüsse, und die Bäume waren Kokosnußbäume, deren Früchte nur auf diese Weise gewonnen werden konnten.

Ich nahm dann auch Steine aus meinem Beutel und schleuderte sie auf die Affen, die mich dafür mit Nüssen warfen, die ich in großer Anzahl sammelte. Mit dieser Arbeit brachten wir den ganzen Tag zu; des Abends kehrten wir in die Stadt zurück, und ich übergab dem Manne, der mich aufgenommen, was ich gesammelt hatte. Er freute sich und sagte: »Geh jeden Tag mit den Leuten und bringe, was dir Gott beschert, vielleicht bringst du so viel Nüsse zusammen, daß du durch deren Erlös in deine Heimat zurückkehren kannst.« Ich dankte ihm und wünschte ihm viel Gutes für das, was er mich gelehrt, und fuhr fort, Nüsse zu sammeln und zu verkaufen. Den Erlös behielt ich bei mir. Eines Tages ankerte vor dieser Stadt ein Schiff, auf dem viele Kaufleute waren, die mit ihren Waren Tauschhandel trieben. Ich ging zu meinem Wirt und sagte ihm, daß ich die Absicht hätte, mit dem vor Anker liegenden Schiffe abzureisen. Er ging zum Kapitän, mietete mir einen Platz, gab mir noch einige Lebensmittel und nahm Abschied von mir. Ich begab mich mit vielen Kokosnüssen auf das Schiff, denn ich hatte nur einen Teil derselben verkauft, auch schenkten mir meine Gefährten noch viele dazu und wir reisten von Insel zu Insel, bis wir an eine große Stadt kamen. Ich vertauschte meine Nüsse gegen Gewürznelken und Pfeffer und sah mir den Pfefferbaum an, von dem man mir sagte, er trage große Büschel, neben jedem wachse ein großes Blatt, das ihn beschatte und gegen Regen schütze, und wenn dieser aufhört, sich wieder nach unten wende. Wir kamen auch auf andere Inseln, auf welchen verschiedenes Aloeholz wächst, deren Bäume im Meer wurzeln. Die Bewohner derselben sind dem Weine und der Unsittlichkeit ergeben und wissen nichts vom Gebete. Dann kamen wir auf die Insel der Perlensammler; einigen gab ich von meinen Nüssen, wofür sie für mich untertauchten. Sie brachten viele kostbare Perlen herauf und ich wurde reicher, als ich je war. So reisten wir immer weiter bis nach Baßrah. Hier hielt ich mich einige Tage auf, um auszuruhen; dann mietete ich ein Schiff und reiste mit allen meinen Waren nach Bagdad zu meiner Familie und zu meinen Freunden, von denen ich geglaubt hatte, ich würde sie nie mehr wiedersehen. Nun lebte ich wieder wie früher in Lust und Wonne und vergaß bald alle meine Leiden. Das sind meine Abenteuer der fünften Reise, schloß Sindbad seine Erzählung, ließ dann Sindbad dem Landmann wieder hundert Dinare geben und lud ihn ein, am folgenden Morgen wiederzukehren, um die Ereignisse der sechsten Reise zu hören.

Sechste Reise Sindbads

Am folgenden Morgen begann Sindbad der Seefahrer folgende Erzählung: »Nachdem ich längere Zeit im höchsten Glücke gelebt hatte und immer reicher wurde, kamen reisende Kaufleute zu mir und sprachen von ihren Reisen und ihrem großen Gewinn; da überkam mich auch wieder die Lust zu reisen und fremde Länder zu besuchen. Ich kaufte kostbare Waren für eine Seereise, schaffte mir Proviant an und mietete ein Schiff nach Baßrah. Hier sah ich ein großes Schiff mit vielen angesehenen Kaufleuten, und ich reiste mit ihnen, vom Schicksal begünstigt, von Meer zu Meer, von Insel zu Insel und von Stadt zu Stadt, machte überall Geschäfte und lebte sehr vergnügt, bis eines Tages der Kapitän sich plötzlich wie ein Rasender gebärdete, sich wie ein Weib ins Gesicht schlug, den Turban vom Haupte warf und sich den Bart ausraufte und rief: »Wehe! mein Haus ist verödet! Meine Kinder sind Waisen!« Als wir ihn in solchem Zustande sahen, wurden auch wir von Angst erfüllt, gingen auf ihn zu und frugen ihn, was ihn zu solchem Gebaren triebe. Er antwortete: »Wir können diesem Berge nicht entrinnen, es ist ein hoher Berg und darunter ein sehr harter, wir haben den Weg verfehlt und das Schicksal hat uns an einen Ort getrieben, dem noch niemand entkommen ist! Doch seid fest im Glauben und betet zu Gott, vielleicht ist eine reine Seele unter euch, deren Gebet Gott erhört, daß wir gerettet werden.« Wir fingen an zu beten und der Kapitän stieg auf den Mastbaum, um zu sehen, wo wir uns hinwenden könnten, er fand aber kein Mittel, das Schiff abzulenken und stieg daher wieder herunter, fiel aber vor Gram ohnmächtig auf das Schiff. Bald darauf wehte uns ein Wind vom Berge entgegen, das Schiff drehte sich dreimal im Kreise herum, stieß dann zweimal gegen den Berg und wurde zerschmettert, und alles, was darauf war, ging unter. Manche Reisende, unter denen auch ich war, klammerten sich an der Seite des Berges an und es gelang ihnen, ihn zu erklimmen, die anderen ertranken. Als wir auf dem Berge waren, sahen wir, daß wir uns auf einer Insel befanden; am Ufer lagen viele Gebeine und Schädel von Menschen, sowie viele Waren und wertvolle Gegenstände von zertrümmerten Schiffen, welche der Wind und die Wellen dahingetrieben hatten. Ich ging, über meine Lage nachdenkend und mir Vorwürfe machend, daß ich mich neuen Gefahren ausgesetzt, mit den anderen Geretteten auf der Insel umher, bis wir an eine frische Quelle kamen, die aus dem Berge entspringt. Wir tranken und gingen weiter und waren erstaunt über die Masse kostbarer Güter, die am Ufer herumlagen und von gescheiterten Schiffen herrührten. Auch fanden wir allerlei Edelsteine auf dem Berge und auf dem Grund der Quelle, aus der wir tranken, desgleichen sahen wir verschiedene Sorten edle Aloebäume. Auch fließt Ambra an der Seite eines Bächleins wie Wachs, das die Seetiere verschlingen, im Meere aber wieder ausspeien, und so seine Farbe und Beschaffenheit ändern. Alles dies findet sich auf dieser Insel, die aber wegen des Berges, an welchem die Schiffe scheitern, unzugänglich ist. Wir gingen nun ratlos umher und wurden immer schwächer, denn wir mußten uns von Pflanzen nähren. So oft einer von uns starb, wuschen wir ihn, hüllten ihn in seine Kleider und beerdigten ihn am Ufer der Insel. Unsere Zahl ward immer geringer und schmolz bald auf drei zusammen; schließlich blieb ich allein noch am Leben. Ich machte mir Vorwürfe und dachte: wäre ich doch vor meinen Gefährten gestorben, sie hätten mich doch gewaschen, eingehüllt und beerdigt, während jetzt niemand dies tun kann. Ich grub mir dann ein tiefes Grab und dachte, wenn ich fühle, daß es mit mir zu Ende geht, so lege ich mich hinein und sterbe darin.

Während ich damit beschäftigt war, konnte ich mich nicht enthalten, mir Vorstellungen darüber zu machen, daß ich Schuld an meinem eigenen Unglück sei, und reuig zu gestehen, mich abermals ohne Not auf die Reise begeben zu haben.

Gott, der Allmächtige, gab mir dann den Gedanken ein: Dieser Bach, der unter die Erde fließt, muß natürlicherweise an irgend einer Stelle wieder hervortreten. Wenn ich ein Floß baue und mich damit dem Laufe des Wassers anvertraue, so werde ich entweder mit Gottes Hilfe gerettet oder zugrunde gehen; ist letzteres der Fall, so ist es doch besser auf dem Bache, als hier umzukommen.

Ich fing sogleich an, ein Floß zu bauen; Schiffstrümmer und dicke Seile, die von den gescheiterten Schiffen am Ufer umherlagen, band ich so stark zusammen, daß ein Fahrzeug daraus entstand, wie ein Fischerkahn, fest wie mit Nägeln beschlagen und ungefähr so breit wie der Bach. Als ich fertig war, belud ich es mit einigen Ballen Perlen, Edelsteinen, grauem Bernstein und Aloeholz. Ich packte alles mit einigen Pflanzen als Nahrung fest zusammen, schiffte mich auf meinem Floße mit zwei kleinen Rudern ein und überließ mich dem Laufe des Stroms, mich dem Schutze des Allmächtigen empfehlend.

Als ich mich in der Höhle befand, sah ich keine Tageshelle mehr, und der Lauf des Flusses riß mich fort, ohne daß ich bemerken konnte, wohin. Einige Tage fuhr ich in dieser Dunkelheit, ohne daß ich einen Lichtstrahl entdecken konnte. Ich fand zuweilen die Wölbung der Höhle so niedrig, daß ich nahe daran war, mir den Kopf zu verletzen, auch war an manchen Stellen der Bach so eingeengt, daß ich die Ruder auf den Kahn legen mußte. Ich bereute, was ich getan, und vor Todesangst vergaß ich Hunger und Durst. So ging es lange Zeit; bald schlief ich ein, bald erwachte ich wieder, bald wurde der Bach eingeengt, bald war er wieder breit, und die Strömung trieb den Kahn immer vorwärts. Endlich fiel ich vor Schwäche und Hunger in einen festen Schlaf; als ich aus diesem erwachte, sah ich mich auf einem freien Felde, am Ufer eines Flusses, woselbst mein Floß angebunden war, mitten unter einer großen Zahl Indianer und Schwarzer. Sie redeten mich an; ich verstand jedoch ihre Sprache nicht. In diesem Augenblick war ich so von Freude ergriffen, daß ich nicht wußte, ob ich wachte oder träumte, und rief mir die Worte des Dichters ins Gedächtnis:

»Lasse dem Schicksal seinen Lauf und schlafe ohne Sorgen, im Augenblick, wo du darüber erschrickst, hat Gott schon alles anders gefügt.«

Geschichte Sindbads des Seefahrers

Einer der Schwarzen, welcher sah, daß ich nicht antworten konnte, sagte in arabischer Sprache: »Der Friede Gottes sei mit dir!« Ich antwortete: »Mit dir sei Gottes Friede und Segen!« Darauf erzählte er mir: »Wir bewohnen das Feld, das du siehst, und sind gekommen, dasselbe aus dem Flusse zu bewässern. Als wir deinen Kahn, in welchem du schliefst, bemerkten, haben wir ihn festgebunden und gewartet, bis du aufwachtest. Erzähle uns, wer du bist und wo du herkommst.« Ich antwortete ihnen, daß sie mir vorher etwas zu essen geben sollten, da ich sonst verhungerte; dann würde ich ihre Neugier befriedigen.

Sie brachten mir alsdann verschiedene Speisen, die meinen Hunger stillten. Als ich mich gestärkt und beruhigt hatte, erzählte ich ihnen ganz getreu alles, was mir zugestoßen war, und sie bezeigten mir ihre Verwunderung darüber. Sobald ich geendigt hatte, sagten sie untereinander: »Wir müssen unserm Könige Nachricht von diesem Fremden geben und ihn zu ihm führen.« Dann sagten sie mir: »Wir wollen dich zu unserm König führen.« Ich erwiderte, ich sei bereit, ihnen zu folgen. Sie nahmen mich alsbald in ihre Mitte und zogen auch den Kahn mit, in welchem alle meine Edelsteine, Perlen und Ambra waren. Als ich vor dem König stand, bewillkommte er mich, hieß mich zu ihm setzen und erkundigte sich nach meinen Verhältnissen. Ich erzählte alles, und der Mann, der mich angeredet hatte, verdolmetschte es ihm. Er war sehr erstaunt über mein Abenteuer und erwies mir große Ehre, worauf ich ihm einige Perlen und Edelsteine zum Geschenk machte; er nahm sie an, ließ Speisen und Getränke auftragen und mir eine Wohnung im Schlosse einräumen. So lebte ich geraume Zeit bei ihm, hochgeehrt und erzählte ihm von meiner Heimat und von der Regierung Harun Arraschids, wodurch mein Ansehen noch größer ward.

Eines Tages, als ich so dasaß, hörte ich, daß Kaufleute nach Baßrah reisen wollten; da ich sie kannte, beschloß ich, mich ihnen anzuschließen, hoffend, der König würde mich ihnen empfehlen. Ich begab mich alsbald zu ihm, küßte vor ihm die Erde und teilte ihm meinen Entschluß mit. Er schickte darauf zu den Kaufleuten, empfahl mich ihnen, machte mir viele Geschenke und stattete mich mit allen Reisebedürfnissen aus. So reisten wir denn im Vertrauen auf Gott von

Meer zu Meer und von Insel zu Insel, bis wir, nach Gottes Willen, in Baßrah anlangten, von wo ich mich wenige Tage später nach Bagdad begab. Meine Familie hatte mich schon tot geglaubt und freute sich daher sehr über meine Ankunft. Ich teilte wieder viele Geschenke an meine Freunde, sowie an die Armen aus. Der Kalif hörte von meiner Rückkehr und ließ mich rufen. Ich küßte die Erde vor ihm und überreichte ihm seiner würdige Edelsteine und Perlen, sowie auch etwas Ambra und Aloeholz, und erzählte ihm auf sein Verlangen, was mir auf der ganzen Reise widerfahren, von dem Tage an, an dem ich Bagdad verlassen hatte. Er nahm mein Geschenk an, hörte mir mit Erstaunen zu, erwies mir große Ehre und befahl seinen Sekretären, die ganze Geschichte niederzuschreiben und zur Belehrung für jeden, der sie hören will, in der Schatzkammer aufzubewahren. Ich lebte nun wieder in Bagdad, allen Genüssen des Lebens hingegeben und vergaß bald, was ich gelitten hatte. Das sind meine Abenteuer von der sechsten Reise. Komme morgen wieder, sagte er zu Sindbad dem Landmann, um die Abenteuer meiner siebenten Reise zu vernehmen, die noch wunderbarer und entzückender sind. Er ließ ihm wieder hundert Dinare geben, und als er am folgenden Tage wiederkehrte und die übrigen Freunde beisammen waren und gegessen und getrunken hatten, begann Sindbad der Seefahrer:

Siebente Reise Sindbads

Nachdem ich einige Zeit sehr angenehm in Bagdad verbracht hatte, erfaßte mich wieder die Reiselust. Ich kaufte allerlei Waren, packte sie in Ballen zu einer Seereise und fuhr, mich dem Schutze Gottes anvertrauend, nach Baßrah. Hier fand ich ein großes Schiff mit vornehmen Kaufleuten, mit denen ich mich befreundete und einschiffte.

Als wir eine Strecke weit gefahren waren, erhob sich ein starker Sturm, und es regnete so sehr, daß wir unsere Ladungen mit allerlei Kleidungsstücken und Tüchern zudeckten und zu Gott beteten, daß er die Gefahr von uns abwende; der Schiffskapitän aber umgürtete sich und empfahl sich der Allmacht Gottes; dann stieg er auf den Mastbaum und sah sich nach allen Seiten um; plötzlich stieß er einen Schrei aus, schlug sich an den Kopf und ins Gesicht, warf seinen Turban ab und raufte sich mit folgenden Worten seinen Bart aus: »Fleht Gott um Rettung an! Weint um euer Leben und sagt einander Lebewohl!« Wir frugen ihn, was geschehen sei. Er antwortete: »Wir sind von unserem Wege abgekommen, und der Wind wird uns bald ans äußerste Ende der Welt gebracht haben.« Er stieg dann vom Mastkorb herunter, öffnete eine Kiste und entnahm ihr einen blauen, baumwollenen mit Erde gefüllten Beutel. Darauf holte er eine Tasse Wasser, mischte die Erde unter dasselbe und roch daran, um davon zu kosten; dann brachte er ein Buch herbei, las darin und brach in Jammern aus, indem er sprach: »Wisset, dieses Buch sagt etwas Wunderbares, das darauf deutet, daß, wer in dieses Meer gerate, untergehe. Es heißt das Meer des königlichen Landes. Hier ist das Grab des Propheten Salomo, des Sohnes Davids, Friede sei mit ihm! Kein

Schiff, das in dieses Meer kommt, bleibt unbeschädigt.« Wir waren sehr erstaunt über die Worte des Kapitäns. Kaum kamen wir jedoch wieder zu uns selbst, als das Schiff nach einem heftigen Windstoß, von dem es getroffen worden war, in allen Fugen krachte. Wir sagten einander Lebewohl, weinten und beteten das Totengebet und ergaben uns dem Willen Gottes. Da schwammen drei ungeheure Fische, so groß wie Berge, auf uns zu und umgaben unser Schiff; – der größte unter ihnen aber öffnete seinen Rachen, um das ganze Schiff zu verschlingen; denn er war so groß wie ein Stadttor, oder wie ein breites Tal. Wir flehten Gottes Hilfe an; – kurz darauf aber hob ein starker Sturmwind das Schiff in die Höhe und schmetterte es wieder gegen den Kopf eines Fisches, so daß es in Stücke ging und wir alle ins Meer sanken. Aber Gottes Güte ließ uns ein großes Brett ergreifen, an das wir uns klammerten, und ich ruderte wieder mit den Füßen, wie bei früheren Schiffbrüchen; Wind und Wellen warfen uns dann an das Ufer einer Insel. Zu Tode ermattet vor Hunger, Kälte, Durst, Müdigkeit und Wachen kamen wir daselbst wie elende Küchlein an. Ich machte mir Vorwürfe über das, was ich getan, und sagte zu mir: »Meine früheren Reisen haben mich nicht bekehrt; so oft ich in großer Gefahr war, habe ich mir vergebens vorgenommen, nicht mehr zu reisen, darum verdiene ich, bei Gott, was mir widerfährt, ich lebte in größtem Überfluß, und Gottes Huld hatte mir geschenkt, was ich nur wünschen konnte. Ich weinte lange, flehte Gottes Gnade an und rief ihn als Zeugen an, daß ich, wenn ich diesmal gerettet würde, nie mehr meine Heimat verlassen und nie mehr von einer Reise sprechen würde, dann ging ich mit zerknirschtem Gemüte am Meeresufer umher, mir die Worte des Dichters ins Gedächtnis zurückrufend:

»Wenn die Dinge sich verwickeln und einen Knoten bilden, so kommt eine Bestimmung vom Himmel und entwirrt sie. Habe Geduld! Was dunkel war, wird hell werden, und der den Knoten geknüpft hat, wird ihn vielleicht auch wieder lösen.«

So irrte ich lange am Meeresufer umher, aß von den Pflanzen der Erde und trank das Wasser der Quellen. Als ich so längere Zeit in Jammer und vielfacher Not zugebracht und mir den Tod gewünscht hatte, kam mir der Gedanke, wieder einen kleinen Nachen zu bauen, um auf diesem, wie früher einmal, das Meer zu befahren. Ich dachte:

werde ich gerettet, so ist es eine Fügung Gottes, gehe ich unter, so ist meine Qual zu Ende.

Ich sammelte mir dann von gestrandeten Schiffen Holz und Bretter, zerriß mein Kleid und flocht einen Strick daraus, womit ich die Bretter und das Holz fest zusammenband; dann ließ ich den Nachen ins Meer und ruderte darauf drei Tage lang, ohne zu essen oder zu trinken, auch ließ mich die Furcht nicht schlafen. Am vierten Tage kam ich an einen hohen Berg, unter dem das Wasser hindurchfloß. Ich hielt hier an und sagte zu mir: Es gibt keinen Schutz und keine Macht, außer bei Gott, dem Erhabenen! Wärest du doch an deinem Platze geblieben und hättest Datteln und andere Pflanzen gegessen. Hier mußt du umkommen! Eine Rückkehr war jedoch nicht möglich, denn ich konnte den Kahn in seinem Laufe nicht aufhalten, den der Fluß unter den Berg, wie unter eine Brücke, durchtrieb. Ich legte mich in den Nachen, doch war dessen Raum so eng, daß ich oft an den Bergwänden anstieß. Nach einiger Zeit kam ich mit Gottes Hilfe wieder unter dem Berg hervor in ein weites Tal, in das sich das Wasser mit einem donnerähnlichen Geräusch ergoß. Ich hielt mich mit der Hand an dem Nachen fest, mit dem die Wellen rechts und links spielten, da ich mich sehr fürchtete, ins Wasser zu fallen, und vergaß darüber Essen und Trinken; indessen wurde der Nachen, von der Strömung und dem Winde pfeilschnell getrieben, bis mich die Bestimmung nach einer volkreichen Stadt von großem Umfang brachte. Da ich nicht imstande war, den Nachen anzuhalten, warfen mir die Leute der Stadt, als sie mich sahen, Stricke zu, die ich jedoch nicht fassen konnte, bis sie zuletzt ein großes Netz über den ganzen Nachen warfen und mich damit ans Land zogen. Ich war nackt und abgehärmt wie ein Toter, vor Hunger und Durst, Wachen und Anstrengung. Da kam ein Mann auf mich zu, warf ein hübsches Kleid um mich, und nahm mich mit nach Hause, wo er mir ein Bad bereiten ließ. Alle seine Leute bewillkommneten mich freudig, hießen mich setzen und brachten mir zu essen. Ich aß, bis ich satt war, denn ich war sehr hungrig. Dann brachten mir Knaben und Sklavinnen warmes Wasser, womit ich mir die Hände wusch, und ich gedachte dankbar Gottes, der mich gerettet. Auch wurde mir ein besonderer Ort an der Seite des Hauses angewiesen, woselbst ich von Sklaven und

Sklavinnen bedient wurde. So blieb ich drei Tage, am vierten Tage kam der Alte und sagte: »Herr, du bist uns willkommen, und das Jahr ist durch deine glückliche Ankunft gesegnet.« Ich antwortete: »Gott erhalte dich und belohne dich für das, was du an mir tust!« Er jedoch sagte zu mir: »Wisse, mein Sohn! Während du hier als Gast weilest, habe ich durch meine Diener deine Waren ans Land bringen und inzwischen trocknen lassen. Willst du nun mit mir auf den Markt gehen und sehen, wie sie verkauft werden?« Ich wußte nicht, was ich antworten sollte, da ich keine Waren mitgebracht hatte. Ich sagte ihm dann: »Mein Vater! Du weißt das besser.« Er versetzte: »Das ist deine Sache, laß uns gehen, um deine Waren zu verkaufen und andere einzutauschen, und um auch selbst mit den Kaufleuten bekannt zu werden.« Ich gehorchte und folgte ihm.

Auf dem Markte grüßten und bewillkommneten mich alle anwesenden Handelsleute und wünschten mir Glück zu meiner Rettung. Zugleich fand ich, daß unter den Waren, von denen der Alte gesprochen hatte, die Balken und Bretter zu verstehen waren, die ich auf der Insel gesammelt hatte. Als der Makler das Holz ausrief, überboten sich die Kaufleute bis zu zehntausend Dinaren. Dann bot niemand mehr. Der Alte sagte zu mir: »Mein Sohn! Das ist der jetzige Wert deiner Ware, die im Augenblick nicht gesucht ist; wenn du willst, kannst du sie verkaufen, wenn du sie aber noch liegen lassen willst, so kannst du einen höheren Preis erzielen.« Ich sagte: »Ich überlasse es deinem Gutdünken.« Darauf erwiderte er: »Nun, ich will dir noch weitere hundert Dinare geben, wenn du mir dein Holz verkaufen willst.« Ich schloß den Handel ab, worauf er das Holz in sein Magazin bringen ließ und mit mir in das Haus ging, das er mir angewiesen hatte; dann schickte er mir zehntausendeinhundert Dinare und eine Kiste mit einem Schloß und sagte mir, ich soll das Geld verschließen und den Schlüssel bei mir tragen, da ich nichts davon auszugeben brauche, so lange ich bei ihm bleibe.

Nach Verlauf einiger Zeit nahte er sich eines Tags mir mit den Worten: »Ich will dir einen Vorschlag machen, willst du ihn annehmen?« – »Laß hören«, war meine Antwort. »Wisse«, fuhr er fort, »ich bin ein alter, reicher Mann, habe keinen Sohn, wohl aber eine junge Tochter von schönem Antlitz und hübschem Wuchse. Ich wünsche,

daß du sie heiratest, bei mir bleibst und mein Sohn wirst; ich übergebe dir mein ganzes Vermögen.« Ich schwieg, denn so viel Güte beschämte mich. Er aber fuhr fort: »Tue, was du willst, du kannst meine Tochter heiraten, oder auch so hier bleiben, ohne an etwas Mangel zu leiden, oder mit Waren in deine Heimat zurückkehren. Unser Land«, fügte er hinzu, »ist die Grenze des bewohnten Landes, hinter uns beginnt der vierte Weltteil, der unbewohnt ist.« Auf alles dies konnte ich bloß erwidern: »Tue Herr, mit deinem Knechte, wie du willst! Du bist ja wie ein Vater gegen mich, ich bin hier fremd und habe auch infolge meiner vielen Leiden und Strapazen jede Einsicht verloren.« Er ließ hierauf den Kadi und Zeugen rufen und verheiratete mich mit seiner Tochter, indem er ein großes Fest veranstaltete und mich ihr zuführte. Ich fand sie, wie er gesagt hatte, wunderschön, liebenswürdig und gut gewachsen. Sie hatte einen reichen Schmuck an Ketten, Juwelen und goldenen Ringen, die wohl tausend Dinare wert waren. Den Wert ihrer Kleider aber konnte niemand schätzen. Ich lebte eine Zeit lang mit ihr; ihr Vater hatte mich zum Herrn aller seiner Güter gemacht, und ich fühlte mich wie ein Eingeborener der Stadt und trieb großen Handel. Ich entdeckte, wie bei jedem Neumonde den Leuten Flügel wuchsen, und ihre ganze Gestalt sich veränderte und die der Vögel annahm; sie flogen gen Himmel, und nur die Kinder blieben zu Hause. Als nun wieder einmal Neumond war, und die Leute ihre Gestalten veränderten, hing ich mich an einen fest und sagte: »Bei Gott, du mußt mich mitnehmen.« Er drehte sich herum und sagte mir: »Das ist unmöglich.« Mit vieler Mühe brachte ich ihn endlich dahin, daß er mich auf den Rücken nahm und mit mir so hoch in die Luft flog, daß ich hören konnte, wie die Engel Gott preisen. Darauf rief ich: »Gelobt und gepriesen sei Gott!« Aber kaum hatte ich diese Worte gesagt, da fiel ein starkes Feuer vom Himmel auf sie, daß sie fast verbrannten; sie entflohen sämtlich, und derjenige, der mich trug, warf mich auf den Gipfel eines hohen Berges. Sie waren alle ganz mutlos, schalten auf mich, gingen fort und ließen mich allein. Ich bereute, was ich mir selbst getan, und sagte: Es gibt keinen Schutz und keine Macht, außer bei Gott, dem Erhabenen! So oft mir Gott gnädig ist und mich aus einer schlimmen Lage befreit, stürze ich mich in eine andere; ich machte mir Vorwürfe, etwas unternommen zu haben, das über meine Kräfte ging. Ich lief an den Seiten des Berges umher, ohne zu wissen, wohin. Da begegneten mir zwei Jünglinge, die wie der Mond aussahen; jeder von ihnen hatte einen goldenen Stock in der Hand. Ich ging auf sie zu, grüßte sie, und sie bewillkommneten mich. Dann sagte ich ihnen: »Ich beschwöre euch bei Gott, wer seid ihr?« Sie antworteten: »Wir sind Einsiedler, die auf diesem Berge wohnen und Gott anbeten«; sie gaben mir auch einen Stock, wie sie einen hatten, gingen ihres Weges und ließen mich allein. Da kam auf einmal eine große Schlange unter dem Berge hervor, die im Rachen einen Mann hielt, der nur noch mit dem Kopfe heraussah. Der Mann schrie: »Wer mich von dieser Schlange befreit, den wird Gott vor jedem Unheil bewahren.« Ich schlug die Schlange mit dem goldenen Stocke, den mir die Jünglinge gegeben hatten, und sie spie den Mann aus; ich schlug sie dann noch einmal und sie entfloh. Da kam der Mann und sagte zu mir: »Weil du mich so tapfer gerettet hast, will ich dein Gefährte werden und dir beistehen.« Ich hieß ihn willkommen und ging eine Weile mit ihm auf dem Berge umher. Da nahte sich uns eine Menge Menschen, unter denen sich auch der Mann befand, der mich auf dem Nacken getragen hatte. Ich grüßte ihn und sagte: »Ist es so, daß Brüder so gegeneinander verfahren?« Der Mann antwortete: »Freund! du hättest uns beinahe ins Verderben gestürzt, dadurch daß du den Namen Gottes erwähntest.« Ich bat ihn um Verzeihung, und er ließ sich bewegen, mich auf seinen Rücken zu nehmen, jedoch mußte ich auf die Bedingung eingehen, den Namen Gottes nicht mehr auszusprechen. Ich gab hierauf den goldenen Stock dem Mann, den ich von der Schlange befreit hatte, und nahm Abschied von ihm. Ich kam kurz darauf auf dem Rücken meines neuen Landsmannes zu Hause an. Meine Frau, der ich von meiner Reise nichts gesagt hatte, und jetzt erst erzählte, wie es mir gegangen, wünschte mir Glück zu meiner Rettung und riet mir, nie mehr mit den Leuten dieser Stadt zu verkehren, da sie Ungläubige seien, den Namen Gottes nicht kennen und ihn nicht anbeten. Sie fuhr dann fort: »Da mein Vater tot ist, und wir hier niemanden mehr haben, so wollen wir unsere Güter verkaufen und in deine Heimat ziehen.« Ich gab meine Einwilligung dazu und wartete, bis jemand aus der Stadt auch abreisen wollte, um

Geschichte Sindbads des Seefahrers

mich ihm anzuschließen. Eines Tages hörte ich, daß eine Anzahl Fremde, die sich in der Stadt aufhielten, abreisen wollten und daß sie ein großes Schiff gebaut hatten. Ich begab mich zu ihnen, mietete einen Platz und schiffte mich mit meiner Frau und aller meiner beweglichen Habe ein. Die anderen Güter ließ ich zurück, und wir reisten von Insel zu Insel und von Meer zu Meer, bis wir glücklich in Baßrah anlangten. In Baßrah hielt ich mich nicht auf, sondern ging schnell nach Bagdad, der Friedensstadt. Gelobt sei Gott, der mich mit meinen Freunden, zu denen auch du, Sindbad der Lastträger, gehörst, wieder vereinigt hat! Das ist der Schluß der Erzählung Sindbads.

Als Schehersad dieselbe beendet hatte, sprach ihre Schwester Dinarsad: »Schwester, wie angenehm und entzückend ist deine Erzählung!« Da antwortete sie: »Was ist dies alles gegen die Geschichte von dem Zauberpferde? Die ist noch weit wunderbarer.« Der Sultan war begierig, sie zu hören, und sie begann:

Geschichte vom Zauberpferde

Herr! Man erzählt: Es herrschte einmal vor undenklichen Zeiten ein König in Persien, namens Sabur, der war der größte und mächtigste unter allen Herrschern seiner Zeit, und besaß unermeßliche Länder und Reichtümer, die von einer zahllosen Armee verteidigt wurden. Er war aber ebenso berühmt wegen seiner schönen Tugenden, als wegen seiner furchtbaren Macht und Größe, denn er war nicht allein ein Mann von ausgedehnten Kenntnissen, gewandt und voll Unternehmungsgeist, sondern sein Herz war auch ebenso weich und teilnahmsvoll, als sein Verstand scharf und durchdringend war; seine Hand war ebenso mildtätig und freigebig gegen die Armen, als furchtbar und strafend für die Bösen. Er war ein Trost für den Unglücklichen und Beladenen, und der Verstoßene und Verfolgte fand stets eine Freistätte bei ihm. Seine Verwandten liebte er zärtlich, gegen die Fremden war er milde, und nie wurde ein Fall bekannt, daß ein Unterdrückter ihn vergebens um Recht gegen die Gewalt angefleht hätte. Er war Vater von drei Mädchen und einem Sohne. Dieser König feierte jährlich zwei Feste, Niradj und Mihrdjan. An diesen Festtagen pflegte er alle seine Paläste zu öffnen, Geschenke zu machen, Amnestien zu veröffentlichen, Pförtner und andre Aufseher zu entfernen, so daß alle seine Untertanen freien Zutritt zu ihm hatten, um ihn zu begrüßen, zu beglückwünschen und Geschenke darzubringen. Dieser König war ein großer Liebhaber von Philosophie und Geometrie. Nun traf es sich an einem dieser Festtage, daß drei äußerst gelehrte und erstaunlich weise Männer mit kostbaren bewunderungswürdigen Geschenken in seine Stadt kamen. Sie waren alle drei aus verschiedenen Ländern und sprachen auch verschiedene Sprachen. Der eine war ein Indier, der andere ein Grieche und der dritte ein Perser. Der Indier ging zuerst zum König, warf sich vor ihm nieder und übergab ihm, indem er zum Feste Glück wünschte, ein höchst bewunderungswürdiges Geschenk. Es war eine mit kostbaren Edelsteinen verzierte, goldene Bildsäule, die ein goldenes Horn in der Hand hielt. Nachdem der König dasselbe von allen Seiten genau betrachtet hatte, sagte er zu dem Indier: »Weiser Mann, zu welchem Zweck soll dies dienen?« – »Herr«, erwiderte der Indier, »dies Bildnis hat die Eigenschaft, daß, wenn ein Spion in die Stadt kommt, es sogleich in das goldene Horn stößt. Der Spion wird sogleich zu zittern anfangen und tot niederfallen.« Der König, im höchsten Grade überrascht von den Worten des Indiers, sagte zu ihm: »O Weiser! Bei Gott, wenn du wahr sprichst, so werde ich alle deine Wünsche erfüllen.« Hierauf trat der griechische Weise vor, warf sich dem König zu Füßen und überreichte ihm ein silbernes Becken, in dessen Mitte ein goldener Pfau saß, rund herum umgeben von vierundzwanzig Jungen. Nachdem es der König betrachtet hatte, frug er den Weisen, was der Zweck dieses Werkes sei. »Herr!« erwiderte der Grieche, »dieser Pfau wird nach Verlauf jeder Stunde eines seiner Jungen picken und so die Tageszeit anzeigen. Nach einem Monat aber wird er jedesmal den Schnabel öffnen, und darinnen wird der Mond erscheinen.« Als der König das hörte, sagte er: »O Weiser, sprichst du wahr, so soll jeder deiner Wünsche erfüllt werden.« Sodann trat der persische Weise hervor, beugte sich zur Erde und überreichte dem König ein Pferd aus Ebenholz, mit Gold und Edelsteinen beschlagen, vollkommen ausgerüstet, mit prächtigem, königlichem Sattel, Zaum und Steigbügeln, dem nur die

Sprache fehlte. Der König war sehr erstaunt beim Anblick dieses kunstreich gebildeten Pferdes und fragte, wozu dieses leblose Pferd diene. »Mein Gebieter!« antwortete der Weise, »dieses Pferd legt mit seinem Reiter in einem Tag eine Strecke von einem Jahre zurück, denn es fliegt durch die Luft.« Der König war im höchsten Grade erstaunt über das Zusammentreffen dieser drei Wunder an einem Tage und sagte zu dem Perser: »Bei dem erhabenen Gott, dem Schöpfer und Erhalter der Menschen durch Getränke und Nahrung, wenn du die Wahrheit gesprochen hast und deine Rede sich bewährt, so gewähre ich dir im voraus jede Bitte, die du an mich stellen magst.« Er bewirtete dann die Weisen drei Tage lang, um ihre Gaben zu prüfen. Jeder brachte sein Werk mit und machte den König mit dessen Bewegungen bekannt. Das Bildnis stieß alsbald ins Horn, der Pfau pickte die Jungen und der Weise schwang sich aufs Pferd, stieg in die Höhe und ließ sich wieder herunter. Der König geriet beinahe außer sich vor Freude und sagte zu den Weisen: »Ihr habt eure Versprechen erfüllt und die Wahrheit eurer Worte durch die Tat bewiesen; nun ist es an mir, auch mein Versprechen in Erfüllung gehen zu lassen. Fordere jeder von mir, was er will, er soll es auf der Stelle haben.« – Die Weisen hatten aber schon von den drei Prinzessinnen gehört, sie sagten daher: »Wenn der König, unser Herr, mit uns zufrieden ist, unsere Geschenke annimmt und uns erlaubt, etwas zu erbitten, so möchten wir, daß der König, der doch gewiß sein Wort nicht brechen wird, uns seine drei Töchter gebe und uns zu seinen Schwiegersöhnen annehme.« Der König sagte: »Ich werde eurer Bitte willfahren«, und er ließ sogleich beim Kadi die Ehekontrakte abfassen.

Die Prinzessinnen hatten aber hinter einem Vorhange dem Schauspiele zugesehen, und als die jüngste ihren künftigen Gemahl, den Perser, betrachtete, entdeckte sie, daß er ein hundertjähriger Greis war, mit einer Stirne voll Runzeln und Falten, mit borstigem Haupthaare, während die Haare der Augenbrauen und des Bartes ausgefallen waren. Seine Augen waren rot und triefend, und seine Wangen so abscheulich gelb und eingefallen, daß man jeden Knochen seines Gesichtes sehen konnte. Er hatte eine Nase wie Bedindjan[9]; seine paar

---

9 Ein Gemüse in der Form von Gurken.

Zähne waren teils ausgefallen, teils locker; seine Lippen blau und lappig, wie Kamelnieren, und seine ganze Haut eingeschrumpft und lederfarben. In der Tat, er war ein Wunder von Häßlichkeit und von einer ganz unbekannten Rasse; der abscheulichste unter allen Menschen, glich er ganz und gar einem Teufel, so daß selbst die Vögel vor ihm in ihr Nest flohen. Das Mädchen aber war das schönste und liebenswürdigste ihrer Zeit; niedlicher als eine Gazelle, zarter als ein Zephir, übertraf sie den Mond an Glanz und milder Schönheit; sie beschämte alle Baumzweige, wenn sie sich sanft wiegte, und keine Gazelle kam ihr gleich in der Geschwindigkeit und Kühnheit der Wendungen. Sie war schöner und anmutiger als ihre Schwestern.

Als diese Prinzessin nun ihren Bräutigam sah, eilte sie in ihr Gemach, streute Erde auf ihr Haupt, zerriß ihre Kleider und fing an unter lautem Weinen und Wehklagen sich Gesicht und Brust zu zerschlagen. Ihr Bruder, der sie weit mehr als seine andern Schwestern liebte, kam eben von der Reise zurück. Wie er nun ihr Geschrei und Weinen hörte, eilte er zu ihr hinein, schlug sich an die Brust und fragte sie, was ihr denn zugestoßen sei, sie solle ihm die Wahrheit sagen und nichts verhehlen. Sie brach in die Worte aus: »Mein teurer Bruder! Gewiß, wenn deinem Vater durch mich das Schloß zu eng geworden, will ich es gerne verlassen. Hat er an mir etwas seiner Tochter Unwürdiges gesehen, will ich mich von ihm entfernen, oder will er nicht länger mehr für mich sorgen, so gibt es für mich ja einen Gott, der mich führen und nicht verlassen wird.« Ihr Bruder, der den Sinn dieser Reden nicht recht begreifen konnte, bat sie, ihm das alles deutlicher zu sagen, denn noch wisse er den Grund nicht, warum sie so bewegt und betrübt sei. Sie antwortete: »Wisse, teurer Bruder! Mein Vater hat mich mit einem Zauberer verlobt, der ihm ein schwarzes hölzernes Pferd geschenkt und ihn mit seiner Zauberkunst überlistet hat. Ich aber mag diesen Alten nicht, ich will nicht um seinetwillen auf die Welt gekommen sein.« Ihr Bruder sprach ihr Trost und Mut ein, verließ sie dann und eilte zu seinem Vater und frug ihn: »Wer ist der Zauberer, mit welchem du meine jüngste Schwester verlobt hast, und was hat er dir für ein Geschenk gebracht, daß du seinetwillen deine Tochter vor Gram sterben lassen willst?

Das soll nicht sein!« Der Weise, der diese Rede mit anhörte, ergrimmte in seinem Herzen über den Prinzen. Der König aber sprach zu seinem Sohne: »Wenn du das Pferd und seine Kunst gesehen haben wirst, so wirst du vor Erstaunen fast den Verstand verlieren.« Er befahl dann den Dienern, es herbeizuführen, und als es der Prinz sah, gefiel es ihm. Da er ein guter Reiter war, schwang er sich sogleich in den Sattel und stieß ihm die Steigbügel in den Leib[10].

Als sich aber das Pferd nicht von der Stelle bewegte, sprach der König zu den Weisen: »Geh und zeige ihm, wie man es in Bewegung setzt, dann wird er sich wohl deinem Wunsche nicht mehr widersetzen.«

Der Weise, der schon einen tödlichen Haß auf den Prinzen geworfen hatte, ging zu ihm hin und zeigte ihm einen Wirbel an der rechten Seite des Pferdes, welcher dazu diente, das Pferd steigen zu machen, dann verließ er ihn. Der Prinz rieb den Wirbel, und nun stieg das Pferd mit ihm in die Höhe und flog mit so reißender Schnelligkeit dahin, daß er bald gar nicht mehr gesehen wurde. Der König ward besorgt um seinen Sohn und fragte den Weisen: »Wie kann er nun aber das Pferd wieder zur Erde lenken?« »Herr«, versetzte der Weise, »diese Kunst besitze ich nicht, auch ist's seine und nicht meine Schuld, wenn du ihn bis zum Auferstehungstag nicht mehr wieder siehst. Aus Dünkel und Hochmut verschmähte er, mich zu fragen, auf welche Weise das Pferd veranlaßt wird, wieder niederwärts zu fliegen, und ich selbst dachte im Augenblick nicht daran, es ihm zu sagen.«

Der König geriet über diese Worte in so heftigen Zorn, daß er den Weisen schlagen und einsperren ließ. Er selbst riß die Krone von seinem Haupte, schlug sich ins Gesicht und auf die Brust, jammerte und weinte. Die Tore des Palastes wurden geschlossen und alle Festlichkeiten eingestellt; nicht allein der König, seine Gemahlin und Töchter waren von diesem großen Unglück so schmerzlich berührt, sondern auch alle Stadtbewohner teilten ihren Kummer über den Verlust des Prinzen. So war auf einmal Lust in Trauer, und Glück in

---

10 Bekanntlich dienen im Orient die spitzigen Steigbügel auch als Sporen.

Unglück verwandelt, und aus einem Freudentag ein Trauertag geworden.

Der Prinz ward indessen von dem Pferde bis in die Nähe der Sonne emporgetragen, er war dem Tode nahe und war darauf gefaßt, zwischen den Himmelskörpern umzukommen. Da dachte er: wenn ich doch sterben muß, so will ich wenigstens sehen, ob der, welcher den Wirbel zum Aufsteigen gemacht, nicht auch einen gemacht hat, durch welchen das Pferd dazu gebracht wird, daß es sich wieder herabläßt. Der Prinz war nämlich ein kluger, scharfsinniger und entschlossener Mann. – Er streckte daher seine Hand nach der linken Seite des Pferdes aus und fand einen zweiten Wirbel, den er sogleich rieb. Augenblicklich bemerkte er auch, daß das Pferd sich niedersenkte, und als er wieder rieb, erblickte er bald die Erde, der er sich immer mehr näherte und er war außer sich vor Freude und dankte Gott für seine Rettung. Dann rieb er wieder den rechten Wirbel ein wenig und flog in geringer Höhe weiter. Als es Abend war, erblickte er ein hohes Schloß, mitten in einer blühenden Ebene, durch die murmelnde, silberklare Bäche flossen, wo herrliche Blumen standen und muntere Gazellen umhersprangen. Gleich darauf sah er eine große Stadt, mit einer festen Zitadelle, Türmen und hohen Mauern, und auf der andern Seite der Stadt war ein sehr hohes, großes und festes Schloß, um welches er vierzig bepanzerte Sklaven, mit Schwertern, Bogen und Lanzen bewaffnet, umhergehen sah. Er dachte bei sich selbst: o wüßte ich doch nur, in welchem Lande ich mich befinde; nach einigem Nachdenken aber entschloß er sich, die Nacht auf der Terrasse des Schlosses zuzubringen und sich nach und nach mit den Bewohnern desselben zu befreunden. Sogleich bemühte er sich nun, das Pferd nach dem Schlosse hinzulenken und es auf die Terrasse niederzulassen. Die Nacht war schon hereingebrochen, als ihm dies gelang und er, äußerst hungrig und durstig, abstieg. Er untersuchte die Terrasse von allen Seiten, bis er endlich eine Treppe fand, die in das Innere des Schlosses hinabführte. Er stieg die Treppe hinunter, und kam auf einen Platz vor der Türe des Schlosses, dessen Boden mit weißem Marmor gepflastert, vom Monde beleuchtet war; hier sah er sich überall um und bemerkte ein Licht, das aus dem Innern des Schlosses schimmerte. Als er darauf zuging, kam er an eine

Geschichte vom Zauberpferde

Türe, vor welcher ein Sklave schlief. Der glich einem von Solimans Geistern, war lang wie ein Baum, und breit wie eine steinerne Bank. Zu seiner Seite brannte ein Licht und lag ein Schwert, das wie eine Feuerflamme funkelte; nebenan aber stand ein Tischchen mit steinernen Pfeilern. Der Prinz zauderte einige Augenblicke, bald aber faßte er sich und sprach: »Ich rufe Gott um Hilfe an! Du, o Gott, der du mich soeben vom Untergange befreit hast, gib mir nun auch die Kraft, mir über dieses Schloß Auskunft zu verschaffen.« Mit diesen Worten streckte er die Hand nach dem Tischchen aus, ergriff es und ging damit auf die Seite, hob die Decke weg und fand herrliche Speisen, und aß und trank, bis er satt war. Dann ruhte er ein wenig aus, trug das Tischchen wieder an seinen vorigen Platz, nahte sich auf den Zehen dem Schlafenden und zog ihm das Schwert aus der Scheide. Damit ging er vorwärts, ohne zu wissen, was das Geschick über ihn verhängen werde; bald erblickte er wieder eine Türe, welche mit einem Vorhang bedeckt war. Er ging darauf zu, hob den Vorhang auf und trat in das Zimmer, wo ein Thron aus weißem Elfenbein stand, mit Perlen, Rubinen und anderen Edelsteinen besetzt, an dessen Fuße vier schlafende Sklavinnen lagen; er näherte sich dem Throne, um zu sehen, wer auf ihm liege, und fand ein schlafendes Mädchen, schön wie der leuchtende Mond, von ihren langen Haaren umwallt. Er bewunderte ihre Schönheit und Anmut, ihren Wuchs und ihr Ebenmaß. Ihre Stirne leuchtete wie der Mond, ihre Wangen, von einem zarten Male angehaucht, glichen Anemonen. Als der Prinz sie sah, kümmerte er sich nicht mehr um Gefahr und Tod. Er nähert sich ihr zitternd und bebend und küßte sie auf ihre rechte Wange. Sie erwachte sogleich, öffnete die Augen und blickte den Prinzen an, der ihr zu Häupten stand und sagte zu ihm: »Wer bist du, Jüngling, und wo kommst du her?« Er antwortete: »Ich bin dein Sklave und dein Geliebter.« »Wer aber hat dich hierher gebracht?« frug die Prinzessin weiter. »Mein Gott und mein Schicksal«, erwiderte der Prinz.

Die Prinzessin, welche ihr Vater mit einem der vornehmsten Männer der Stadt verlobt hatte, glaubte, der Prinz sei ihr Verlobter. Sie betrachtete ihn näher und da er schön wie der leuchtende Mond war, breitete sich über ihr Herz das Netz der Liebe wie ein flammendes Feuer aus und sie begann sich mit ihm traulich zu unterhalten. Plötzlich erwachten die Sklavinnen und als sie den Prinzen neben ihrer Herrin sitzen sahen, riefen sie: »O Herrin, wer ist denn der junge Mann, der bei dir ist?« – »Ich weiß es nicht«, antwortete die Prinzessin; »ich habe ihn so bei mir gefunden, als ich erwachte. Ohne Zweifel ist es mein Verlobter.« Die Sklavinnen aber sagten: »O Herrin, beim erhabenen Gott! Dein Verlobter kann nicht einmal dieses Mannes Diener sein.« Und mit diesen Worten gingen sie zu dem noch immer schlafenden Sklaven, weckten ihn auf und riefen ihm zu: »So bewachst du das Schloß, daß Leute hereinkommen, während wir schlafen?« Als der Sklave dies hörte, sprang er erschrocken auf und wollte nach seinem Schwert greifen, da er es aber nimmer fand, ging er voll Angst und Betäubung zu seiner Herrin. Sowie er den Prinzen neben der Prinzessin sitzen sah, rief er ihm entgegen: »Wer hat dich hierher gebracht, du Betrüger! Du Dieb! Du niedrig Geborener!« Bei diesen Schimpfreden sprang der Prinz mit dem Schwerte in der Faust wie ein Löwe auf; aber der Sklave entfloh, eilte zitternd und bebend in die Gemächer des Königs und erzählte ihm, was vorgefallen. Der König erschrak, machte sich auf, ergriff sein Schwert und sagte zu dem Sklaven: »Wehe dir, du Hund! Was ist das für eine schlimme Nachricht?« »Herr«, erwiderte der Sklave, »der Schlaf hatte uns überwältigt und als wir erwachten, sahen wir auf einmal einen Mann von vornehmem Aussehen und schöner Gestalt neben meiner Gebieterin sitzen; weder ich, noch eine der Sklavinnen konnten begreifen, wie er hereingekommen, ob er von oben oder von unten gekommen ist.« Der König eilte selbst mit dem Schwerte in der Hand in die Gemächer der Prinzessin, um diesen Vorfall zu untersuchen. Als er in ihr Zimmer trat und den Prinzen neben seiner Tochter sitzen sah, geriet er in eine unglaubliche Wut; er zog sein Schwert, drang auf ihn ein und wollte ihm den Kopf spalten. Der Prinz aber hob sich von dem Throne, streckte ihm sein Schwert entgegen und sagte: »Beim erhabenen Gott! Wäre mir dies Haus nicht durch meinen Eintritt heilig, so würde ich dich denen, die in deiner Väter Gruft liegen, nachsenden.«

Der König sagte: »Wer bist du, Betrüger und wer ist dein Vater, daß du es wagen darfst, in solchem Tone mit mir zu reden und meine Tochter in ihrem Schlosse zu überfallen? Weißt du nicht, daß ich der größte König der Erde bin? Bei dem erhabenen Gott, ich will dich der Welt zum Beispiel und Schrecken den martervollsten Tod sterben lassen, du Dieb! Du niedrig Geborener!« Der Prinz lächelte und sagte: »Herr, du setzest mich in Erstaunen durch deinen schwachen Verstand und dein grobes Benehmen! Könntest du dich auch meiner bemächtigen und mich umbringen lassen, was würde es dir nützen? Würden da die Leute nicht sagen, der König hat einen jungen Mann bei seiner Tochter gefunden und ihn töten lassen! Spott und Schande würde dann über dich kommen, und kein Mensch mehr Ehrfurcht vor dir haben. Übrigens sind wir auch Könige und Söhne von Königen, und wenn wir wollten, wäre es uns ein Leichtes, dich vom Throne ins Verderben zu stürzen! Doch da sei Gott vor, daß je etwas Böses von mir bekannt werde. Kannst du übrigens deiner Tochter einen besseren Mann wünschen? Und wenn sie Prinzessin ist, so bin ich ein Sohn des Königs von Persien!« Der König frug ihn: »Warum aber bist du nicht, wie es Sitte ist, zu mir gekommen und hast um sie angehalten?« Der Prinz erwiderte: »Was geschehen ist, ist geschehen. Doch will ich dir einen Vorschlag machen. Laß von deinen Truppen versammeln, so viel du willst, und ich will ganz allein gegen sie kämpfen; werde ich besiegt, so geschieht es, weil ich eine Schuld begangen, schlage ich sie aber in die Flucht, so wird man mich wohl nicht mehr mit Geringschätzung behandeln. Menschen kann man nicht wie Korn abmähen und messen.« Der König war sehr zufrieden mit dem Vorschlag, der ihn aus der Verlegenheit riß, wie er den Prinzen töten lassen solle, ohne sich und seine Tochter in Schande zu bringen. »Es sei so!« sprach er, versammelte, sobald der Tag anbrach, seine Truppen, stellte sie in Schlachtordnung, und befahl, den Prinzen herbeizuführen und ihm ein Pferd und Waffen zu bringen. Der Prinz aber sagte: »Ich will mein eigenes Pferd besteigen; befehle nur, daß man es von der Terrasse, wo es angebunden ist, herabhole.« Als das Pferd herbeigeführt wurde, bewunderte der König die Schönheit des Tieres und die künstliche Arbeit des Sattelzeuges. Der Prinz bestieg es und die Truppen umringten ihn von allen Seiten, um ihn zu erschlagen. Der Prinz drehte den Wirbel an der rechten Seite des Pferdes, und augenblicklich erhob es sich in die Luft wie ein Vogel. Der König rief immer: »Ergreift ihn.« Die Soldaten aber sagten: »O

König, wen sollen wir ergreifen? Bei dem erhabenen Gotte! Der ist ein Teufel, ein abtrünniger Geist! Gelobt sei Gott, der dich von ihm befreit hat!« Der König und seine Truppen kehrten verwirrt und betäubt ins Schloß zurück. Der König ging in die Gemächer der Prinzessin und erzählte ihr das Vorgefallene, dann schimpfte er über den Prinzen und sagte: »Gott verdamme diesen schlechten, betrügerischen Zauberer!« Der König glaubte nämlich, durch solche Reden seine Tochter trösten zu müssen, und ahnte nicht, daß ihr Herz für den Prinzen in Liebe entbrannt war. Als er aber die Tränen sah, die ihren Augen entquollen, suchte er sie zu beruhigen und verließ sie. Die Prinzessin aber brach in lautes Weinen und Jammern aus, und konnte weder essen, noch trinken, noch schlafen.

Der Prinz Kamr al Akmar (Mond der Monde, so hieß er) durchflog indessen die Luft, bis er in das Land seines Vaters kam. Er ließ sich auf der Terrasse seines väterlichen Schlosses nieder und stieg vom Pferde; wie er die Treppe in das Schloß hinunterging, fand er Asche auf die Pfosten des Schlosses gestreut, so daß er glauben mußte, es sei jemand von seinen Verwandten gestorben; er eilte nach seiner Gewohnheit in die innern Gemächer, und hier fand er seinen Vater, seine Mutter und Schwestern in Trauerkleider gehüllt, mit bleichen, schmerzentstellten Gesichtern. Sein Vater sah ihn zuerst; er stieß einen lauten Schrei aus und fiel in Ohnmacht, und als er nach einer Weile wieder zu sich kam, drückte er seinen Sohn an seine Brust. Die Königin und die Prinzessinnen, welche dies vernahmen, stürzten auf ihn zu, umarmten und küßten ihn und frugen ihn unter Tränen, wie es ihm ergangen sei? Er erzählte ihnen alles, was ihm begegnet war, von Anfang an bis zum Ende. Als er seine Erzählung beendet hatte, sagte sein Vater: »Gelobt sei Gott, der Erhabene, für deine Rettung, du Freude meines Auges und Leben meines Herzens!« Die Nachricht durchflog schnell die Stadt und verbreitete überall Jubel und Freude; man schlug Trommeln und Pauken und vertauschte die Trauerkleider mit Freudenkleidern; die Stadt wurde festlich geschmückt und die Leute drängten sich herbei, um dem König Glück zu wünschen. Dieser ordnete große Festlichkeiten an, erließ alle Strafen, ließ alle Gefangenen frei und gab sieben Tage und sieben Nächte lang Mahlzeiten, bei denen jedermann essen und trinken und sich ergötzen konnte. Dann ritt der König mit seinem Sohne durch die Straßen, damit alle Leute ihn sehen und sich seiner erfreuen konnten. Als die öffentlichen Festlichkeiten zu Ende waren, gingen die Stadtbewohner wieder nach Hause, der König aber begab sich mit seinem Sohne ins Schloß. Da sie nun so bei Tische saßen, und aßen und tranken und sich belustigten, ergriff eine schöne Sklavin, die Meisterin im Lautenspiele war, die Laute, schlug die Saiten und sang folgende auf die Trennung bezügliche Verse:

»Glaube nicht, daß ich in der Ferne deiner vergesse; denn was könnte ich noch denken, wenn ich dich vergäße? Die Zeit vergeht, aber meine Liebe zu dir ist ewig. Mit ihr werde ich sterben, und mit ihr werde ich wieder auferstehen!«

Als der Prinz diese Verse hörte, ward sein Herz ganz entzündet von der Flamme der Sehnsucht; Schmerz und Trauer überwältigten seine Seele, und er verließ seinen Vater heimlich, bestieg das Pferd aus Ebenholz und flog in einem fort, bis er das Schloß der Prinzessin erblickte. Er ließ sich wieder auf der Terrasse nieder und stieg dieselbe Treppe wie früher hinab, wo er auch den Sklaven, wie das erste Mal, schlafend fand; leise ging er an ihm vorbei auf den Vorhang zu, der die Türe des Schlafgemachs der Prinzessin bedeckte; er blieb ruhig hinter dem Vorhange stehen und lauschte. Da hörte er die Prinzessin laut weinen und jammern und Verse hersagen. Die Mädchen wurden durch das laute Schluchzen und Weinen der Prinzessin aus dem Schlafe aufgeweckt und sagten zu ihr: »O Gebieterin, warum grämst du dich so über einen, der deinen Gram nicht mit dir teilt?« Die Prinzessin aber sagte: »O ihr unverständigen Mädchen, ist das ein Mann, den man wieder vergessen kann?« Und nun brach sie wieder von neuem in Jammern und Weinen aus, bis sie endlich einschlief. Der Prinz hörte und sah das alles von der Türe aus mit an, und sein Herz pochte so heftig und seine Brust war beklommen. Er trat in das Zimmer und ging zu dem Throne, wo die Prinzessin lag und nahm sie an der Hand. Die Prinzessin erwachte sogleich bei dieser Berührung und wie sie die Augen aufschlug, sah sie den Prinzen vor sich stehen. Der Prinz sagte zu ihr: »Warum weinst du und bist so traurig?« Als sie ihn erkannte, sprang sie auf, fiel ihm um den Hals, küßte ihn und sagte: »Deinetwegen, weil ich von dir getrennt bin.« Der Prinz sagte: »Laß das Geschehene, ich bin jetzt sehr hungrig und durstig.« Sie ließ sogleich Speisen und Getränke auftragen und unterhielt sich dann mit ihm bis tief in die Nacht hinein. Als der Morgen anbrach, stand er auf, um Abschied von ihr zu nehmen, ehe der Sklave erwachte. Schems ulnahar (so hieß sie) frug ihn: »Wohin gehst du?« – »Zu meinem Vater«, sagte er, »doch verspreche ich dir, jede Woche einmal zu dir zu kommen.« Sie aber sagte: »Ich beschwöre dich bei dem erhabenen Gott, nimm mich mit dir, wohin du auch gehen magst, und laß mich nicht ein zweites Mal die Bitterkeit der Trennung kosten.« Der Prinz frug: »Willst du mit mir ziehen?« Und als sie mit einem Ja antwortete, sagte er: »So erhebe dich, daß wir abreisen.« Schems ulnahar eilte sogleich nach einer Kiste und zog die kostbarsten, mit Gold und Juwelen besetzten Gewänder an. Dann gingen sie leise, ohne daß die Mädchen etwas merkten, hinaus, kamen so auf die Terrasse und stiegen beide auf das Ebenholzpferd. Der Prinz rieb dann den Wirbel, worauf das Pferd wie ein Vogel durch die Lüfte flog, bis sie sich über der Hauptstadt des Königs von Persien befanden. Der Prinz ließ das Pferd in einem Garten außerhalb der Stadt langsam nieder, hob die Prinzessin herab und führte sie in ein Lusthaus und sagte: »Bleibe du einstweilen hier, ich will zu meinen Eltern gehen und sie von deiner Ankunft benachrichtigen. Die Wesire und die ganze Armee sollen dir entgegeneilen und mit Pracht und Glanz vor dir herziehen.« Hierauf eilte er zu seinem Vater und erzählte ihm sein ganzes Abenteuer. Der König und die Königin freuten sich sehr, und er gab sogleich Befehl, alles zusammenzurufen, und alle Leute strömten hinaus nach dem Garten.

Der persische Weise, den der König bei der ersten Rückkehr des Prinzen wieder in Freiheit gesetzt hatte, hielt sich gewöhnlich beim Gärtner auf und ging oft im Garten ein und aus. So traf es sich denn, daß er sie an dem Tage, wo der Prinz mit der Prinzessin ankam, sah und den Prinzen erkannte. Er näherte sich dem Lusthause und fand ein Mädchen, schöner als die leuchtende Sonne und neben ihr stand das Pferd von Ebenholz. Da dachte er: »Bei dem erhabenen Gott, dieser junge Mann hat mein Herz in Flammen gesetzt wegen seiner Schwester, ich will ihm jetzt Gleiches mit Gleichem vergelten und dieses Mädchen mit meinem Pferde zugleich entführen.« Er klopfte

dann an die Türe des Gemaches, und als die Prinzessin frug, wer da sei, antwortete er: »Dein Sklave und dein Diener. Dein Herr schickt mich zu dir und läßt dich bitten, mir zu folgen; ich soll dich auf dem Pferde der Stadt näher bringen, weil meine Herrin, die Königin, nicht so weit gehen kann und sich doch so sehr darauf freut, dich zu sehen und zu begrüßen, daß sie sich niemand zuvorkommen lassen will.« Die Prinzessin zweifelte nicht im Mindesten an der Wahrheit dieser Botschaft und öffnete die Türe, wie sie aber seine häßliche Gestalt, seine abscheuliche Gesichtsfarbe und häßlichen Züge sah, sagte sie: »Hat meine Herrin keinen feineren Diener, als dich, um mich zu ihr zu bringen?« Der Perser antwortete: »Meines Herrn Sklaven sind alle einer schöner als der andere, aber aus Eifersucht wählte er mich aus den Sklaven, den du hier vor dir siehst, denn ich bin einer seiner ältesten Diener.« Die Prinzessin fand dies alles wahrscheinlich. Sie schwang sich aufs Pferd und der Perser saß hinter ihr auf, rieb den Wirbel, so daß sich das Pferd in die Lüfte schwang und die Richtung nach China nahm.

Zu gleicher Zeit, wo der Weise die Prinzessin entführte, brach der Zug zu ihrem Empfang von dem Palaste auf. Unter dem Schall von Trommeln, Pauken und Trompeten zog der Prinz mit seinem Vater, seiner Mutter, den Wesiren, an der Spitze der Truppen, in den Garten ein. Der Prinz trat zuerst in das Lusthaus, um seine geliebte Prinzessin zu holen, als er aber das Gemach leer fand, warf er seinen Turban auf die Erde und schlug sich ins Gesicht und auf die Brust. Als er den Gärtner bemerkte, schrie er ihn an: »Du Betrüger, wo ist die Prinzessin, was hast du mit ihr begonnen? Sage mir die Wahrheit oder ich schlage dir den Kopf vom Rumpfe!« Der Gärtner, der in der größten Verlegenheit war, sagte: »Mein Herr! du sprichst da von etwas, wovon ich gar nichts weiß. Bei meinem Leben und dem geehrten Barte deines Vaters! Ich weiß nicht, was du meinst und habe nichts gesehen von dem, weshalb du mich im Verdacht hast.« Dann frug er den Gärtner, wer heute in den Garten gekommen sei? Dieser antwortete: »Niemand, als der persische Weise.« Der Prinz wußte, als er dies hörte, daß der persische Weise die Prinzessin entführt, er geriet ganz außer sich und schämte sich auch vor den Leuten. Nach einigem Nachdenken sagte er zu seinem Vater: »Gehe du mit den

Truppen in die Stadt zurück, ich weiche nicht von hinnen, bis ich im Klaren über diese Sache bin.« Sein Vater schlug sich weinend auf die Brust und sagte: »Mein Sohn! fasse dich und tröste dein Herz und wähle dir eine Prinzessin zur Gattin von allen Prinzessinnen der Erde.« Der Prinz aber antwortete nichts hierauf, sondern ließ ihn allein in die Stadt zurückkehren. Und so ward die Freude wieder in Trauer verwandelt.

Um aber wieder auf den persischen Weisen zurückzukommen, so lenkte dieser das Zauberpferd in China zur Erde und stieg mit der Prinzessin in einer grünen Ebene unter einem Baum an einer Quelle ab. Als sie sich hier niedergelassen hatten, frug die Prinzessin: »Wo ist dein Herr und wo ist sein Vater und seine Mutter?« Er antwortete: »Gott verdamme sie alle; jetzt bin ich dein Herr. Dies Pferd hier gehört mir, ich habe es gemacht. Glaube nur nicht, daß du den Prinzen je wiedersehen wirst, ich bin besser als er und werde jeden deiner Wünsche befriedigen und dich kleiden, wie du es verlangst; ich bin ein reicher Mann und besitze nicht nur viele Sklaven und Sklavinnen, sondern auch viele Güter, und mein Einkommen ist unermeßlich.« Er scherzte dann mit ihr und suchte sich bei ihr einzuschmeicheln, aber sie stieß ihn fünfhundert Meilen weit von sich weg, und fing an zu seufzen und zu weinen. Der Weise lag zu Boden und schlief ein. (Möge ihn Gott nie wieder aufrichten!) Durch die Bestimmung des erhabenen Gottes traf es sich nun, daß der König von China gerade in jener Gegend jagte, und da ihn große Hitze sehr durstig gemacht hatte, suchte er diese Quelle unter dem Baume auf, um seinen Durst zu löschen und auszuruhen. Als er hier ein weinendes Mädchen sah mit einem Pferde an der Seite, während der Weise nicht weit davon hingestreckt lag, bewunderte er ihre Schönheit und ward ganz entzückt von ihr. Als er sie eine Weile betrachtet hatte, stieß er den Weisen mit dem Fuße, bis er sich erhob, dann frug er ihn, wer das Mädchen sei, das er mit sich führe? Er antwortete: »Sie ist meine Frau.« Die Prinzessin sprang bei diesen Worten auf, küßte die Steigbügel des Königs und sagte: »Er lügt, o Herr! und ist ein listiger Zauberer, der mich durch List und Verrat gestohlen hat.« Der König von China sagte: »Gebt diesem Alten sogleich die Bastonnade und führt ihn gefesselt ins Gefängnis.« Die Diener des Königs vollstreckten diesen

Geschichte vom Zauberpferde

Befehl. Der König kehrte dann an ihrer Seite nach der Stadt zurück. Unterwegs frug er sie, was denn das für ein Pferd sei. Die Prinzessin antwortete: »O Herr! auf dem hölzernen Pferde ritt er vor den Leuten und machte allerlei Kunststücke darauf.« Wie der König das hörte, befahl er seinen Dienern, das Pferd in die Schatzkammer zu führen. Er gab die Jagd auf und sagte: »Wir sind ausgegangen, wilde Tiere zu jagen und haben dafür eine menschliche Gazelle gefangen.« Er war sehr heiter und vergnügt und als er in seinen Palast kam, ließ er der Prinzessin sein Gemach anweisen, und noch am selben Abend ging er zu ihr, um ihr seine Hand anzubieten. Die Prinzessin stellte sich aber wahnsinnig. Sie schlug die Hände zusammen, stampfte mit den Füßen und zerriß unter wildem Schreien ihre Kleider; der Sultan verließ höchst verwirrt und betrübt über diesen Krankheitsanfall ihr Gemach, stellte Frauen zu ihrer Bedienung an, und verschwendete viel Geld an Ärzte und Astrologen, die die Prinzessin von ihrer Geistesverwirrung heilen sollten.

Während das mit der Prinzessin vorfiel, wanderte der Prinz von einem Land zum andern, und durchstreifte alle Städte, bis ihn der Allwissende und Allhörende wie durch einen Zufall nach China führte. Er kam in die Hauptstadt und als er die Basare und öffentlichen Läden besuchte, um zu hören, wovon die Leute sich unterhielten, hörte er mehrere Leute auf dem Basar von dem König und einem Mädchen sprechen, das man allgemein bedaure. Er näherte sich den Leuten und ersuchte sie, ihm diese Begebenheit auch mitzuteilen. »Wisse«, sagte der eine von ihnen, »unser König ging vor einiger Zeit auf die Jagd, da sah er ein schönes Mädchen mit einem alten Manne und neben ihnen stand ein Pferd von schwarzem Holze. Als der König den Alten nach dem Mädchen frug, sagte dieser: »Sie ist meine Frau.« Das Mädchen aber schrie: »Bewahre Gott, er lügt, er ist ein Zauberer, der mich listigerweise aus meines Vaters Hause entfernt hat.« Der König ließ den Alten ins Gefängnis werfen und befahl, das hölzerne Pferd in seine Schatzkammer zu führen; das Mädchen aber nahm er mit sich ins Schloß und wollte sie heiraten. Da ward das Mädchen plötzlich verrückt und besessen. Seit einem Jahre wendet der König alles für Ärzte und Astrologen auf, aber noch hat sich keiner gefunden, der ihr hätte helfen können.« Als der Prinz diese Erzählung hörte, war er außer sich vor Freude und rief: »Gott sei gelobt und gepriesen! Es bringt dir jemand Neuigkeiten, die du nicht gesucht hast.« Der Prinz kleidete sich als Astrolog, machte sich weite herabhängende Ärmel, setzte einen großen Turban auf, färbte seine Augenbrauen und kämmte seinen Bart. Dann nahm er eine Schachtel mit einer Hand voll Sand und ein altes Buch von feinem Pergament unter den Arm; in die eine Hand nahm er einen Stock, in die andere einen Rosenkranz und ging, wie die Astrologen pflegen, die Perlen des Rosenkranzes abzählend, langsam einher und schrie: »Glück unserm Quartier und dem eurigen!« So kam er an das Tor des Palastes, wo er zu dem Pförtner sagte: »Ich möchte, daß du dem König sagtest: Ein weiser Sterndeuter ist aus Persien gekommen, hat die Geschichte deiner Sklavin gehört und will sie heilen.« Der Pförtner eilte schnell ans Tor und führte den Prinzen zum König. Dieser benahm sich ganz wie ein echter Sterndeuter, sprach vieles Vernünftige und Verständige, und murmelte eine Menge Worte untereinander her, die keiner der Anwesenden verstehen konnte, er grüßte dann den König und neigte den Kopf zur Erde. Der König sagte zu ihm: »O Weiser, ich habe ein Mädchen, das seit einem Jahre mit den Händen schlägt und mit den Füßen stampft, wenn du sie heilst, so gebe ich dir, was du begehrst.« Der Prinz sagte: »Laß mich zu ihr führen, daß ich die Ursache ihrer Krankheit erforsche und sehen kann, zu welcher Klasse von Geistern der gehört, der in ihr haust.« Der König befahl sogleich dem Oberstkämmerer, den verkleideten Prinzen in die Gemächer der Prinzessin zu führen, damit er ihren Zustand untersuche. Als der Prinz vor die Tür ihres Zimmers kam, hörte er, wie sie unter vielen Tränen Verse hersagte. Sein Herz entbrannte um ihretwillen und er trat schnell in das Zimmer, in welchem sie mit geschlossenen Augen ganz entstellt von brennender Liebe lag und sagte: »Gott möge dich aus diesem Zustande retten, Schems ulnahar! mit der Hilfe des Allmächtigen ist die Erlösung da! Ich bin Kamr al Akmar!« Als sie seine Stimme hörte und ihn erkannte, erhob sie sich, schlang ihre Arme um seinen Nacken und küßte ihn, dann frug sie den Prinzen, wie er denn zu ihr habe kommen können. Er aber antwortete ihr: »Es ist jetzt keine Zeit zu langen Gesprächen, denn der Oberstkämmerer steht im Vorgemache, und noch weiß ich nicht, auf

Geschichte vom Zauberpferde

welche Weise ich dich befreien soll. Indessen will ich einen Versuch machen, ob es nicht durch List geschehen kann; ist das nicht möglich, so eile ich zu meinem Vater zurück und werde dann an der Spitze aller Truppen nach China kommen und mit ihm Krieg führen, Gott wird dann nach seinem Willen beschließen.« Er verließ sie dann, ging zu dem König zurück und sagte: »Herr! ich will dir ein Wunder zeigen!« Der König erhob sich sogleich und ging mit Kamr al Akmar zu der Prinzessin. Diese fing sogleich an zu schreien und zu schäumen, stampfte mit den Füßen und schlug mit den Händen. Hierauf ging der Prinz auf sie zu, murmelte seine Beschwörungen her und schäumte, und blies ihr ins Gesicht, biß sie ins Ohr und flüsterte ihr zu: »Stehe jetzt mit Würde auf, gehe zum König hin, küsse ihm die Hand und zeige dich ihm gefällig.« Als der verkleidete Prinz das Ohr der Prinzessin losließ, sank sie wie ohnmächtig nieder und blieb einige Augenblicke so liegen, dann stand sie auf wie eine vom Schlaf Erwachte, näherte sich dem Könige, küßte voll Ehrerbietung seine Hand und sagte: »Willkommen, mein Herr und König! Ich bin erstaunt darüber, daß du deine Sklavin heute besuchst.« Der König war außer sich vor Freude, als er diese Worte hörte, welche mit einer süßen Stimme gesprochen wurden. Er wandte sich dann zu dem Prinzen und sagte: »Wünsche dir etwas, ich gewähre dir deine Bitte im Voraus.« Der Prinz entgegnete: »Herr! die Zeit der Wohltat ist noch nicht da, denn ich fürchte sehr, daß die Krankheit des Mädchens wieder ausbricht. Ich wünschte«, fuhr der Prinz fort, »daß sie von zehn Sklavinnen ins Bad getragen werde; sie darf aber nicht mit dem Fuß den Boden berühren. Dann laß ihr den kostbarsten Schmuck von Edelsteinen umhängen, damit ihr Herz seinen Kummer vergesse und ihr Gemüt sich erfreue. Ist das alles geschehen, so laß sie außerhalb der Stadt an den Ort bringen, wo du sie gefunden hast; denn dort ist der böse Geist in sie gefahren.«

Als der König diese Worte des Prinzen hörte, sagte er zu ihm: »Gott grüße dich, o Künstler, o Philosoph, ich habe noch keinen so geschickten Arzt gefunden. Wie mochtest du nur wissen, daß ich das Mädchen außerhalb der Stadt gefunden.« Er ließ nun sogleich die Befehle des Prinzen vollziehen und kleidete sie mit einem Schmuck, der eine ganze Schatzkammer wert war, dann trug man sie unter den

Baum, wohin sich auch der König mit den Wesiren und seinen Truppen, sowie mit dem Prinzen begab. Dieser murmelte Beschwörungen, blickte bald gen Himmel, bald zur Erde, und ließ Räucherwerke bereiten. Nach einer Weile hob er den Kopf in die Höhe, trat zu dem König und sagte: »Herr! Mir ist klar geworden, daß der Teufel, der in dieses Mädchen gefahren, seinen eigentlichen Sitz im Leibe eines Tieres aus schwarzem Ebenholze hat. Wird nun dieses Tier nicht gefunden, daß ich dem bösen Geiste auflauern kann, so wird das Mädchen jeden Monat von ihm befallen werden.« Bei diesen Worten des Prinzen sagte der König: »Du bist ein göttlicher Mann und Meister aller Weisen und Philosophen! Du hast bei Gott recht, denn ich sah mit eigenen Augen, wie neben dem Mädchen und dem alten Räuber ein Pferd aus schwarzem Ebenholze stand, das vielleicht das Tier ist, von dem du sprichst.« Der König gab sogleich die nötigen Befehle, und nach kurzer Zeit ward das Pferd herbeigeführt. Der Prinz untersuchte es aufs Genaueste, um sich zu überzeugen, daß es unbeschädigt sei, dann befahl er das Räucherwerk anzuzünden. Hierauf zog er eine Handvoll zerschnittenes Papier aus seinem Turban und sagte: »Sobald ich auf dem Pferde sitze, so setzt das Mädchen hinter mich und werft dies Papier in die Flammen. Wenn dem Pferde dieser Geruch in die Nase kommt, wird es das Maul und die Nüstern aufsperren, um ihn einzusaugen, und dann wird der Teufel aus seinem Leibe fahren, sobald ich diesen Wirbel drehe.« Man befolgte genau seine Befehle und als das Mädchen hinter ihm saß, drehte er den Wirbel, und das Pferd erhob sich mit ihm und der Prinzessin wie ein Vogel. Der König rief seinen Leuten: »Haltet sie an! Haltet sie an!« Als sie es aber davonfliegen sahen, sagten sie: »O Herr! was ist da zu tun, das ist ein Teufel oder ein böser Geist!« Der König aber, der noch in die Luft starrte, als schon längst jede Spur von dem Pferde verschwunden war, schrie plötzlich laut auf und fiel in Ohnmacht. Als er wieder zu sich kam, sagte er: »Es gibt keine Macht und keinen Schutz, außer bei Gott, dem Erhabenen! Hat jemals einer einen Menschen fliegen sehen? Bei Gott, das ist höchst wunderbar!« Dann kehrte er mit seinen vor Erstaunen ganz erstarrten Wesiren und Truppen in die Stadt zurück, ließ den weisen Perser aus dem Gefängnisse holen und schrie ihn an: »Elender Betrüger!

Geschichte vom Zauberpferde

Warum hast du mir die wunderbare Eigenschaft dieses hölzernen Pferdes nicht gesagt, so daß es einem nichtswürdigen Landstreicher gelungen ist, mir dieses Mädchen zu entführen, das noch einen ganzen Schatz an ihrem Körper hängen hat?« Als der Weise diese Worte hörte, schrie und weinte er laut und schlug sich ins Gesicht und sagte: »O Herr! Wisse, ich habe dieses kunstreiche Pferd gemacht und es Sabur, dem König von Persien gebracht, der mir dafür die Hand seiner jüngsten Tochter versprach. Sein Sohn aber ist der Räuber des Mädchens und des Pferdes, und er sieht so und so aus.« Hierauf erzählte er ihm seine ganze Geschichte von Anfang bis zu Ende, und der König geriet darüber in solchen Grimm, daß er dem Bersten nahe war, und er betrauerte sein ganzes Leben hindurch den Verlust des Mädchens und des Pferdes. Der Prinz aber durchflog die Luft, bis er der Residenz seines Vaters nahe war, dann ließ er sich im Schlosse seines Vaters nieder; denn das Sprichwort sagt: »Durch häufiges Fallen lernt man gehen«, wäre er gleich anfangs vorsichtig gewesen, so wären ihm alle diese Unglücksfälle nicht zugestoßen. Seine Eltern waren über seine Ankunft mit dem Mädchen und dem Pferde nicht wenig erfreut. Diese glückliche Nachricht durchflog schnell die ganze Stadt, und alle, die es hörten, lobten und dankten Gott dem Allmächtigen. Das ganze Volk, die Wesire und die Truppen versammelten sich, um dem König Glück zu wünschen. Auch dem großen König, dem Vater der Prinzessin, schickte man Boten mit Briefen und dieser sandte die herrlichsten Geschenke an seine Tochter und an seinen Schwiegersohn. Nun ließ der König die Stadt festlich schmücken; sieben Tage und sieben Nächte dauerten die Festlichkeiten, und eine Menge Geldes ward unter die Armen ausgeteilt. Das Zauberpferd ward in die Schatzkammer gestellt, und ihr ganzes Leben war nur eine fortlaufende Kette der süßesten Annehmlichkeiten, bis auch sie der Zerstörer aller Freuden und der Trenner aller Bündnisse, der Tod, überfiel.

Schehersad begann hierauf folgende Erzählung:

Geschichte des Prinzen Zeyn Alasnam und des Königs der Geister

Ein König von Baßrah besaß große Reichtümer. Seine Untertanen liebten ihn, aber er hatte keine Kinder, und das betrübte ihn über die Maßen. Da veranlaßte er alle heiligen Männer in seinen Staaten durch namhafte Geschenke, den Himmel für ihn um einen Sohn zu bitten, und ihre Gebete waren nicht erfolglos: die Königin ward schwanger und genas glücklich eines Sohnes, der den Namen Zeyn Alasnam, d. h. Zierde der Bildsäulen, erhielt.

Der König ließ alle Sterndeuter seines Reiches zusammenrufen und befahl ihnen, dem Kinde das Horoskop zu stellen. Sie entdeckten durch ihre Beobachtungen, daß er lange leben und viel Mut besitzen würde, daß er dieses Mutes aber auch bedürfe, um das vielfache Unglück, das ihn bedrohe, mannhaft zu ertragen. Der König erschrak nicht über diese Weissagung, »Wenn mein Sohn Mut hat«, sagte er, »so ist er nicht zu beklagen. Es ist gut, daß den Prinzen manchmal ein Unglück begegnet; Widerwärtigkeiten läutern ihre Tugend, sie lernen dadurch nur um so besser regieren.«

Er belohnte die Sterndeuter und entließ sie in ihre Heimat. Seinen Sohn aber ließ er mit aller erdenklichen Sorgfalt erziehen, und sobald er alt genug war, gab er ihm Lehrer, daß sie ihn unterrichteten. Der gute König wünschte einen vollendeten Prinzen aus ihm zu machen; aber auf einmal wurde er von einer Krankheit befallen, die seine Ärzte nicht zu heilen vermochten. Als er nun sein Ende nahen fühlte, ließ er seinen Sohn rufen und empfahl ihm unter anderem, er solle sich mehr die Liebe als die Furcht seines Volkes zu erwerben suchen, niemals den Schmeichlern sein Ohr leihen und ebenso langsam im Belohnen als im Strafen sein; denn gar häufig ließen sich Könige durch falschen Schein verführen, schlechte Leute mit Wohltaten zu überhäufen und die Unschuld zu unterdrücken.

Als der König gestorben war, legte der Prinz Zeyn Trauerkleider an und trug sie sieben Tage lang. Am achten bestieg er den Thron, nahm von dem königlichen Schatze das Siegel seines Vaters ab, legte das seinige daran und begann nun die Süßigkeit des Herrschens zu kosten. Der Anblick, wie seine Höflinge sich vor ihm beugten und die höchste Aufgabe ihres Lebens darin sahen, ihren Gehorsam und Eifer an den Tag zu legen, mit einem Wort, die unumschränkte Herrschergewalt übte einen allzu großen Reiz auf ihn aus. Er dachte nur an die Pflichten seiner Untertanen, nicht aber an das, was er ihnen schuldig war, und kümmerte sich wenig um die Regierungsgeschäfte. Dagegen ergab er sich allen Arten von Ausschweifungen in Gemeinschaft mit jungen Wüstlingen, die er mit den höchsten Würden des Staates bekleidete. Maß und Ziel zu halten, verstand er nicht. Seine angeborene Freigebigkeit verwandelte sich in zügellose Verschwendung, und unbemerkt hatten Frauen und Günstlinge die ganze Schatzkammer erschöpft.

Die Königin, seine Mutter, lebte noch. Sie war eine weise, verständige Fürstin und hatte mehrmals vergeblich dem Strome der Verschwendung und der Ausschweifung des Königs, ihres Sohnes, Einhalt zu tun versucht, indem sie ihm vorstellte, daß, wenn er seinen Lebenswandel nicht ändere, er nicht nur in kurzem seinen ganzen Reichtum einbüßen, sondern sich auch seine Völker abwendig machen und Aufstände veranlassen werde, die ihm leicht Krone und Leben kosten könnten. Wenig fehlte, so wäre ihre Weissagung in

Geschichte des Prinzen Zeyn Alasnam und des Königs der Geister

Erfüllung gegangen: die Untertanen fingen an, gegen die Regierung zu murren, und es wäre unfehlbar zur offenen, allgemeinen Empörung gekommen, wenn nicht die Königin durch ihre Gewandtheit vorgebeugt hätte. Unterrichtet von dem Stand der Dinge, benachrichtigte sie davon den König, der sich endlich überreden ließ, das Wesirat weisen, bejahrten Männern, die die Untertanen in ihrer Pflicht zu erhalten wußten, anzuvertrauen.

Als nun Zeyn alle seine Reichtümer verschwendet sah, bereute er, keinen besseren Gebrauch davon gemacht zu haben. Er versank in düstere Schwermut, und nichts vermochte ihn zu trösten. Eines Nachts sah er im Traum einen ehrwürdigen Greis, der auf ihn zutrat und mit lächelnder Miene zu ihm sagte: »O Zeyn, wisse, daß es kein Leid gibt, dem nicht Freude folgte, kein Unglück, das nicht irgend ein Glück nach sich zöge. Willst du deinem Kummer ein Ende machen, so stehe auf, reise nach Ägypten und zwar nach Kahirah: dort erwartet dich ein großes Glück.«

Als der Fürst erwachte, machte er sich allerlei Gedanken über diesen Traum. Er erzählte ihn sehr ernsthaft der Königin, seiner Mutter, die nur darüber lachte. »Mein Sohn«, sagte sie, »willst du nicht vielleicht auf diesen schönen Traum hin nach Ägypten reisen?« – »Warum nicht, Mütterchen?« antwortete Zeyn. »Glaubst du denn, alle Träume seien bloß Hirngespinste? Nein, nein, es gibt auch welche, in denen tiefe Wahrheit verborgen liegt. Meine Lehrer haben mir tausend Geschichten erzählt, die mich nicht daran zweifeln lassen. Wäre ich übrigens auch nicht davon überzeugt, so könnte ich doch nicht umhin, meinem Traume Beachtung zu schenken. Der Greis, der mir erschienen ist, hatte etwas Übernatürliches. Es war keiner von denen, die bloß ihr Alter ehrwürdig macht: etwas Ehrwürdiges, das ich nicht näher bezeichnen kann, war über seine ganze Person ausgegossen. Er glich vollkommen dem Bilde, das man sich von unserm großen Propheten macht; und um dir alles aufrichtig zu gestehen, ich glaube, daß er es selbst war, daß er sich meines Kummers erbarmt und ihn lindern will. Er hat mir ein Vertrauen eingeflößt, auf das ich alle meine Hoffnung setze. Seine Versprechungen klingen mir noch im Ohr, und ich bin entschlossen, seiner Stimme zu folgen.« Umsonst bemühte sich die Königin, ihn davon abzubringen; der

Fürst übertrug ihr die Verwaltung des Reiches, verließ eines Nachts ganz heimlich den Palast und begab sich ohne Begleiter auf den Weg nach Kahirah.

Nach vielen Beschwerden und Mühsalen langte er in dieser berühmten Stadt an, die sowohl in Beziehung auf Größe als auf Schönheit wenige ihresgleichen hat. Er stieg an der Pforte einer Moschee ab und legte sich, von Müdigkeit übermannt, daselbst nieder. Kaum war er eingeschlafen, als ihm derselbe Greis erschien und zu ihm sprach: »O mein Sohn, ich bin zufrieden mit dir, du hast meinen Worten geglaubt und hast dich nicht von der Länge und Beschwerlichkeit des Weges abschrecken lassen, hierher zu kommen. Vernimm jetzt, daß ich dich zu dieser großen Reise nur veranlaßt habe, um dich auf die Probe zu stellen. Ich sehe, du hast Mut und Charakterfestigkeit: du verdienst, daß ich dich zum reichsten und glücklichsten aller Könige der Erden mache. Kehre nach Baßrah zurück! Du wirst in deinem Palast unermeßliche Reichtümer finden. Nie hat ein König so viel besessen, wie dort aufgehäuft liegen.«

Der König war von diesem Traume nicht sonderlich erbaut. »Ach!« sagte er bei sich selbst, als er erwachte, »wie sehr habe ich mich getäuscht! Dieser Greis, den ich für unsern großen Propheten hielt, ist ein bloßes Erzeugnis meiner aufgeregten Phantasie. Ich war von meinem Traum noch so benommen, daß es kein Wunder ist, wenn ich zum zweitenmal davon geträumt habe. Es ist wohl am besten, ich gehe nach Baßrah zurück. Wozu soll ich mich hier länger aufhalten? Nur gut, daß ich den Grund meiner Reise niemand als meiner Mutter mitgeteilt habe. Wenn meine Untertanen ihn erführen, würden sie mit Fingern auf mich deuten.«

Er kehrte also in sein Königreich zurück, und als er ankam, fragte ihn die Königin, ob er mit seiner Reise zufrieden sei. Er erzählte ihr alles haarklein und schien über seine allzu große Leichtgläubigkeit so betrübt, daß seine Mutter, statt durch Vorwürfe oder Spöttereien seinen Verdruß zu vermehren, sich Mühe gab, ihn zu trösten. »Beruhige dich, mein Sohn«, sagte sie; »wenn Gott dir Reichtümer bestimmt hat, so wirst du sie ohne Mühe erwerben. Sei deswegen unbekümmert; alles, was ich dir empfehlen kann, ist, tugendhaft zu sein. Entsage den Freuden des Tanzes, der Flöten und des purpurfarbigen Weines. Fliehe diese Lüste, sie waren schon nahe daran, dich an den Rand des Verderbens zu bringen. Bemühe dich, deine Untertanen glücklich zu machen: durch ihr Glück sicherst du das deine.«

Der König Zeyn gelobte, fortan allen Ratschlägen seiner Mutter und der weisen Wesire, die sie erwählt hatte, um ihm die Last der Regierung tragen zu helfen, zu folgen. Aber gleich in der ersten Nacht, die er wieder in seinem Palaste zubrachte, sah er den Greis zum drittenmal im Traume. »Mutvoller Zeyn«, sprach dieser zu ihm, »endlich ist der Augenblick deines Glückes gekommen. Morgen früh, sobald du aufgestanden bist, nimm deine Hacke und durchsuche das Kabinett des seligen Königs; dort wirst du einen großen Schatz finden.«

Sobald der König erwachte, stand er auf, ging sogleich zu seiner Mutter und erzählte ihr mit großer Lebhaftigkeit seinen neuen Traum. »Wahrhaftig, mein Sohn«, sagte die Königin lächelnd, »der Greis ist sehr beharrlich; es ist ihm nicht genug, dich zweimal betrogen zu haben. Bist du vielleicht gesonnen, ihm abermals zu trauen?« – »Nein, meine Mutter«, antwortete Zeyn, »ich glaube ihm keineswegs, doch will ich zum Spaß das Kabinett meines Vaters durchsuchen.« – »O ich dachte es wohl!« rief die Königin mit lautem Gelächter; »gehe, mein Sohn, gib dich zufrieden. Mein einziger Trost ist der, daß die Sache nicht so ermüdend ist, wie die Reise nach Ägypten.«

»Nun ja, liebe Mutter«, versetzte der König, »ich will dir nur gestehen, dieser dritte Traum hat mir wieder Vertrauen eingeflößt; er steht in genauem Zusammenhange mit den beiden anderen, und wenn wir alle Worte des Greises gehörig erwägen, so hat er mir zuerst aufgegeben, nach Ägypten zu reisen, und dort hat er mir gesagt, er habe mich nur zur Probe auf die Reise geschickt. Kehre nach Baßrah zurück, sagte er hierauf, dort sollst du Schätze finden. Heute nacht nun hat er mir den Ort, wo sie sind, genau angegeben. Diese drei Träume hängen, wie mir scheint, zusammen; es gibt nichts daran zu deuten, die ganze Sache ist klar. Sie können allerdings chimärisch sein, allein ich will lieber vergebens suchen, als mir mein ganzes Leben lang vorwerfen, daß ich vielleicht große Reichtümer verscherzt habe, weil ich zur Unzeit den Ungläubigen spielte.« So sprechend verließ er das Zimmer der Königin, ließ sich eine Hacke geben und ging allein in das Gemach seines seligen Vaters. Dort fing er an zu hauen und hatte bereits mehr als die Hälfte der viereckigen Platten des Fußbodens aufgehoben, ohne die mindeste Spur von einem Schatze zu entdecken. Er ruhte aus und sagte zu sich selbst: »Ich fürchte sehr, meine Mutter hat mich mit Recht verspottet«; gleichwohl ließ er sich die Arbeit nicht verdrießen und machte sich aufs neue an diese. Und er hatte das nicht zu bereuen; denn auf einmal entdeckte er einen weißen Stein, den er aufhob, und unter demselben fand er eine verschlossene Tür mit einem stählernen Vorlegeschloß. Er zerschlug dasselbe, öffnete die Tür und erblickte eine Treppe von weißem Marmor. Flugs zündete er eine Wachskerze an, stieg diese Treppe hinab und kam in ein mit chinesischem Porzellan gepflastertes Gemach, dessen Wände und Decke aus Kristall waren. Was aber seine Aufmerksamkeit am meisten auf sich zog, waren vier Erhöhungen, auf denen je zehn Porphyr-Urnen standen. Er dachte, sie würden voll Wein sein, und sprach bei sich: »Auch gut, dieser Wein ist recht alt und ohne Zweifel wird er köstlich munden.« So näherte er sich denn einer der Urnen, nahm den Deckel ab und sah mit ebenso großer Überraschung wie Freude, daß sie voll Goldstücke war. Nun untersuchte er alle vierzig Urnen eine nach der anderen und fand sie voll Dinare. Er nahm eine Handvoll davon und lief zu seiner Mutter.

Das Erstaunen der Königin war groß, als sie von ihrem Sohne hörte, was er gesehen hatte. »O mein Sohn«, rief sie, »hüte dich nur, daß du diese Reichtümer nicht auch so töricht verschwendest, wie den königlichen Schatz! Du solltest schon deinen Feinden nicht diese Freude gönnen.« –

Die Königin bat ihren Sohn, sie in das wundervolle Gemach zu führen, das ihr verstorbener Gemahl so heimlich hatte machen lassen, daß sie nie davon hatte reden hören. Zeyn führte sie ins Kabinett, half ihr die Marmortreppe hinabsteigen und zeigte ihr dann das Zimmer, wo die Urnen standen. Sie betrachtete all diese Sachen mit forschenden Blicken und gewahrte in einem Winkel eine kleine Urne aus demselben Stoffe wie die anderen, die der König noch nicht bemerkt hatte. Sie nahm dieselbe, öffnete sie und fand darin einen goldenen Schlüssel. »Mein Sohn«, sagte hierauf die Königin, »dieser Schlüssel verschließt ohne Zweifel noch einen andern Schatz. Laß uns überall suchen, ob wir nicht entdecken können, zu welchem Gebrauche er bestimmt ist.«

Sie untersuchten das Gemach mit der höchsten Aufmerksamkeit und fanden endlich mitten in der Wand ein Schloß. Sie dachten, dazu werde der Schlüssel gehören, und der König machte sogleich einen Versuch. Alsbald ging die Tür auf und sie erblickten ein zweites Gemach, in dessen Mitte neun Fußgestelle aus gediegenem Golde waren, von denen acht je eine Bildsäule aus einem einzigen Diamanten trugen, und diese Bildsäulen strahlten solchen Glanz aus, daß das ganze Zimmer von ihnen erleuchtet war.

»Erhabener Gott!« rief Zeyn ganz erstaunt aus, »wo hat mein Vater diese schönen Sachen erhalten?« Beim neunten Fußgestell verwunderte er sich noch mehr; denn auf demselben lag ein Stück weißer Atlas, worauf folgende Worte geschrieben standen: »O mein lieber Sohn! Diese acht Bildsäulen haben mich große Mühe gekostet, bis ich sie erworben hatte. Sie sind sehr schön, aber du mußt wissen, daß es noch eine neunte auf der Welt gibt, die sie alle übertrifft. Sie allein ist mehr wert, als tausend solche, wie du hier siehst. Willst du dich in ihren Besitz setzen, so mach' dich auf und gehe in die Stadt Kahirah in Ägypten, dort wohnt einer meiner alten Sklaven namens Mobarek; du wirst ihn ohne Mühe ausfindig machen; die erste Person, der du begegnest, wird dir seine Wohnung sagen. Geh, suche ihn auf und sage ihm, was dir begegnet ist. Er wird dich als meinen Sohn erkennen und nach dem Orte führen, wo diese wunderbare Bildsäule ist, deren Besitz dir Heil und Segen bringen wird.«

Als der König diese Worte gelesen hatte, sagte er zu seiner Mutter: »Ich will diese neunte Bildsäule nicht entbehren; es muß ein sehr seltenes Stück sein, wenn sie mehr wert ist, als diese hier alle zusammen. Ich gedenke sogleich nach Kahirah zu reisen; du wirst hoffentlich meinen Entschluß nicht mißbilligen?« – »Nein, mein Sohn«, antwortete die Königin, »ich habe nichts dagegen einzuwenden. Du stehst offenbar unter dem Schutze unseres großen Propheten, und er wird dich auf dieser Reise nicht umkommen lassen. Reise ab, sobald du willst. Ich werde mit Hilfe deiner Wesire die Regierungsgeschäfte besorgen.« Der König ließ sogleich alle Vorbereitungen zur Reise treffen und nahm nur eine kleine Anzahl Sklaven mit.

Es begegnete ihm kein Unfall auf der Reise. Nach seiner Ankunft in Kahirah erkundigte er sich sogleich nach Mobarek. Man sagte ihm, er sei einer der reichsten Bürger in der Stadt, der wie ein großer Herr lebe, und sein Haus stehe vornehmlich Fremden immer offen. Zeyn ließ sich dahin führen und klopfte an die Tür; ein Sklave öffnete und sprach: »Was wünschest du und wer bist du?« – »Ich bin ein Fremder«, antwortete der König, »ich habe von der Großmut des Herrn Mobarek gehört und komme, um bei ihm zu wohnen.« Der Sklave bat ihn, einen Augenblick zu warten, dann ging er hin und meldete es seinem Herrn, der ihm befahl, den Fremden eintreten zu lassen. Der Sklave kam wieder an die Tür und sagte zum König, er sei willkommen.

Zeyn trat ein, ging durch einen großen Hof und gelangte in ein prächtig geschmücktes Zimmer, in dem Mobarek ihn erwartete und sehr höflich empfing. Er dankte ihm für die Ehre, die ihm dadurch widerfahre, daß er bei ihm wohnen wolle. Der König erwiderte diese Höflichkeit und sagte dann zu Mobarek: »Ich bin der Sohn des verstorbenen Königs von Baßrah und heiße Zeyn Alasnam.« – »Dieser König«, sagte Mobarek, »war früher mein Herr, hatte aber, so viel ich weiß, keinen Sohn. Wie alt bist du?« – »Zwanzig Jahre«, antwortete der Fürst. »Wie lange ist es, daß du den Hof meines Vaters verlassen hast?« – »Beinahe zweiundzwanzig Jahre«, sagte Mobarek. »Aber wie willst du mich überzeugen, daß du sein Sohn bist?« – »Mein Vater«, versetzte Zeyn, »hatte unter seinem Kabinett ein unterirdisches Gemach, in welchem ich vierzig Porphyrurnen, alle voll Gold gefunden habe.« »Und was noch mehr?« fragte Mobarek. – »Neun Fußgestelle von gediegenem Golde«, sagte der Fürst; »auf acht von diesen stehen Bildsäulen aus Diamant, auf dem neunten aber liegt ein Stück weißer Atlas, auf das mein Vater geschrieben hat, was ich zu tun habe, um eine neunte Bildsäule zu erlangen, die noch kostbarer sei, als die übrigen miteinander; du weißt den Ort, wo diese Bildsäule sich befindet, denn auf dem Atlas steht geschrieben, daß du mich dahin führen werdest.«

Er hatte diese Worte noch nicht ausgesprochen, als Mobarek sich zu seinen Füßen warf und ihm wiederholt die Hand küßte. »Gott sei gedankt!« rief er aus, »daß er dich hierhergeführt hat. Ich erkenne

dich als den Sohn des Königs von Baßrah. Wenn du mit mir an den Ort gehen willst, wo die wunderbare Bildsäule steht, so will ich dich dahin führen. Zuvor aber mußt du einige Tage hier ausruhen. Ich gebe heute den Großen von Kahirah ein Festmahl, und wir waren eben bei Tisch, als man mir deine Ankunft meldete. Würdest du es wohl verschmähen, Herr, einzutreten und dich mit uns zu freuen?« – »Gewiß nicht«, antwortete Zeyn; »ich nehme mit dem größten Vergnügen Anteil an deinem Festmahl.« Bei diesen Worten führte ihn Mobarek in einen Kuppelsaal, in der sich die Gesellschaft befand. Er wies ihm einen Platz an der Tafel an und bediente ihn in eigener Person kniend. Die Großen von Kahirah waren darüber sehr verwundert und sprachen leise untereinander: »Ei, wer mag doch wohl der Fremdling sein, den Mobarek mit solcher Ehrfurcht bedient?«

Nachdem sie gegessen hatten, nahm Mobarek das Wort und sprach: »Ihr Großen von Kahirah, wundert euch nicht, daß ich diesen jungen Fremdling auf diese Art bedient habe. Wißt, es ist der Sohn des Königs von Baßrah, meines ehemaligen Herrn. Sein Vater kaufte mich für sein eigenes Geld. Er ist gestorben, ohne mir die Freiheit zu schenken; somit bin ich immer noch Sklave, und folglich gehört all mein Hab und Gut von Rechtswegen diesem jungen Fürsten, seinem einzigen Erben.« Hier unterbrach ihn Zeyn mit den Worten: »O Mobarek, ich erkläre vor all diesen edlen Herren, daß ich dir in diesem Augenblick die Freiheit schenke, und daß ich sowohl dich selbst als alle deine Besitztümer von meinem Eigentum unabhängig mache. Überdies sag mir jetzt, womit ich dir einen Dienst erweisen kann.« Mobarek küßte die Erde und bezeigte dem Fürsten großen Dank. Hierauf wurde Wein vorgesetzt: sie tranken den ganzen Tag, und am Abend, ehe sie nach Hause gingen, wurden Geschenke an die Gäste ausgeteilt.

Am anderen Morgen sprach Zeyn zu Mobarek: »Ich habe jetzt genug ausgeruht, denn ich bin nicht nach Kahirah gekommen, um lustig zu leben, sondern um die neunte Bildsäule zu erhalten. Es ist Zeit, daß wir uns auf den Weg machen, um sie zu erobern.« – »Herr«, antwortete Mobarek, »ich bin bereit, deinem Wunsche zu willfahren, aber du kennst die vielen Gefahren nicht, die mit der Eroberung dieser kostbaren Beute verknüpft sind.« – »Ich fürchte keine Gefahr«, antwortete der Fürst, »und ich bin entschlossen, das Wagstück zu unternehmen. Ich will entweder meinen Zweck erreichen oder umkommen. Alles, was geschieht, kommt von Gott. Begleite mich nur und bleibe ebenso standhaft wie ich.«

Als Mobarek ihn entschlossen sah, rief er seine Dienerschaft und befahl ihr, alle Anstalten zur Abreise zu treffen. Der König und er verrichteten die im Gesetze vorgeschriebene Abwaschung und Gebete. Auf ihrer Reise bemerkten sie zahllose seltene und wunderbare Dinge. Sie ritten mehrere Tage, bis sie auf ein sehr anmutiges Gefilde kamen, wo sie abstiegen. Hier sprach Mobarek zu seinem Gefolge: »Bleibt an diesem Orte und habt genau auf unser Reisezeug acht, bis wir zurückkommen.« Sodann sagte er zu Zeyn: »Komm, mein Herr, und laß uns allein fürbaß gehen. Wir sind nahe an dem schrecklichen Orte, wo die neunte Bildsäule verwahrt ist. Du wirst deines ganzes Mutes bedürfen.«

Bald gelangten sie ans Ufer eines großen Sees; Mobarek setzte sich hier nieder und sprach zu dem Fürsten: »Wir müssen über dieses Meer.« – »Aber wie?« fragte Zeyn; »wir haben ja kein Schiff.« – »Du wirst im Augenblick eins erscheinen sehen«, antwortete Mobarek. »Das Zauberschiff des Königs der Geister wird kommen und uns abholen; vergiß aber ja nicht, was ich dir jetzt sage: Man muß ein tiefes Stillschweigen beobachten. Sprich kein Wort mit dem Fährmann. Wie seltsam dir auch seine Gestalt vorkommen wird und was du auch Außerordentliches bemerken magst, sprich keine Silbe: denn ich sage dir, beim ersten Wort, das von deinen Lippen kommt, wenn wir uns einmal eingeschifft haben, versinkt die Barke in den Fluten.« – »Ich werde zu schweigen wissen«, sagte der Fürst. »Du darfst mir nur sagen, was ich zu tun habe; ich werde allem genau nachkommen.«

Während er so sprach, bemerkte er auf einmal im See ein Schiff aus rotem Sandelholz. Es hatte einen Mast von feinem Ambra und eine Flagge von blauem Atlas. Darinnen war niemand als der Schiffsmann, dessen Kopf dem eines Elefanten glich, während sein übriger Leib der eines Tigers war. Als das Fahrzeug sich dem Prinzen und Mobarek genähert hatte, nahm der Fährmann einen nach dem anderen mit seinem Rüssel und stellte sie in sein Schiff. Sodann führte er sie in einem Augenblick nach der anderen Seite des Sees. Hier nahm er sie wieder mit seinem Rüssel, setzte sie ans Land und verschwand alsbald samt seiner Barke.

»Jetzt können wir sprechen«, sagte Mobarek. »Wir sind hier auf der Insel des Königs der Geister; es gibt keine ähnliche auf der ganzen Welt. Sieh dich einmal nach allen Seiten um, mein König; kannst du dir einen reizenderen Aufenthalt denken? Gewiß, dies ist ein wahres Abbild jenes wonnevollen Ortes, den Gott für die gläubigen Beobachter unseres Gesetzes bestimmt. Du siehst, wie die Gefilde mit Blumen und allen Arten duftenden Kräutern geschmückt sind; bewundere diese schönen Bäume, deren Zweige sich unter ihren köstlichen Früchten bis zur Erde neigen; freue dich der harmonischen Gesänge, mit denen Vögel von tausend in anderen Ländern unbekannten Gattungen die Luft erfüllen.« Zeyn konnte nicht müde werden, die Schönheit der ihn umgebenden Dinge zu betrachten, und je weiter er auf der Insel fortging, je mehr neue Reize bemerkte er.

Endlich gelangten sie zu einem Palast aus feinen Smaragden, umgeben von einem breiten Graben, auf dessen Rand in abgemessenen Zwischenräumen hohe Bäume standen, die mit ihrem Schatten den ganzen Palast bedeckten. Gegenüber der Tür, die aus gediegenem Golde war, befand sich eine Brücke, die aus einer einzigen Fischschuppe bestand, dabei aber wenigstens sechs Klafter lang und drei Klafter breit war. Vorn an der Brücke sah man eine Schar Geister von ungeheurer Größe, die mit dicken Keulen aus chinesischem Stahl den Eingang in das Schloß verteidigten.

»Wir wollen nicht weiter vorrücken«, sagte Mobarek; »diese Geister würden uns totschlagen; wenn wir sie hindern wollen, zu uns zu kommen, müssen wir eine magische Vorrichtung machen.« Mit diesen Worten zog er aus seinem Beutel, den er unter seinem Rock hatte, vier Streifen gelben Taft hervor. Mit dem einen umwand er seinen Gürtel und den zweiten heftete er auf seinen Rücken; die beiden andern gab er dem König, der denselben Gebrauch davon machte. Dann breitete Mobarek zwei große Tischtücher auf der Erde aus, und auf den Rand derselben legte er einige Edelsteine mit Moschus und Ambra. Sodann setzte er sich auf das eine der Tücher und Zeyn auf das andere. Hierauf sprach Mobarek also zu dem König: »Herr, ich werde jetzt den König der Geister beschwören, der diesen Palast hier bewohnt, Gott gebe, daß er ohne Zorn zu uns komme! Ich gestehe, daß mir wegen des Empfanges bange ist. Wenn unsere Ankunft auf seiner Insel ihm mißfällt, so wird er uns in Gestalt eines abscheulichen Ungeheuers erscheinen; heißt er aber deine Absicht gut, so wird er sich in Gestalt eines freundlichen Mannes zeigen, Sobald er vor uns tritt, mußt du aufstehen und ihn begrüßen, ohne von deinem Tuche hinwegzutreten; denn wenn du es verlässest, bist du ein Kind des Todes. Dann sprich zu ihm: Gewaltiger Beherrscher der Geister! Mein Vater, der dein Diener war, ist von dem Engel des Todes hinweggeführt worden. Möchtest du mich in deinen Schutz nehmen, wie du meinen Vater immer beschützt hast! Wenn dich dann«, fuhr Mobarek fort, »der Geisterkönig fragt, welche Gnade du von ihm erbittest, so antworte: Herr, ich bitte dich untertänigst, mir die neunte Bildsäule zu schenken.«

Nachdem Mobarek auf diese Weise den König Zeyn unterrichtet hatte, begann er mit seinen Beschwörungen. Alsbald wurden ihre Augen von einem langen Blitz, auf den ein Donnerschlag folgte, geblendet. Die ganze Insel hüllte sich in dichte Finsternis. Es erhob sich ein furchtbarer Sturm, und hierauf hörte man einen entsetzlichen Schrei. Die Erde erzitterte und man verspürte ein Erdbeben, ähnlich dem, das Asrafyl am Tage des Gerichts erregen wird.

Dem König Zeyn war nicht ganz wohl zu Mute; er hielt dieses Getöse für eine sehr schlimme Vorbedeutung, aber Mobarek, der besser wußte, was davon zu halten war, fing an zu lächeln und sagte zu ihm: »Beruhige dich, mein Fürst, es geht alles gut.« Wirklich erschien in demselben Augenblick der Geisterkönig in Gestalt eines schönen Mannes. Gleichwohl hatte er immerhin etwas Wildes in seinem Wesen.

Sobald der König Zeyn ihn bemerkte, begrüßte er ihn auf die Art, die Mobarek ihm angegeben hatte. Der Geisterkönig antwortete lächelnd: »Mein Sohn, ich liebte deinen Vater, und so oft er kam, mir seine Ehrfurcht zu bezeigen, schenkte ich ihm eine Bildsäule, die er nach Hause nahm. Auch dir bin ich nicht minder gewogen. Ich nötigte deinen Vater einige Tage vor seinem Tode, das zu schreiben, was du auf dem weißen Atlas gelesen hast. Ich versprach ihm, dich unter meinen Schutz zu nehmen und dir die neunte Bildsäule zu schenken, deren Schönheit die anderen bei weitem überstrahlt. Schon habe ich angefangen, mein Versprechen zu erfüllen, denn ich bin es, den du im Traum in Gestalt eines Greises gesehen hast. Ich habe dich die unterirdischen Gemächer mit den Urnen und Bildsäulen entdecken lassen. Ich habe großen Teil an allem, was dir begegnet ist, oder vielmehr, ich bin die Ursache davon. Ich weiß, was dich hierhergeführt hat, und dein Wunsch soll erfüllt werden. Hätte ich auch deinem Vater nicht versprochen, es dir zu schenken, so würde ich es dir selbst gern zu Gefallen tun. Zuvor aber mußt du mir bei allem, was einen Eid unverletzlich macht, schwören, daß du wieder auf diese Insel kommen und mir eine fünfzehnjährige Jungfrau bringen wirst, die noch von keinem Manne weiß und sich auch nicht wünscht, einen zu erkennen. Sie muß überdies ausgezeichnet schön sein, und du mußt so viel Selbstbeherrschung haben, daß du das Verlangen nach ihrem Besitze nicht aufkommen lässest, während du sie hierher führst.«

Zeyn leistete den verwegenen Eid, den man von ihm forderte. »Aber, Herr«, sagte er hierauf, »wenn ich nun auch so glücklich bin, eine solche Jungfrau zu sehen, wie du sie von mir verlangst, woran soll ich erkennen, daß ich sie gefunden habe?« – »Ich gestehe«, antwortete der König der Geister lächelnd, »daß dich der Schein täuschen könnte. Diese Kenntnis ist den Söhnen Adams nicht gegeben, auch bin ich keineswegs gesonnen, mich dir hierin ganz anzuvertrauen. Ich werde dir einen Spiegel geben, der zuverlässiger ist als deine Vermutung. Sobald du eine vollkommen schöne, fünfzehnjährige Jungfrau siehst, brauchst du nur in diesen Spiegel zu schauen, um darin das Bild dieser Jungfrau zu sehen, und wenn sie keusch ist, so wird das Glas rein und klar bleiben; wenn dagegen das Glas sich trübt, so ist das ein sicheres Kennzeichen, daß das Mädchen nicht immer tugendhaft gewesen ist, oder wenigstens schon den Wunsch gehegt hat, es nicht mehr zu bleiben. Vergiß den Eid nicht, den du mir geschworen hast. Halte ihn als Mann von Ehre, sonst nehme ich dir das Leben, so wert du mir auch im übrigen bist.« Der König Zeyn Alasnam beteuerte aufs neue, daß er sein Wort halten werde.

Hierauf gab ihm der Geisterkönig einen Spiegel und sagte: »Mein Sohn, du kannst zu mir kommen, wann es dir beliebt. Hier ist der Spiegel, dessen du dich bedienen mußt.« Zeyn und Mobarek verabschiedeten sich und wandelten dem See zu. Der elefantenköpfige Fährmann kam mit der Barke zu ihnen und führte sie auf dieselbe Art wieder hinüber, wie er sie hergebracht hatte. Sie begaben sich wieder zu ihrem Gefolge und kehrten nach Kahirah zurück.

Der König Zeyn Alasnam ruhte einige Tage bei Mobarek aus; dann sprach er zu ihm: »Laß uns nach Bagdad gehen und für den König der Geister ein Mädchen suchen!« – »Ei, sind wir denn nicht in Groß-Kahirah«, antwortete Mobarek, »sollten nicht auch hier schöne Jungfrauen zu finden sein?« – »Du hast recht«, versetzte der König, »aber wie wollen wir sie auffinden?« – »Laß uns das nicht kümmern«, sagte Mobarek. »Ich kenne eine sehr gewandte alte Frau, an die will ich mich wenden, sie wird die Sache gut besorgen.«

Wirklich war die Alte geschickt genug, den König eine große Menge sehr schöne fünfzehnjährige Mädchen sehen zu lassen; aber wenn er sie lange genug betrachtet hatte und dann seinen Spiegel befragte, so trübte sich der Probierstein ihrer Tugend, das Glas, bei jeder. Alle fünfzehnjährigen Mädchen bei Hof und in der Stadt mußten sich eine um die andere der Prüfung unterziehen, aber bei keiner blieb das Glas rein und hell.

Als sie nun sahen, daß in Kahirah keine keusche Jungfrau zu finden war, reisten sie nach Bagdad. Dort mieteten sie einen prächtigen Palast in einer der schönsten Gegenden der Stadt. Sie lebten herrlich und in Freuden, hielten offene Tafel, und wenn alle Gäste im Palast genug gegessen hatten, wurde das übrige den Derwischen gebracht, die sich dabei gute Tage machten.

Nun wohnte in diesem Stadtviertel ein Imam, namens Abubekr Muezin, ein eitler, hochmütiger und neidischer Mann. Er haßte alle reichen Leute, bloß weil er arm war. Sein Elend machte ihn bitter gegen wohlhabendere Mitmenschen. Dieser hörte auch von Zeyn Alasnam und dem Überflusse sprechen, der bei ihm herrschte. Mehr brauchte er nicht zu hören, um seinen Haß auf diesen Fürsten zu werfen. Er trieb es soweit, daß er einmal in seiner Moschee nach dem Abendgebete zu dem Volke sprach: »Liebe Brüder, ich habe gehört, daß ein Fremder sich in unserm Stadtviertel einquartiert hat, der täglich unermeßliche Summen verschwendet. Wer weiß, ob dieser Unbekannte nicht vielleicht ein Verbrecher ist, der in seinem Lande

dieses viele Geld zusammengestohlen hat und nun in diese große Stadt kommt, um sich gütlich zu tun. Laßt uns auf der Hut sein, liebe Brüder! Wenn der Kalif erfährt, daß ein solcher Mann in unserm Viertel wohnt, so könnte er uns leicht bestrafen, weil wir ihn nicht davon benachrichtigt haben. Ich für meine Person erkläre euch, daß ich meine Hände in Unschuld wasche, und wenn ein Unglück daraus entsteht, so ist es nicht meine Schuld.« Das Volk, das in der Regel leicht beweglicher Natur ist, rief dem Redner einstimmig zu: »Das ist deine Sache, Imam, zeige es der Behörde an!« Hierauf ging der Imam zufrieden nach Hause und schickte sich an, eine Schrift aufzusetzen, die er am anderen Tage dem Kalifen überreichen wollte.

Aber Mobarek, der dem Gebete beigewohnt und wie die anderen die Rede des Geistlichen gehört hatte, band fünfhundert Goldstücke in ein Tuch, packte mehrere Seidenstoffe zusammen und ging damit zu Abubekr. Der Imam fragte ihn in barschem Ton, was sein Begehr sei. »Großer Lehrer«, antwortete ihm Mobarek in freundlichem Ton, indem er ihm das Gold und die Seidenstoffe in die Hand drückte, »ich bin dein Nachbar und Diener. Der König Zeyn, der in diesem Viertel wohnt, schickt mich zu dir. Er hat gehört, was für ein ausgezeichneter Mann du bist, und mich beauftragt, dir zu sagen, daß er deine Bekanntschaft zu machen wünsche. Einstweilen bittet er dich, dies kleine Geschenk anzunehmen.« Abubekr war außer sich vor Freude und antwortete Mobarek: »Ich ersuche dich, lieber Herr, den König für mich um Verzeihung zu bitten. Ich bin ganz beschämt, ihn noch nicht besucht zu haben, aber ich will meinen Fehler wieder gut machen und ihm gleich morgen meine Ehrfurcht bezeigen.«

Am anderen Tage sagte er nach dem Abendgebete zum Volke: »Ihr wißt, liebe Brüder, kein Mensch ist ohne Feinde. Der Neid tastet vornehmlich diejenigen an, die ein großes Vermögen haben. Der Fremdling, von dem ich euch gestern abend erzählte, ist kein Bösewicht, wie übelwollende Leute mich bereden wollten, sondern ein junger Fürst, der tausend Tugenden besitzt. Hüten wir uns wohl, dem Kalifen einen nachteiligen Bericht über ihn zu hinterbringen.«

Nachdem Abubekr durch diese Rede die schlechte Meinung wieder gut gemacht, die er tags zuvor dem Volke in betreff Zeyns beigebracht hatte, ging er nach Hause, zog seine Feierkleider an und besuchte den jungen König, der ihn sehr huldvoll empfing. Nach Begrüßungen von beiden Seiten sagte Abubekr zu dem König: »Herr, gedenkst du lange in Bagdad zu bleiben?« – »Ja«, antwortete Zeyn, »so lange, bis ich ein fünfzehnjähriges, ausgezeichnet schönes Mädchen gefunden habe, das aber so keusch sein muß, daß es von keinem Manne weiß und dem auch nicht danach gelüstet, solche Bekanntschaft zu machen.« – »Du suchst ein gar seltenes Ding«, versetzte der Imam, »und ich würde sehr fürchten, daß deine Nachforschungen vergeblich sein würden, wenn ich nicht wüßte, wo ein Mädchen von diesen Eigenschaften zu finden ist. Ihr Vater war ehemaliger Wesir, aber er hat den Hof verlassen und lebt seit langer Zeit in einem abgelegenen Hause, wo er sich gänzlich der Erziehung seiner Tochter widmet. Wenn du willst, Herr, so gehe ich hin und halte für dich um sie an. Ich zweifle nicht, daß er mit Vergnügen einen Schwiegersohn von deinem Rang annehmen wird.« – »Nicht zu rasch«, versetzte der König; »ich will dieses Mädchen nicht heiraten, bevor ich mich überzeugt habe, daß sie für mich paßt. In Bezug auf Schönheit kann ich mich wohl auf dich verlassen, aber welche Bürgschaft kannst du mir für ihre Tugend geben?« – »Ja, was für Bürgschaft verlangst du denn?« frage Abubekr. – »Ich muß sie von Angesicht sehen«, antwortete Zeyn; »mehr verlange ich nicht, um mich zu entschließen.« – »Demnach scheinst du dich gut auf Physiognomien zu verstehen?« versetzte der Imam lächelnd. »Nun gut, gehe mit mir zu ihrem Vater, ich will ihn bitten, daß er sie dich auf einen Augenblick in seiner Gegenwart sehen läßt.« Abubekr führte den König zu dem Wesir, der, sobald er von dem Rang und der Absicht Zeyns gehört hatte, seine Tochter kommen ließ und ihr befahl, den Schleier abzunehmen. Der junge König von Baßrah hatte noch nie eine so vollendete und reizende Schönheit gesehen. Er war ganz geblendet, und sobald er die Probe machen konnte, ob das Mädchen ebenso keusch als schön sei, zog er seinen Spiegel hervor, und siehe da! das Glas blieb rein und hell.

Als er nun sah, daß er endlich eine Jungfrau gefunden habe, wie er sie wünschte, bat er den Wesir, sie ihm zu geben. Sogleich wurde nach dem Kadi geschickt; er kam, setzte den Heiratsvertrag auf und verrichtete das gebräuchliche Gebet. Nach dieser Zeremonie führte

Zeyn den Wesir in sein Haus, wo er ihn prächtig bewirtete und ihm ansehnliche Geschenke machte. Der Braut schickte er durch Mobarek einen reichen Juwelenschmuck, und dieser führte sie in sein Haus, wo die Hochzeit mit aller dem Range Zeyns angemessenen Pracht gefeiert wurde. Als die Gäste sich entfernt hatten, sagte Mobarek zu seinem Gebieter: »Auf, Herr, laß uns nicht länger in Bagdad verweilen, sondern nach Kahirah zurückkehren. Gedenke des Versprechens, das du dem König der Geister gegeben hast.« – »Allerdings, wir wollen abreisen«, antwortete der König, »ich muß mein Wort getreulich erfüllen. Gleichwohl kann ich nicht leugnen, mein lieber Mobarek, daß es mir sehr schwer fällt, dem Geisterkönig zu gehorchen. Die Jungfrau, die ich geheiratet habe, ist bezaubernd schön, und ich hätte Lust, sie nach Baßrah zu führen und auf den Thron zu setzen.« – »Ach, Herr«, antwortete Mobarek, »hüte dich wohl, deinem Gelüste Gehör zu geben, Beherrsche deine Leidenschaften und halte dem König der Geister Wort, was es dich auch kosten mag.« – »Nun gut, Mobarek«, sagte der König, »so sorge nur, daß du das liebenswürdige Mädchen vor mir verbirgst und sie mir nicht unter die Augen kommt. Ich habe sie vielleicht schon zu viel gesehen.«

Mobarek ließ Anstalten zur Abreise treffen; sie gingen nach Kahirah zurück und nahmen von dort den Weg nach der Insel des Geisterkönigs. Als sie dort waren, sprach die Jungfrau, welche die ganze Reise in der Sänfte gemacht und den König seit dem Hochzeitstage nicht wieder gesehen hatte, zu Mobarek: »Wo sind wir? Werden wir nicht bald in den Staaten meines königlichen Gemahls anlangen?« – »Herrin«, antwortete Mobarek, »es ist Zeit, daß ich dir die Augen öffne. Der König Zeyn hat dich nur geheiratet, um dich aus dem Hause deines Vaters zu entfernen. Nicht, um dich zur Beherrscherin von Baßrah zu machen, hat er dir seine Hand gegeben, sondern um dich dem König der Geister zu überliefern, der ein Mädchen deiner Art von ihm verlangt hat.« Bei diesen Worten fing sie an, bitterlich zu weinen, so daß der König und Mobarek über die Maßen gerührt wurden. »Habt Mitleid mit mir«, sagte sie zu ihnen, »ich bin eine Fremde, ihr werdet eure Verräterei an mir vor Gott verantworten müssen.«

Vergeblich waren ihre Tränen und Klagen. Sie wurde dem König der Geister vorgestellt, der sie mit forschenden Blicken betrachtete und dann also zu Zeyn sprach: »Ich bin mit dir zufrieden, Fürst. Die Jungfrau, die du mir gebracht hast, ist reizend und keusch, und es gefällt mir sehr, daß du so viel Selbstüberwindung gezeigt hast, um mir Wort zu halten. Kehre jetzt in deine Staaten zurück, und wenn du das unterirdische Gemach mit den acht Bildsäulen betrittst, so wirst du darin die neunte finden, die ich dir versprochen habe. Ich werde sie durch meine Geister dahin bringen lassen.« Zeyn dankte dem König und reiste mit Mobarek nach Kahirah zurück, hielt sich aber nicht lange in dieser Stadt auf, denn er brannte vor Ungeduld, die neunte Bildsäule zu sehen. Dabei konnte er nicht umhin, fleißig an die Jungfrau zu denken, die er geheiratet hatte; er machte sich Vorwürfe, daß er sie betrogen, und betrachtete sich als die Ursache und das Werkzeug ihres Unglücks. »Ach«, sprach er bei sich selbst, »ich habe sie aus den Armen ihres zärtlichen Vaters gerissen, um sie einem Geiste zu opfern. O Schönheit sondergleichen, du hättest ein besseres Schicksal verdient!«

Unter solchen Gedanken kam der König Zeyn endlich nach Baßrah, wo seine Untertanen die Rückkehr ihres Fürsten mit großen Freudenfesten feierten. Er ging sogleich zur Königin, seiner Mutter, um ihr von seiner Reise Bericht zu erstatten, und sie war sehr erfreut, zu vernehmen, daß er die neunte Bildsäule erhalten habe. »Komm, mein Sohn«, sprach sie, »daß wir sie sehen, denn sie ist ohne Zweifel jetzt in dem unterirdischen Gemach, da der König der Geister dir gesagt hat, du werdest sie dort vorfinden.« Der junge König und seine Mutter stiegen, voll Ungeduld, diese Säule zu sehen, in das unterirdische Gemach hinab und traten in das Zimmer, wo die Säulen standen; aber groß war ihr Erstaunen, als sie statt der diamantenen Säule auf dem neunten Fußgestell ein Mädchen von ausgezeichneter Schönheit erblickten, das der Prinz sogleich als dasjenige erkannte, welches er auf die Geisterinsel geführt hatte! »Mein König«, sprach die Jungfrau zu ihm, »du erwartetest etwas Kostbareres zu sehen, als mich, und bereust jetzt ohne Zweifel, daß du dir so viele Mühe gegeben hast. Du hattest auf eine schönere Belohnung gehofft!« – »Nein, meine Geliebteste«, antwortete Zeyn, »Gott ist mein Zeuge, daß ich mehr als einmal im Begriff war, dem Geisterkönig mein Wort zu brechen und dich mir zu erhalten. Wie kostbar auch eine diamantene

Säule sein mag, so ist sie doch nichts gegen die Wonne, dich zu besitzen. Ich liebe dich mehr als alle Diamanten und alle Reichtümer von der Welt.«

Während er so sprach, hörte man einen Donner, von dem das unterirdische Gemach erbebte. Zeyns Mutter erschrak, aber da erschien der Geisterkönig und beruhigte sie. »Herrin«, sprach er zu ihr, »dein Sohn steht in meinem Schutze, ich liebe ihn. Ich habe sehen wollen, ob er in seiner Jugend fähig ist, seine Leidenschaften zu bezähmen. Es ist mir nicht entgangen, daß die Reize dieser Jungfrau gewaltigen Eindruck auf ihn gemacht haben, und daß er sein Versprechen, ihren Besitz nicht einmal zu wünschen, nicht aufs Gewissenhafteste gehalten hat; aber ich kenne die Schwachheit der menschlichen Natur zu gut, um ihm darob zu zürnen, und seine Zurückhaltung erfreut mich. Hier ist die neunte Bildsäule, die ich ihm bestimmt habe; sie ist seltener und kostbarer als alle die anderen.« Dann wandte er sich zu dem König und sagte: »Lebe glücklich mit dieser jungen Frau, sie ist deine Gemahlin, und willst du, daß sie dir treu und beständig sei, so liebe sie immerdar, aber liebe nur sie allein. Gib ihr keine Nebenbuhlerinnen, und ich bürge dir für ihre Treue.« Mit diesen Worten verschwand der Geisterkönig, und Zeyn, entzückt über seine Braut, vollzog noch am selben Tage seine Ehe und ließ sie als Königin von Baßrah ausrufen; die beiden Gatten blieben sich treu und verlebten glücklich und zufrieden mit einander eine lange Reihe von Jahren.

Kaum hatte die Sultanin von Indien die Geschichte des Königs Zeyn Alasnam geendigt, als sie schon wieder um Erlaubnis bat, eine andere erzählen zu dürfen. Der König Scheherban erteilte dieselbe für die nächste Nacht, weil der Tag bereits dämmerte.

Als sich der Sultan von Indien wieder bei Schehersad eingefunden hatte, erinnerte sie ihn an die erteilte Erlaubnis zu einer neuen Erzählung; der Sultan gab seine Genehmigung nochmals zu erkennen, und Schehersad begann hierauf mit folgenden Worten die

Geschichte Chodadads und seiner Brüder

Die Geschichtsschreiber des Königreichs Dijarbekir erzählen von einem sehr reichen und mächtigen Könige, der einst in der Stadt Harran herrschte. Er liebte seine Untertanen sehr und wurde auch von ihnen geliebt. Er hatte tausend Tugenden, und es fehlte ihm nichts zum vollkommenen Glück, als ein Erbe. Obschon er die schönsten Frauen von der Welt in seinem Serail hatte, konnte er doch keine Kinder erhalten.

Da er unaufhörlich den Himmel um diese Gnade bat, so erschien ihm eines Nachts, während er die Süßigkeit des Schlafes kostete, ein freundlicher Mann oder vielmehr ein Heiliger und sprach zu ihm: »Deine Gebete sind erhört, du erhältst, wonach du dich sehnst. Sobald du erwachst, stehe auf, verrichte dein Gebet und mache zwei Kniebeugungen, sodann gehe in den Garten deines Palastes, rufe deinen Gärtner und laß dir von ihm einen Granatapfel geben; von diesem iß so viele Kerne, als dir behagt, und deine Wünsche werden in Erfüllung gehen.«

Als der König erwachte, erinnerte er sich dieses Traumes und dankte dem Himmel dafür. Er stand auf, verrichtete sein Gebet und machte zwei Kniebeugungen, hierauf ging er in den Garten, zählte fünfzig Kerne von einem Granatapfel genau ab und aß sie. Er hatte fünfzig Frauen, die sein Bett teilten, und alle wurden schwanger. Nur eine war darunter, namens Piruza, deren Schwangerschaft nicht sichtbar wurde. Er hatte deswegen einen solchen Abscheu vor ihr, daß er sie töten lassen wollte. »Ihre Unfruchtbarkeit«, sagte er, »ist ein sicheres Zeichen, daß der Himmel Piruza nicht würdig findet, Mutter eines Prinzen zu werden. Ich muß die Welt von diesem Wesen reinigen, das dem Herrn verhaßt ist.« Schon hatte er diesen grausamen Entschluß gefaßt, als sein Wesir ihm vorstellte, nicht alle Frauen seien vom gleichen Schlage, und Piruza könne wohl schwanger sein, wenn ihre Schwangerschaft sich auch noch nicht so deutlich zeige. »Nun gut«, versetzte der König, »so mag sie leben, aber sie soll sogleich meinen Hof verlassen, denn ich kann sie hier nicht länger dulden.« – »Großer König«, entgegnete der Wesir, »schicke sie dem Prinzen Samer, deinem Vetter.« Dem König gefiel dieser Rat, und er schickte Piruza nach Samarien mit einem Brief an seinen Vetter, in dem er ihn bat, sie gut zu behandeln, und wenn sie schwanger sei, ihm von ihrer Niederkunft Nachricht zu geben.

Piruza war noch nicht in diesem Land angelangt, als man deutlich sah, daß sie sich in gesegneten Umständen befand, und schließlich gebar sie einen Prinzen, schöner als der Tag. Der Fürst von Samarien schrieb sogleich an den König von Harran, meldete ihm die glückliche Geburt dieses Sohnes und wünschte ihm Glück dazu. Der König hatte große Freude darüber und schrieb dem Prinzen Samer folgendermaßen: »Lieber Vetter, alle meine andern Frauen haben gleichfalls Prinzen geboren, so daß wir hier jetzt eine große Menge Kinder haben. Ich ersuche dich deshalb, den Sohn der Piruza aufzuziehen, ihm den Namen Chodadad[11] zu geben und ihn mir zu schikken, wenn ich ihn von dir fordere.«

---

11 Chodadad ist persisch und zusammengesetzt aus Choda, Gott, und Dadan, geben, entsprechend dem französischen Namen Dieudonné, dem griechischen Theodor, umgekehrt Dorotheus.

Geschichte Chodadads und seiner Brüder

Der Fürst von Samarien versäumte nichts, um seinem Neffen eine gute Erziehung zu geben. Er ließ ihm Unterricht im Reiten, im Bogenschießen und allen anderen Künsten, die sich für Königssöhne ziemen, erteilen, so daß Chodadad in seinem achtzehnten Jahre für ein wahres Wunder gelten konnte. Dieser junge Prinz besaß einen seiner Geburt würdigen Mut und sagte eines Tages zu seiner Mutter: »Ich fange an, mich in Samarien zu langweilen. Ich fühle Begierde nach Ruhm in mir, deswegen erlaube, daß ich ausziehe und Gelegenheit suche, ihn in den Gefahren des Kriegs zu erwerben. Der König von Harran, mein Vater, hat Feinde. Einige seiner Nachbarn beabsichtigen, seinen Frieden zu stören. Warum ruft er mich nicht zu Hilfe? Warum läßt er mich so lange Kind sein? Sollte ich mich nicht bereits an seinem Hofe gezeigt haben? Soll ich hier mein Leben im Müßiggang verbringen, während alle meine Brüder das Glück haben, an seiner Seite zu fechten?« – »Mein Sohn«, antwortete Piruza, »ich wünsche ebensosehr wie du, deinen Namen berühmt zu sehen. Ich wollte, du hättest dich bereits gegen die Feinde deines Vaters ausgezeichnet; aber du mußt warten, bis er dich auffordert. – »Nein, liebe Mutter«, antwortete Chodadad, »ich habe nur zu lange schon gewartet. Ich sterbe vor Verlangen, den König zu sehen und habe große Lust hinzuziehen und ihm als junger Unbekannter meine Dienste anzubieten. Er wird sie ohne Zweifel annehmen, und ich werde mich nicht eher zu erkennen geben, als bis ich tausend ruhmvolle Taten vollbracht habe. Ich will seine Achtung verdienen, ehe er mich erkennt.« Piruza billigte diesen hochherzigen Entschluß. Um von dem Fürsten Samer keinen Widerspruch zu erfahren, sagte ihm Chodadad kein Wort davon, sondern verließ eines Tags Samarien unter dem Vorwand, er wolle auf die Jagd reiten.

Er ritt ein weißes Pferd mit goldenem Zügel und Hufbeschlag; Sattel und Schabracke waren aus blauem Atlas und ganz mit Perlen besät. Der Griff seines Säbels bestand aus einem einzigen Diamant, die Scheide war von Sandelholz und ganz mit Smaragden und Rubinen besetzt. Über seine Schulter hing ein Köcher und ein Bogen. In dieser prächtigen Ausrüstung, die seine schöne Gestalt ins glänzendste Licht treten ließ, kam er in der Stadt Harran an. Er fand bald Mittel und Wege, sich dem König vorstellen zu lassen, auf den seine

Schönheit und sein stattlicher Wuchs den angenehmsten Eindruck machte. Vielleicht war es aber auch die Macht des Blutes, die sein Herz so zu dem Jüngling hinzog; kurz, er empfing ihn aufs huldreichste und fragte ihn nach seinem Namen und Stand. »Großer König«, antwortete Chodadad, »ich bin der Sohn eines Emirs von Kahirah, Wanderlust hat mich aus meinem Vaterlande getrieben, und da ich auf meiner Reise durch deine Staaten erfuhr, daß du mit einigen deiner Nachbarn in Fehde liegst, bin ich an deinen Hof gekommen, um dir meinen Arm anzubieten.« Der König war ungemein gnädig gegen den Jüngling und gab ihm eine Anstellung in seinem Heere.

Der junge Prinz säumte nicht, seine Tapferkeit an den Tag zu legen. Er erwarb sich die Achtung der Offiziere und die Bewunderung der Soldaten, und da er ebensoviel Geist wie Mut besaß, gewann ihn der König so lieb, daß er ihn bald zu seinem Günstling machte. Die Minister und anderen Höflinge besuchten Chodadad tagtäglich und bewarben sich aufs angelegentlichste um seine Freundschaft, während sie die übrigen Söhne des Königs vernachlässigten. Die jungen Prinzen sahen dies nicht ohne Ärger, und ihr Herz entbrannte von heftigem Haß gegen den Fremdling. Der König aber gewann ihn von Tag zu Tag lieber und gab ihm fortwährend neue Beweise seiner Zuneigung. Er wollte ihn stets um sich haben; bewunderte seine geistvollen und weisen Reden, und um jedem zu zeigen, wie hoch er seine Weisheit und Klugheit achte, vertraute er ihm die Aufsicht über die anderen Prinzen an, obschon er mit ihnen in gleichem Alter stand, so daß Chodadad der Hofmeister seiner Brüder wurde.

Dies reizte ihren Haß nur um so mehr. »Wie!« sagten sie, »ist's nicht genug, daß der König einen Fremdling mehr liebt als uns, er macht ihn sogar zu unserm Hofmeister, ohne dessen Erlaubnis wir nichts tun sollen! Nein, das können wir uns nicht gefallen lassen. Wir müssen uns diesen Fremdling vom Halse schaffen.« – »Das einfachste ist«, sagte einer von ihnen, »wir fallen alle zusammen über ihn her und schlagen ihn tot.« – »Nein, nein«, sagte ein anderer, »auf diese Art würden wir uns selbst in die Grube stürzen. Sein Tod würde uns dem König verhaßt machen, und dieser könnte uns zur Strafe leicht samt und sonders der Thronfolge für unwürdig erklären. Wir müssen dem Fremdling mit List beikommen. Wir wollen ihn um die

Erlaubnis bitten, auf die Jagd zu reiten, und wenn wir weit genug vom Palast sind, schlagen wir uns nach irgendeiner Stadt und halten uns dort eine Zeitlang auf. Der König wird sich über unsere Abwesenheit verwundern, und wenn er uns nicht zurückkommen sieht, wird er die Geduld verlieren und den Fremdling vielleicht töten lassen. Jedenfalls wird er ihn von seinem Hofe verbannen, weil er uns erlaubt hat, seinen Palast zu verlassen.«

Dieser Vorschlag fand allgemeinen Beifall. Die Prinzen gingen zu Chodadad und baten ihn um Erlaubnis zu einer Jagdpartie, zugleich versprachen sie, noch an demselben Tage zurückzukommen. Piruzas Sohn ging in die Schlinge und gab seinen Brüdern die erbetene Erlaubnis. Sie ritten fort und kamen nicht wieder. Schon waren sie drei Tage abwesend, als der König Chodadad frug: »Wo sind die Prinzen, ich habe sie lange nicht gesehen?« – »Herr«, antwortete dieser mit einer tiefen Verbeugung, »sie sind seit drei Tagen auf der Jagd. Sie haben mir indes versprochen, früher zurückzukommen.« Der König wurde unruhig, und seine Unruhe vermehrte sich, als die Prinzen auch am folgenden Tage noch nicht erschienen. Nun konnte er seinen Zorn nicht mehr zurückhalten, »Unvorsichtiger Fremdling«, sagte er zu Chodadad, »wie konntest du meine Söhne wegreiten lassen, ohne sie zu begleiten? Verwaltest du so das Amt, das ich dir anvertraut habe? Geh, suche sie sogleich auf und führe sie zu mir; wo nicht, bist du ein Mann des Todes.«

Diese Worte erfüllten den unglücklichen Sohn Piruzas mit schauderndem Entsetzen. Er legte seine Rüstung an, schwang sich auf sein Roß und ritt zur Stadt hinaus. Wie ein Hirt, der seine Herde verloren hat, suchte er überall im Gefilde seine Brüder, fragte in allen Dörfern, ob man sie nicht gesehen habe, und da er nichts von ihnen erfahren konnte, überließ er sich dem heftigsten Schmerz. »Ach, meine lieben Brüder!« rief er aus, »was ist aus euch geworden? Seid ihr vielleicht unsern Feinden in die Hände gefallen? Sollte ich nur dazu an den Hof von Harran gekommen sein, um dem König ein so grausames Herzeleid zu bereiten?« Er war untröstlich, daß er den Prinzen die Jagd erlaubt hatte, ohne sie zu begleiten.

Nach mehrtägigen vergeblichen Nachforschungen gelangte er in eine ungeheure weite Ebene, in deren Mitte ein Palast aus schwarzem

Marmor stand. Er ritt darauf zu und erblickte an einem Fenster ein wunderschönes Fräulein, aber bloß mit ihrer Schönheit geschmückt; denn ihre Haare waren zerstreut, ihre Kleider zerrissen, und auf ihrem Gesichte bemerkte man den Ausdruck der tiefsten Betrübnis. Sobald sie den Fremden erblickte und glaubte gehört zu werden, rief sie ihm zu: »O Jüngling, entferne dich von diesem unseligen Palaste, oder du wirst bald in die Hände des Ungeheuers geraten, das ihn bewohnt. Hier haust ein Schwarzer, der sich nur von Menschenblut nährt; er ergreift alle Leute, die ihr schlimmes Geschick in diese Ebene führt, sperrt sie in finstere Kerker ein, aus denen er sie nur hervorzieht, um sie zu verschlingen.«

»Herrin«, antwortete Chodadad, »sage mir, wer du bist, und sei wegen des übrigen unbesorgt.« – »Ich bin aus Kahirah gebürtig und aus vornehmem Hause«, antwortete das Fräulein; »gestern kam ich auf meiner Reise nach Bagdad nahe an diesem Schlosse vorbei, wo mir der Schwarze begegnete, alle meine Leute tötete und mich hierher führte, Ach! wenn ich nichts anderes zu fürchten hätte, als den Tod! Aber um mein Unglück zu vollenden, verlangt das Ungeheuer noch Gefälligkeit von mir, und wenn ich mich morgen nicht gutwillig seinen viehischen Lüsten ergebe, muß ich der äußersten Gewalt entgegensehen. Noch einmal«, fuhr sie fort, »rette dich, der Schwarze wird bald zurückkommen. Er ist ausgezogen, um einige Reisende zu verfolgen, die er von ferne auf der Ebene bemerkt hat. Du hast keine Zeit zu verlieren, ja ich weiß nicht einmal, ob du ihm durch schleunige Flucht wirst entrinnen können.«

Noch hatte sie nicht ausgesprochen, als der Schwarze erschien. Es war ein Kerl von ungeheurer Größe und furchtbarem Aussehen. Er ritt ein gewaltiges tartarisches Roß und führte ein breites, gewichtiges Schwert, das nur er allein handhaben konnte. Als der Prinz ihn erblickte, verwunderte er sich über die ungeheure Gestalt. Er empfahl sich dem Schutze Gottes, zog dann seinen Säbel und erwartete unerschrocken den Schwarzen, der einen so schwachen Feind verachtete und ihn aufforderte, sich ohne Schwertstreich zu ergeben. Chodadad aber gab deutlich zu erkennen, daß er entschlossen war, sein Leben zu verteidigen, denn er ritt auf ihn zu und versetzte ihm einen derben Hieb ins Genick. Als der Schwarze sich verwundet fühlte, stieß er ein entsetzliches Geschrei aus, von dem die ganze Ebene widerhallte. Schäumend vor Wut erhob er sich in den Steigbügeln und wollte Chodadad mit seinem furchtbaren Schwerte zu Boden schlagen. Der Streich wurde mit solcher Kraft geführt, daß es um den jungen Prinzen geschehen gewesen wäre, wenn er nicht die Gewandtheit gehabt hätte, durch eine Schwenkung seines Rosses ihm auszuweichen. Das Schwert sauste grauenvoll durch die Luft. Ehe nun der Schwarze Zeit hatte, zu einem zweiten Schlage auszuholen, hieb ihm Chodadad mit einem gewaltigen Streiche den rechten Arm ab. Das furchtbare Schwert fiel zugleich mit der Hand, die es hielt, zu Boden, und der Schwarze war durch die Gewalt des Schlages so erschüttert, daß er die Bügel verlor und die Erde von seinem Fall erdröhnte. Flugs stieg der Prinz von seinem Ross, warf sich über seinen Feind her und hieb ihm den Kopf ab. Das Fräulein, deren Augen Zeugen des Kampfes gewesen waren und die fortwährend für den jungen Helden, den sie bewunderte, heiße Gebete zum Himmel geschickt hatte, tat einen Freudenschrei und sprach dann zu Chodadad: »Prinz (denn der schwere Sieg, den du soeben errungen, sowie dein edler Anstand überzeugen mich, daß du nicht von niederer Herkunft bist), vollende jetzt dein Werk: der Schwarze hat die Schlüssel zum Schlosse bei sich; nimm sie und befreie mich aus diesem Gefängnisse.« Der Prinz durchsuchte die Taschen des Elenden, der im Staube dahingestreckt lag, und fand darin mehrere Schlüssel.

Chodadad öffnete die erste Pforte und trat in einen großen Hof, wo er das Fräulein, das ihm entgegengekommen war, bereits antraf. Sie wollte sich ihm zum Zeichen ihrer herzlichen Dankbarkeit zu Füßen werfen, aber er gab es nicht zu. Sie pries seine Tapferkeit und erhob ihn über alle Helden der Welt. Er erwiderte ihre Höflichkeiten, und da sie ihm in der Nähe noch liebenswürdiger erschien, als von ferne, so weiß man nicht, ob sie über ihre Befreiung aus so schrecklicher Gefahr mehr Freude empfand, oder er darüber, daß er einem so schönen Fräulein einen solch wichtigen Dienst geleistet hatte.

Ihr Gespräch wurde durch Geschrei und Gestöhn unterbrochen. »Was höre ich?« rief Chodadad, »woher kommen diese kläglichen Töne, die an mein Ohr schlagen?« – »Herr«, antwortete das Fräulein, indem sie mit dem Finger auf eine niedrige Tür innerhalb des Hofes wies, »sie kommen von dorther. Es stecken hier eine Menge Unglückliche, die ihr böser Stern in die Hände des Schwarzen fallen ließ. Alle sind gefesselt, und jeden Tag zog das Ungeheuer einen hervor, um ihn zu fressen.«

»Ich bin sehr erfreut«, versetzte der Prinz, »daß ich durch meinen Sieg diesen Unglücklichen das Leben retten kann. Komm, edles Fräulein, und teile mit mir das Vergnügen, sie in Freiheit zu setzen. Du kannst die Freude, die wir ihnen machen werden, an dir selbst ermessen.« So sprechend, näherten sie sich der Tür des Gefängnisses, und je näher sie kamen, je deutlicher hörten sie die Klagen der Gefangenen. Dem Prinzen Chodadad ging dies durch Mark und Bein. Um ihren Leiden so schnell als möglich ein Ende zu machen, stieß er schleunig einen Schlüssel in das Schloß. Anfangs bekam er nicht den rechten und nahm dann einen anderen. Bei diesem Geräusch wähnten die Unglücklichen, der Neger komme, um ihnen wie gewöhnlich zu essen zu bringen und zugleich einen der Unglücksgefährten zu seinem Fraß zu holen, und ihr Angstgeschrei und Gestöhn wurde immer kläglicher. Es war, als ob aus dem Mittelpunkte der Erde klagende Stimmen heraustönten.

Indes öffnete der Prinz die Tür und fand eine sehr steile Treppe, auf der er in eine tiefe und weite Höhle hinabstieg, die durch ein Luftloch spärlich erleuchtet wurde, und in der mehr als hundert Menschen mit gefesselten Händen an Pfähle gebunden waren. »Unglückliche Reisende«, sagte er zu ihnen, »arme Schlachtopfer, die ihr nun den Augenblick eines grausamen Todes erwartet, dankt dem Himmel, der euch heute mittelst meines Armes befreite. Ich habe den abscheulichen Schwarzen, dessen Beute ihr werden solltet, getötet und komme, eure Fesseln zu lösen.« Als die Gefangenen diese Worte hörten, stießen sie vor Verwunderung und Freude ein lautes Geschrei aus. Chodadad und das Fräulein fingen an sie loszubinden, und sobald einer von seinen Ketten befreit war, half er auch den anderen aus den ihrigen, so daß binnen kurzer Zeit alle sich ihrer Freiheit erfreuten.

Sie warfen sich dem Prinzen zu Füßen, dankten ihm für ihre Befreiung und stiegen aus dem Gewölbe heraus. Aber wie erstaunte Chodadad, als sie nun im Hofe waren und er unter den Gefangenen auch seine Brüder erblickte, die er zu finden bereits alle Hoffnung

aufgegeben hatte. »Ach, liebe Prinzen«, rief er aus, »täusche ich mich nicht? Seid ihr es wirklich? Darf ich mir schmeicheln, daß ich euch dem König, eurem Vater, zurückbringen kann, der über euern Verlust untröstlich ist? Haben wir nicht vielleicht einen von euch zu beweinen? Seid ihr alle noch am Leben? Ach, der Tod eines einzigen könnte mir die ganze Freude verderben, die ich über eure Rettung empfinde.«

Die neunundvierzig Prinzen gaben sich Chodadad zu erkennen, der einen um den anderen umarmte und ihnen erzählte, in welche Unruhe ihre Abwesenheit den König versetzte habe. Sie spendeten ihrem Befreier das verdiente Lob, desgleichen auch die anderen Gefangenen, die keine Ausdrücke stark genug fanden, um dem Dank, von dem sie durchdrungen waren, Ausdruck zu geben. Chodadad durchsuchte hierauf mit ihnen das Schloß und fand darin unermeßliche Reichtümer: feine Leinwand, Goldbrokate, persische Teppiche, chinesischen Atlas und eine Menge anderer Waren, die der Schwarze den ausgeplünderten Karawanen abgenommen hatte, und wovon der größte Teil den von Chodadad befreiten Gefangenen angehörte. Jeder erkannte sein Eigentum und machte seine Ansprüche darauf geltend. Der Prinz ließ sie ihre Ballen nehmen und verteilte auch noch die übrigen Waren unter sie. Hierauf sprach er zu ihnen: »Wie wollt ihr aber eure Waren fortschaffen? Wir sind hier in einer Wüste, wo ihr wahrscheinlich keine Pferde finden werdet.« – »Herr«, antwortete einer der Gefangenen, »der Schwarze hat uns außer unseren Waren auch unsere Kamele geraubt; vielleicht stehen sie noch in den Ställen dieses Schlosses.« – »Wohl möglich«, versetzte Chodadad, »wir wollen einmal nachforschen.« Sie gingen nun in die Ställe und fanden daselbst nicht nur die Kamele der Kaufleute, sondern auch die Pferde der Prinzen, worüber alle ungemeine Freude empfanden. In den Ställen waren auch einige schwarze Sklaven, die, als sie die Gefangenen alle befreit sahen, woraus sie auf den Tod ihres Herrn schließen mußten, in Schrecken gerieten und auf Auswegen, die ihnen bekannt waren, entflohen. Man dachte nicht daran, sie zu verfolgen. Die Kaufleute waren voll Freude, mit ihrer Freiheit auch ihre Kamele und Waren wieder erhalten zu haben, und rüsteten sich zur Heimkehr; zuvor aber dankten sie nochmals ihrem Befreier.

Als sie abgereist waren, wandte sich Chodadad an das Fräulein und sprach zu ihr: »Wohin gedenkst du zu reisen, edles Fräulein? Was war dein Plan, als du von dem Schwarzen überfallen wurdest? Ich werde dich nach dem Orte führen, den du zu deinem Aufenthalt ausersehen hast, und ich zweifle nicht, daß diese Prinzen sämtlich eben so gesonnen sind.« Die Söhne des Königs von Harran beteuerten dem Fräulein, daß sie nicht eher sie verlassen würden, bis sie den Ihrigen wiedergegeben wäre.

»Prinz«, sagte sie zu Chodadad, »ich bin aus einem zu fernen Lande, und es hieße deine Großmut mißbrauchen, wenn ich dich einen so weiten Weg machen ließe; übrigens muß ich auch bekennen, daß ich auf immer von meinem Vaterlande geschieden bin. Ich habe dir vorhin gesagt, ich sei ein Fräulein aus Kahirah; aber nach der Güte, die du mir bewiesen, und nach der Verpflichtung, die ich gegen dich habe, Herr«, fügte sie mit einem bedeutungsvollen Blick auf Chodadad hinzu, »wäre es Undank, wenn ich dir die Wahrheit länger verhehlen wollte. Ich bin die Tochter eines Königs. Ein Kronräuber hat sich des Thrones meines Vaters bemächtigt, nachdem er ihm das Leben geraubt hat; und um das meinige zu retten, war ich genötigt, die Flucht zu ergreifen.« Nach diesem Geständnis baten Chodadad und seine Brüder die Prinzessin, ihnen ihre Geschichte zu erzählen, und versicherten ihr, daß sie großen Anteil an ihrem Unglück nähmen und bereit seien, alles aufzubieten, um sie wieder glücklich zu machen. Sie dankte ihnen für diese neue Versicherung ihrer Dienstwilligkeit und konnte nicht umhin, ihre Neugierde zu befriedigen. Sie begann daher folgendermaßen:

Geschichte Chodadads und seiner Brüder

Geschichte der Prinzessin von Deryabar[12]

Auf einer Insel liegt eine große Stadt namens Deryabar. Hier herrschte lange Zeit ein mächtiger, reicher und tugendhafter König. Er hatte keine Kinder, und dies allein fehlte seinem Glück. Unablässig bat er den Himmel darum, aber er wurde nur halb erhört, denn nach langem Harren brachte die Königin, seine Gemahlin, nur eine Tochter zur Welt.

Diese unglückliche Prinzessin bin ich. Mein Vater war über meine Geburt mehr ärgerlich als erfreut; doch unterwarf er sich dem Willen Gottes. Er ließ mich mit aller erdenklichen Sorgfalt erziehen, und da er keinen Sohn hatte, beschloß er, mich die Regierungskunst zu lehren, damit ich einst nach ihm seinen Thron besteigen sollte.

Eines Tages, als er sich auf der Jagd vergnügte, erblickte er einen wilden Esel. Er verfolgte ihn, kam von seiner Jagdbegleitung ab, und sein Eifer verleitete ihn, ihm bis in die Nacht nachzusetzen, ohne an

---

12 Deryabar bedeutet im Arabischen: Gegend der Brunnen, brunnenreicher Ort.

ein Verirren zu denken. Endlich stieg er vom Pferde und setzte sich am Eingang eines Gehölzes, in das sich der Esel geworfen hatte. Kaum war die Nacht angebrochen, als er zwischen den Bäumen ein Licht bemerkte, woraus er schloß, daß er nicht weit von einem Dorf entfernt sei. Er freute sich darüber, in der Hoffnung, die Nacht dort zuzubringen und jemand zu seinem Gefolge schicken zu können, um ihnen zu melden, wo er wäre. Er stand also auf und ging gegen das Licht zu, das ihm als Leitstern diente.

Bald erkannte er, daß er sich getäuscht hatte. Das Licht war nichts anderes als ein Feuer, das in einer Hütte brannte. Er näherte sich und sah mit Erstaunen einen großen schwarzen Mann, oder vielmehr einen schrecklichen Riesen, der auf einem Sofa saß. Das Ungeheuer hatte einen großen Krug mit Wein vor sich stehen und briet auf den Kohlen einen Ochsen, dem er soeben die Haut abgezogen hatte. Bald nahm er den Krug an den Mund, bald zerstückte er den Ochsen und fraß davon. Was aber die Aufmerksamkeit des Königs, meines Vaters, am meisten auf sich zog, war eine sehr schöne Frau, die er in der Hütte erblickte. Sie schien in tiefe Traurigkeit versunken, ihre Hände waren gebunden, und zu ihren Füßen lag ein kleines Kind von zwei bis drei Jahren, das ohne Unterlaß weinte und die Luft mit seinem Geschrei erfüllte, gleich als ob es das Unglück seiner Mutter mitempfände.

Gerührt durch diesen jammervollen Anblick wollte mein Vater anfangs in die Hütte stürzen und den Riesen angreifen; allein der Gedanke, daß der Kampf gar zu ungleich sein würde, hielt ihn zurück, und er beschloß, da er mit offener Gewalt nichts ausrichten konnte, ihn durch List zu überwältigen. Indes wandte sich der Riese, nachdem er den Krug geleert und den Ochsen mehr als zur Hälfte aufgefressen hatte, zu der Frau und sagte ihr: »Schöne Prinzessin, warum zwingst du mich durch deine Hartnäckigkeit, dich mit Strenge zu behandeln? Es steht ganz in deiner Hand glücklich zu werden: du darfst dich nur entschließen, mich zu lieben und mir treu zu bleiben, so werde ich viel sanfter gegen dich sein.« – »Garstiger Waldteufel!« antwortete die Frau, »hoffe nicht, daß die Zeit meinen Abscheu vor dir vermindert, du wirst in meinen Augen immer ein Ungeheuer sein.« Diese Worte wurden mit so viel Schimpfreden begleitet, daß der Riese in Zorn geriet. »Das ist zu viel!« rief er wütend; »meine verschmähte Liebe verwandelt sich in Wut. Dein Haß erregt nunmehr auch den meinigen; ich fühle, daß er über meine Begierden siegt, und ich wünsche jetzt noch heißer deinen Tod, als ich bisher deinen Besitz gewünscht hatte.« So sprechend ergriff er die Frau an den Haaren, hob sie mit der einen Hand in die Luft, zog mit der anderen seinen Säbel und war eben im Begriff, ihr den Kopf abzuhauen, als der König, mein Vater, einen Pfeil abschoß, der dem Riesen in den Bauch fuhr, so daß er taumelte und alsbald tot niederstürzte.

Mein Vater trat nun in die Hütte, band die Frau los und fragte sie, wer sie wäre und infolge welches Abenteuers sie sich hier befände. »Herr«, antwortete sie, »am Ufer des Meeres wohnen einige sarazenische Stämme, deren Oberhaupt und Fürst mein Gemahl ist. Der Riese, den du soeben getötet hast, war einer seiner vornehmsten Offiziere; der Elende entbrannte von heftiger Leidenschaft zu mir, die er aber sorgfältig verhehlte, bis er eine günstige Gelegenheit fand, seinen Plan ins Werk zu setzen und mich zu rauben. Das Glück begünstigt öfter schlechte Unternehmungen als gute Vorsätze. Eines Tages überfiel mich der Riese samt meinem Kind an einem abgelegenen Orte, nahm uns beide mit sich fort, und um alle Nachforschungen, die er von seiten meines Gemahls zu befürchten hatte, zu vereiteln, verließ er das Land der Sarazenen und brachte uns in dieses Gehölz, wo er mich seit einigen Tagen festhielt. So beklagenswert nun auch mein Schicksal ist, so ist es mir immerhin ein geheimer Trost, daß der Riese, obgleich er viehisch, roh und verliebt war, doch keine Gewalt gebraucht hat, um das zu erlangen, was ich seinen Bitten stets versagt habe. Er hat mir zwar hundertmal gedroht, er würde zum Äußersten schreiten, wenn er meinen Widerstand nicht anders überwinden könne; und ich gestehe dir, daß ich soeben, als ich durch meine Reden seinen Zorn reizte, mehr für meine Ehre als für mein Leben in Sorgen war.«

»Dies, mein Herr«, fuhr die Gemahlin des sarazenischen Herrn fort, »ist meine Geschichte; ich zweifle nicht, daß du sie mitleidswürdig genug finden wirst, um die großmütige Hilfe, die du mir gebracht hast, nicht zu bereuen.« – »Ja, edle Frau«, sagte mein Vater, »dein Unglück hat mich gerührt, es geht mir tief zu Herzen; ich werde nichts versäumen, um dir ein besseres Los zu bereiten. Morgen, sobald der Tag die Schatten der Nacht zerstreut haben wird, wollen wir diesen Wald verlassen und den Weg nach der großen Stadt Deryabar suchen, deren Beherrscher ich bin, und wenn es dir so genehm ist, wirst du in meinem Palaste wohnen, bis dein königlicher Gemahl kommt, um dich abzuholen.«

Die sarazenische Fürstin nahm den Vorschlag an und ging am folgenden Tag mit dem König, meinem Vater, der am Ausgang des Waldes all seine Leute traf. Sie hatten ihn die ganze Nacht durchsucht und waren sehr in Sorge um ihn. Um so größer war die Freude, als sie ihn wieder fanden; aber sie verwunderten sich sehr, da sie ihn in Gesellschaft einer Frau sahen, deren Schönheit sie in Erstaunen setzte. Er erzählte ihnen, wie er sie gefunden und welcher Gefahr er sich ausgesetzt, indem er sich der Hütte genähert; denn der Riese würde ihn unfehlbar getötet haben, wenn er ihn bemerkt hätte. Einer der Offiziere nahm die Fürstin hinter sich auf sein Pferd und ein anderer trug das Kind.

In diesem Aufzuge gelangten sie in den Palast des Königs, meines Vaters, welcher der schönen Sarazenin eine Wohnung einräumte und ihr Kind mit vieler Sorgfalt erziehen ließ. Die Fürstin war nicht unempfindlich gegen die Güte des Königs und bewies sich ihm so erkenntlich, als er nur wünschen mochte. Anfangs ward sie sehr unruhig und ungeduldig darüber, daß ihr Gemahl sie nicht abholte, nach und nach aber beruhigte sie sich; die Aufmerksamkeiten meines Vaters beschwichtigten ihre Ungeduld, und ich glaube, sie hätte dem Schicksal weniger Dank gewußt, wenn es sie zu den Ihrigen zurückgeführt hätte, als daß es sie von ihnen entfernt hatte.

Indessen wuchs der Sohn der Fürstin heran. Er war sehr wohlgebildet, und da es ihm auch nicht an Geist fehlte, wurde es ihm leicht, dem König, meinem Vater, zu gefallen, der große Zuneigung zu ihm faßte. Alle Höflinge bemerkten dies und dachten, der Jüngling würde mich heiraten. In dieser Voraussetzung, und da sie ihn bereits als den Kronerben betrachteten, machten sie ihm den Hof, und jeder eiferte, sein Vertrauen zu gewinnen. Er durchschaute den Grund ihrer Anhänglichkeit, freute sich darüber, verlor den Abstand zwischen uns gänzlich aus den Augen und schmeichelte sich mit der Hoffnung,

mein Vater liebe ihn so sehr, daß er ihn bei dieser Verbindung allen Prinzen der Welt vorziehen würde. Er tat noch mehr: da der König für seine Wünsche zu lange säumte, ihm meine Hand anzubieten, hatte er die Kühnheit, ihn darum zu bitten. So strafbar nun auch diese Dreistigkeit war, so begnügte sich mein Vater doch mit der Erklärung, er habe andere Absichten mit mir, sehe ihn darum aber nicht scheel an. Den jungen Mann aber erbitterte diese abschlägige Antwort; der Stolze fühlte sich durch dies Verschmähen seiner Werbung so beleidigt, wie wenn er um ein Mädchen aus dem Volk angehalten hätte, oder von gleicher Geburt mit mir gewesen wäre. Er ließ es dabei nicht bewenden, sondern beschloß, sich an dem König zu rächen, und mit einer Undankbarkeit, wie es wohl wenige Beispiele gibt, zettelte er eine Verschwörung gegen ihn an, ermordete ihn und ließ sich von einer großen Anzahl Mißvergnügter, deren Unzufriedenheit er zu benutzen wußte, zum König von Deryabar ausrufen. Als er nun meinen Vater aus dem Wege geräumt hatte, war sein erstes, daß er an der Spitze eines Teiles seiner Mitverschworenen in mein Zimmer eindrang. Er wollte mich entweder töten oder mit Gewalt zwingen, ihn zu heiraten; aber ich hatte Zeit gehabt, ihm zu entrinnen. Während er meinen Vater erwürgte, war der Großwesir, ein stets getreuer Diener seines Herrn, gekommen, hatte mich aus dem Palaste geführt und bei einem seiner Freunde in Sicherheit gebracht. Dort hielt er mich so lange verborgen, bis ein Schiff, das er heimlich hatte ausrüsten lassen, unter Segel gehen konnte. Alsdann verließ ich die Insel ohne eine andere Begleitung als eine Hofmeisterin und diesen edelmütigen Minister, der lieber der Tochter seines Herrn folgen und ihr Unglück teilen, als dem Tyrannen gehorchen wollte.

Der Großwesir beabsichtigte, mich an die Höfe der benachbarten Könige zu führen, sie um Beistand anzuflehen und zur Rache für die Ermordung meines Vaters aufzufordern; allein der Himmel begünstigte einen Vorsatz, der uns so vernünftig schien, nicht. Nachdem wir einige Tage fortgesegelt waren, erhob sich ein so gewaltiger Sturm, daß unser Schiff, trotz der Geschicklichkeit unserer Matrosen, durch die Gewalt der Winde und Wellen an einen Felsen geschleudert wurde und scheiterte. Ich will mich nicht mit der Beschreibung dieses Schiffbruches aufhalten. Meine Schilderung, wie die Hofmeisterin, der Großwesir und die ganze Mannschaft des Schiffes von den Abgründen des Meeres verschlungen wurden, könnte nur traurig ausfallen. Der Schrecken, der sich meiner bemächtigt hatte, erlaubte mir nicht, die ganze Entsetzlichkeit unseres Loses einzusehen. Ich verlor das Bewußtsein, und sei es nun, daß einige Trümmer des Schiffes mich an das Ufer trugen, oder daß der Himmel, der mich zu weiterem Unglück aufsparte, ein Wunder tat, um mich zu retten, genug, als ich wieder zur Besinnung kam, befand ich mich am Ufer.

Das Unglück macht uns oft ungerecht. Statt Gott für die besondere Gnade, die er mir angedeihen ließ, zu danken, erhob ich die Augen zum Himmel, nur um ihm Vorwürfe über meine Rettung zu machen. Es fiel mir nicht ein, den Wesir und meine Hofmeisterin zu beweinen, im Gegenteil beneidete ich ihr Schicksal, und nach und nach wurde meine Vernunft durch die furchtbaren Vorstellungen, die mich beunruhigten, so verwirrt, daß ich den Entschluß faßte, mich ins Meer zu stürzen. Schon war ich im Begriff hineinzuspringen, als ich hinter mir ein großes Getöse von Menschen und Pferden hörte. Ich drehte mich sogleich um, um zu sehen, was es wäre, und erblickte mehrere bewaffnete Reiter, unter denen einer ein arabisches Pferd ritt. Er hatte einen silbergestickten Rock mit einem Gürtel aus Edelsteinen und eine Krone auf dem Haupt. Hätte ich ihn auch nicht an seiner Kleidung als den Herrn der übrigen erkannt, so hätte ich es aus dem edlen Anstand schließen müssen, den seine ganze Erscheinung hatte. Er war ein ausgezeichnet wohlgebildeter Jüngling und schöner als der Tag. Verwundert, an diesem Ort ein junges Mädchen allein zu finden, entsandte er einige seiner Offiziere und ließ mich fragen, wer ich wäre. Ich antwortete ihnen nur durch Tränen. Da das Ufer mit den Trümmern unseres Schiffes bedeckt war, so schlossen sie daraus, daß ein Fahrzeug hier gescheitert sein müsse, und ohne Zweifel habe ich mich aus dem Schiffbruch gerettet. Diese Vermutung und die tiefe Betrübnis, die ich an den Tag legte, reizten die Neugierde der Offiziere, sie fingen an, tausend Fragen an mich zu stellen, und versicherten mir, ihr König sei ein großmütiger Fürst, an dessen Hof ich gewiß Trost finden würde.

Der König, dem seine Offiziere zu lange ausblieben und der sehr gern auf der Stelle erfahren hätte, wer ich wäre, ritt nun selbst auf

Geschichte der Prinzessin von Deryabar

mich zu. Er betrachtete mich mit vieler Aufmerksamkeit, und da ich vor lauter Tränen und Jammer denen, die mich frugen, nicht antworten konnte, verbot er ihnen, mich länger mit Fragen zu belästigen, und wandte sich selbst zu mir mit folgenden Worten: »Mein Fräulein, ich beschwöre dich, deine große Betrübnis zu mäßigen. Wenn dich der Himmel im Zorn seine schwere Hand fühlen läßt, ist dies wohl ein Grund, dich der Verzweiflung hinzugeben? Ich bitte dich, sei standhafter! Das Schicksal, das dich verfolgt, ist wechselnd; dein Los kann sich bald ändern. Ja, ich versichere dir, wenn du irgendwo Trost in deinem Unglücke finden kannst, so ist es in meinen Staaten. Ich biete dir meinen Palast an; dort magst du bei der Königin, meiner Mutter, weilen, die sich bemühen wird, durch freundliche Behandlung deine Leiden zu lindern. Ich weiß noch nicht, wer du bist, aber ich fühle schon, daß ich herzlichen Anteil an dir nehme.«

Ich dankte dem jungen König für seine Güte, nahm sein verbindliches Anerbieten an, und um zu zeigen, daß ich desselben nicht unwürdig sei, entdeckte ich ihm meine Herkunft. Ich schilderte ihm die Frechheit des jungen Sarazenen, und die einfache schmucklose Erzählung meiner Unglücksfälle reichte hin, sein und seiner Offiziere Mitleid zu erwecken. Als ich mit meinem Berichte zu Ende war, nahm der Fürst das Wort und versicherte mir aufs neue, daß er den innigsten Anteil an meinem Unglück nähme; darauf führte er mich in den Palast und stellte mich der Königin, seiner Mutter, vor. Hier mußte ich meine Unglücksfälle aufs neue erzählen und einen Strom von Tränen vergießen. Die Königin zeigte sich ebenfalls sehr teilnehmend und gewann mich außerordentlich lieb. Der König, ihr Sohn, verliebte sich sterblich in mich und bot mir bald seine Krone und Hand an. Ich aber war mit meinem Unglück noch so beschäftigt, daß dieser Fürst, so liebenswürdig er auch war, nicht den ganzen Eindruck auf mich machte, den er zu einer andern Zeit hätte machen können. Gleichwohl wollte ich aus Dankbarkeit seinem Glücke nicht im Wege stehen, und unsere Vermählung wurde mit aller ersinnlichen Pracht vollzogen.

Während das ganze Volk mit den Vermählungsfeierlichkeiten seines Königs beschäftigt war, landete eines Nachts ein benachbarter feindlicher Fürst mit einem gewaltigen Kriegsheere auf der Insel.

Dieser furchtbare Feind war der König von Zanguebar. Er schlug alle Untertanen meines Gemahls mit der Schärfe des Schwerts. Wenig fehlte, so hätte er uns beide gefangen genommen; denn er war schon mit einem Teil seiner Leute in den Palast gedrungen; aber wir waren so glücklich, uns zu retten und das Ufer des Meeres zu erreichen, wo wir uns in eine Fischerbarke warfen, die wir dort zufällig antrafen. Zwei Tage lang segelten wir, ein Spiel der Winde und Wogen, dahin, ohne zu wissen, was aus uns werden sollte. Am dritten erblickten wir ein Schiff, das mit vollen Segeln auf uns zusteuerte. Anfangs freuten wir uns darüber, in der Meinung, es sei ein Kauffahrer, der uns aufnehmen könne; aber wer beschreibt unsere Verwunderung, als das Schiff näher kam und wir auf dem Verdeck zehn bis zwölf bewaffnete Seeräuber erblickten. Fünf oder sechs warfen sich in unser Fahrzeug, bemächtigten sich unserer, banden den Fürsten, meinen Gemahl, und brachten uns auf ihr Schiff, wo sie mir sogleich den Schleier abnahmen. Meine Jugend und meine Gesichtszüge machten großen Eindruck auf die Räuber, und alle erklärten, sie seien von meinem Anblicke bezaubert. Statt das Los zu werfen, verlangte jeder den Vorzug, mich als Beute zu haben. Sie wurden hitzig, gerieten in Streit und schlugen wie wütend auf einander los. In einem Augenblicke war das ganze Verdeck mit Leichen übersät. Mit einem Wort, alle wurden erschlagen, bis auf einen einzigen, der sich nun im Besitz meiner Person sah und zu mir sagte: »Du bist mein, ich werde dich nach Kahirah führen und einem meiner Freunde übergeben, dem ich eine schöne Sklavin versprochen habe. Aber«, fügte er mit einem Blick auf den König, meinen Gemahl, hinzu, »wer ist dieser Mann da? Welche Bande knüpfen ihn an dich? Bande des Bluts oder der Liebe?« – »Herr«, antwortete ich, »es ist mein Gemahl.« – »Wenn dem so ist«, versetzte der Korsar, »so muß ich mich aus Mitleid seiner entledigen. Er würde gar zu viel leiden, wenn er dich in den Armen meines Freundes sehen müßte.« So sprechend ergriff er den unglücklichen Fürsten, der gebunden war, und stürzte ihn ins Meer, so sehr ich mir auch Mühe gab, es zu verhindern.

Bei dieser grausamen Tat erhob ich ein fürchterliches Geschrei und hätte mich noch ganz gewiß in die Wellen gestürzt, wenn der Seeräuber mich nicht zurückgehalten hätte. Er sah wohl, daß ich keinen anderen Wunsch mehr hatte; deswegen band er mich mit Stricken an den großen Mast, spannte sodann die Segel auf und fuhr ans Land, wo er ausstieg. Hier band er mich los und führte mich in eine kleine Stadt, wo er Kamele, Zelte und Sklaven kaufte; dann nahm er seinen Weg nach Kahirah, in der Absicht, wie er immer sagte, mich seinem Freunde zu bringen und so sein Wort einzulösen.

Wir waren schon mehrere Tage unterwegs, als wir gestern durch diese Ebene zogen und den Schwarzen erblickten, der das Schloß hier bewohnte. Anfangs hielten wir ihn für einen Turm, und als er schon in unserer Nähe war, konnten wir kaum glauben, daß es ein Mensch sei. Er zog sein breites Schlachtschwert und forderte den Seeräuber auf, sich samt allen seinen Sklaven und der Frau, die er mit sich führte, zu ergeben. Der Seeräuber war ein Mann von Mut, und mit Hilfe seiner Sklaven, die ihm Treue gelobten, griff er den Schwarzen an. Der Kampf dauerte lange. Endlich erlag der Seeräuber den Streichen seines Feindes und ebenso alle seine Sklaven, die lieber sterben, als ihn verlassen wollten. Hierauf führte mich der Schwarze in das Schloß, wohin er auch den Leichnam des Seeräubers brachte, den er zu seinem Abendbrot verzehrte. Am Ende dieser gräßlichen Mahlzeit sagte er zu mir, da er sah, daß ich unaufhörlich weinte: »Mägdlein, mache dich bereit, meine Begierden zu befriedigen, statt dich zu betrüben. Ergib dich gutwillig der Notwendigkeit; ich lasse dir bis morgen Zeit, die Sache zu überlegen, dann aber will ich dich ganz getröstet über dein Unglück wiedersehen, und du solltest dich freuen, für mich bestimmt zu sein.« Mit diesen Worten führte er mich in ein Zimmer und legte sich in dem seinigen zur Ruhe, indem er mit eigener Hand alle Türen im Hause verschlossen hatte. Heute früh hat er sie geöffnet und sogleich wieder geschlossen, um einigen Reisenden nachzusetzen, die er in der Ferne bemerkte. Sie scheinen ihm aber entwischt zu sein, denn er kam allein und ohne Beute zurück, als du ihn angriffst.

Sobald die Prinzessin mit der Erzählung ihrer Unglücksfälle zu Ende gekommen war, bezeigte ihr Chodadad seine herzlichste Teilnahme. »Aber, meine Herrin«, fügte er hinzu, »es steht ganz in deiner Hand, von nun an ruhig zu leben. Die Söhne des Königs von Harran bieten dir am Hofe ihres Vaters eine Zuflucht an; ich bitte dich, schlage sie nicht aus. Du wirst dem Fürsten teuer und von aller Welt geehrt sein, und wenn du die Hand deines Befreiers nicht verschmähst, so erlaube, daß ich sie dir vor allen diesen Prinzen anbiete und dich heirate. Sie mögen die Zeugen unserer Verbindung sein.« Die Prinzessin willigte ein, und noch am selbigen Tage wurde die Hochzeit im Schlosse gefeiert, wo sich alle möglichen Vorräte fanden. Die Küchen waren voll Fleisch und solcher Gerichte, die der Schwarze zu sich zu nehmen pflegte, wenn er genug Menschenfleisch gegessen hatte. Auch fanden sich hier eine Menge Früchte, alle ausgezeichnet in ihrer Art, und um das Maß der Freude voll zu machen, eine Fülle von gebrannten Wassern und ausgesuchten Weinen.

Sie setzten sich alle zu Tisch, und nachdem sie gegessen und getrunken hatten, so viel ihnen behagte, nahmen sie die noch übrigen Vorräte mit und verließen das Schloß, um sich an den Hof des Königs von Harran zu begeben. Sie reisten mehrere Tage und lagerten an den angenehmsten Orten, die sie finden konnten. Als sie nur noch eine Tagesreise von Harran entfernt waren, machten sie halt und tranken den übrigen Wein vollends aus, weil sie nun nicht mehr zu sparen brauchten. Nun ergriff Chodadad das Wort und sagte: »Prinzen, ich will euch nicht länger verbergen, wer ich bin. Ihr erblickt in mir euren Bruder Chodadad. Ich stamme so gut wie ihr von dem Könige von Harran ab. Der Fürst von Samarien hat mich erzogen, und die Prinzessin Piruza ist meine Mutter. Geliebte«, fügte er gegen die Prinzessin von Deryabar hinzu, »verzeih, daß ich auch dir aus meiner Geburt ein Geheimnis gemacht habe. Vielleicht hätte ich dir durch meine frühere Entdeckung einige unangenehme Gedanken erspart, die die Rücksicht auf die Ungleichheit unseres Standes in dir hat hervorrufen können.« – »Mein Herr«, antwortete ihm die Prinzessin, »die Empfindungen, die du mir gleich anfangs eingeflößt, haben mit jedem Augenblick an Stärke gewonnen, und um mein Glück zu machen, bedurftest du nicht dieser hohen Geburt.«

Die Prinzen wünschten Chodadad Glück zu seiner Abkunft und äußerten große Freude darüber; im Grunde ihres Herzens aber war ihnen die Entdeckung durchaus nicht angenehm, und ihr Haß gegen einen so liebenswürdigen Bruder wurde dadurch nur vermehrt. Sie versammelten sich bei Nacht an einem abgelegenen Orte, während

Geschichte der Prinzessin von Deryabar

Chodadad und seine Gemahlin in ihrem Zelte die Süßigkeit des Schlafes genossen. Diese undankbaren und neidischen Brüder vergaßen, daß sie ohne Piruzas mutigen Sohn samt und sonders die Beute des Schwarzen geworden wären und beschlossen unter sich, ihn meuchlings zu ermorden. »Es bleibt uns nichts anders übrig«, sagte einer der Bösewichter; »sobald der Vater erfährt, daß dieser Fremdling, den er so sehr liebt, sein Sohn ist, und daß er allein tapfer genug war, einen Riesen zu überwältigen, den wir alle zusammen nicht besiegen konnten, so wird er ihn liebkosen, ihm tausend Lobsprüche erteilen und ihn mit Hintansetzung aller seiner übrigen Söhne zum Thronerben erklären. Wir werden dann gezwungen sein, uns vor unserem Bruder zu Boden zu werfen und ihm zu gehorchen.« Diese und ähnliche Worte machten auf die neidischen Burschen solchen Eindruck, daß sie auf der Stelle hingingen und Chodadad im Schlafe überfielen. Sie durchbohrten ihn mit vielen Dolchstößen und glaubten ihn tot in den Armen seiner Gattin. Sodann setzten sie ihren Weg nach der Stadt Harran fort, wo sie am folgenden Tag anlangten.

Der König, ihr Vater, war über ihre Ankunft um so erfreuter, als er bereits die Hoffnung aufgegeben hatte, sie je wiederzusehen. Er fragte sie nach der Ursache ihres langen Ausbleibens, allein sie hüteten sich wohl, die Wahrheit zu gestehen; sie erwähnten weder des Schwarzen, noch Chodadads, und sagten bloß, sie haben der Begierde nicht widerstehen können, das Land zu sehen, und sich zu diesem Behuf in einigen benachbarten Städten aufgehalten.

Indessen lag Chodadad im Blut und wie tot unter seinem Zelt und bei ihm die Prinzessin, seine Gemahlin, die nicht minder beklagenswert war, als er. Sie erfüllte die Luft mit ihrem Wehgeschrei, riß sich die Haare aus und badete das Gesicht ihres Mannes mit Tränen. »Ach, Chodadad!« rief sie immer von neuem, »mein teurer Chodadad, muß ich dich ins Grab sinken sehen? Welche grausamen Hände haben dich in diesen Zustand versetzt? Kann ich es glauben, daß es deine eigenen Brüder sind, die dich so mitleidslos zerfleischt haben! Deine Brüder, die dein tapferer Arm gerettet hat! Nein, Teufel sind hierhergekommen, um dir das Leben zu rauben. Ha, ihr Unmenschen, wer ihr auch sein mögt, konntet ihr mit so schwarzem Undank den Dienst vergelten, den er euch geleistet hat! Doch warum soll ich deinen Brüdern grollen, unglücklicher Chodadad? Ich allein bin an diesem Tode schuld! Du wolltest dein Schicksal an das meine knüpfen, und all das Unheil, das mich verfolgt, seit ich den Palast meines Vaters verlassen habe, hat sich über dich ausgegossen. O Gott, der du mich zu einem unsteten und unglückseligen Leben verdammt hast, wenn du mir keinen Gatten gönnst, warum lässest du mich einen finden? Dies ist der zweite, den du mir entreißest, nachdem ich gerade angefangen habe, ihn liebzugewinnen.«

In solchen und noch weit rührenderen Wehklagen machte die bejammernswerte Prinzessin von Deryabar ihrem Schmerze Luft, indem sie unaufhörlich den unglücklichen Chodadad anblickte, der sie nicht hören konnte. Dennoch war er nicht tot, und als seine Gattin bemerkte, daß er noch atmete, lief sie nach einem großen Flecken, den sie in der Ebene bemerkte, um dort einen Wundarzt zu holen. Man wies sie zu einem, der sogleich mit ihr ging. Als sie aber ins Zelt kamen, fanden sie Chodadad nicht mehr darin, woraus sie schlossen, irgend ein wildes Tier habe ihn weggetragen und gefressen. Die Prinzessin begann von neuem auf die jammervollste Weise zu wehklagen. Der Wundarzt wurde im Innersten gerührt und wollte sie in ihrem schrecklichen Zustande nicht verlassen. Er schlug ihr vor, in den Flecken zurückzukehren, und bot ihr sein Haus und seine Dienste an.

Sie ließ sich bereden und ging mit dem Wundarzt, der sie, ohne zu wissen, wer sie war, mit aller erdenklichen Achtung und Ehrfurcht behandelte, Er bemühte sich, ihr Trost zuzusprechen, aber vergeblich bekämpfte er ihren Schmerz, er reizte ihn nur noch mehr, statt ihn zu lindern. »Herrin«, sagte er eines Tages zu ihr, »ich bitte dich, erzähle mir deine Unglücksfälle; sage mir, aus welchem Lande und von welchem Stande du bist. Vielleicht kann ich dir einen guten Rat geben, wenn ich über alle Umstände deines Mißgeschicks unterrichtet bin. Du härmst dich ab und bedenkst nicht, daß es auch gegen die verzweifeltsten Übel noch Mittel gibt.«

Der Wundarzt sprach so eindringlich, daß die Prinzessin sich überreden ließ, ihm ihre ganze Geschichte zu erzählen. Als sie damit zu Ende war, sprach er zu ihr: »Herrin, da sich die Sache so verhält, so erlaube mir, dir vorzustellen, daß du dich deinem Kummer nicht

hingeben solltest; waffne dich vielmehr mit Standhaftigkeit und tue, was der Name und die Pflicht einer Gattin von dir fordern. Räche deinen Gemahl. Ich will, wenn du es wünschest, dein Begleiter sein. Laß uns an den Hof des Königs von Harran gehen, er ist ein guter und sehr gerechter Fürst. Du darfst ihm nur mit lebhaften Farben die Behandlung schildern, die der Prinz Chodadad von seinen Brüdern erfahren hat, und ich bin überzeugt, daß er dir Gerechtigkeit verschaffen wird.« – »Du hast recht«, antwortete die Prinzessin. »Ja, es ist meine Pflicht, Chodadad zu rächen, und da du so gefällig und großmütig bist, mich begleiten zu wollen, so bin ich bereit, mit dir zu gehen.« Sobald sie diesen Entschluß gefaßt hatte, ließ der Wundarzt zwei Kamele bereit halten, welche die Prinzessin und er bestiegen, worauf sie sich dann nach der Stadt Harran begaben.

Sie stiegen in der ersten besten Karawanserei ab und frugen den Wirt, was es Neues am Hofe gäbe. »Er ist«, antwortete dieser, »gegenwärtig in großer Unruhe. Der König hatte einen Sohn, der sich bei ihm sehr lange als Unbekannter aufgehalten hat, und man weiß nicht, was aus diesem jungen Prinzen geworden ist. Eine der Frauen des Königs, namens Piruza, ist seine Mutter, und sie hat schon tausend vergebliche Nachforschungen anstellen lassen. Alle Welt bedauert den Verlust dieses Prinzen, denn er war ein vorzüglicher junger Mann. Der König hat noch neunundvierzig andere Söhne, alle von verschiedenen Müttern, aber unter diesen ist kein einziger, der ihn vermöge seiner Tugenden über Chodadads Tod zu trösten vermöchte. Ich sage: über seinen Tod, denn es ist unmöglich, daß er noch lebt, wenigstens hat man ihn trotz aller Nachforschungen nicht finden können.«

Auf diesen Bericht des Wirtes hin meinte der Wundarzt, die Prinzessin von Deryabar könne nichts Besseres tun, als hinzugehen und sich der Frau Piruza vorzustellen. Dieser Schritt war aber nicht ohne Gefahr und erforderte große Vorsicht. Es war zu fürchten, daß die Söhne des Königs von Harran die Ankunft und Absicht ihrer Schwägerin erfahren und sie auf die Seite schaffen könnten, bevor sie Gelegenheit hätte, mit Chodadads Mutter zu sprechen. Der Wundarzt sann hin und her und bedachte auch seine eigene Gefahr dabei. Er wollte daher behutsam bei der Sache zu Werke gehen und bat die

Prinzessin, in der Karawanserei zu bleiben, während er selbst nach dem Palaste ging, um zu erkunden, auf welche Art er sie sicher zu Piruza bringen könnte.

Er ging also in die Stadt und näherte sich dem Palaste, wie einer, den bloß die Neugier, den Hof zu sehen, dahin zieht, als er eine Frau auf einem reich geschmückten Maultier erblickte; sie war von mehreren Fräulein, ebenfalls auf Maultieren, ferner von einer starken Abteilung Soldaten und einer Menge schwarzer Sklaven begleitet.

Alle Leute stellten sich in Reihen, um sie vorbeiziehen zu sehen, und begrüßten sie mit dem Gesicht auf den Boden fallend. Der Wundarzt grüßte sie ebenso und frug einen neben ihm stehenden Kalender, ob dies eine von den Frauen des Königs sei. »Ja, mein Bruder«, antwortete der Kalender, »es ist eine von seinen Frauen und zwar diejenige, die das Volk am meisten ehrt und liebt, weil sie die Mutter des Prinzen Chodadad ist, von dem du gewiß schon gehört hast.«

Mehr wollte der Wundarzt nicht hören; er folgte der Frau Piruza bis in eine Moschee, welche sie betrat, um Almosen zu verteilen und dem öffentlichen Gebet beizuwohnen, das der König für Chodadads Rückkehr verrichten ließ. Das Volk, das an dem Schicksale dieses jungen Prinzen außerordentlich viel Anteil nahm, lief scharenweise herbei, um sein Gebet mit dem des Geistlichen zu vereinigen, und die Moschee war voll Menschen. Der Wundarzt bahnte sich einen Weg durchs Gedränge und gelangte bis zu Piruzas Wachen. Er hörte alle Gebete mit an, und als die Prinzessin wieder hinausging, näherte er sich einem der Sklaven und flüsterte ihm ins Ohr: »Bruder, ich habe der Prinzessin Piruza ein wichtiges Geheimnis zu entdecken: könnte ich nicht durch deine Vermittlung in ihr Zimmer geführt werden?« – »Wenn dieses Geheimnis«, antwortete der Sklave, »den Prinzen Chodadad betrifft, so kann ich dir noch heute die gewünschte Audienz versprechen; wo nicht, so hoffst du vergeblich, der Prinzessin vorgestellt zu werden, denn sie ist einzig und allein mit ihrem Sohne beschäftigt und will von nichts anderem reden hören.« – »Eben nur von diesem geliebten Sohne will ich mit ihr sprechen«, sagte der Wundarzt. – »In diesem Falle«, versetzte der Sklave, »darfst du uns nur nach dem Palaste folgen und du wirst bald mit ihr sprechen können.«

Geschichte der Prinzessin von Deryabar

Und dem war wirklich so. Piruza war kaum auf ihr Zimmer zurückgekehrt, als ihr der Sklave meldete, ein unbekannter Mann habe ihr etwas Wichtiges mitzuteilen, was den Prinzen Chodadad betreffe. Kaum hatte er diese Worte gesprochen, als Piruza eine lebhafte Ungeduld an den Tag legte, den Unbekannten zu sehen. Der Sklave ließ ihn sogleich ins Gemach der Prinzessin treten, die alle ihre Frauen wegschickte, mit Ausnahme von zweien, vor denen sie kein Geheimnis hatte. Sobald sie des Wundarztes ansichtig wurde, frug sie hastig, welche Nachricht er ihr von Chodadad zu bringen habe. »Herrin«, antwortete dieser, nachdem er sich mit dem Gesicht auf den Boden geworfen hatte, »ich habe dir eine lange Geschichte zu erzählen und Dinge, worüber du dich ohne Zweifel verwundern wirst.« Hierauf erzählte er ihr umständlich alles, was zwischen Chodadad und seinen Brüdern vorgefallen war. Sie hörte ihn mit gieriger Aufmerksamkeit an; als er aber auf den Meuchelmord zu sprechen kam, fiel die zärtliche Mutter, gleich als würde sie von denselben Stichen durchbohrt, wie ihr Sohn, ohnmächtig auf ein Sofa. Die beiden Frauen kamen ihr schleunig zu Hilfe und brachten sie wieder zur Besinnung. Der Wundarzt fuhr nun in seinem Berichte fort, und als er geendet hatte, sagte die Prinzessin zu ihm: »Geh schnell zur Prinzessin von Deryabar zurück und verkünde ihr in meinem Namen, daß der König sie alsbald als Schwiegertochter anerkennen wird; was aber dich betrifft, so sei überzeugt, deine Dienste werden dir gut belohnt werden.«

Als der Wundarzt sich entfernt hatte, blieb Piruza auf dem Sofa in einem Zustand der Traurigkeit, den man sich wohl denken kann. Durchdrungen von der Erinnerung an Chodadad rief sie aus: »O mein Sohn, so bin ich denn auf immer deines Anblicks beraubt! Als ich dich aus Samarien ziehen ließ, um an diesen Hof zu reisen, als du mir Lebewohl sagtest, ach! da ahnte ich nicht, daß ein grauenvoller Tod fern von mir deiner harrte. O unglücklicher Chodadad, warum hast du mich verlassen? Du hättest dir freilich nicht so hohen Ruhm erworben, aber du lebtest noch und würdest deiner Mutter nicht so viele Tränen kosten.« Bei diesen Worten weinte sie bitterlich, und ihre beiden Vertrauten, gerührt von ihrem Schmerz, vermischten ihre Tränen mit denen ihrer Gebieterin.

Während sie so alle drei in maßloser Betrübnis dasaßen, trat der König ins Zimmer, und als er sie in diesem Zustande erblickte, frug er Piruza, ob sie vielleicht traurige Nachrichten von Chodadad erhalten hätte. »Ach, Herr«, sagte sie, »es ist um ihn geschehen: mein Sohn ist tot, und um das Maß meines Kummers voll zu machen, kann ich ihm nicht einmal die Ehre des Begräbnisses erweisen, denn allem Anschein nach haben ihn wilde Tiere gefressen. Hierauf erzählte sie ihm, was sie von dem Wundarzt gehört hatte, und ließ sich namentlich über die grausame Art aus, wie Chodadad von seinen Brüdern ermordet worden war.

Der König ließ Piruza nicht Zeit, ihre Erzählung zu vollenden; er fühlte sich von Zorn entbrannt und sagte in seiner Entrüstung zu ihr: »Geliebtes Weib, die Schurken, die deine Tränen fließen machen und ihrem Vater einen tödlichen Schmerz bereiten, sollen ihre gerechte Strafe erleiden.« So sprechend begab sich der König mit wutfunkelnden Augen in den Audienzsaal, wo alle seine Höflinge und diejenigen seiner Untertanen, die ihn um etwas bitten wollten, versammelt waren. Alle erstaunten, als sie die Wut auf seinem Gesichte sahen; schon fürchteten sie, er möchte über sein Volk erbost sein, und ihre Herzen erstarrten vor Schrecken. Er bestieg den Thron, hieß den Großwesir nahen und sagte zu ihm: »Hassan, ich habe dir einen Befehl zu geben. Geh auf der Stelle hin, nimm tausend Mann von meiner Leibwache und verhafte alle Prinzen, meine Söhne. Sperre sie in den Turm der Meuchelmörder und vollziehe dies sogleich.« Bei diesem außerordentlichen Befehl erbebten alle Anwesenden; der Großwesir legte, ohne ein einziges Wort zu sprechen, die Hand auf seinen Kopf, um zu zeigen, daß er bereit sei, zu gehorchen, und verließ den Saal, um einen Befehl zu vollziehen, der ihn so sehr überraschte. Indes schickte der König alle Personen, die Audienz bei ihm verlangten, fort und erklärte, er wolle binnen Monatfrist von keinem Geschäft mehr hören. Er war noch im Saal, als der Wesir zurückkam. »Nun, Wesir«, sagte er zu ihm, »sind alle meine Söhne im Turm?« – »Ja, Herr«, antwortete der Minister, »dein Befehl ist erfüllt.« – »Ich habe dir noch einen andern zu geben«, sagte der König. Mit diesen Worten verließ er den Audienzsaal und kehrte in Piruzas Zimmer zurück, wohin der Wesir ihm folgte. Er fragte die Fürstin, wo die Witwe Chodadads

Geschichte der Prinzessin von Deryabar

wohne. Piruzas Frauen sagten es ihm, denn der Wundarzt hatte es in seinem Berichte nicht vergessen. Sofort wandte sich der König zu seinem Minister und sprach: »Geh in diese Karawanserei und führe eine junge Prinzessin, die daselbst wohnt, hierher. Behandle sie aber mit aller Ehrfurcht, die einer Frau von ihrem Range gebührt.«

Der Wesir vollzog auch diesen Befehl sogleich. Er stieg samt allen Emiren und den übrigen Hofleuten zu Pferde, begab sich nach der Karawanserei, wo die Prinzessin von Deryabar war, eröffnete ihr seinen Auftrag und ließ ihr auf Befehl des Königs ein schönes weißes Maultier vorführen, dessen Sattel und Zaum von Gold und mit Rubinen und Smaragden besät war. Sie bestieg es und ritt mitten unter diesen Herren nach dem Palaste. Der Wundarzt begleitete sie ebenfalls auf einem schönen tartarischen Rosse, das der Wesir ihm hatte geben lassen. Alles Volk stand an den Fenstern oder auf den Gassen, um den prächtigen Zug vorbeikommen zu sehen, und als bekannt wurde, daß die Prinzessin, die man so feierlich nach dem Hof geleitete, die Gemahlin Chodadads war, entstand ein allgemeiner Jubel. Die Luft erscholl von tausendfältigem Freudengeschrei, das sich ohne Zweifel in Wehklagen verwandelt hätte, wenn das traurige Schicksal dieses Prinzen bekannt gewesen wäre; so sehr war er bei aller Welt beliebt.

Die Prinzessin von Deryabar traf den König an der Pforte des Palastes, so er sie erwartete und empfing. Er nahm sie bei der Hand und führte sie in Piruzas Gemach, wo ein höchst rührender Auftritt stattfand. Die Gemahlin Chodadads fühlte sich beim Anblick des Vaters und der Mutter ihres Gatten aufs neue vom ganzen Gewicht ihres Kummers niedergedrückt, so wie der Vater und die Mutter die Gemahlin ihres Sohnes nicht ohne große innere Bewegung ansehen konnten. Sie warf sich zu den Füßen des Königs, badete sie mit ihren Tränen und konnte vor Kummer und Herzeleid kein Wort hervorbringen. Nicht minder beklagenswert war Piruzas Zustand; ihr Unglück schien ihr das Herz zu zerbrechen, und der König, der diesem rührenden Anblick nicht widerstehen konnte, überließ sich seiner eigenen Trostlosigkeit. So vermischten diese drei Menschen ihre Seufzer und Tränen und beobachteten eine Zeitlang das Stillschweigen tiefen Seelenleids. Endlich erholte sich die Prinzessin von Deryabar und erzählte das Abenteuer im Schlosse und das Unglück Chodadads. Schließlich bat sie um Gerechtigkeit für den Meuchelmord des Prinzen. »Ja, meine Tochter«, sagte der König, »die Undankbaren sollen sterben; zuvor aber muß ich Chodadads Tod öffentlich bekannt machen lassen, damit die Hinrichtung seiner Brüder keinen Aufruhr im Volke erweckt. Übrigens wollen wir, obschon wir den Leichnam meines Sohnes nicht haben, dennoch nicht unterlassen, ihm die letzte Ehre zu erweisen.« Nach diesen Worten wandte er sich an seinen Wesir und befahl ihm, auf der schönen Ebene, in deren Mitte die Stadt Harran liegt, ein Grabmal mit einer Kuppel von weißem Marmor erbauen zu lassen; inzwischen aber wies er der Prinzessin von Deryabar, die er als Schwiegertochter anerkannte, eine prächtige Wohnung in seinem Palaste an.

Hassan ließ mit solcher Emsigkeit arbeiten und verwandte so viele Handwerksleute dazu, daß das Kuppelgebäude in wenigen Tagen vollendet war. Unter der Kuppel wurde ein Grabmal errichtet und auf dasselbe Chodadads Bildsäule gestellt. Sobald das Werk fertig war, befahl der König, Gebete zu verrichten, und setzte einen Tag zur Trauerfeier seines Sohnes fest.

Als dieser Tag erschien, strömten alle Einwohner der Stadt auf die Ebene, um der Feierlichkeit beizuwohnen, die auf folgende Weise geschah. Der König zog in Begleitung des Großwesirs und der vornehmsten Herren seines Hofes nach dem Kuppelgebäude, und als er hier angekommen war, trat er hinein und setzte sich mit ihnen auf goldgeblümte, schwarze Atlasteppiche. Hierauf zog eine zahlreiche Schar der Leibwache zu Pferd mit gesenktem Haupt und halbgeschlossenen Augen vor das Gebäude. Sie ritten zweimal in tiefem Schweigen rings umher, beim dritten Male aber hielten sie vor der Tür still und sprachen einer nach dem andern mit lauter Stimme folgende Worte: »O Prinz, Sohn des Königs, wenn wir durch die Schärfe unseres Schwertes und durch menschliche Tapferkeit dein Mißgeschick irgendwie erleichtern könnten, so solltest du bald das Licht wieder schauen; aber der König der Könige hat geboten, und der Engel des Todes hat gehorcht.« Nach diesen Worten zogen sie sich zurück, um hundert Greisen mit langen weißen Bärten Platz zu machen, die sämtlich auf schwarzen Maultieren ritten.

Geschichte der Prinzessin von Deryabar

Es waren Einsiedler, die sich ihr Leben lang in Höhlen verborgen hielten und niemals den Augen der Menschen zeigten, außer um den Leichenbegängnissen der Könige von Harran und der Prinzen dieses Hauses beizuwohnen. Diese ehrwürdigen Alten trugen auf dem Kopfe jeder ein dickes Buch, das sie mit einer Hand hielten. Sie machten dreimal die Runde um das Gebäude, ohne ein Wort zu sagen; hierauf hielten sie an der Tür still, und einer von ihnen sprach folgende Worte: »O Prinz, was können wir für dich tun? Wenn man durch Gebet oder Wissenschaft dir das Leben wieder geben könnte, so würden wir unsere weißen Bärte an deinen Füßen reiben und Gebete hersagen; aber der Beherrscher des Weltalls hat dich auf immer hinweggenommen.«

Nachdem die Greise also gesprochen, entfernten sie sich von dem Gebäude, und alsbald nahten sich fünfzig Fräulein von ausgezeichneter Schönheit. Sie ritten kleine weiße Pferde, waren ohne Schleier und trugen goldene Körbe voll kostbarer Edelsteine. Auch sie machten dreimal die Runde um das Gebäude, hielten dann an derselben Stelle wie die andern an, worauf die Jüngste das Wort ergriff und also sprach: »O Prinz, der du einst so schön warst! Welche Hilfe kannst du von uns erwarten? Wenn wir dich durch unsere Reize wieder beleben könnten, so wollten wir alle deine Sklavinnen sein; aber du hast kein Gefühl mehr für die Schönheit und bedarfst unserer nicht mehr.«

Nachdem die jungen Mädchen sich entfernt hatten, stand der König mit seinen Höflingen auf, machte ebenfalls dreimal die Runde ums Gebäude, nahm dann selbst das Wort und sprach: »O mein teurer Sohn, Licht meiner Augen, so habe ich dich denn auf immer verloren!« Er begleitete diese Worte mit Seufzern und benetzte das Grab mit seinen Tränen; die Höflinge weinten ebenfalls. Hierauf verschloß man die Tür des Grabmals und alles kehrte nach der Stadt zurück. Am andern Tage wurden in den Moscheen öffentliche Gebete gehalten und dies acht Tage hintereinander fortgesetzt. Den neunten beschloß der König, die Prinzen, seine Söhne, enthaupten zu lassen. Das ganze Volk war empört über ihre an Chodadad verübte Missetat und schien ihrer Hinrichtung mit Ungeduld entgegenzusehen. Schon fing man an, Schafotte zu errichten, allein die Exekution mußte aufgeschoben werden, weil plötzlich die Nachricht kam, daß die benachbarten Fürsten, die den König von Harran schon früher bekriegt hatten, mit zahlreicheren Heeren als das erste Mal heranrückten und nicht mehr weit von der Stadt entfernt wären. Man hatte zwar schon lange gewußt, daß sie sich zum Krieg rüsteten, allein man hatte sich über diese Rüstungen nicht beunruhigt. Diese Nachricht verbreitete allgemeine Bestürzung und gab neuen Anlaß, Chodadad zu beklagen, der sich in dem früheren Kriege gegen eben diese Feinde so herrlich hervorgetan hatte, »Ach!« sagten die Leute, »wenn der hochherzige Chodadad noch lebte, würden wir uns wenig um diese Fürsten bekümmern, die uns überfallen.« Der König aber gab sich nicht feiger Furcht hin: er hob schleunigst Mannschaften aus, brachte ein ansehnliches Kriegsheer zusammen, und, zu mutig, um sich von den Feinden in seinen Mauern aufsuchen zu lassen, zog er ihnen entgegen. Die Feinde ihrerseits, als sie von ihren Kundschaftern vernommen, daß der König von Harran heranrückte, um mit ihnen zu streiten, machten auf einer Ebene halt und stellten ihr Heer in Schlachtordnung.

Sobald der König sie erblickte, ordnete er seine Truppen ebenfalls zum Kampf, ließ zum Angriff blasen und griff die Feinde mit ungemeiner Tapferkeit an. Sie leisteten hartnäckigen Widerstand, von beiden Seiten wurde viel Blut vergossen und der Sieg blieb lange schwankend. Endlich aber schien er sich auf die Seite der Feinde des Königs von Harran zu neigen, die an Anzahl überlegen waren und ihn umzingelten, als man plötzlich auf der Ebene eine große Schar Reiter in schönster Ordnung auf das Schlachtfeld daher sprengen sah. Der Anblick dieser neuen Streiter machte beide Teile stutzig, und sie wußten nicht, was sie davon denken sollten. Doch blieben sie nicht lange in dieser Ungewißheit, denn die Reiter faßten die Feinde des Königs von Harran in der Seite und drangen mit solcher Wut auf sie ein, daß sie diese bald in Unordnung brachten und in die Flucht schlugen. Damit noch nicht zufrieden, verfolgten sie die Fliehenden lebhaft und machten fast alle nieder.

Der König von Harran hatte mit großer Aufmerksamkeit den ganzen Vorgang beobachtet und die Kühnheit dieser Reiter bewundert, deren unverhoffte Hilfe den Sieg zu seinen Gunsten entschieden.

Geschichte der Prinzessin von Deryabar

Ganz besonderes Wohlgefallen hatte er an ihrem Anführer gefunden, den er mit löwenmütiger Tapferkeit fechten sah. Er wünschte sehr, den Namen dieses edlen Helden zu erfahren, und voll Ungeduld, ihn zu sehen und ihm zu danken, ritt er auf ihn zu; dieser aber eilte, ihm zuvorzukommen. Die beiden Fürsten begegneten sich und der König von Harran erkannte in dem tapfern Krieger seinen Sohn Chodadad, der ihm zu Hilfe gekommen oder vielmehr seine Feinde geschlagen hatte. Er blieb lange Zeit sprachlos vor Überraschung und Freude. »Herr«, sagte Chodadad, »du bist ohne Zweifel erstaunt, auf einmal wieder einen Menschen erscheinen zu sehen, den du vielleicht tot glaubtest; ich wäre es auch, wenn mich der Himmel nicht erhalten hätte, um dir gegen deine Feinde zu dienen.« – »Ach, mein Sohn!« rief der König, »ist's möglich, daß du mir wieder geschenkt bist! Ach, ich hatte schon alle Hoffnung aufgegeben.« So sprechend, streckte er seine Arme gegen den jungen Prinzen aus und drückte ihn voll Zärtlichkeit an seine Brust.

»Ich weiß alles, mein Sohn«, hub der König an, nachdem er ihn lange in seinen Armen gehalten hatte; »ich weiß, wie deine Brüder dir die Befreiung aus der Hand des Schwarzen lohnten; aber du sollst morgen gerächt werden. Laß uns jetzt nach dem Palaste gehen. Deine Mutter, die viele Tränen um dich vergossen hat, erwartet mich, um sich mit mir über die Niederlage unserer Feinde zu freuen. Wie groß wird ihr Entzücken sein, wenn sie erfährt, daß mein Sieg dein Werk ist!« – »Herr«, antwortete Chodadad, »erlaube mir, dich zu fragen, wie du das Abenteuer im Schlosse erfahren konntest; sollte es vielleicht einer meiner Brüder, durch Gewissensbisse gepeinigt, gestanden haben?« – »Nein«, erwiderte der König, »die Prinzessin von Deryabar hat uns von allem unterrichtet; sie weilt in meinem Palaste, wohin sie gekommen ist, um Rache für den Frevel deiner Brüder zu fordern.« Chodadad war außer sich vor Freude, daß die Prinzessin, seine Gemahlin, am Hofe war. Entzückt rief er aus: »Laß uns eilen, Herr, zu meiner Mutter, die uns erwartet; ich brenne vor Ungeduld, ihre Tränen und die der Prinzessin von Deryabar zu trocknen.« Der König kehrte alsbald mit seinem Heere in die Stadt zurück und verabschiedete dasselbe. Er zog siegreich in seinem Palast ein unter dem Zujauchzen des Volks, das ihm scharenweise folgte, indem es den

Himmel um langes Leben für ihn anrief und den Namen Chodadads bis zu den Sternen erhob. Die beiden Fürsten trafen Piruza und ihre Schwiegertochter beisammen, die den König erwarteten, um ihm Glück zu wünschen; aber wer vermöchte das freudige Entzücken der beiden Frauen zu beschreiben, als sie den jungen Prinzen an seiner Seite erblickten! Bei diesen Umarmungen flossen ganz andere Tränen, als sie bisher um ihn vergossen hatten. Nachdem die vier Glücklichen allen Eingebungen des Blutes und der Liebe Genüge getan hatten, fragte man Piruzas Sohn, welches Wunder ihn am Leben erhalten habe.

Er antwortete, ein Bauer auf einem Maulesel sei zufällig in das Zelt gekommen, in dem er ohnmächtig gelegen, und als er ihn allein, verwundet und von Stichen durchbohrt, gesehen, habe er ihn auf sein Tier gelegt und in sein Haus gebracht; dort habe er ihm gewisse gekaute Kräuter auf seine Wunden gelegt, wodurch sie in wenigen Tagen geheilt worden seien. »Als ich mich wieder hergestellt fühlte«, fügte er hinzu, »dankte ich dem Bauern und gab ihm alle Diamanten, die ich bei mir hatte. Dann näherte ich mich der Stadt Harran; da ich aber unterwegs erfuhr, daß einige benachbarte Fürsten Truppen gesammelt hatten, um den König zu überfallen, gab ich mich in den Dörfern umher zu erkennen und ermunterte den Eifer des Volks, sich zur Verteidigung zu erheben. Ich bewaffnete eine große Anzahl junger Leute, stellte mich an ihre Spitze und langte in dem Augenblick an, als die beiden Heere handgemein waren.«

Als er seine Erzählung geendigt hatte, sprach der König: »Laßt uns Gott danken, daß er Chodadad erhalten hat. Die Schurken aber, die ihn töten wollten, müssen heute noch sterben.« – »Herr«, entgegnete der edelmütige Sohn Piruzas, »so undankbar und boshaft sie auch sein mögen, so bedenke doch, daß sie aus deinem Blut entsprungen sind. Es sind meine Brüder, ich verzeihe ihnen ihr Verbrechen und bitte dich um Gnade für sie.« Diese edlen Gesinnungen entlockten dem König Tränen; er ließ sein Volk zusammenrufen und erklärte Chodadad für seinen Thronerben. Hierauf ließ er die gefangenen Prinzen in ihren schweren Ketten vorführen. Piruzas Sohn nahm ihnen ihre Fesseln ab und umarmte sie, einen nach dem andern, ebenso herzlich, wie er es im Schloßhof des Schwarzen getan

Geschichte der Prinzessin von Deryabar

hatte. Das Volk war entzückt über Chodadads Gutherzigkeit und gab ihm auf tausenderlei Art seinen Beifall zu erkennen. Schließlich wurde auch der Wundarzt mit Gnadenbezeigungen überschüttet, zur Anerkennung der Dienste, die er der Prinzessin von Deryabar geleistet hatte.

Die Sultanin Schehersad hatte diese Geschichte so anmutsvoll erzählt, daß der Sultan von Indien, ihr Gemahl, nicht umhin konnte, ihr sein Wohlgefallen darüber zu bezeigen. »Wenn du«, antwortete sie, »auch die Geschichte des Prinzen Ahmed und der Fee Pari Banu anhören wolltest, so würde sie dir gewiß recht viel Vergnügen machen.« Der Sultan wollte diese Geschichte sogleich hören, allein es war Zeit aufzustehen, weshalb sie auf die folgende Nacht verschoben wurde, in welcher Schehersad folgendermaßen erzählte:

Geschichte des Prinzen Ahmed und der Fee Pari Banu[13]

Herr! es war einmal ein Sultan, und zwar einer der Vorfahren meines Königs, der viele Jahre lang friedlich über Indien herrschte und noch in seinem hohen Alter die Freude hatte, an drei Prinzen, seinen Söhnen und würdigen Nachahmern seiner Tugenden, sowie an einer Prinzessin, die seine Nichte war, die Zierde seines Hofes zu besitzen. Der älteste von den Prinzen hieß Husein, der zweite Ali, der jüngste Ahmed, und die Prinzessin, seine Nichte, Nurunnihar.[14]

Die Prinzessin Nurunnihar war die Tochter des jüngsten Bruders vom Sultan, der vom Sultan einen bedeutenden Jahresgehalt bezogen, aber schon wenige Jahre nach seiner Vermählung gestorben war und sie als zartes Kind hinterlassen hatte. In Rücksicht auf die brüderliche Freundschaft und treue Anhänglichkeit, die sein Bruder ihm

---

13 Zwei persische Worte, welche beide eine und dieselbe Bedeutung haben, nämlich: weiblicher Geist oder Fee.
14 Ein arabisches Wort mit der Bedeutung: Licht des Tages.

stets bewiesen, hatte der Sultan die Tochter desselben in seinen eigenen Palast aufgenommen, um sie mit den drei Prinzen erziehen zu lassen. Mit einer ausnehmenden Schönheit und allen nur erdenklichen Vollkommenheiten des Körpers vereinigte diese Prinzessin einen außerordentlichen Verstand, und ihre fleckenlose Jugend zeichnete sie vor allen Prinzessinnen ihrer Zeit aus. Der Sultan, als Oheim der Prinzessin, der sich längst vorgenommen hatte, sie, wenn sie einmal mannbar geworden sein würde, zu verheiraten und durch ihre Vermählung mit irgend einem benachbarten Fürsten ein Freundschaftsbündnis anzuknüpfen, dachte jetzt um so ernstlicher daran, als er bemerkte, daß seine Söhne alle drei in leidenschaftlicher Liebe zu ihr entbrannten. Dies machte ihm viel Herzeleid, nicht nur, weil er dadurch verhindert wurde, das beabsichtigte Bündnis abzuschließen, sondern vielmehr, weil er die Schwierigkeiten voraussah, sie über diesen Punkt zu vereinigen, und wenigstens die zwei Jüngeren zu bewegen, daß sie die Prinzessin dem Ältesten überlassen sollten. Er sprach mit jedem von ihnen insbesondere, und nachdem er ihnen die Unmöglichkeit vorgestellt hatte, daß die Prinzessin alle drei zugleich heiraten könne, sowie die Unruhen, die aus ihrem hartnäckigen Beharren entstehen würden, bot er alles auf, um sie zu überreden, daß sie entweder der Prinzessin die entscheidende Wahl unter ihnen überlassen, oder alle drei von ihren Ansprüchen abstehen und zugeben sollten, daß sie mit einem auswärtigen Fürsten vermählt würde; sie selbst können ja auf andere Verbindungen denken, bei denen er ihnen durchaus nichts in den Weg legen wolle. Da er aber eine unüberwindliche Hartnäckigkeit bei ihnen fand, ließ er sie alle drei vor sich kommen und sprach also zu ihnen: »Meine Söhne, da es mir nicht gelungen ist, euch zu eurem eignen Wohl und zu eurer Ruhe zu überreden, daß ihr von euren Ansprüchen auf die Prinzessin, meine Nichte, abstehen möchtet, und da ich von meiner väterlichen Gewalt keinen Gebrauch machen und sie nicht einem geben will, mit Hintansetzung der beiden andern, so glaube ich nunmehr ein passendes Mittel gefunden zu haben, um euch zufrieden zu stellen, und die pflichtschuldige Einigkeit unter euch zu bewahren, wenn ihr überhaupt auf meine Worte hören und das ausführen wollt, was ich euch sagen werde. Ich halte es nämlich für angemessen, daß ihr

auf Reisen geht, und zwar jeder allein und in ein anderes Land, so daß ihr nicht miteinander zusammentreffen könnt; und da ihr wißt, wie neugierig ich auf alles bin, was selten und einzig in seiner Art ist, so verspreche ich meine Nichte demjenigen, der mir die außerordentlichste und merkwürdigste Seltenheit mitbringen wird. Auf diese Weise kann es der Zufall mit sich bringen, daß ihr selbst über die Vortrefflichkeit der von euch mitgebrachten Sachen durch Vergleichung derselben urteilen werdet und dann werdet ihr hoffentlich so billig sein, demjenigen den Vorzug zu überlassen, der ihn verdient. Zur Bestreitung der Reisekosten und zum Ankauf der Seltenheiten, die ihr mitbringen wollet, werde ich jedem von euch eine eurem Stand angemessene Summe mitgeben, die ihr aber nicht auf Reisegefolge oder Reisegerätschaften verwenden dürft; denn ihr würdet dadurch eure Abkunft verraten und könntet leicht die Freiheit einbüßen, deren ihr nicht nur zur Ausführung eures Plans, sondern auch dazu bedürfet, um alles zu beobachten, was eure Aufmerksamkeit verdient, um einen um so größeren Nutzen aus eurer Reise ziehen zu können.« Da die drei Prinzen sich immer willig in die Wünsche des Sultans, ihres Vaters, gefügt hatten, und jeder sich schmeichelte, das Glück werde ihm günstig sein und zum Besitz der Prinzessin Nurunnihar verhelfen, gaben sie zur Antwort, daß sie bereit seien, zu gehorchen. Der Sultan ließ ihnen ohne Aufschub die versprochene Summe auszahlen, und sie gaben noch an demselben Tage ihre Befehle, daß die Vorkehrungen zu ihrer Reise getroffen wurden; sodann nahmen sie Abschied von ihrem Vater, um sich am andern Morgen in aller Frühe auf den Weg machen zu können. Sie zogen alle drei, wohlberitten, mit allem Nötigen versehen, als Kaufleute verkleidet und jeder nur mit einem einzigen vertrauten Diener in Sklavenkleidern, zu demselben Tore hinaus und gelangten miteinander in die erste Nachtherberge, von wo dann sich der Weg nach drei Richtungen teilte. Als sie hier die Abendmahlzeit verzehrten, die sie sich hatten bereiten lassen, verabredeten sie unter einander, daß ihre Reise ein Jahr dauern sollte, und bestellten sich wieder in dieselbe Herberge, mit der Bedingung, wer zuerst eintreffe, solle auf den anderen warten, und die beiden dann auf den dritten, so daß sie alle drei bei ihrer Rückkehr wieder vor ihn treten könnten, wie sie miteinander von ihrem Vater, dem Sultan, Abschied genommen hatten. Am andern Morgen stiegen sie mit Tagesanbruch, nachdem sie einander umarmt und sich gegenseitig glückliche Reise gewünscht hatten, zu Pferde, und schlugen nun jeder einen von den drei Wegen ein, ohne wegen der Wahl Streit zu bekommen.

Der Prinz Husein, der älteste von den drei Brüdern, der viel von der wundervollen Größe und Macht, dem Reichtum und dem Glanze des Königreichs Bisnagar[15] gehört hatte, nahm seine Richtung nach dem indischen Meere, und nach einer Reise von etwa drei Monaten, wobei er sich an verschiedene Karawanen anschloß und bald öde Wüsten und steile Berge durchzog, bald aber auch sehr bevölkerte, wohlbebaute und fruchtbare Gegenden, wie man sie nicht leicht in andern Teilen der Erde trifft, kam er nach Bisnagar, der Hauptstadt des gleichnamigen Königreichs und dem gewöhnlichen Wohnsitze seiner Könige. Er kehrte in einem Chan ein, wo die fremden Kaufleute abzusteigen pflegen, und da er hörte, daß es hauptsächlich vier Orte in der Stadt gebe, wo die Kaufleute und Verkäufer aller Arten von Handelswaren ihre Läden haben, so begab er sich gleich am folgenden Tage nach einem dieser Stadtviertel. In der Mitte desselben lag das Schloß oder vielmehr der Palast der Könige, der einen sehr bedeutenden Raum einnahm, und gleichsam den Mittelpunkt der Stadt bildete. Die Stadt aber hatte drei Ringmauern, und ihre Tore waren zwei volle Stunden Wegs von einander entfernt. Der Prinz Husein konnte das Stadtviertel, worin er sich befand, nicht ohne Bewunderung betrachten; es war sehr geräumig und in die Kreuz und Quere von mehreren Straßen durchschnitten, welche sämtlich zum

---

15 Das indische Königreich Bisnagar, auf der indischen Halbinsel, hatte eine sehr glänzende Periode während des fünfzehnten Jahrhunderts, und die Fürsten dieses Staats scheinen mittelbar oder unmittelbar ganz Südindien, wenigstens den im Süden vom Flusse Kistna gelegenen Teil, in ihrer Gewalt zu haben. Die portugiesischen Schriftsteller bezeichnen es bisweilen mit dem Namen Königreich Narsinga, dem Namen eines der mächtigsten Fürsten dieses Reichs. Die Hauptstadt Bisnagar wurde um die Mitte des vierzehnten Jahrhunderts an den Ufern des Tongbudra von zwei Brüdern gegründet, die ihr den Namen Vidjayanagara (Siegesstadt) gaben, woraus nachher Bidnagar entstand. Das Königreich wurde im Jahre 1564 durch eine Koalition der vier muselmännischen Sultane von Vizapur, Golkonda, Ahmednagar und Berar zerstört. Nach einer Schlacht, in welcher der indische Fürst besiegt und getötet wurde, fiel seine Hauptstadt in die Gewalt der Muselmänner, welche das ganze Reich verheerten und unter sich teilten.

Schutz gegen die Sonnenhitze oben überwölbt, aber gleichwohl sehr hell waren. Die Kaufläden waren alle gleich groß und hatten ganz die gleiche Form; die Läden derjenigen Kaufleute, welche die gleichen Artikel führten, waren nicht zerstreut, sondern in einer und derselben Straße beisammen; ebenso verhielt es sich auch mit den Buden der Handwerker. Die Menge der Läden, die mit einer und derselben Art von Waren angefüllt waren, wie z.B. mit den feinsten Schleiertüchern aus den verschiedenen Gegenden Indiens, mit buntbemalten Linnentüchern, worauf in den lebhaftesten Farben Menschen, Landschaften, Bäume und Blumen dargestellt waren, mit Seide- und Brokatstoffen aus Persien, China und anderen Orten, mit Porzellan aus Japan und China, mit Fußteppichen von allen Größen – dies alles überraschte ihn so sehr, daß er nicht wußte, ob er seinen eigenen Augen trauen durfte. Als er aber vollends zu den Läden der Goldschmiede und Juweliere kam (beide Gewerbe wurden nämlich von einer und derselben Klasse von Kaufleuten betrieben), da war er beim Anblick der ungeheuren Menge ausgezeichneter Gold- und Silberarbeiten ganz außer sich und wie geblendet vom Glanze der Perlen, Diamante, Smaragde, Rubine, Saphire und anderer Edelsteine, welche in Hülle und Fülle zum Verkauf ausgesetzt waren. Wenn er nun schon über die Anhäufung so vieler Reichtümer an einem einzigen Orte verwundert war, so wuchs sein Erstaunen noch weit mehr, wenn er an den Reichtum des ganzen Königreichs dachte, denn er bemerkte, daß außer den Braminen und Tempeldienern, deren Berufe es war, fern von den Eitelkeiten der Welt zurückgezogen zu leben, im ganzen Reiche nicht leicht ein Indier oder eine Indierin zu sehen war, die nicht Hals- und Armbänder, ja sogar an den Schenkeln und Füßen Schmuck von Perlen und Edelsteinen gehabt hätten, deren Glanz um so mehr hervorleuchtete, als die Einwohner alle schwarz waren. Eine andere Eigentümlichkeit, die der Prinz Husein bewunderte, war die große Menge von Rosenverkäufern, von denen alle Straßen wimmelten. Er dachte, die Indier müssen große Liebhaber von dieser Blume sein, denn er sah auch nicht einen, der nicht einen Rosenstock in der Hand oder einen Rosenkranz auf dem Kopf gehabt hätte, und namentlich waren in jedem Kaufladen mehrere Vasen mit diesen Blumen zu sehen, so daß das Stadtviertel trotz seines gewaltigen Umfangs ganz davon durchduftet war. Als nun der Prinz Husein, voll Gedanken über die vielen Reichtümer, die sich seinen Augen darboten, sämtliche Straßen dieses Stadtviertels durchwandelt hatte, fühlte er endlich das Bedürfnis, auszuruhen. Er gab dies einem Kaufmann zu erkennen, der ihn sehr höflich einlud, in seinen Laden zu treten und sich bei ihm zu setzen, was er denn auch annahm. Er war noch nicht lange dagesessen, als er einen Ausrufer vorübergehen sah, mit einem Teppich von etwa sechs Fuß ins Gevierte, den er zum Preise von dreißig Beuteln[16] im Aufstreiche ausbot. Diesen Ausrufer beschied er zu sich und verlangte den Teppich zu sehen, der ihm nicht bloß wegen seiner Kleinheit, sondern auch wegen seines sonstigen geringen Aussehens viel zu teuer ausgeboten schien. Als er ihn lange genug betrachtet hatte, sagte er zu dem Ausrufer, er könne nicht begreifen, wie man einen so kleinen und so unscheinbaren Teppich zu einem so hohen Preise feilbieten könne.

Der Ausrufer, der den Prinzen Husein für einen Kaufmann hielt, gab ihm zur Antwort: »Edler Herr, da dir dieser Preis schon übermäßig hoch vorkommt, so wirst du dich noch weit mehr wundern, wenn ich dir sage, daß ich Befehl habe, ihn bis auf vierzig Beutel zu steigern und bloß für diesen Preis und zwar gegen bares Geld abzulassen.« – »Demnach«, versetzte der Prinz Husein, »muß er irgend eine mir unbekannte Eigenschaft haben, die ihm so viel Wert verleiht.« – »Du hast es erraten, edler Herr«, antwortete der Ausrufer, »und du wirst es mir selbst zugeben, wenn ich dir sage, daß man sich auf diesen Teppich nur zu setzen braucht, um überallhin versetzt zu werden, wo man nur wünscht, und daß man augenblicklich an dem gewünschten Ort ist, ohne daß irgend ein Hindernis in den Weg kommen kann.« Bei diesen Worten dachte der indische Prinz, da der Hauptgrund seiner Reise doch nur sei, dem Sultan, seinem Vater, irgend eine außerordentliche und unerhörte Seltenheit zu bringen, so werde er nicht leicht etwas habhaft werden können, das dem Sultan größere Freude machen könne. »Wenn dieser Teppich«, sagte er zu dem Ausrufer, »wirklich die Eigenschaft hätte, die du rühmst, so würde ich den dafür verlangten Preis von vierzig Beuteln keineswegs

---

16 Ein Beutel gilt etwa fünfzehnhundert Franks.

Geschichte des Prinzen Ahmed und der Fee Pari Banu

zu hoch finden und könnte mich wohl entschließen, die Summe dafür zu bezahlen; außerdem würde ich dir noch ein Geschenk machen, mit dem du gewiß zufrieden sein könntest.« – »Edler Herr«, antwortete der Ausrufer, »ich habe dir die Wahrheit gesagt und werde dich leicht davon überzeugen können, sobald du unter der Bedingung, daß ich dich eine Probe sehen lasse, den Handel eingegangen haben wirst. Da du die vierzig Beutel nicht hier hast, und ich dich doch, um sie in Empfang zu nehmen, nach dem Chan begleiten muß, wo du als Fremder abgestiegen sein wirst, so laß uns mit Erlaubnis des Herrn vom Laden in den Hinterladen treten; dort will ich den Teppich ausbreiten, und wenn wir beide, du und ich, darauf sitzen und du den Wunsch ausgesprochen haben wirst, mit mir nach deinem Zimmer im Chan versetzt zu werden, und dies nicht auf der Stelle in Erfüllung geht, so soll der Handel null und nichtig und du zu nichts verpflichtet sein. Was das Geschenk betrifft, so werde ich es, da meine Mühe mir von dem Verkäufer bezahlt werden muß, als eine Gnade annehmen, die du mir erzeigst, und wofür ich dir immer verpflichtet sein werde.« Der Prinz vertraute auf die Redlichkeit des Ausrufers, ging den Vorschlag ein und schloß unter der eben erwähnten Bedingung den Handel ab. Hierauf trat er mit Erlaubnis des Kaufmanns in den Hintergrund des Ladens, wo der Ausrufer den Teppich ausbreitete. Sie setzten sich beide darauf, und kaum hatte der Prinz den Wunsch ausgesprochen, nach seinem Zimmer im Chan versetzt zu werden, so befanden sich beide dort, und zwar ohne im mindesten aus ihrer Lage gekommen zu sein. Da er nun keiner weitern Zeugnisse für die Wunderkraft des Teppichs mehr bedurfte, so bezahlte er dem Ausrufer die Summe von vierzig Beuteln in Gold aus und fügte für ihn noch ein Geschenk von zwanzig Goldstücken hinzu. So war denn nun der Prinz Husein Besitzer des Teppichs, und ungemein erfreut, gleich bei seiner Ankunft in Bisnagar ein so seltenes Stück an sich gebracht zu haben, das ihm, wie er nicht zweifelte, die Hand der Prinzessin Nurunnihar verschaffen mußte. Er hielt es in der Tat für unmöglich, daß seine beiden jüngeren Brüder etwas von ihrer Reise mitbringen könnten, was mit seinem glücklichen Funde nur entfernt in Vergleichung kommen dürfte. Auch hätte er sich jetzt sogleich auf seinen Teppich setzen und nach dem verabredeten Zusammenkunftsorte verfügen können; allein er hätte dann zu lange auf sie warten müssen, und da er ohnehin neugierig war, den König von Bisnagar und seinen Hof zu sehen, zugleich aber auch die Streitkräfte, Gesetze, Gewohnheiten, Religion und den Zustand des ganzen Reiches kennen zu lernen, so beschloß er, einige Monate zur Befriedigung seiner Neugierde zu verwenden. Der König von Bisnagar hatte die Gewohnheit, den fremden Kaufleuten jede Woche einmal Zutritt zu seiner Person zu gestatten. Unter diesem Namen sah ihn der Prinz Husein, der durchaus nicht für das gelten wollte, was er war, mehrere Male, und da er nicht nur sehr hübsch von Gestalt war, sondern auch ungemein viel Verstand und feine Geistesbildung besaß, wodurch er sich vor den andern Kaufleuten, die mit ihm vor dem König erschienen, auszeichnete, wandte sich dieser vorzugsweise an ihn, wenn er über die Person des Sultans von Indien, über die Streitkräfte, den Reichtum und die Verwaltung seines Reichs Erkundigung einziehen wollte. Die übrigen Tage verwandte der Prinz dazu, die Merkwürdigkeiten der Stadt und Umgegend zu besichtigen. Unter andern bewundernswürdigen Dingen sah er auch einen Götzentempel, der einzig in seiner Art und ganz aus Erz erbaut war. Seine Grundfläche betrug zehn Ellen ins Gevierte, seine Höhe fünfzehn Ellen; die größte Schönheit darin aber war ein Götzenbild in menschlicher Größe aus gediegenem Gold, das als Augen zwei so künstlich angebrachte Rubine hatte, daß jeder, der es betrachtete, gleichviel von welcher Seite, der Meinung war, es richte die Augen auf ihn. Dann sah er noch einen, der nicht minder Bewunderung verdiente, in einem Dorfe. Es war da nämlich eine Ebene von etwa zehn Morgen Landes, die aus einem einzigen köstlichen, mit Rosen und andern anmutigen Blumen übersäten Garten bestand, und dieser ganze Raum war mit einer kleinen Mauer von der Höhe eines Geländers umgeben, um die Tiere des Feldes abzuwehren. Mitten in der Ebene erhob sich eine mannshohe Terrasse, die so kunstreich und sorgfältig mit in einander gefügten Steinen bedeckt war, daß jedermann glaubte, es sei nur ein einziger Stein. Der Tempel, der mitten auf der Terrasse stand und eine Kuppelform hatte, war fünfzig Ellen hoch, so daß man ihn mehrere Meilen in der Umgegend sehen konnte. Seine Länge betrug dreißig, die Breite zwanzig Ellen, und der

rote Marmor, woraus er erbaut war, war außerordentlich fein und glänzend. Das Kuppelgewölbe war mit drei Reihen sehr anmutiger und geschmackvoller Gemälde geschmückt, und der ganze Tempel von oben bis unten mit einer Menge anderer Gemälde, halb erhabenem Bildwerk und Götzenbildern angefüllt.

Morgens und abends wurden in diesem Tempel abergläubische Zeremonien begangen, auf welche Spiele, musikalische Vergnügungen, Gesänge, Tänze und Festschmäuse folgten. Die Diener des Tempels und die Bewohner des Orts leben bloß von den Opfergaben, welche die zahllosen Pilger aus den entferntesten Gegenden des Reichs unaufhörlich dahin bringen, um ihre Gelübde zu erfüllen.

Der Prinz Husein war auch noch Zuschauer eines feierlichen Festes, das alle Jahre am Hof von Bisnagar begangen wird, und wobei die Statthalter der Provinzen, die Befehlshaber der festen Plätze, die Vorsteher und Richter der Städte, sowie die durch ihre Gelehrsamkeit berühmtesten Braminen sich einfinden müssen. Einige von ihnen kommen aus so weiter Ferne, daß sie nicht weniger als vier Monate zu ihrer Reise brauchen. Die Versammlung besteht aus einer unzähligen Menge von Indiern und findet sich auf einer ungeheuren Ebene ein, wo sie einen überraschenden Anblick darbietet, so weit das Auge reicht. Mitten in der Ebene befand sich ein sehr langer und breiter Platz, auf einer Seite durch ein prächtiges Gebäude begrenzt in Form eines Gerüstes, das neun Stockwerke hatte, von vierzig Säulen getragen wurde, und für den König, den Hof und diejenigen Fremden bestimmt war, denen er wöchentlich einmal die Ehre erwies, sie vorzulassen. Im Innern war es prächtig geschmückt und mit Gerätschaften versehen, von außen mit Landschaften bemalt, worin man alle Arten von Tieren, Vögeln, Insekten, selbst Fliegen und Mükken, naturgetreu abgebildet sah. Die drei übrigen Seiten des Platzes waren von andern Gerüsten eingefaßt, die wenigstens vier bis fünf Stockwerke hatten, und eines beinahe wie das andere bemalt waren. Auch hatten diese Gerüste das eigentümliche, daß man sie von Stunde zu Stunde herumdrehen und dadurch ihr ganzes Ansehen, sowie ihre Verzierungen verändern konnte. Auf allen Seiten des Platzes standen in kurzen Zwischenräumen von einander tausend Elefanten mit den prachtvollsten Harnischen, jeder mit einem viereckigen Turm von vergoldetem Holz auf dem Rücken, worin sich Tonspieler oder Tänzer befanden. Rüssel, Ohren und die übrigen Teile dieser Elefanten waren mit Zinnober und anderen Farben bemalt, so daß sie ein gar seltsames Aussehen darboten. Was bei diesem ganzen Schauspiel dem Prinzen am meisten Bewunderung einflößte für die Betriebsamkeit, Geschicklichkeit und den Erfindungsgeist der Indier, war ein überaus großer und gewaltiger Elefant, der mit seinen vier Füßen oben auf einem senkrecht aufgerichteten, zwei Fuß hohen Ständer stand, und nach dem Takt der Musik mit seinem Rüssel in der Luft herumfocht. Nicht minder bewunderte er einen andern ebenso gewaltigen Elefanten, der auf dem einen Ende eines quer über einen zehn Fuß hohen Ständer gelegten Balkens stand, an dessen anderem Ende ein ungeheurer Stein als Gegengewicht befestigt war, so daß er vermittelst desselben bald höher, bald tiefer vor dem Könige und dem ganzen Hofe durch die Bewegungen seines Körpers und Rüssels, gleich wie der andere Elefant, den Takt der Musik angab. Die Indier hatten nämlich zuerst den Stein als Gegengewicht angebunden, sodann das gegenüberstehende Ende zur Erde hinabgebogen und den Elefanten hinauftreten lassen. Der Prinz Husein hätte sich noch länger am Hof und im Reich Bisnagar aufhalten können; eine Unzahl anderer Wunderdinge hätte ihn gewiß bis zum letzten Tage des Jahres, auf welchen er und seine Brüder sich beschieden hatten, angenehm unterhalten; allein da er durch das, was er gesehen hatte, vollkommen befriedigt, überdies beständig mit dem Gegenstand seiner Liebe beschäftigt war, und da seit der neuen Erwerbung, welche er gemacht, die Schönheit und die Reize der Prinzessin Nurunnihar die Heftigkeit seiner Leidenschaft von Tag zu Tag steigerten, so glaubte er, sein Gemüt würde ruhiger werden und er selbst seinem Glücke näher sein, wenn er durch eine geringere Entfernung von ihr getrennt wäre. Er bezahlte daher dem Wirt des Chans den Mietzins für sein Zimmer, bezeichnete ihm die Stunde, wo er den Schlüssel dazu an der Tür abholen könne, und ohne sich über seine weiteren Vorbereitungen zur Abreise auszusprechen, ging er auf sein Zimmer zurück, schloß es hinter sich zu und ließ den Schlüssel stecken. Hierauf breitete er den Teppich aus und setzte sich mit seinem Begleiter darauf. Sodann sammelte er seine Gedanken,

Geschichte des Prinzen Ahmed und der Fee Pari Banu

und kaum hatte er recht ernstlich gewünscht, in die Herberge versetzt zu werden, wo er mit seinen Brüdern zusammentreffen sollte, als er auch schon bemerkte, daß er dort war. Er kehrte also da ein, gab sich für einen Kaufmann aus und wartete auf die andern.

Indes hatte Huseins jüngerer Bruder, Prinz Ali, der, um dem Plane des Sultans von Indien zu entsprechen, eine Reise nach Persien machen wollte, sich schon drei Tage nach der Trennung von seinen beiden Brüdern einer Karawane angeschlossen und war mit derselben nach diesem Lande abgegangen. Nachdem er beinahe vier Monate unterwegs gewesen, kam er endlich nach Schiras, welches zu dieser Zeit die Hauptstadt des Königreichs Persien war. Da er auf der Reise mit einer kleinen Anzahl von Kaufleuten Bekanntschaft und Freundschaft geschlossen hatte, ohne sich jedoch für etwas anderes als einen Juwelenhändler auszugeben, stieg er auch in einem und demselben Chan mit ihnen ab. Am folgenden Tage, während die Kaufleute ihre Warenballen öffneten, zog der Prinz Ali, der nur zu seinem Vergnügen reiste und sich bloß mit dem zu seiner Bequemlichkeit erforderlichen Reisegepäck versehen hatte, andere Kleider an und ließ sich nach dem Stadtviertel führen, wo Edelgesteine, Gold- und Silberarbeiten, Brokat, Seidenstoffe, feine Schleiertücher und andere überaus seltene und kostbare Waren zum Verkauf ausgesetzt standen. Dieser sehr geräumige und auf die Dauer gebaute Ort war oben überwölbt, und das Gewölbe wurde von starken Pfeilern getragen, die Buden aber waren teils um dies herum, teils den Mauern entlang, sowohl von innen, als von außen angelegt. Der Ort selbst war in Schiras allgemein unter dem Namen Besastan bekannt. Prinz Ali durchstreifte also den Besastan sogleich nach allen Seiten in die Länge und Breite, und aus der erstaunlichen Menge kostbarer Waren, die er da ausgelegt sah, schloß er mit Bewunderung auf die Reichtümer, welche innerhalb der Läden aufgehäuft sein mußten. Unter den vielen Ausrufern, die beständig hin und her gingen und verschiedene Sachen zum Kauf ausboten, sah er zu seiner nicht geringen Verwunderung auch einen, der ein elfenbeinernes Rohr in der Hand hielt, das er zu dreißig Beuteln ausrief. Dieses war etwa einen Fuß lang und etwas dicker als ein Daumen. Im Anfang glaubte er, der Ausrufer sei nicht recht bei Verstand. Um sich nun darüber Auskunft zu verschaffen, trat er in den Laden eines Kaufmanns und sagte zu diesem, indem er auf den Ausrufer deutete: »Herr, ich bitte dich, sage mir, ob ich mich nicht täusche: ist der Mann dort, der ein kleines elfenbeinernes Rohr zu dreißig Beuteln ausruft, wohl bei gutem Verstande?« – »Herr«, antwortete der Kaufmann, »wenn er ihn nicht seit gestern verloren hat, so kann ich dich versichern, daß dies der klügste und gesuchteste von allen unsern Ausrufern ist, und daß er das größte Vertrauen genießt, wenn es sich um den Verkauf von sehr wertvollen Gegenständen handelt. Was indes das Rohr betrifft, das er zu dreißig Beuteln ausruft, so muß dasselbe wohl aus irgend einem nicht in die Augen fallenden Grunde diesen großen, ja vielleicht einen noch größeren Wert haben. Der Mann wird im Augenblicke wieder hier vorbeikommen, dann wollen wir ihn hereinrufen, und du magst dich selbst von der Sache überzeugen. Setze dich einstweilen auf meinen Sofa und ruhe ein wenig aus.«

Der Prinz Ali lehnte das höfliche Anerbieten des Kaufmanns nicht ab, und kaum saß er dort eine Weile, als der Ausrufer wieder vorbeikam. Der Kaufmann rief ihn bei Namen und er trat herein. Hierauf sagte der Kaufmann zu ihm, indem er auf den Prinzen wies: »Antworte einmal diesem Herrn, der mich fragt, ob du wohl bei Sinnen seiest, daß du ein elfenbeinernes Rohr, das so unscheinbar aussieht, zu dreißig Beuteln ausbietest. Ich selbst würde mich darüber wundern, wenn ich nicht wüßte, daß du ein verständiger Mann bist.« Der Ausrufer wandte sich jetzt an den Prinzen und sagte zu ihm: »Edler Herr, du bist nicht der einzige, der mich wegen dieses Rohrs für einen Toren ansieht; du magst übrigens selbst urteilen, ob ich einer bin, wenn ich dir seine Eigenschaft gesagt haben werde, und dann hoffe ich, daß du ein ebenso hohes Gebot darauf tun wirst, wie diejenigen, denen ich es bis jetzt gezeigt, und welche dieselbe üble Meinung von mir hatten, wie du. Vor allem, Herr«, fuhr der Ausrufer fort, indem er dem Prinzen das Rohr überreichte, »mußt du wissen, daß dieses Rohr an jedem Ende ein Glas hat und man nur durch eines dieser Gläser zu sehen braucht, um sogleich alles zu erblicken, was man nur wünscht.« – »Ich bin bereit, dir feierliche Genugtuung zu geben«, antwortete Prinz Ali, »wenn du mir die Wahrheit dessen, was du behauptest, dartun kannst.« Da er nun das Rohr in der Hand hatte, so besah er sich die beiden Gläser und fuhr dann fort: »Zeig' mir doch, wo ich hineinsehen muß, um mir darüber Aufklärung zu verschaffen.« Der Ausrufer zeigte es ihm; der Prinz sah hinein, und da es ihn nach dem Anblick des Sultans von Indien, seines Vaters, verlangte, so sah er ihn in vollkommenster Gesundheit mitten unter seinem Reichsrate auf dem Throne sitzen. Sodann wünschte er, da er nächst dem Sultan nichts Lieberes auf der Welt hatte, als die Prinzessin Nurunnihar, auch diese zu sehen, und erblickte sie sogleich an ihrem Putztische sitzend, umgeben von ihren Frauen, lachend und in der heitersten Laune. Der Prinz Ali verlangte keine andere Probe, um sich zu überzeugen, daß dieses Rohr die kostbarste Sache nicht nur in der Stadt Schiras, sondern auf der ganzen Welt sei, und glaubte, wenn er dieses nicht kaufte, würde er nie mehr weder zu Schiras, und wenn er zehn Jahre da bliebe, noch sonstwo eine ähnliche Seltenheit antreffen, die er von seiner Reise mitbringen könnte. Er sagte daher zu dem Ausrufer: »Ich nehme meine unvernünftige Ansicht, die ich von deinem Verstande hatte, zurück, glaube aber, daß es dir hinlängliche Genugtuung sein wird, wenn ich mich erbiete, das Rohr zu kaufen. Da ich es nicht gerne in andere Hände kommen lassen möchte, so sage mir den Preis, den der Verkäufer dafür haben will, ganz genau, und gib dir fortan keine Mühe mehr, dich mit dem Ausbieten und dem Verkauf dieses Rohres zu ermüden. Du brauchst nur mit mir zu kommen, so werde ich dir die Summe auszahlen.« Der Ausrufer beteuerte mit einem Eid, er habe Befehl, es um vierzig Beutel zu verkaufen, und falls er daran zweifle, wolle er ihn selbst zum Verkäufer führen. Der indische Prinz glaubte seinem Wort, nahm ihn mit sich nach Hause, und als sie in seiner Wohnung im Chan angelangt waren, bezahlte er ihm die vierzig Beutel in schönen Goldstücken aus und wurde auf diese Art Besitzer des elfenbeinernen Rohres. Der Prinz Ali war über diesen Kauf um so mehr erfreut, als er fest überzeugt war, seine Brüder könnten nichts so Seltenes und Bewundernswürdiges gefunden haben, und folglich werde die Prinzessin Nurunnihar der Lohn für die Beschwerden seiner Reise sein. Er dachte jetzt bloß noch daran, unerkannt den Hof von Persien, sowie die Merkwürdigkeiten der Stadt Schiras und ihrer Umgebung kennen zu lernen, bis die Karawane, mit welcher er gekommen war, nach Indien zurückreisen würde. Er hatte seine Neugierde vollkommen befriedigt, als die Karawane Anstalten zur Abreise traf, und der Prinz ermangelte nicht, sich ihr anzuschließen und mit ihr auf den Weg zu machen. Kein Unfall störte oder unterbrach die Reise, und ohne weitere Unbequemlichkeit, als die Beschwerden eines so langen Weges, kam er glücklich an dem verabredeten Orte an, wo der Prinz Husein bereits eingetroffen war. Der Prinz Ali traf ihn dort, und sie warteten nun gemeinschaftlich auf ihren Bruder Ahmed.

Prinz Ahmed hatte den Weg nach Samarkand eingeschlagen, und gleich am ersten Tage nach seiner Ankunft war er, wie seine beiden Brüder, nach dem Besastan gegangen. Kaum hatte er diesen Ort betreten, als sich ein Ausrufer, mit einem künstlichen Apfel in der Hand, ihm nahete, und denselben zu fünfunddreißig Beuteln ausrief. Er hielt den Mann an und sagte zu ihm: »Zeig' mir einmal diesen Apfel und sage mir, welche außerordentliche Kraft oder Eigenschaft er hat, daß er zu so hohem Preise ausgerufen wird.« Der Ausrufer gab ihm den Apfel in die Hand, daß er ihn untersuchen möchte, und sagte dann zu ihm: »Edler Herr, man darf diesen Apfel nicht nur nach seinem geringen Aussehen beurteilen; zieht man aber die Eigenschaften, Kräfte und den bewundernswürdigen Gebrauch, den man zum Wohle der Menschheit davon machen kann, in Erwägung, so muß man sagen, daß er eigentlich mit keinem Preis bezahlt werden kann, und gewiß ist, daß sein Besitzer einen wahren Schatz besitzt. In der Tat gibt es keine tödliche Krankheit, anhaltendes Fieber, Fleckfieber, Seitenstechen, Pest, oder wie sie sonst heißen mögen, welche durch diesen Apfel nicht sogleich geheilt würde; ja, wenn einer schon in den letzten Zügen liegt, so gibt er ihm die Gesundheit auf der Stelle so vollständig zurück, wie wenn er noch nie in seinem Leben krank gewesen wäre. Und zwar geschieht dies auf die allerleichteste Art von der Welt, denn man braucht den Kranken nur daran riechen lassen.«

»Wenn man dir glauben darf«, antwortete der Prinz Ahmed, »so ist dies freilich ein Apfel von wunderbarer Kraft, ja, man darf wohl sagen, ganz unschätzbar; aber wie kann ein ehrlicher Mann, wie ich, der ihn gerne kaufen möchte, sich überzeugen, daß bei deiner Lobpreisung des Apfels weder Lüge, noch Übertreibung mit unterläuft?«

»Herr«, erwiderte der Ausrufer, »die Sache ist in der ganzen Stadt Samarkand bekannt und bewährt, und du darfst, ohne weiter zu gehen, nur die hier versammelten Kaufleute befragen; sie werden alle darin übereinstimmen, und mehrere von ihnen werden bekennen, daß sie selbst nicht mehr leben würden, wenn sie sich nicht dieses vortrefflichen Mittels bedient hätten. Um dir einen Begriff beizubringen, was du davon zu denken hast, so wisse, daß es die Frucht der Studien und Nachtwachen eines sehr berühmten Weltweisen aus der Stadt ist, der sich sein ganzes Leben hindurch der Erforschung der Pflanzen und Materalien widmete, und endlich diese zusammengesetzte Masse hieraus bereitete, vermittelst welcher er so wundervolle Kuren in dieser Stadt gemacht hat, daß sein Andenken hier niemals in Vergessenheit kommen wird. Vor kurzem raffte ihn der Tod so schnell weg, daß er selbst nicht mehr Zeit hatte, von seinem Universalmittel Gebrauch zu machen, und seine Witwe, der er nur ein geringes Vermögen, dagegen einen Haufen von kleinen Kindern hinterließ, hat sich endlich entschlossen den Apfel verkaufen zu lassen, um sich mit ihrer Familie etwas bequemer einrichten zu können.«

Während der Ausrufer den Prinzen Ahmed von den Wunderkräften des künstlichen Apfels unterrichtete, blieben mehrere Personen bei den Sprechenden stehen. Die meisten bestätigten das Gute, das der Ausrufer von ihm rühmte, einer erzählte von seinem Freund, der so gefährlich krank sei, daß man bereits an seinem Aufkommen verzweifle. Dies sei also eine sehr bequeme Gelegenheit für den Kaufliebhaber, einen Versuch mit dem Apfel zu machen. Hierauf nahm der Prinz Ahmed das Wort und sagte zu dem Ausrufer, er wolle ihm vierzig Beutel dafür geben, wenn der Kranke durch das bloße Riechen daran geheilt würde. Der Ausrufer, welcher Befehl hatte, ihn um diesen Preis zu verkaufen, sagte zu dem Prinzen: »Herr, wir wollen einmal diesen Versuch machen, und der Apfel gehört dir; ich sage dies mit um so größerer Zuversicht, weil gar kein Zweifel vorhanden ist, daß er diesmal ebensogut seine Wirkung tun wird, wie er bisher Kranke, die bereits aufgegeben waren, von den Pforten des Todes zurückgerufen hat.«

Der Versuch glückte, Prinz Ahmed bezahlte dem Ausrufer vierzig Beutel für den künstlichen Apfel und erwartete nun voll Ungeduld den Abgang der ersten besten Karawane, um nach Indien zurückzukehren. Indes benutzte er die Zwischenzeit, um alle Merkwürdigkeiten Samarkands und seiner Umgebung zu besichtigen, vornehmlich aber das Tal Sogd, das von dem gleichnamigen Flusse, von welchem es durchströmt wird, seinen Namen hat, und wegen der Schönheit seiner Gefilde, seiner Gärten und Paläste, sowie wegen seines Reichtums an Früchten aller Art und wegen der Annehmlichkeiten, die man während der schönen Jahreszeit dort genießt, von den Arabern für eines der vier Paradiese der Welt gehalten wird. Der Prinz Ahmed versäumte indes die Gelegenheit nicht, mit der ersten besten Karawane nach Indien abzugehen. Trotz der vielen Unbequemlichkeiten, die unausbleiblich mit einer so langen Reise verbunden sind, langte er im besten Wohlsein in der Herberge an, wo Husein und Ali ihn erwarteten. Der Prinz Ali, der etwas früher als Ahmed angekommen war und den Prinzen Husein dort schon antraf, hatte denselben gefragt, wie lange er schon da sei. Als er nun hörte, daß es demnächst drei Monate sein werden, hatte er zu ihm gesagte: »Demnach mußt du nicht weit gekommen sein.« – »Ich will jetzt«, antwortete Husein, »nichts von dem Orte sagen, wo ich war, doch kann ich dich so viel versichern, daß ich mehr als drei Monate gebraucht habe, um dahin zu gelangen.« – »Wenn das der Fall ist«, sagte darauf der Prinz Ali, »so kannst du dich nicht lange daselbst aufgehalten haben.« – »Lieber Bruder«, antwortete Husein, »du täuschest dich. Ich war vier bis fünf Monate dort und hätte sehr leicht noch länger bleiben können.« – »Wofern du nicht etwa zurückgeflogen bist«, erwiderte Ali, »begreife ich nicht, wie du mich überreden willst, daß du schon drei Monate hier seist.« – »Ich habe dir die Wahrheit gesagt«, sagte Prinz Husein, »aber das Rätsel werde ich erst bei der Ankunft unseres Bruders Ahmed lösen, und dann werde ich dir auch die Seltenheit zeigen, die ich von meiner Reise mitgebracht habe. Was dich betrifft, so weiß ich nicht, was du mitgebracht hast, aber es scheint nichts Bedeutendes zu sein. Wenigstens sieht man deinem Reisegepäck keinen großen Zuwachs an.« – »Und was dich betrifft«, erwiderte Ali, »so bemerke ich weiter nichts, als den unscheinbaren Teppich da, womit dein Sofa bedeckt ist, und könnte dir also, wie mir's scheint, deinen Spott zurückgeben. Da du indes aus deiner Seltenheit ein

Geschichte des Prinzen Ahmed und der Fee Pari Banu

Geheimnis machen zu wollen scheinst, so wirst du mir nicht übel nehmen, wenn ich in betreff der meinigen das gleiche tue.« Darauf erwiderte der Prinz Husein: »Ich bin so vollkommen überzeugt, daß die Seltenheit, die ich mitgebracht habe, jeder andern, welcher Art sie auch sein mag, unendlich vorzuziehen ist, daß ich sie dir wohl zeigen könnte; denn sobald ich dir ihre Vortrefflichkeit auseinandersetzen würde, könntest du nicht umhin, mit mir übereinzustimmen. Ich brauche durchaus nicht zu fürchten, daß die deinige ihr vorgezogen werden dürfte. Indes halte ich es doch für passend, die Ankunft unseres Bruders Ahmed abzuwarten; dann können wir einander mit mehr Einsicht und Anstand das Glück mitteilen, das jedem von uns zuteil geworden ist.« Der Prinz Ali wollte mit seinem Bruder nicht länger wegen der Vortrefflichkeit der von ihm mitgebrachten Seltenheit rechten, sondern begnügte sich mit der Überzeugung, daß, wenn das Rohr, welches er vorzuzeigen hatte, auch nicht gerade den Vorzug verdienen sollte, es doch wenigstens nicht zurückstehen könne, und so verabredete er sich denn mit ihm, das Vorzeigen desselben bis zur Ankunft des Prinzen Ahmed aufzuschieben.

Als Ahmed endlich eingetroffen war und die drei Brüder einander zärtlich umarmt und zu dem fröhlichen Wiedersehen an demselben Orte, wo sie sich getrennt, Glück gewünscht hatten, nahm der Prinz Husein, als der älteste, das Wort und sprach also: »Liebe Brüder, wir werden noch Zeit genug übrig haben, um uns über die einzelnen Umstände unserer Reise zu unterhalten. Vorderhand wollen wir nur davon reden, was zu wissen uns am meisten frommt, und da ihr euch des Hauptbeweggrundes zur Reise gewiß noch so gut erinnern werdet, als ich, so wollen wir einander nicht verbergen, was wir mitgebracht haben, sondern ein jeder lasse das Seinige sehen, damit wir schon zum voraus darüber sprechen und urteilen mögen, wem von uns der Sultan, unser Vater, wohl den Vorzug geben wird. Um euch mit gutem Beispiel voranzugehen«, fuhr der Prinz Husein fort, »so wißt, daß die Seltenheit, die ich von meiner Reise in das Königreich Bisnagar mitgebracht habe, in dem Teppich besteht, worauf ich sitze. Er sieht freilich sehr gewöhnlich und unscheinbar aus; wenn ich euch aber seine Eigenschaft auseinandergesetzt haben werde, dann werdet ihr euch gewaltig verwundern und selbst eingestehen müssen, daß ihr nie von etwas Ähnlichem gehört habt. Denn in der Tat, man darf sich nur, wie wir eben jetzt sind, darauf setzen und an irgend einen, wenn auch noch so entfernten, Ort hinwünschen, so ist man fast im Augenblicke dort. Ich habe es selbst versucht, ehe ich die vierzig Beutel, die er mich kostet, bezahlte, und ich muß gestehen, daß der Kauf mich nicht reut: denn als ich meine Neugierde am Hofe von Bisnagar befriedigt hatte und zurückzukehren wünschte, bedurfte ich keines andern Fuhrwerks, als dieses Wunderteppichs, um mich und meinen Bedienten hierher zu bringen. Dieser kann euch sagen, wie viel Zeit ich dazu gebraucht habe. Wenn ihr es übrigens wünscht, so will ich euch beiden ebenfalls eine Probe zeigen. Indes erwarte ich jetzt, daß ihr mir sagt, ob das, was ihr mitgebracht habt, mit meinem Teppich einen Vergleich aushalten kann.«

Mit diesen Worten schloß der Prinz Husein seine Lobrede auf die Vortrefflichkeit des Teppichs, worauf der Prinz Ali folgendermaßen das Wort ergriff: »Lieber Bruder, ich muß gestehen, daß dein Teppich zu den bewundernswürdigsten Dingen gehört, die man sich nur denken kann, denn ich zweifle nicht, daß er die Eigenschaft besitzt, die du von ihm gerühmt hast. Übrigens wirst du zugeben müssen, daß es auch noch andere, ich will nicht sagen bewundernswürdigere, aber doch wenigstens ebenso erstaunenswürdige Dinge geben kann. Zum Beispiel dieses elfenbeinerne Rohr da erscheint auf den ersten Anblick auch nicht als eine Seltenheit, die große Aufmerksamkeit verdiente. Ich habe es indes ebenso teuer bezahlt, wie du deinen Teppich, und bin mit meinem Kauf nicht minder zufrieden, als du mit dem deinigen. Bei der Billigkeit deiner Gesinnungen wirst du mir bald zugestehen, daß ich damit nicht betrogen worden bin, wenn du dich durch einen eigenen Versuch überzeugt haben wirst, daß man nur oben oder unten hineinzusehen braucht, um alles zu erblicken, was man nur irgend wünscht. Ich verlange nicht, daß du mir auf mein bloßes Wort glaubst«, fügte der Prinz Ali hinzu, indem er ihm das Rohr überreichte; »hier ist es, überzeuge dich, daß ich nicht gelogen habe.« Der Prinz Husein nahm das elfenbeinerne Rohr aus der Hand seines Bruders, hielt ein Ende davon an sein Auge und wünschte die Prinzessin Nurunnihar zu sehen, um zu erfahren, wie sie sich befinde. Seine Brüder Ali und Ahmed, welche die Augen auf ihn geheftet hatten, gerieten in das größte Erstaunen, als sie ihn auf einmal die Farbe verändern sahen, und zwar auf eine Weise, welche die höchste Bestürzung und schwere Betrübnis verriet. Der Prinz Husein ließ ihnen keine Zeit, nach der Ursache zu fragen, sondern rief aus: »Ach, meine Brüder, wir haben alle drei vergeblich diese beschwerliche Reise unternommen in der Hoffnung, durch den Besitz der reizenden Nurunnihar dafür belohnt zu werden: die liebenswürdige Prinzessin wird in wenigen Augenblicken nicht mehr am Leben sein. Ich sah sie soeben in ihrem Bette, umgeben von ihren Frauen und Verschnittenen, welche alle in Tränen schwimmen und nur noch ihren letzten Seufzer zu erwarten scheinen. Da nehmt, sehet sie selbst in diesem erbarmungswürdigen Zustande, und vereinigt eure Tränen mit den meinigen.« Der Prinz Ali nahm das elfenbeinerne Rohr aus der Hand seines Bruders, und nachdem er mit tiefem Herzeleid dasselbe erblickt hatte, gab er es weiter an den Prinzen Ahmed, damit dieser ebenfalls das traurige und betrübende Schauspiel, welches alle gleich nahe anging, betrachten möchte.

Als der Prinz Ahmed das Rohr aus den Händen seines Bruders Ali empfangen und beim Hineinsehen ebenfalls die Prinzessin Nurunnihar am Rande des Todes erblickt hatte, nahm er das Wort und sagte zu den beiden andern Prinzen: »Brüder, die Prinzessin Nurunnihar, der Gegenstand unserer gemeinsamen Wünsche, befindet sich allerdings in einem Zustande, der dem Tode sehr nahe ist. Indes glaube ich, daß es wohl noch möglich ist, den Augenblick des Todes von ihr zu entfernen, wenn wir nur keine Zeit verlieren.« Zugleich zog der Prinz Ahmed den künstlichen Apfel, den er angekauft, aus seinem Busen, zeigte ihn seinen Brüdern und sagte zu ihnen: »Dieser Apfel hier hat mich ebensoviel gekostet, wie euch der Teppich oder das elfenbeinerne Rohr, das ihr von der Reise mitgebracht habt. Da sich nun eine so günstige Gelegenheit zeigt, seine Wunderkraft euch zu beweisen, reuen mich die vierzig Beutel, die ich dafür ausgegeben habe, wahrlich nicht. Um euch nicht länger in gespannter Erwartung zu erhalten: er hat die Kraft, daß ein Kranker, selbst wenn er schon in den letzten Zügen liegt, durch das bloße Riechen daran auf der Stelle seine Gesundheit wieder erlangt; der Versuch, den ich selbst angestellt habe, läßt mich nicht daran zweifeln; jetzt aber kann ich euch seine Heilkraft an der Prinzessin Nurunnihar beweisen, wenn wir nur die nötige Eile anwenden, um ihr zu helfen.« – »In diesem Fall«, versetzte der Prinz Husein, »können wir nichts Besseres tun, als uns vermittelst meines Teppichs sogleich ins Zimmer der Prinzessin versetzen zu lassen. Laßt uns keine Zeit verlieren, kommt und setzt euch mit mir hierher; er ist groß genug, um uns alle drei mit Bequemlichkeit aufzunehmen. Vor allen Dingen aber wollen wir unsern Bedienten befehlen, daß sie sogleich mit einander abreisen und uns im Palast aufsuchen sollen.« Nachdem sie diesen Befehl gegeben hatten, setzten sich die Prinzen Ali und Ahmed zu ihrem Bruder Husein auf den Teppich, und da ihnen allen drei nur eines am Herzen lag, so hatten sie auch den gemeinschaftlichen Wunsch, ins Zimmer der Prinzessin Nurunnihar versetzt zu werden. Ihr Wunsch ging in Erfüllung, und sie wurden so schnell dahin versetzt, daß sie sich an dem erwünschten Orte sahen, ohne irgend eine Bewegung bemerkt zu haben.

Die unerwartete Erscheinung der drei Prinzen erschreckte die Frauen und die Verschnittenen der Prinzessin, welche nicht begreifen konnten, durch welche Zauberei auf einmal drei Männer sich in ihrer Mitte befanden. Im Anfang erkannten sie die Prinzen nicht einmal, und schon waren die Verschnittenen im Begriff, auf die Fremdlinge, die sich in einen ihnen durchaus unerlaubten Ort eingedrängt hatten, loszustürzen; als sie ihren Irrtum einsahen und die Prinzen begrüßten.

Kaum hatte Prinz Ahmed die sterbende Nurunnihar erblickt, als er rasch mit seinen Brüdern vom Teppich aufstand, sich dem Bette näherte und ihr den Wunderapfel unter die Nase hielt. Einige Augenblicke nachher schlug die Prinzessin die Augen auf, wandte den Kopf nach beiden Seiten, sah die Umstehenden an, setzte sich dann auf und verlangte mit derselben Unbefangenheit und Klarheit, als ob sie bloß von einem langen Schlaf erwachte, angekleidet zu werden. Ihre Frauen sagten ihr nun sogleich voll Freude, daß sie den drei Prinzen, ihren Vettern, und hauptsächlich dem Prinzen Ahmed, ihre plötzliche Wiederherstellung verdanke. Sie bezeigte ihnen daher ihre Freude, sie wiederzusehen, und stattete ihnen insgesamt, und dem Prinzen Ahmed insbesondere ihren Dank ab. Da sie angekleidet zu werden wünschte, sagten die Prinzen nur mit wenigen Worten, wie sehr sie sich glücklich schätzten, noch zu rechter Zeit angelangt zu sein, um insgesamt zu ihrer Rettung aus der augenscheinlichsten Lebensgefahr beitragen zu können. Hierauf entfernten sie sich, nachdem sie noch ihre glühenden Wünsche für die lange Dauer ihres Lebens ausgesprochen hatten.

Während die Prinzessin sich ankleidete, gingen die Prinzen unmittelbar von den Gemächern derselben nach den Zimmern des Sultans, ihres Vaters, um sich ihm zu Füßen zu werfen und ihm ihre Ehrfurcht zu bezeigen. Als sie vor ihm erschienen, fanden sie, daß der Oberste der Verschnittenen der Prinzessin ihnen bereits zuvorgekommen war, und sowohl ihre unvermutete Ankunft, als auch die durch sie erfolgte vollständige Heilung der Prinzessin gemeldet hatte. Der Sultan empfing und umarmte sie daher um so freudiger, als er im Augenblick des Wiedersehens die frohe Kunde erhielt, daß die Prinzessin, seine Nichte, die er wie sein eigen Kind liebte, nachdem sie von den Ärzten bereits aufgegeben worden, auf eine so wunderbare Weise ihre Gesundheit wieder erlangt habe. Nach den bei solchen Gelegenheiten gewöhnlichen Begrüßungen überreichte jeder der Prinzen die Seltenheit, die er mitgebracht hatte: Der Prinz Husein seinen Teppich, der Prinz Ali das elfenbeinerne Rohr und Prinz Ahmed den künstlichen Apfel. Jeder pries sein Stück, und nachdem sie ihm der Reihe nach alle drei Sachen eingehändigt hatten, baten sie ihn, zu entscheiden, welches er für das vorzüglichste halte, und auf die Art zu erklären, wem von ihnen dreien er seinem Versprechen gemäß die Prinzessin Nurunnihar zur Frau gebe.

Nachdem der Sultan von Indien alles, was die Prinzen zum Lobe ihrer Seltenheiten vorbrachten, sehr wohlwollend und ohne Unterbrechung angehört, und sich sofort nach den näheren Umständen bei der Heilung der Prinzessin Nurunnihar erkundigt hatte, schwieg er eine Weile lang still, als überlegte er, was er antworten sollte. Endlich brach er dieses Stillschweigen und hielt folgende sehr weise Rede: »Liebe Söhne, ich würde mich sehr gern für einen von euch entscheiden, wenn ich es mit Gerechtigkeit tun könnte; aber überlegt selbst, ob es mir möglich ist. Dir, o Ahmed, und deinem künstlichen Apfel verdankt die Prinzessin allerdings ihre Wiederherstellung; aber, ich frage dich, ob du dies hättest tun können, wenn du nicht durch Alis elfenbeinernes Rohr die Gefahr, worin sie schwebte, erfahren hättest und durch Huseins Teppich in den Stand gesetzt worden wärest, noch zu rechter Zeit zu Hilfe zu kommen? Dein elfenbeinernes Rohr, o Ali, hat sowohl dir, als deinen Brüdern die Kunde verschafft, daß ihr auf dem Punkte standet, die Prinzessin, eure Muhme, zu verlieren, und es ist wahr, daß sie dir deswegen zu großem Danke verpflichtet ist. Auf der andern Seite wirst du aber auch zugeben, daß dir diese Kunde allein, ohne den künstlichen Apfel und den Teppich, nichts genützt haben würde. Was endlich dich betrifft, Husein, so würde es sehr unrecht von der Prinzessin sein, wenn sie sich nicht wegen deines Teppichs, der zu ihrer Wiederherstellung so notwendig war, zu großem Danke gegen dich verpflichtet fühlte; du mußt aber wohl bedenken, daß er dir hierbei durchaus von keinem Nutzen gewesen wäre, wenn du nicht durch Alis elfenbeinernes Rohr ihre Krankheit erfahren und Ahmed sie nicht durch seinen Wunderapfel geheilt hätte. Da nun also weder der Teppich, noch das elfenbeinerne Rohr, noch der künstliche Apfel irgend einem auch nur den mindesten Vorzug vor den anderen verliehen, sondern ihr im Gegenteil dadurch alle ganz und gar gleich gestellt seid, und da ich die Prinzessin Nurunnihar nur einem geben kann, so seht ihr selbst, daß die einzige Frucht eurer Reise die Ehre ist, auf gleiche Weise zur Wiederherstellung ihrer Gesundheit beigetragen zu haben. »Wenn dies nun so ist«, fuhr der Sultan fort, »so werdet ihr einsehen, daß ich zu einem andern Mittel greifen muß, um bei der Wahl unter euch Dreien ein entscheidendes Wort zu reden. Da wir noch mehrere Stunden haben, bis es Nacht wird, so will ich es heute noch tun. Geht, nehmt jeder einen Bogen und einen Pfeil und begebt euch vor die Stadt hinaus auf die große Ebene, wo die Pferde zugeritten werden, ich werde ebenfalls dahinkommen und erkläre, daß ich die Prinzessin Nurunnihar demjenigen zur Frau gebe, welcher am weitesten schießen wird.« Übrigens kann ich bei dieser Gelegenheit nicht umhin, euch insgesamt und jedem insbesondere für das Geschenk zu danken, das ihr mir mitgebracht habt. Ich besitze mancherlei Seltenheiten in meiner Sammlung, aber keine vor allem kommt an Merkwürdigkeit dem Teppich, dem elfenbeinernen Rohr und dem künstlichen Apfel gleich,

womit ich sie jetzt vermehren und bereichern will. Diese drei Stücke werden die erste Stelle darin einnehmen, und ich werde sie aufs sorgfältigste aufbewahren, nicht bloß wegen ihrer Merkwürdigkeit, sondern auch, um bei Gelegenheit nützlichen Gebrauch davon zu machen.«

Die drei Prinzen konnten gegen diese Entscheidung ihres Vaters nichts einwenden. Als sie sich von seinem Angesicht entfernt hatten, brachte man jedem von ihnen einen Bogen und einen Pfeil, was sie sofort einem ihrer Diener, die sich auf die Nachricht von ihrer Rückkehr sogleich versammelt hatten, einhändigten; und nun begaben sie sich, von einer unzähligen Menge Volks begleitet, auf die Ebene, wo die Pferde zugeritten werden. Der Sultan ließ nicht lange auf sich warten, und als er angekommen war, nahm der Prinz Husein, als der Älteste, Pfeil und Bogen und schoß zuerst. Darauf schoß der Prinz Ali, und man sah seinen Pfeil viel weiter fliegen und hinfallen, als den des Prinzen Husein. Zuletzt schoß der Prinz Ahmed, aber man verlor seinen Pfeil aus dem Gesicht und niemand sah ihn niederfallen. Man eilte hin und suchte, allein so viele Sorgfalt auch alle Anwesenden, sowie der Prinz Ahmed selbst anwandten, der Pfeil war weder in der Nähe, noch in der Ferne zu finden. Obwohl man nun glauben mußte, daß er am weitesten geschossen und so die Prinzessin Nurunnihar verdient habe, war dennoch, um die Sache augenscheinlich und gewiß zu machen, die Auffindung des Pfeiles notwendig, und der Sultan ermangelte nicht, trotz aller Gegenvorstellungen Ahmeds, sich zugunsten des Prinzen Ali zu entscheiden. Er gab nun sogleich Befehl, die nötigen Anstalten zur Hochzeitsfeier zu treffen, und wenige Tage darauf wurde die Vermählung mit vieler Pracht gefeiert.

Der Prinz Husein beehrte das Fest nicht mit seiner Gegenwart. Da seine Liebe zur Prinzessin Nurunnihar sehr feurig und herzlich war, fühlte er sich nicht stark genug, um mit Gleichmut die Kränkung zu ertragen, sie in die Arme des Prinzen Ali führen zu sehen, der, wie er sagte, sie nicht mehr verdiente und in keinem Fall heißer liebte, als er. Ja, die Sache verdroß ihn dermaßen, daß er den Hof verließ, auf sein Recht der Thronfolge Verzicht leistete und Derwisch wurde. Er ging zu einem sehr berühmten Scheich in die Lehre, der wegen seines musterhaften Lebenswandels in großem Rufe stand und mit seinen zahlreichen Schülern in einer anmutigen Einöde wohnte.

Der Prinz Ahmed wohnte aus demselben Grunde, wie sein Bruder Husein, der Hochzeit des Prinzen Ali und der Prinzessin Nurunnihar nicht bei, ohne jedoch, wie jener, der Welt deshalb zu entsagen. Da er nicht begreifen konnte, wie sein Pfeil sozusagen unsichtbar geworden sein sollte, entfernte er sich von seinen Leuten, mit dem festen Vorsatz, ihn so sorgfältig aufzusuchen, daß er sich keine Vorwürfe zu machen hätte, und begab sich an die Orte, wo die Pfeile der Prinzen Husein und Ali aufgehoben worden waren. Von da ging er in gerader Richtung vorwärts, und indem er rechts und links blickend suchte, war er endlich so weit gekommen, daß er einsah, alle seine Mühe sei vergebens. Indes fühlte er sich unwillkürlich weiter gezogen und setzte seinen Weg fort, bis er zu sehr hohen Felsen kam, bei denen er seitwärts hätte ablenken müssen, wenn er noch weiter hätte gehen wollen. Die Felsen waren außerordentlich steil und lagen in einer unfruchtbaren Gegend, etwa vier Stunden von dem Ort, von wo er ausgegangen war. Als Ahmed näher zu diesem Felsen hintrat, bemerkte er einen Pfeil, hob ihn auf, betrachtete und erkannte ihn zu seiner großen Verwunderung als denjenigen, welchen er abgeschossen hatte. »Er ist es wirklich«, sagte er bei sich selbst, »aber weder ich, noch irgend ein Sterblicher auf der ganzen Welt kann die Kraft haben, einen Pfeil so weit zu schießen!« Da er ihn auf der Erde liegend und nicht mit der Spitze darin feststeckend gefunden hatte, so schloß er, daß er an den Felsen geflogen und von da zurückgeprallt sei. »Eine seltsame Sache!« dachte er; »da muß irgend ein Geheimnis dahinter stecken, und dies Geheimnis kann für mich nur vorteilhaft sein. Nachdem das Schicksal mich so sehr betrübt und desjenigen Gutes beraubt hat, von dem ich hoffte, es werde das Glück meines Lebens werden, so hat es mir zu meinem Troste vielleicht irgend ein anderes vorbehalten.«

Da die Außenseite der Felsen mehrere vorspringende Spitzen und dann wieder mehrere tief sich hineinziehende Schluchten hatte, trat der Prinz unter solchen Gedanken in eine der Vertiefungen hinein, und indem er seine Augen von einem Winkel zum andern gehen ließ, entdeckte er eine eiserne Tür, an der aber kein Schloß zu sehen war.

Er fürchtete, sie möchte wohl verschlossen sein; als er aber daran stieß, öffnete sie sich nach Innen zu, und er erblickte einen sanft abschüssigen Weg, ohne Stufen, den er sofort, mit dem Pfeile in der Hand, hinabstieg. Im Anfang glaubte er in tiefe Finsternis zu geraten, allein bald trat an die Stelle des Lichts, das er verließ, ein anderes, weit helleres, und nach fünfzig bis sechzig Schritten gelangte er auf einen geräumigen Platz, wo er einen prachtvollen Palast erblickte, dessen wundersamen Bau er aber nicht Zeit hatte, genau zu betrachten; denn in demselben Augenblick trat eine Frau von majestätischer Gestalt und Haltung und einer Schönheit, welche durch den Reichtum ihrer Kleider und den Schmuck der funkelnden Edelsteine nicht höher gehoben werden konnte, unter der Vorhalle heraus, begleitet von einer Anzahl von Frauen, unter denen sie leicht als die Gebieterin zu erkennen war. Als der Prinz Ahmed die schöne Frau bemerkte, beschleunigte er seine Schritte, um ihr seine Ehrfurcht zu bezeigen, und die Frau, die ihn kommen sah, rief ihm entgegen. »Tritt näher, Prinz Ahmed, du bist willkommen.«

Die Überraschung des Prinzen war nicht gering, als er seinen Namen in einer Gegend nennen hörte, von welcher er noch nie das geringste vernommen hatte, obwohl diese Gegend so nahe an der Hauptstadt des Sultans, seines Vaters, war, und er konnte nicht begreifen, wie er einer Frau bekannt sein solle, die er selbst durchaus nicht kannte. Endlich warf er sich ihr zu Füßen, und als er wieder aufgestanden war, redete er sie folgendermaßen an: »Edle Frau, bei meiner Ankunft an einem Ort, wo ich fürchten mußte, durch unüberlegten Vorwitz hingelockt zu sein, danke ich dir tausendmal für deine Versicherung, daß ich willkommen sei. Aber, edle Frau, wirst du es nicht für unhöflich halten, wenn ich dich frage, durch welchen seltsamen Zufall es kommt, daß ich dir nicht unbekannt bin, während ich selbst bis auf diesen Augenblick nie etwas von dir erfahren hatte, obgleich du ganz in unserer Nachbarschaft wohnst?« – »Prinz«, antwortete die schöne Frau, »laß uns in den Saal treten; dort werde ich deine Fragen mit größter Bequemlichkeit für dich und mich beantworten.«

Mit diesen Worten führte die schöne Frau den Prinzen Ahmed in einen Saal von wundervollem Bau. Das Gold und das Himmelblau, womit das kuppelförmige Gewölbe geschmückt war, sowie die unschätzbare Pracht der Gerätschaften erschien ihm so neu, daß er seine Verwunderung darüber nicht verbergen konnte und laut ausrief, er habe noch nie etwas der Art gesehen und glaube nicht, daß irgend etwas auf der Welt diesem nur entfernt gleichkommen könne. »Und dennoch«, erwiderte die schöne Frau, »versichere ich dich, daß dies das geringste Zimmer in meinem Palast ist; du wirst es selbst zugestehen, wenn ich dir die übrigen Gemächer gezeigt haben werde.« Sie stieg sofort einige Stufen hinauf und setzte sich auf ein Sofa, und als der Prinz auf ihre Bitten neben ihr Platz genommen hatte, sagte sie zu ihm: »Prinz, du wunderst dich, wie du sagst, daß ich dich kenne, und du mich nicht; deine Verwunderung wird jedoch bald aufhören, wenn ich dir sage, wer ich bin. Es ist dir ohne Zweifel nicht unbekannt, daß die Welt sowohl von Geistern als von Menschen bewohnt wird, wie ja schon eure Religion euch lehrt. Ich bin die Tochter eines dieser Geister, und zwar eines der mächtigsten und ausgezeichnetsten, und mein Name ist Pari Banu. Du darfst dich also nicht wundern, daß ich dich, deinen Vater, den Sultan, deine beiden Brüder und die Prinzessin Nurunnihar kenne. Ich weiß auch von deiner Liebe und deiner Reise und könnte dir alle einzelnen Umstände derselben wieder erzählen, denn ich war es, die zu Samarkand den künstlichen Apfel, den du gekauft, ausbieten ließ, desgleichen in Bisnagar den Teppich, den der Prinz Husein bekam, und in Schiras das elfenbeinerne Rohr, welches der Prinz Ali mitgebracht hat. Daran magst du zur Genüge erkennen, daß mir nichts von all dem, was dich betrifft, unbekannt ist. Ich will nur noch dies eine hinzufügen, daß du mir ein glücklicheres Los zu verdienen schienest, als den Besitz der Prinzessin Nurunnihar, und daß ich dir den Weg dazu gebahnt habe. Da ich nämlich gerade zugegen war, als du den Pfeil abschossest, den du in der Hand hattest, und ich voraussah, daß er nicht einmal weiter fliegen würde, als der des Prinzen Husein, so faßte ich ihn in der Luft und gab ihm den erforderlichen Schwung, so daß er an die Felsen anprallen mußte, neben denen du ihn gefunden hast. Es wird jetzt bloß noch von dir abhängen, die Gelegenheit, die sich dir darbietet, zu benützen und noch glücklicher zu werden.«

Geschichte des Prinzen Ahmed und der Fee Pari Banu

Da die Fee Pari Banu diese letzten Worte in einem ganz andern Tone aussprach, indem sie den Prinzen Ahmed gar zärtlich anblickte und dann sogleich sittsam errötend die Augen niederschlug, erriet der Prinz sehr leicht, welches Glück sie damit meinte. Er überlegte schnell, daß Nurunnihar nicht mehr die Seinige werden konnte, und daß die Fee Pari Banu sie an Schönheit, Anmut und Holdseligkeit, sowie durch hervorragenden Verstand und unermeßliche Reichtümer, soweit er nämlich aus der Pracht des Palastes darauf schließen konnte, unendlich weit übertraf. So segnete er den Augenblick, da ihm der Gedanke gekommen war, seinen Pfeil zum zweitenmal zu suchen. Indem er sich daher ganz der Neigung hingab, die ihn zu dem neuen Gegenstand seines Herzens hinzog, antwortete er ihr also: »Edle Frau, wenn ich mein ganzes Leben lang nur das Glück hätte, dein Sklave und der Bewunderer all dieser Reize zu sein, die mich mir selbst entrücken, so würde ich mich für den glückseligsten aller Sterblichen halten. Verzeih mir meine Kühnheit, wenn ich es wage, dich um diese Gunst zu bitten, und verschmähe es nicht, an deinem Hofe einen Prinzen zuzulassen, der sich ganz deinem Dienste widmen will.« »Prinz«, erwiderte die Fee, »da ich schon lange Zeit schalten und walten kann, wie ich will, und von der Vormundschaft meiner Eltern frei bin, so will ich dich nicht als Sklaven an meinem Hofe aufnehmen, sondern als Herrn meiner Person und alles dessen, was mir gehört, wofern du mir nämlich Treue geloben und mich zu deiner Gemahlin annehmen willst. Ich hoffe, du wirst es mir nicht übel deuten, daß ich dir mit diesem Anerbieten zuvorkomme. Wie gesagt, ich hänge von niemandes Willen ab, und füge bloß noch hinzu, daß es bei uns Feen nicht ist wie bei den Frauen unter den Menschen, welche dergleichen Anerbieten nicht zu machen pflegen und sie sogar für unverträglich mit ihrer Ehre halten würden. Wir dagegen tun es und denken, daß man uns Dank dafür schuldig ist.«

Der Prinz Ahmed antwortete nichts mehr auf diese Rede der Fee, aber durchdrungen von Dankbarkeit glaubte er diese nicht besser an den Tag legen zu können, als wenn er sich näherte, um den Saum ihres Kleides zu küssen. Sie ließ ihm indessen nicht Zeit dazu, sondern reichte ihm ihre Hand, die er küßte, und indem sie nun die seinige festhielt und sie drückte, sagte sie zu ihm: »Prinz Ahmed, willst du mir nicht Treue geloben, wie ich dir gelobt habe?« – »Ach, edle Frau«, erwiderte der Prinz voll Freude und Entzücken, »was könnte ich wohl Besseres und Angenehmeres tun! Ja, meine Sultanin, meine Königin, ich weihe dir mein Herz und meine Hand zu ewigem Dienste.« – »Wenn das ist«, antwortete die Fee, »so bist du mein Gemahl und ich deine Gemahlin. Die Ehen werden bei uns ohne weitere Zeremonien geschlossen, sind aber weit fester und unauflöslicher, als die der Menschen, ungeachtet diese eine Menge Förmlichkeiten dabei haben. Während man nun«, fuhr sie fort, »für heute abend die Anstalten zu unserm Hochzeitsmahle trifft, will ich dir, da du offenbar heute noch nichts zu dir genommen hast, vorerst einen leichten Imbiß vorsetzen lassen, und dann werde ich dir die Zimmer meines Palastes zeigen, damit du selbst entscheiden magst, ob es wahr ist, was ich dir sagte, daß nämlich dieser Saal gerade das schlechteste Zimmer ist.« Einige der Frauen der Fee, die bei ihr im Saale waren, hatten kaum ihre Absicht vernommen, als sie hinausgingen, um bald darauf mit mehreren Speisen und trefflichem Weine zurückzukehren.

Als der Prinz Ahmed zur Genüge gegessen und getrunken hatte, führte ihn die Fee Pari Banu von einem Zimmer ins andere, und er sah darin Diamante, Rubine, Smaragde und alle Arten der feinsten Edelsteine, nebst Perlen, Achat, Jaspis, Porphyr und dem kostbarsten Marmor von allen Gattungen angebracht, ohne von den Zimmergerätschaften zu sprechen, die einen unschätzbaren Wert hatten. Überdies war alles in so erstaunlichem Überfluß vorhanden, daß der Prinz erklärte, er habe in seinem Leben nie etwas Ähnliches gesehen, und es könne auf der ganzen Welt nichts der Art mehr geben. »Prinz«, sagte hierauf die Fee, »da du meinen Palast, der allerdings große Schönheiten hat, so sehr bewunderst, was würdest du erst von den Palästen unserer Geisterfürsten sagen, die alle noch weit schöner, geräumiger und prachtvoller sind! Ich könnte dich auch noch meinen Garten bewundern lassen, allein das kann ja auch ein anderes Mal geschehen. Die Nacht ist im Anzug, und es ist Zeit, daß wir uns zu Tische setzen.«

Der Saal, in welchen die Fee nunmehr den Prinzen führte und wo sie die Tafel hatte decken lassen, war das letzte Zimmer im Palaste, und zugleich das einzige, das der Prinz noch nicht gesehen hatte: es stand indes hinter keinem von allen zurück, die er bereits in Augenschein genommen. Gleich beim Hineintreten bewunderte er den Lichtglanz unzähliger von Ambra duftender Kerzen, die in so schöner und zierlicher Ordnung aufgestellt waren, daß man sie nicht ohne Vergnügen sehen konnte. Ebenso fiel ihm ein großer Schenktisch in die Augen, der mit goldenen Gefäßen besetzt war, die durch ihre kunstreiche Arbeit noch mehr Wert hatten, als durch ihren Stoff; ferner mehrere Frauenchöre von bezaubernder Schönheit und in den prachtvollsten Kleidern, welche so lieblich sangen und so melodisch auf allen möglichen Instrumenten dazu spielten, daß er in seinem Leben nie etwas Schöneres gehört hatte. Sie setzten sich zu Tische; Pari Banu ließ es sich ganz besonders angelegen sein, dem Prinzen Ahmed die köstlichsten Speisen vorzulegen, und nannte ihm dieselben jedesmal, so oft sie ihn aufforderte zuzugreifen, mit Namen, und da der Prinz nie etwas davon gehört hatte und immer ein Gericht wohlschmeckender fand, als das andere, so lobte er alles über die Maßen und rief aus, die gute Mahlzeit, womit sie ihn bewirte, übertreffe bei weitem alles, was man bei den Menschen finde. Ebenso war er ganz entzückt über die Vortrefflichkeit des Weins, welcher aufgetragen wurde, wovon er und die Fee jedoch erst beim Nachtisch, der aus Früchten, Kuchen und andern dazu passenden Speisen bestand, zu trinken anfingen.

Nach dem Nachtisch standen die Fee Pari Banu und der Prinz Ahmed von der Tafel auf, die sogleich weggetragen wurde, und setzten sich dann sehr bequem auf das Sofa, indem sie den Rücken an seidene Polster lehnten, die mit großem, vielfarbigem Blumenwerk, alles von der feinsten Stickerei, bedeckt waren. Sofort trat eine große Anzahl von Geistern und Feen in den Saal und begannen einen reizenden Tanz, der so lange dauerte, bis die Fee und der Prinz Ahmed aufstanden. Dann tanzten die Geister und Feen zum Saal hinaus und zogen so vor den Neuvermählten her, bis an die Tür des Zimmers, wo das hochzeitliche Lager bereitet war. Als sie da angekommen waren, stellten sie sich in Reihen auf, um das Paar hindurchgehen zu lassen, worauf sie sich entfernten und die beiden allein ließen.

Das Hochzeitsfest dauerte auch am andern Tag noch fort, oder vielmehr die nächstfolgenden Tage waren ein ununterbrochenes Fest, in welches die erfinderische und hochverständige Fee Pari Banu die größte Mannigfaltigkeit zu bringen wußte, durch neue Speisen und Gerichte bei den Mahlzeiten, durch neue musikalische Vergnügungen, neue Tänze, Schauspiele und eine Menge anderer Ergötzlichkeiten, die alle so außerordentlich waren, daß der Prinz Ahmed, und hätte er auch tausend Jahre unter den Menschen gelebt, nie dergleichen hätte erdenken können.

Die Absicht der Fee war nicht bloß, dem Prinzen die deutlichsten Beweise von der Aufrichtigkeit ihrer Liebe und herzlichen Zuneigung zu geben, sondern sie wollte ihm dadurch auch recht fühlbar machen, daß er sich nun gänzlich an sie anschließen und nie mehr von ihr trennen solle, da er am Hofe des Sultans, seines Vaters, keine Ansprüche mehr zu machen hatte, und an keinem Ort der Welt, um von ihrer Schönheit und Reizen zu schweigen, irgend etwas hätte finden können, was mit dem Glück, das er bei ihr genoß, vergleichbar wäre. Dies gelang ihr auch vollkommen; die Liebe des Prinzen Ahmed wurde durch ihren vollständigen Besitz nicht nur nicht vermindert, sondern stieg vielmehr bis zu einem so hohen Grade, daß es nicht mehr in seiner Macht stand, von seiner Liebe zu ihr abzulassen, selbst wenn sie sich jemals hätte entschließen können, gleichgültig gegen ihn zu werden.

Endlich nach Verlauf von sechs Monaten ergriff den Prinzen Ahmed, welcher den Sultan, seinen Vater, immer geliebt und geehrt hatte, gewaltiges Verlangen, etwas von ihm zu erfahren, und da er diesen Wunsch nicht anders befriedigen konnte, als wenn er sich auf einige Zeit entfernte, um in eigener Person Nachrichten einzuziehen, so sprach er eines Tags gelegentlich mit Pari Banu darüber und bat sie, es ihm zu erlauben. Diese Worte beunruhigten die Fee, denn sie fürchtete, es sei bloß ein Vorwand, um sie zu verlassen. Deshalb sprach sie also zu ihm: »Durch was kann ich dir Ursache zur Unzufriedenheit mit mir gegeben haben, daß du dich gedrungen fühlst, mich um diese Erlaubnis zu bitten? Wär's möglich, könntest du dein mir gegebenes Wort vergessen haben und mich nicht mehr lieben, während ich dich so zärtlich und von ganzem Herzen liebe? Wenigstens solltest du davon überzeugt sein, da ich dir unaufhörlich so viele Beweise gebe.« – »Königin meines Herzens!« erwiderte der

Prinz Ahmed, »ich bin von deiner Liebe vollkommen überzeugt, und würde mich ihrer unwürdig machen, wenn ich nicht durch die innigste Gegenliebe meine Dankbarkeit bewiese. Wenn meine Bitte dich beleidigt hat, so bitte ich dich tausendmal um Verzeihung und will dir jede Genugtuung geben, die du verlangen kannst. Ich tat sie nicht, um dich zu kränken, sondern einzig und allein aus Ehrfurcht gegen den Sultan, meinen Vater, den ich von der Betrübnis zu befreien wünschte, in welche ihn meine lange Abwesenheit versetzt haben wird: denn ich glaube, daß er um so größeres Herzeleid darüber empfindet, weil er ohne Zweifel annimmt, ich sei nicht mehr am Leben. Da es dir indes nicht lieb ist, wenn ich hingehe, um ihm diesen Trost zu bereiten, so geschehe dein Wille, und es gibt nichts auf der Welt, was ich nicht zu tun bereit wäre, wenn es sich darum handelt, dir einen Gefallen zu erweisen.«

Der Prinz Ahmed war kein Heuchler: er liebte die Fee in seinem Herzen wirklich so heiß, wie er es versichert hatte, und drang nicht weiter in sie, um die gewünschte Erlaubnis zu erhalten, so daß sie über seine Nachgiebigkeit höchlich erfreut war. Da er indes seinen Plan doch nicht ganz aufgeben konnte, so erzählte er ihr geflissentlich von Zeit zu Zeit von den Eigenschaften des Sultans von Indien und hauptsächlich von den Beweisen seiner Zärtlichkeit, die er ihm insbesondere gegeben, denn er hoffte immer, sie werde sich dadurch endlich erweichen lassen, Die Vermutungen des Prinzen waren gegründet: der Sultan von Indien hatte sich mitten unter den Lustbarkeiten wegen der Vermählung des Prinzen Ali mit der Prinzessin Nurunnihar über die Entfernung seiner beiden anderen Söhne tief bekümmert. Er erfuhr bald, daß der Prinz Husein den Entschluß gefaßt hatte, die Welt zu verlassen, und auch den Ort, den er sich zu seinem künftigen Aufenthalt ausgewählt. Als guter Vater, der einen großen Teil seines Glücks darein setzt, die Kinder, die aus seinen Lenden hervorgegangen sind, recht oft um sich zu haben, zumal wenn sie sich seiner Zärtlichkeit würdig zeigen, hätte er es freilich lieber gesehen, wenn er am Hof und in seiner Nähe geblieben wäre; da er indes nicht mißbilligen konnte, daß er diesen Stand gewählt hatte, wodurch er sich zu immer höherer Vervollkommnung verpflichtete, schickte er sich mit Geduld in seine Abwesenheit. Dagegen gab er sich alle mögliche Mühe, um Nachrichten von dem Prinzen Ahmed zu erhalten: schickte in alle Provinzen seines Reichs Boten ab und ließ den Statthaltern befehlen, ihn anzuhalten und zur Rückkehr an seinen Hof zu nötigen; allein alle Bemühungen waren vergebens, und sein Kummer wurde von Tag zu Tag größer. Oft besprach er sich darüber mit seinem Großwesir. »Wesir«, sagte er zu ihm, »du weißt, daß Ahmed derjenige von meinen Söhnen ist, den ich immer am zärtlichsten liebte; auch ist dir nicht unbekannt, welche Mittel ich aufgewendet habe, um ihn wieder zu finden, aber ach! alles umsonst. Dies bereitet mir so großes Herzeleid, daß ich ihm am Ende erliegen muß, wenn du nicht Mitleid mit mir hast. Wofern dir meine längere Erhaltung am Herzen liegt, beschwöre ich dich, leihe mir deinen Rat und deinen Beistand.«

Der Großwesir, der ebensowohl der Person des Sultans ergeben, als in Verwaltung der Staatsangelegenheiten eifrig war, sann auf Mittel, ihm einige Beruhigung zu verschaffen, und da fiel ihm eine Zauberin ein, von der man Wunderdinge erzählte. Er machte den Vorschlag, sie kommen zu lassen und um Rat zu fragen. Dem Sultan gefiel dies, und der Großwesir ließ die Frau kommen und schickte sie zu ihm. Der Sultan sagte zur Zauberin: »Der Kummer, worin mich seit der Vermählung meines Sohnes Ali mit der Prinzessin Nurunnihar, meiner Nichte, die Abwesenheit des Prinzen Ahmed versetzt hat, ist so stadt- und landkundig, daß du ohne Zweifel davon wissen wirst. Könntest du mir nicht vermöge deiner Kunst und Geschicklichkeit sagen, was aus ihm geworden ist? Lebt er noch? wo ist er? wie geht es ihm, und darf ich hoffen, ihn je wiederzusehen?« Darauf erwiderte die Zauberin: »Herr, so viel Geschicklichkeit ich auch in meinem Fache haben mag, so ist es mir doch nicht möglich, die Frage meines Herrn und Königs sogleich zu beantworten. Wenn du mir aber bis morgen Zeit vergönnen willst, werde ich dir wohl Bescheid geben können.« Der Sultan gestattete ihr diese Frist und entließ sie mit der Zusicherung, sie gut zu belohnen, wenn die Antwort seinen Wünschen entsprechen würde.

Die Zauberin kam am folgenden Tage wieder, und der Großwesir stellte sie zum zweiten Male vor. Sie sagte zum Sultan: »Herr, so eifrig und gewissenhaft ich auch alle Regeln meiner Kunst befolgt habe, um in Erfahrung zu bringen, was du zu wissen verlangst, so habe ich doch nur so viel ausmitteln können, daß der Prinz Ahmed noch nicht tot ist. Dies ist ganz gewiß; mein Herr und König kann sich darauf verlassen. Was aber den Ort betrifft, wo er sein mag, so war es mir unmöglich, diesen zu entdecken.«

Mit dieser Antwort mußte sich der Sultan von Indien zufrieden geben, obgleich sie ihn über das Schicksal seines Sohnes beinahe in derselben Unruhe ließ, worin er schon lange schwebte.

Um nun auf den Prinzen Ahmed zurückzukommen, so erzählte dieser der Fee Pari Banu so oft und viel von dem Sultan, seinem Vater, ohne jedoch seinen Wunsch in betreff eines Besuchs bei ihm aufs neue zu erwähnen, daß sie gerade dadurch seine wahre Gesinnung erriet. Da sie nun seine Zurückhaltung und Ängstlichkeit, nach jener abschlägigen Antwort abermals ihr Mißfallen zu erregen, bemerkte, so schloß sie daraus erstens, daß seine Liebe zu ihr, wovon er auch bei jeder Gelegenheit unablässig Beweise gab, aufrichtig sei; zweitens bedachte sie in ihrem Innern, wie ungerecht es sein würde, der Zärtlichkeit eines Sohnes gegen seinen Vater Zwang anzutun, wenn sie ihn nötigen wollte, der natürlichen Neigung, die ihn zu jenem hinzog, zu entsagen, und so beschloß sie denn, ihm das zu gestatten, was er offenbar noch immer aufs feurigste wünschte. »Prinz«, sagte sie eines Tags zu ihm, »die Erlaubnis, um die du mich batest, den Sultan, deinen Vater, zu besuchen, hatte mir gerechte Besorgnis eingeflößt, sie möchte für dich bloß ein Vorwand sein, um deine Unbeständigkeit zu beweisen und mich zu verlassen, und ich hatte sonst keinen andern Grund, sie dir abzuschlagen. Heute aber, da ich mich sowohl durch dein Benehmen als durch deine Reden vollkommen überzeugt habe, daß ich mich auf deine Festigkeit, sowie auf die Dauer deiner Liebe verlassen kann, bin ich anderer Ansicht geworden und gewähre dir diese Erlaubnis, jedoch nur unter einer Bedingung: du mußt mir nämlich zuvor schwören, daß deine Abwesenheit nicht lange währen und du bald zu mir zurückkehren willst. Du darfst dich über diese Bedingung nicht ärgern, denn ich mache sie nicht aus Mißtrauen, sondern nur, weil ich zum voraus weiß, da sie dir nach der Überzeugung, die ich soeben von der Aufrichtigkeit deiner Liebe ausgesprochen habe, nicht lästig sein wird.«

Der Prinz Ahmed wollte sich der Fee zu Füßen werfen, um ihr seinen innigen Dank zu bezeigen, allein sie ließ es nicht zu. »Königin meines Herzens«, sagte er zu ihr, »ich erkenne den Wert der Gnade, welche du mir erweisest, in seiner vollen Größe, allein es fehlt mir an Worten, um dir nach Gebühr dafür zu danken. Ich beschwöre dich, ergänze in Gedanken, was ich nicht auszudrücken vermag und sei überzeugt, daß alles, was du dir selbst darüber sagen magst, weit hinter dem zurücksteht, was ich in meinem Herzen empfinde. Du hast sehr recht, wenn du glaubst, daß der Schwur, den du von mir verlangst, mir nicht schwer fallen werde; ich leiste ihn dir um so bereitwilliger, da es mir fortan unmöglich ist, ohne dich zu leben. Ich will also abreisen; aber die Eilfertigkeit, womit ich zurückkehren werde, soll dir beweisen, daß ich es nicht sowohl aus Furcht vor einem Meineid tue, sondern weil es die innerste Neigung meines Herzens ist, mein ganzes Leben an deiner Seite zuzubringen, und wenn ich mich manchmal mit deiner Genehmigung entferne, so werde ich stets durch schnelle Rückkehr dem Kummer zu begegnen wissen, den eine allzu lange Abwesenheit mir verursachen müßte.«

Pari Banu war im Innersten erfreut über diese Versicherung des Prinzen, weil sie dadurch von allem Verdacht gegen ihn und der Furcht befreit wurde, daß sein heftiges Verlangen, den Sultan von Indien zu sehen, nur ein scheinbarer Vorwand sein möchte, das ihr gegebene Wort zu brechen. »Prinz«, sagte sie ihm, »du kannst abreisen, so bald es dir beliebt; nimm mir aber nicht übel, wenn ich dir zuvor einige Winke über die Art und Weise gebe, wie du dich auf dieser Reise am besten benehmen kannst. Fürs erste halte ich es nicht für angemessen, daß du dem Sultan, deinem Vater, von unserer Verbindung oder von meinem Stande, sowie von dem Orte erzählst, wo du dich niedergelassen und seit der Trennung von ihm deinen Aufenthalt genommen hast. Bitte ihn, er möge sich mit der Versicherung begnügen, daß du glücklich seiest und dir nichts mehr wünschest, und der einzige Grund deiner Reise zu ihm die Absicht gewesen sei, ihn von seiner Besorgnis über dein Schicksal zu befreien.« Hierauf gab die Fee dem Prinzen zu seiner Begleitung zwanzig wohlgerüstete und stattliche Reiter. Als alles bereit war, umarmte sie der Prinz Ahmed zum Abschied und erneuerte sein Versprechen, in Bälde zurückzukehren. Man führte ihm das Pferd vor, das sie für ihn hatte satteln lassen, und es war nicht nur aufs kostbarste angeschirrt, sondern auch weit schöner und wertvoller, als irgend eines in den Marställen des Sultans von Indien. Er bestieg es zur großen Freude der Fee mit vielem edlem Anstande, winkte ihr sein letztes Lebewohl zu und sprengte von dannen.

Da der Weg nach der Hauptstadt nicht lang war, war der Prinz Ahmed bald daselbst. Als er zum Tore einzog, empfing ihn das Volk, voll Freude über seinen Anblick, mit lautem Jubelruf und eine Menge Leute zogen ihm nach bis vor den Palast des Sultans. Der Sultan empfing und umarmte ihn ebenfalls mit großer Freude, machte ihm aber väterlich liebevolle Vorwürfe wegen des Kummers, in welchen ihn seine lange Abwesenheit versetzt habe. »Diese Abwesenheit«, fuhr er fort, »war für mich um so schmerzlicher, weil ich seit dem Tage, da der Zufall zu deinem Nachteil und zugunsten deines Bruders Ali entschied, immer fürchtete, du habest dich vielleicht zu irgend einem verzweifelten Schritte hinreißen lassen.« – »Herr«, erwiderte der Prinz Ahmed, »ich überlasse es dir selbst, zu überlegen, ob ich nach dem Verluste Nurunnihars, welche der einzige Gegenstand meiner Wünsche gewesen war, mich entschließen konnte, Zeuge von meines Bruders Glück zu sein. Wenn ich eines so unwürdigen Betragens fähig gewesen wäre, was würde man bei Hof und in der Stadt, und was würde mein Herr selbst von meiner Liebe gedacht haben? Die Liebe ist eine Leidenschaft, die man nicht von sich abschütteln kann, sobald man will. Sie beherrscht und bemeistert uns; ja, ein wahrhaft Liebender hat nicht einmal Zeit, von seiner Vernunft Gebrauch zu machen. Mein Herr weiß, daß mir mit dem Pfeile, den ich abschoß, etwas so Außerordentliches begegnete, wie wohl kaum einem andern, daß nämlich dieser Pfeil auf dem ganz ebenen und freien Platze, wo die Pferde zugeritten werden, durchaus nicht mehr aufzufinden war, wodurch ich denn eine Sache verlor, in der meine Liebe so gut Recht verdient hätte, als die meiner beiden Brüder. Besiegt durch die Laune des Zufalls, verschwendete ich meine Zeit nicht mit unnützen Klagen. Um mein Gemüt über diese sonderbare und unbegreifliche Begebenheit zu beruhigen, entfernte ich mich unbemerkt von meinen Leuten und ging allein nach dem Schießplatz zurück, um meinen Pfeil zu suchen. Ich suchte ihn diesseits und jenseits, rechts und links von der Stelle, wo, wie ich wußte, Huseins und Alis Pfeile aufgehoben worden waren, und wohin nach meiner Ansicht auch der meinige gefallen sein mußte; allein vergebens waren alle meine Bemühungen. Dies schreckte mich indes nicht ab, und ich setzte meine Nachforschungen fort, indem ich in gerader Linie nach der Richtung, wo er hingefallen sein mußte, immer weiter vorwärts ging. Schon war ich über eine Stunde lang, immerfort rechts und links hinblickend und mich von Zeit zu Zeit auch noch umdrehend, fortgegangen, so daß mir nicht das geringste, was nur irgend Ähnlichkeit mit einem Pfeile hatte, entgehen konnte, als ich überlegte, mein Pfeil könne unmöglich so weit geflogen sein. Ich blieb stehen und fragte mich selbst, ob ich denn den Verstand verloren und so ganz von Sinnen gekommen sei, daß ich mir Kraft genug zutraue, einen Pfeil nach einer solchen Weite abzuschießen, wie niemals einer unserer ältesten und durch seine Stärke berühmtesten Helden imstande gewesen. Bei solchen Betrachtungen hatte ich gute Lust, mein Unternehmen aufzugeben; als ich aber diesen Entschluß ausführen wollte, fühlte ich mich unwillkürlich weiter fortgezogen, und nachdem ich vier Stunden weit gegangen und an den Ort gekommen war, wo die Ebene von Felsen begrenzt wird, bemerkte ich einen Pfeil. Ich eilte hin, hob ihn auf und erkannte ihn für den, welchen ich abgeschossen hatte, der aber weder am rechten Ort, noch zu rechter Zeit aufgefunden worden war. Statt nun die Entscheidung, die mein Herr zugunsten des Prinzen Ali getan, als eine Ungerechtigkeit gegen mich zu betrachten, legte ich das, was mir hier zustieß, ganz anders aus, und zweifelte nicht daran, es werde irgend ein für mich vorteilhaftes Geheimnis dahinter stecken, und ich müsse alles aufbieten, mir darüber Aufklärung zu verschaffen; die ich auch fand, ohne mich zu weit von dem Orte zu entfernen. Indes ist dies ein neues Geheimnis, und ich muß meinen Herrn und König bitten, es nicht übel zu deuten, wenn ich darüber stillschweige, und meiner Versicherung zu glauben, daß ich glücklich und mit meinem Schicksal vollkommen zufrieden bin. Da mich in meinem Glücke nichts zu beunruhigen und zu stören vermochte, als der Gedanke, daß mein Herr sich über mein Verschwinden vom Hof und über mein Schicksal bekümmern werde, hielt ich

es für meine Pflicht, hierher zu kommen, um dich von dieser Unruhe zu befreien. Dies ist der einzige Grund, der mich zu dir führt, und die einzige Gnade, die ich von meinem Herrn erbitte, ist, daß du mir erlauben mögest, von Zeit zu Zeit zu kommen, um dir meine Ehrfurcht zu bezeigen und mich nach deinem Befinden zu erkundigen.«

»Mein Sohn«, antwortete der Sultan von Indien, »ich kann dir diese Erlaubnis nicht verweigern; obwohl es mir weit lieber gewesen wäre, wenn du dich hättest entschließen können, bei mir zu bleiben. Indes sage mir wenigstens, wo ich Nachrichten von dir erhalten kann, so oft du selbst mir keine zukommen lässest, oder wenn deine Gegenwart einmal nötig sein sollte.« – »Herr«, erwiderte der Prinz Ahmed, »das, worüber du mich fragst, ist ein wichtiger Teil des Geheimnisses, von dem ich bereits gesagt habe. Ich bitte daher meinen Herrn, mir gnädigst zu erlauben, daß ich über diesen Punkt stillschweige; ich werde mich so häufig zur Erfüllung meiner Pflicht einstellen, daß ich eher lästig zu werden fürchte, als dir Veranlassung zu geben, mich der Gleichgültigkeit anzuklagen, im Fall meine Gegenwart einmal nötig werden sollte.«

Der Sultan von Indien drang jetzt nicht weiter in den Prinzen Ahmed, sondern sagte zu ihm: »Mein Sohn, ich verlange nicht, in dein Geheimnis eingeweiht zu werden, und sage dir bloß, daß du mir kein größeres Vergnügen hättest machen können, als du mich besuchtest und mir dadurch wieder einige heitere Stunden bereitetest, wie ich sie lange nicht gehabt habe; auch wirst du jedesmal sehr willkommen sein, so oft du unbeschadet deiner Geschäfte oder Vergnügungen mich besuchen willst.«

Der Prinz Ahmed blieb bloß drei Tage am Hofe des Sultans, seines Vaters, und reiste am vierten in aller Frühe wieder ab. Die Fee Pari Banu war um so erfreuter, ihn wieder zu sehen, als sie die baldige Rückkehr durchaus nicht erwartet hatte, und sie machte sich jetzt in ihrem Innern Vorwürfe, daß sie ihn für fähig gehalten, die Treue, die er ihr schuldete und so feierlich gelobt hatte, zu brechen. Sie verhehlte dies auch dem Prinzen nicht, sondern gestand ihm frei und offen ihre Schwachheit und bat ihn um Verzeihung. Von nun an war die Eintracht der beiden Liebenden so vollkommen, daß, was der eine Teil wollte, sicher auch dem andern angenehm war.

Einen Monat nach der Rückkehr des Prinzen Ahmed fiel es der Fee Pari Banu auf, daß der Prinz, der ihr einen ausführlichen Bericht über seine Reise und seine Gespräche mit dem Sultan, seinem Vater, abstattete, und somit auch erzählt hatte, daß er ihn um Erlaubnis gebeten, ihn von Zeit zu Zeit zu besuchen – daß, sage ich, der Prinz seither mit keiner Silbe mehr des Sultans erwähnte, gleich als ob er nicht mehr auf der Welt wäre, und doch hatte er vorher so oft von ihm gesprochen. Sie dachte nun, er unterlasse es ohne Zweifel aus Rücksicht für sie, und nahm daher eines Tags Gelegenheit, also zu ihm zu sprechen: »Prinz«, fing sie an, »sag einmal, hast du denn den Sultan, deinen Vater, ganz vergessen? Erinnerst du dich nicht mehr, daß du ihm versprochen hast, ihn von Zeit zu Zeit zu besuchen? Ich für meinen Teil habe nicht vergessen, was du mir bei deiner Rückkehr sagtest, und bringe es dir hiermit in Erinnerung, auf daß du nicht länger säumest, dein Versprechen zum ersten Male zu erfüllen.« – »Geliebteste meines Herzens!« antwortete der Prinz Ahmed in demselben heitern Tone wie die Fee, »ich fühle mich einer solchen Vergeßlichkeit durchaus nicht fähig, will aber lieber den unverdienten Vorwurf von dir ertragen, als mich einer abschlägigen Antwort aussetzen, wenn ich zu unrechter Zeit eine Sehnsucht nach etwas blicken ließe, was du vielleicht nicht gerne bewilligtest.« – »Prinz«, sagte die Fee, »ich verlange durchaus nicht, daß du solche Rücksichten gegen mich nimmst, und damit dergleichen nicht wieder vorkomme, so denke ich, da du den Sultan von Indien, deinen Vater, bereits seit einem Monat nicht mehr gesehen hast, solltest du deine Besuche bei ihm nie länger als einen Monat aussetzen. Fange morgen damit an und fahre so von Monat zu Monat fort, ohne daß du mir etwas davon sagst oder eine Äußerung von mir erwartest. Ich genehmige es sehr gern.«

Der Prinz Ahmed reiste schon am folgenden Tage mit demselben Gefolge wieder ab, das aber weit geschmackvoller gekleidet war, und auch er selbst war viel prächtiger ausgerüstet, als das erstemal. Der Sultan empfing ihn abermals mit großer Freude und Vergnügen. So setzte er dann seine Besuche mehrere Monate lang fort, und immer erschien er in einem reicheren und glänzenderen Aufzuge.

Endlich mißbrauchten einige Wesire, welche die Lieblinge des Sultans waren und aus dem Aufwande des Prinzen auf seine Macht und Größe schlossen, die Freiheit, die ihnen gestattet war, mit ihrem Fürsten zu reden, daß sie ihn gegen seinen Sohn einzunehmen suchten. Sie stellten ihm vor, die Klugheit erfordere es, daß er in Erfahrung bringe, wo der Prinz seinen gewöhnlichen Aufenthalt habe, und womit er seinen großen Aufwand bestreite: denn es sei ihm doch weder eine Leibrente, noch ein bestimmter Jahresgehalt angewiesen worden, und er scheine bloß deswegen an den Hof zu kommen, um dem Sultan zu trotzen und zu zeigen, daß er auch ohne seine Geschenke als Prinz leben könne; überhaupt sei zu befürchten, er möchte das Volk aufwiegeln, um ihn frevlerischer Weise zu entthronen. Der Sultan von Indien, der eine zu gute Meinung von dem Prinzen Ahmed hatte, als daß er ihn eines so verbrecherischen Planes, wie seine Günstlinge ihm unterschoben, fähig geglaubt hätte, antwortete ihnen: »Ihr scherzet wohl nur; mein Sohn liebt mich, und ich bin seiner Zärtlichkeit und Treue um so gewisser, da ich mich nicht erinnern kann, ihm jemals den geringsten Anlaß zur Unzufriedenheit gegeben zu haben.« Auf diese letzten Worte bemerkte einer der Günstlinge: »Herr, obgleich du nach dem Urteil aller Verständigen nichts Besseres tun konntest, als du wirklich getan hast, um die drei Prinzen in ihrer Angelegenheit wegen der Prinzessin Nurunnihar zufrieden zu stellen, so kann man doch nicht wissen, ob der Prinz Ahmed sich in die Entscheidung des Zufalls mit derselben Entsagung fügt, als der Prinz Husein. Wie leicht könnte er es sich in den Kopf setzen, er allein verdiene die Prinzessin, und mein Herr habe dadurch, daß er ihm nicht den Vorzug vor den älteren Prinzen gab und die Entscheidung darüber dem Zufall überließ, eine Ungerechtigkeit begangen. Mein Herr wird vielleicht sagen«, fügte der boshafte Günstling hinzu, »der Prinz Ahmed verrate ja durch nichts eine Spur von Unzufriedenheit, unsere Furcht sei unbegründet und voreilig, und es sei unrecht von uns, ihm einen ohne Zweifel grundlosen Verdacht dieser Art gegen einen Prinzen seines Geblüts einflößen zu wollen. Aber, mein Herr und König, vielleicht ist dieser Verdacht auch gut gegründet. Du weißt gar wohl, daß man bei einer so zarten und so wichtigen Angelegenheit immer das sicherste Mittel wählen muß. Bedenke nur, daß der Prinz dich durch seine Verstellung gar leicht ergötzen und hinters Licht führen kann, und daß die Gefahr um so bedenklicher ist, da Ahmed seinen Aufenthalt ganz in der Nähe deiner Hauptstadt zu haben scheint. Denn wenn du ebenso aufmerksam gewesen bist, wie wir, hast du bemerken können, daß jedesmal, so oft er kommt, sowohl er, als seine Leute, ganz frisch und munter, und ihre Kleider, sowie die Decken der Pferde nebst dem übrigen Schmuck, so blank aussehen, als kämen sie eben erst von dem Handwerksmann, der sie verfertigt. Auch ihre Pferde sind so wenig müde, wie wenn sie von einem bloßen Spazierritte kämen. Dies ist ein augenscheinlicher Beweis, daß der Prinz Ahmed ganz in der Nähe wohnt, und wir würden unsere Pflicht nicht zu erfüllen glauben, wenn wir es dir nicht untertänig vorstellten, damit du zu deiner eigenen Erhaltung und zum Wohl deiner Völker die angemessene Rücksicht darauf nehmen mögest.« Als der Günstling seine lange Rede geendet hatte, brach der Sultan dies Gespräch mit den Worten ab: »Dem mag sein, wie ihm wolle, ich glaube nicht, daß mein Sohn Ahmed so schlecht ist, wie ihr mich gerne überreden möchtet; gleichwohl danke ich euch für euern Rat und bin überzeugt, daß ihr ihn mir aus der besten Absicht gegeben habt.« So sprach der Sultan von Indien zu seinen Günstlingen, ohne ihnen zu erkennen zu geben, daß ihre Äußerungen Eindruck auf sein Gemüt gemacht hatten. Dennoch beunruhigte er sich darüber und beschloß, die Schritte des Prinzen Ahmed beobachten zu lassen, ohne jedoch seinem Großwesir ein Wort davon zu sagen. Er beschied die Zauberin zu sich, die durch eine geheime Türe in seinen Palast eingelassen und in sein Zimmer geführt wurde. »Du hast mir«, sagte er zu ihr, »die Wahrheit berichtet, als du mich versichertest, daß mein Sohn Ahmed nicht tot sei, und ich danke dir dafür; jetzt mußt du mir aber noch einen Gefallen tun. Seitdem ich ihn nämlich wiedergefunden habe und er jeden Monat einmal an meinen Hof kommt, war es mir unmöglich, seinen Aufenthalt von ihm zu erfahren, und ich wollte ihm sein Geheimnis auch nicht mit Gewalt ablocken. Indessen halte ich dich für geschickt genug, meiner Neugierde Befriedigung zu verschaffen, ohne daß er selbst oder irgend jemand am Hof etwas davon erfährt. Du weißt, daß er hier ist, und da er gewöhnlich wieder abreist, ohne Abschied von mir oder sonst von jemanden zu nehmen, so verliere keine Zeit, begib dich noch heute auf seinen Weg und beobachte ihn so gut, daß du erfährst, wo er jedesmal hingeht, und mir darüber Bescheid bringen kannst.«

Die Zauberin entfernte sich aus dem Palast, und da man sie belehrte, an welchem Ort der Prinz Ahmed seinen Pfeil gefunden hatte, begab sie sich augenblicklich dahin und versteckte sich in der Nähe der Felsen, so daß sie nicht bemerkt werden konnte. Am andern Morgen reiste der Prinz Ahmed in aller Frühe ab, ohne weder beim Sultan, noch irgend einem andern bei Hof Abschied genommen zu haben, denn dies war so seine Gewohnheit. Die Zauberin sah ihn kommen und begleitete ihn mit den Augen so weit, bis sie ihn samt seinem Gefolge aus dem Gesichte verlor. Da die Felsen so steil waren, daß kein Sterblicher weder zu Fuß, noch zu Roß sie hätte übersteigen können, schloß die Zauberin, hier könnten nur zwei Sachen möglich sein: entweder müsse sich der Prinz in irgend eine Höhle oder an einen unterirdischen Ort, wo Geister und Feen wohnen, zurückziehen. Sobald sie nun vermuten konnte, daß der Prinz mit seinen Leuten verschwunden und in die Höhle oder den unterirdischen Ort, den sie sich dachte, eingegangen sein müsse, verließ sie ihr Versteck und ging geraden Wegs auf die Schlucht zu, wo sie dieselben hineinreiten gesehen hatte. Sie ging nun selbst hinein und schritt so weit vor, bis die Schlucht sich in allerlei Krümmungen endigte; hier sah sie sich nach allen Seiten um und ging mehrere Male auf und ab. Allein trotz der angestrengtesten Aufmerksamkeit konnte sie weder eine Höhlenöffnung entdecken, noch die eiserne Tür, die dem Prinzen Ahmed sogleich aufgefallen war. Dies Türe war nämlich bloß für Männer sichtbar, und zwar nur für solche, deren Gegenwart der Fee Pari Banu angenehm sein konnte, nicht aber für Frauen. Da die Zauberin sah, daß sie sich vergeblich abmühte, so beschloß sie endlich, sich mit dieser Entdeckung zu begnügen. Sie ging also wieder nach Hause, um dem Sultan Bericht abzustatten, und nachdem sie ihm umständlich alles erzählt, was sie getan hatte, fügte sie hinzu: »Mein Herr wird aus dem, was ich eben zu erzählen die Ehre hatte, deutlich ersehen, daß es mir nicht schwer fallen wird, ihm über das Betragen des Prinzen Ahmed den befriedigendsten Aufschluß zu geben, den er nur wünschen kann. Ich will für jetzt noch nicht sagen, was ich davon halte: ich ziehe es vor, dir eine so genaue Kenntnis davon zu verschaffen, daß du gar nicht mehr zweifeln kannst. Um dies aber möglich zu machen, erbitte ich mir Zeit und Geduld, nebst der Erlaubnis, mich nach eigenem Gutdünken schalten zu lassen, ohne nach den Mitteln zu fragen, deren ich mich dabei zu bedienen gedenke.« Der Sultan genehmigte zum voraus alle Maßregeln, welche die Zauberin ergreifen würde. »Du kannst tun, was du willst«, sagte er zu ihr, »um die Sache zum Ende zu führen; ich will dir nichts dareinreden und mit Geduld erwarten, bis du deine Versprechungen erfüllst. » Dann schenkte er ihr noch zur Aufmunterung einen sehr kostbaren Diamant mit der Bemerkung, dies bekomme sie bloß vorläufig, die vollständige Belohnung werde nachfolgen, sobald sie ihm den wichtigen Dienst, wobei er sich ganz auf ihre Geschicklichkeit verlasse, geleistet haben würde. Da der Prinz Ahmed, seit er von der Fee Pari Banu die Erlaubnis erhalten hatte, dem Sultan von Indien seine Aufwartung zu machen, regelmäßig jeden Monat einmal erschienen war, so wartete die Zauberin, die dies recht gut wußte, bis der laufende Monat zu Ende ging. Einen oder zwei Tage vorher aber begab sie sich an den Fuß des Felsen, und zwar an die Stelle, wo sie den Prinzen und seine Leute aus den Augen verloren hatte, und wartete dort, um den Plan, welchen sie entworfen, auszuführen. Gleich am andern Tage ritt der Prinz Ahmed, wie gewöhnlich, mit demselben Gefolge, das ihn jedesmal zu begleiten pflegte, zur eisernen Tür heraus und kam ganz in die Nähe der Zauberin, die er nicht für das erkannte, was sie wirklich war. Da er bemerkte, daß sie den Kopf auf den Felsen gelehnt dalag und gar jämmerlich klagte, wie wenn sie von heftiger Krankheit geplagt wäre, so bewog ihn das Mitleid, seitwärts abzulenken, sich ihr zu nähern und sie zu fragen, was für einen Schmerz sie habe und was er zu ihrer Linderung tun könne. Die arglistige Zauberin sah den Prinzen, ohne den Kopf empor zu heben, so jammervoll an, daß sein bereits rege gemachtes Mitleid noch dadurch vermehrt wurde, und antwortete bloß mit abgebrochenen Worten, als ob es ihr sehr schwer würde zu atmen, sie sei vom Hause weggegangen, um sich in die Stadt zu begeben, aber unterwegs habe sie ein so heftiges Fieber befallen, daß ihr die Kräfte geschwunden und sie genötigt worden sei, anzuhalten und in dieser unbewohnten Gegend ganz ohne alle Aussicht auf Beistand in dem Zustande zu bleiben, worin er sie gefunden. »Gute Frau«, antwortete der Prinz Ahmed, »du bist nicht so weit von der nötigen Hilfe entfernt, als du glaubst. Ich bin bereit, es dir zu beweisen und dich ganz in der Nähe an einen Ort hinzubringen, wo man dich nicht nur aufs sorgfältigste verpflegen, sondern auch in Bälde vollkommen wieder herstellen wird. Du darfst bloß aufstehen und erlauben, daß einer meiner Leute dich hinter sich aufs Pferd nimmt.«

Die Zauberin, die sich bloß deshalb krank stellte, um zu erfahren, wo der Prinz Ahmed wohne, was er treibe, und überhaupt, wie es ihm ergehe, lehnte dieses freundliche Anerbieten nicht ab, und um ihm mehr durch die Tat, als durch die Worte zu beweisen, daß sie es sehr gerne annehme, stellte sie sich, als gebe sie sich sehr große Mühe, um aufzustehen, werde aber durch die Heftigkeit ihrer angeblichen Krankheit daran verhindert. Indes stiegen sogleich zwei von den Reitern ab, halfen ihr auf die Beine und setzten sie hinter einen andern Reiter aufs Pferd. Während sie selbst wieder aufstiegen, sprengte der Prinz an der Spitze seiner Reiterschar den Weg zurück und gelangte bald an die eiserne Tür, die ein vorausgeschickter Reiter geöffnet hatte. Er ritt hinein, und als er in den Hof des Feenpalastes gelangt war, stieg er nicht ab, sondern ließ der Fee durch einen seiner Leute melden, daß er sie zu sprechen wünsche. Die Fee Pari Banu eilte um so schneller herbei, weil sie nicht begreifen konnte, warum der Prinz Ahmed wohl so schnell wieder umgekehrt. Dieser ließ ihr indes keine Zeit, nach dem Grunde zu fragen, sondern sagte zu ihr, indem er auf die Zauberin deutete, welche zwei seiner Leute vom Pferd herabgehoben hatten und unter den Armen hielten: »Liebe Prinzessin, ich bitte dich, schenke dieser Frau ebenso viel Mitleid, wie ich. In dem Zustande, worin du sie jetzt siehst, habe ich sie soeben angetroffen und ihr den nötigen Beistand versprochen. Ich empfehle sie dir nun in der Überzeugung, daß du sie sowohl aus eigenem Antrieb, als auch aus Rücksicht auf meine Bitte nicht hilflos lassen wirst.«

Die Fee Pari Banu, welche während der Rede des Prinzen Ahmed ihre Augen auf die angebliche Krankheit geheftet hatte, befahl zweien ihrer Frauen, die ihr gefolgt waren, dieselbe aus den Händen der beiden Reiter zu übernehmen, in ein Zimmer des Palastes zu führen und ebenso sorgfältig zu verpflegen, wie wenn sie es selbst wäre. Während aber die beiden Frauen den empfangenen Befehl vollzogen, trat Pari Banu zu dem Prinzen Ahmed und sagte leise zu ihm: »Prinz, ich lobe dein Mitleid, es ist deiner und deines Ranges würdig, und mit großem Vergnügen werde ich deinen guten Absichten entsprechen; erlaube mir indes, dir zu sagen, daß ich sehr fürchte, diese gute Absicht möchte uns schlecht belohnt werden. Es scheint mir durchaus nicht, als ob die Frau so krank wäre, wie sie vorgibt, und mich müßte alles täuschen, wenn sie nicht ausdrücklich ausgesandt ist, um dir Unannehmlichkeiten zu bereiten. Laß dich indes dies nicht kümmern; was man auch anzetteln mag, du kannst überzeugt sein, daß ich dich aus allen Schlingen befreien werde, welche man dir legt. So gehe denn hin und setze deine Reise fort.« Der Prinz Ahmed ließ sich durch diese Worte nicht beunruhigen und antwortete seiner Gemahlin: »Prinzessin, da ich mich nicht erinnern kann, irgend jemandem etwas zuleide getan zu haben, und da ich auch gegen niemanden eine böse Absicht hege, so kann ich mir durchaus nicht denken, wer wohl im Sinne haben sollte, mir ein Leid zuzufügen. Dem mag übrigens sein, wie ihm wolle, ich werde nie aufhören, Gutes zu tun, so oft sich mir Gelegenheit dazu bietet,« Hierauf nahm er Abschied von der Fee, trennte sich von ihr und setzte seine Reise, die er wegen der Zauberin unterbrochen hatte, wieder fort. Nach wenigen Stunden langte er am Hofe des Sultans von Indien an, der ihn fast ganz wie gewöhnlich empfing, da er sich so viel als möglich Gewalt antat, um seine Unruhe nicht blicken zu lassen; denn die Einflüsterungen seiner Günstlinge hatten ihm doch einigen Verdacht eingeflößt.

Indes hatten die beiden Frauen, welchen die Fee Pari Banu beauftragt hatte, die Zauberin in ein sehr schönes und reich geschmücktes Zimmer geführt. Sie ließen sie zuerst auf ein Sofa sitzen, wo sie sich auf ein Kissen von Goldbrokat lehnte, und bereiteten ihr dann auf demselben Sofa eine Lagerstätte, deren Unterdecken aus Atlas und mit Seidestickereien verziert waren; das Bettuch bestand aus der feinsten Leinwand und die Oberdecke war von Goldstoff. Als sie ihr nun ins Bett geholfen hatten, – denn die Zauberin stellte sich fortwährend, wie wenn ihr Fieberanfall sie so quälte, daß sie sich kaum rühren könnte, – ging eine von den Frauen hinaus und kam bald darauf

mit einem überaus feinen Porzellangefäß zurück, worin sich eine Flüssigkeit befand. Sie reichte es der Zauberin, während die andere Frau ihr aufsitzen half, und sagte zu ihr: »Da nimm diesen Saft, es ist Wasser aus der Löwenquelle und ein unfehlbares Mittel für alle und jede Fieber. Du wirst in weniger als einer Stunde die Wirkung verspüren.« Die Zauberin ließ sich, um ihre Rolle besser durchzuführen, lange bitten, wie wenn sie eine unüberwindliche Abneigung gegen diesen Trank gehabt hätte. Endlich jedoch nahm sie die Schale und schluckte den Saft hinunter, schüttelte aber dabei den Kopf, gleich als ob es sie große Überwindung kostete. Als sie sich sodann wieder gelegt hatte, deckten die beiden Frauen sie gut zu, und diejenige, die den Trank gebracht, sagte zu ihr: »Bleib jetzt ganz ruhig und schlafe, wenn du Lust hast; wir verlassen dich auf ungefähr eine Stunde und hoffen, bei unserer Wiederkehr dich vollkommen gesund anzutreffen.«

Die Zauberin, die nicht gekommen war, um lange die Kranke zu spielen, sondern bloß, um den Aufenthalt des Prinzen Ahmed auszuforschen und zu erfahren, was ihn wohl veranlassen möchte, sich vom Hofe des Sultans, seines Vaters, zu entfernen, wußte jetzt schon, was sie wollte, und hätte gern auf der Stelle erklärt, der Trank habe seine Wirkung getan, denn sie hatte großes Verlangen, nach Hause zurückzukehren und den Sultan von der glücklichen Ausführung seines Auftrags zu benachrichtigen. Da man ihr aber nicht gesagt hatte, daß der Trank auf der Stelle wirke, so mußte sie, wiewohl sehr ungern, die Rückkehr der Frauen abwarten. Diese kamen zur bestimmten Zeit zurück und fanden die Zauberin aufgestanden und angekleidet auf dem Sofa. Sie lief ihnen sogleich entgegen und rief: »O, der herrliche Trank! Er hat weit schneller gewirkt, als ihr sagtet, und ich wartete schon geraume Zeit voll Ungeduld auf euch, denn ich möchte euch bitten, daß ihr mich zu eurer mildtätigen Gebieterin führt, damit ich für ihre Güte, welche ich nie vergessen werde, ihr danke, und nach dieser wundervollen Genesung ohne weiteren Aufschub meine Reise fortsetzen kann.« Die beiden Frauen, die ebenfalls Feen waren, bezeigten der Zauberin ihre Teilnahme und Freude über ihre schnelle Genesung, gingen dann vor ihr her, um ihr den Weg zu zeigen, und führten sie durch mehrere Zimmer, die alle weit prächtiger waren, als das, woraus sie eben kam, in den glänzendsten und am reichsten geschmückten Saal im ganzen Palaste. In diesem Saale saß Pari Banu auf einem Throne von gediegenem Golde, der mit Diamanten, Rubinen und Perlen von außerordentlicher Größe reich verziert war, und neben ihr standen zur Rechten und Linken eine Menge Feen, sämtlich von ausnehmender Schönheit und sehr kostbar gekleidet. Beim Anblick all dieses Glanzes und dieser Herrlichkeit wurde die Zauberin ganz geblendet und so verwirrt, daß sie, als sie sich vor dem Thron niedergeworfen, nicht einmal den Mund zu öffnen vermochte, um der Fee zu danken, wie sie sich vorgenommen hatte. Pari Banu ersparte ihr auch die Mühe, indem sie zu ihr sagte: »Gute Frau, es freut mich sehr, daß sich diese Gelegenheit gefunden hat, dir einen Dienst zu erweisen, und daß du imstande bist, deine Reise fortzusetzen. Ich will dich hier nicht länger aufhalten, doch wird es dir nicht unangenehm sein, zuvor meinen Palast zu besehen. Geh mit meinen Frauen, sie werden dich begleiten und ihn dir zeigen.« Die Zauberin, die noch immer ganz verblüfft war, verneigte sich abermals mit der Stirne bis an den Teppich, der den Fuß des Thrones bedeckte, und verabschiedete sich dann, ohne Kraft oder Mut zu haben, ein einziges Wort vorzubringen. Die beiden Feen, die sie begleiteten, führten sie im ganzen Palaste herum, wo sie mit Erstaunen und unter beständigen Ausrufen der Verwunderung der Reihe nach dieselben Reichtümer und dieselbe Pracht erblickte, welche die Fee Pari Banu dem Prinzen Ahmed gleich bei seiner Ankunft selbst gezeigt hatte. Was ihr aber die größte Bewunderung einflößte, war, daß die beiden Feen, nachdem sie das ganze Innere des Palastes in Augenschein genommen, zu ihr sagten, alles das, was sie so sehr bewundere, sei nur eine kleine Probe von der Größe und Macht ihrer Gebieterin, denn sie besitze im Umfang ihres Reichs noch unzählige andere Paläste, die alle von verschiedener Form und Bauart, aber nicht minder stattlich und prachtvoll seien. Indem sie sich so mit ihr über allerlei Gegenstände unterhielten, führten sie die Zauberin bis zur eisernen Tür, zu welcher der Prinz Ahmed sie hereingeführt hatte, öffneten dieselbe und wünschten ihr, nachdem diese Abschied genommen und ihnen für ihre Bemühungen gedankt hatte, glückliche Reise. Als die Zauberin einige Schritte weit gegangen war, drehte sie sich um, um nach der Tür zu sehen und sich dieselbe genau zu merken; allein sie suchte vergeblich, denn die Tür war für sie, wie überhaupt für alle Frauen, was ich ja oben schon erzählt habe, unsichtbar geworden. Sie begab sich nun, abgesehen von diesem einzigen Umstande, ziemlich zufrieden mit sich selbst und der Vollziehung ihres Auftrags, zum Sultan zurück. Als sie in der Hauptstadt angelangt war, schlug sie Nebenwege ein und ließ sich wieder durch die geheime Tür in den Palast führen. Der Sultan ließ sie, sobald ihm ihre Ankunft gemeldet worden war, sogleich vor sich kommen, und da er sie mit sehr traurigem Gesicht erscheinen sah, schloß er daraus, die Sache müsse ihr nicht gelungen sein, und sagte zu ihr: »Nach deinem Anblick zu urteilen, ist deine Reise wohl vergeblich gewesen und du vermagst mir den Aufschluß, den ich von deinem Diensteifer erwartete, nicht zu geben?«

»Herr«, antwortete die Zauberin, »erlaube mir die Bemerkung, daß du aus meiner Miene nicht schließen darfst, ob ich in der Vollziehung des Auftrags, womit du mich beehrt, glücklich gewesen bin, sondern nur aus dem getreuen Bericht über alles, was ich getan und was mir begegnet ist. Du wirst sehen, daß ich nichts versäumt habe, um mich deines Beifalls würdig zu machen. Der traurige Zug, den du vielleicht auf meinem Gesichte bemerkt hast, hat einen anderen Grund, als das Mißlingen unseres Planes, und ich hoffe, daß mein Herr in dieser Beziehung mit mir wohl zufrieden sein wird. Ich sage dir die eigentliche Ursache nicht: der Bericht muß alles erklären, den ich dir nun abstatten werde, wofern du die Geduld hast, mich anzuhören.« Sofort erzählte die Zauberin dem Sultan von Indien, wie sie sich krank gestellt und die Sache so eingerichtet habe, daß der Prinz Ahmed, von Mitleid ergriffen, sie an einen unterirdischen Ort habe bringen lassen und in eigener Person einer Fee von unvergleichlicher Schönheit vorgestellt, empfohlen und dieselbe gebeten habe, für die Wiederherstellung ihrer Gesundheit Sorge zu tragen. Ferner, mit welcher Gefälligkeit die Fee sogleich zwei anderen Feen aus ihrer Umgebung befohlen habe, sie in ihre Pflege zu nehmen und nicht zu verlassen, als bis sie vollkommen genesen sein würde; daraus sei ihr ganz deutlich geworden, daß diese Willfährigkeit nur in einem Verhältnis zwischen Mann und Frau ihren Grund haben könne. Auch ermangelte die Zauberin nicht, ihr Erstaunen bei Anblick des Feenpalastes zu schildern, von dem sie behauptete, daß es auf der ganzen Welt nichts Ähnliches geben könne, und in welchem die beiden Feen sie wie eine Kranke, die ohne ihren Beistand weder gehen und stehen könne, herumgeführt haben. Sodann beschrieb sie ihm ausführlich, mit welchem Eifer die Feen sie in einem besonderen Zimmer verpflegt, welchen Trank sie ihr gereicht haben, und wie schnell darauf vollständige Heilung erfolgt, die aber, obgleich sie an der Kraft des Trankes durchaus nicht zweifle, wie die Krankheit, nur geheuchelt gewesen sei. Ferner erzählte sie von der Majestät der Fee, die auf einem ganz von Edelsteinen strahlenden Throne gesessen, dessen Wert alle Reichtümer Indiens übersteige, und endlich von den übrigen unermeßlichen und sowohl im allgemeinen als im besonderen ganz unberechenbaren Schätzen, die in dem weiten Umfange des Palastes enthalten seien. Damit schloß die Zauberin ihren Bericht vom Erfolge ihrer Sendung und fuhr dann weiter also fort: »Was denkt mein Herr und König wohl von diesen unerhörten Reichtümern der Fee? Vielleicht wirst du sagen, du bewunderst sie und freust dich über das hohe Glück deines Sohnes Ahmed, der dieselben mit der Fee gemeinschaftlich genießt. Was indes mich betrifft, Herr, so bitte ich um Verzeihung, wenn ich mir die Freiheit nehme, dir vorzustellen, daß ich anders davon denke, ja sogar, daß der Gedanke an das Unglück, welches dir daraus erwachsen kann, mich in Angst und Schrecken versetzt. Gerade das ist der Grund meiner Unruhe, die ich nicht so gut zu verbergen wußte, daß du sie nicht hättest bemerken können. Ich will gerne glauben, daß der Prinz Ahmed bei seiner guten Gemütsart nicht imstande ist, gegen meinen Herrn etwas zu unternehmen; aber wer bürgt dafür, daß die Fee ihm nicht durch ihre Reize, durch ihre Liebkosungen und die Gewalt, die sie bereits über ihren Gemahl erlangt hat, den verderblichen Plan eingibt, dich zu verdrängen und sich der Krone des Reiches Indien zu bemächtigen? Es kommt meinem Herrn zu, dieser hochwichtigen Angelegenheit all die Aufmerksamkeit zuzuwenden, welche sie verdient.« So sehr nun auch der Sultan von Indien von der guten Gemütsart des Prinzen Ahmed überzeugt war, diese Vorstellungen der Zauberin hinterließen dennoch einigen Eindruck bei ihm. Er entließ sie mit den Worten:

»Ich danke dir für deine Bemühungen und deinen heilsamen Rat. Ich erkenne die hohe Wichtigkeit desselben, kann aber in der Sache noch nichts beschließen, bevor ich meine Ratgeber angehört habe.« Als man dem Sultan die Ankunft der Zauberin gemeldet hatte, unterhielt er sich eben mit denselben Günstlingen, die ihm, wie schon oben erzählt, bereits früher Verdacht gegen den Prinzen Ahmed eingeflößt hatten. Er befahl nun der Zauberin, ihm zu folgen, und begab sich wieder zu den Günstlingen. Diesen erzählte er, was er soeben vernommen, und nachdem er ihnen mitgeteilt, warum er befürchte, daß die Fee das Gemüt des Prinzen umstimmen werde, fragte er sie, welcher Mittel er sich wohl bedienen solle, um so großes Unheil zu verhüten? Einer der Günstlinge nahm hierauf für alle das Wort und sprach: »Herr, da du denjenigen kennst, der dieses Unglück veranlassen könnte, da er mitten an deinem Hofe lebt und in deinen Händen ist, so solltest du, um es zu verhüten, ihn sogleich verhaften und, wenn auch nicht hinrichten – denn dies würde zu viel Aufsehen erregen –, doch wenigstens auf Lebenszeit in einen engen Kerker werfen lassen.« Die übrigen Günstlinge gaben dieser Ansicht einstimmig ihren Beifall. Der Zauberin schien dieser Rat indes doch zu gewaltsam; sie bat den Sultan um Erlaubnis, zu sprechen, und als sie dieselbe erhalten, sagte sie zu ihm: »Herr, ich bin überzeugt, daß bloß der große Eifer für dein Wohlergehen deine Ratgeber bewogen hat, dir die Verhaftung des Prinzen Ahmed vorzuschlagen. Sie mögen mir es aber nicht übel nehmen, wenn ich sie zu bedenken bitte, daß man mit dem Prinzen notwendig zugleich auch seine Begleiter verhaften müßte, und diese sind Geister. Halten sie es wohl für etwas Leichtes, dieselben zu überfallen, Hand an sie zu legen und sich ihrer Person zu bemächtigen? Würden sie nicht vermöge der ihnen inwohnenden Kraft, sich unsichtbar zu machen, augenblicklich verschwinden und die Fee von der ihrem Gemahl angetanen Beleidigung benachrichtigen? Und würde die Fee diese Beleidigung wohl ungerächt lassen? Könnte sich der Sultan nicht vielleicht durch ein anderes weniger auffallendes Mittel gegen die bösen Anschläge, die der Prinz Ahmed haben mag, schützen, ohne daß dadurch der Ruhm meines Herrn im mindesten leiden oder irgend jemand ihm eine schlimme Absicht beilegen könnte? Wenn mein Herr einiges Vertrauen auf meinen Rat hätte, würde er, da die Geister und Feen Sachen vermögen, welche alle menschliche Kraft bei weitem übersteigen, den Prinzen Ahmed bei seiner Ehre anfassen und verpflichten, ihm durch Vermittlung seiner Fee gewisse Vorteile zu verschaffen, unter dem Vorwande, daß ihm eine große Gefälligkeit damit geschehe. Z.B. so oft mein Herr zu Felde ziehen will, muß er einen ungeheuren Aufwand machen, nicht bloß für Schutzdächer und Zelte für sich und sein Heer, sondern auch für Kamele, Maulesel und andere Lasttiere: könntest du ihn nun nicht verpflichten, daß er dir vermöge des großen Einflusses, den er bei der Fee haben muß, ein Schutzdach verschaffen soll, das in der Hand Platz haben, aber gleichwohl sich über dein ganzes Heer ausbreiten müßte. Mehr brauche ich meinem Herrn nicht zu sagen. Wenn der Prinz das Zelt herbeischafft, so kannst du noch so viele ähnliche Forderungen an ihn machen, daß er am Ende, so erfinderisch und reich an Mitteln auch die Fee, die ihn bezaubert und von dir abwendig gemacht, sein mag, den Schwierigkeiten erliegen und gestehen muß, es sei ihm unmöglich, deinen Wunsch zu erfüllen. Aus Scham wird er es dann nicht mehr wagen, sich sehen zu lassen, und genötigt sein, fern von allem Verkehr mit der Welt sein Leben mit der Fee zuzubringen; dann wird mein Herr auch nichts mehr von seinen Anschlägen zu befürchten haben, und man wird ihm eine so gehässige Handlung, wie die Hinrichtung oder lebenslängliche Einkerkerung seines eigenen Sohnes wäre, nicht vorwerfen können.« Als die Zauberin ihren Vortrag geendet hatte, fragte der Sultan seine Günstlinge, ob sie vielleicht etwas Besseres wüßten, und da sie alle stillschwiegen, beschloß er, den Rat der Zauberin zu befolgen; denn dieser schien ihm der vernünftigste und den milden Grundsätzen, nach denen er bis jetzt geherrscht hatte, angemessenste zu sein.

Als nun der Prinz Ahmed am andern Tage vor dem Sultan, seinem Vater, der sich eben mit seinen Günstlingen unterhielt, erschien und neben ihm Platz genommen hatte, ließ dieser sich durch seine Gegenwart nicht abhalten, sein Gespräch über allerlei gleichgültige Gegenstände noch eine Weile fortzusetzen. Hierauf nahm der Sultan das Wort und sprach also zu dem Prinzen Ahmed. »Mein Sohn, als du erschienst und mich von dem tiefen Kummer, worin deine lange Abwesenheit mich versetzt hatte, befreitest, machtest du mir ein Ge-

heimnis aus dem Orte, den du zu deinem Aufenthalt gewählt, und in der ersten Freude, dich wiederzusehen und mit deinem Schicksal zufrieden zu wissen, wollte ich nicht weiter in dein Geheimnis eindringen, sobald ich merkte, daß du es nicht wünschtest. Ich weiß nicht, welchen Grund du haben kannst, so gegen einen Vater zu handeln, der damals, so wie auch jetzt, den größten Anteil an deinem Glücke genommen haben würde. Indes weiß ich jetzt, worin dieses Glück besteht, ich freue mich mit dir darüber und billige deine Wahl, daß du eine so liebenswürdige, so reiche und so mächtige Fee geheiratet hast, wie ich aus guter Quelle erfahren. Bei all meiner Macht wäre ich nicht imstande gewesen, dir eine so vorteilhafte Verbindung zu verschaffen. Da du nun zu einem so hohen Rang erhoben bist, um welchen dich jeder andere, als dein Vater, beneiden könnte, bitte ich dich nicht nur, da du auch fernerhin, wie bisher, immer in gutem Einverständnis mit mir bleiben, sondern auch, daß du den ganzen Einfluß, den du bei deiner Fee haben kannst, aufbieten mögest, um mir in Fällen der Not ihren Beistand zu verschaffen. Du wirst mir erlauben, daß ich diesen deinen Einfluß noch heute auf die Probe stelle. Du weißt, mit welchen ungeheuren Kosten – und Schwierigkeiten – meine Heerführer, meine Hauptleute und ich selbst, so oft wir in Kriegszeiten zu Felde zu ziehen genötigt sind, Schutzdächer und Zelte, so wie auch Kamele und andere Lasttiere zur Fortbringung derselben anschaffen müssen. Bedenke nun, welchen Gefallen du mir damit erweisen könntest, wenn du mir von deiner Fee ein Zelt verschafftest, das in einer Hand Platz hat, unter welchem jedoch mein ganzes Heer ein Obdach finden kann. Ich bin überzeugt, daß es dir nicht viele Mühe macht, wenn du sagst, daß es für mich ist. Du wirst keine abschlägige Antwort bekommen: alle Welt weiß ja, daß den Feen die Macht gegeben ist, noch weit außerordentlichere Dinge zu bewerkstelligen.«

Der Prinz Ahmed hatte eine solche Forderung von seiten seines Vaters nicht erwartet, und die Sache schien ihm gleich im Anfange äußerst schwierig, wenn nicht ganz unmöglich. Denn obwohl ihm die Macht der Geister und Feen nicht ganz unbekannt war, bezweifelte er doch, daß sie sich so weit erstrecke, ihm ein solches Zelt verschaffen zu können, wie verlangt wurde. Überdies hatte er bisher sich noch nie etwas ähnliches von Pari Banu erbeten, sondern sich stets mit den Beweisen ihrer Liebe, die sie ihm fortwährend gab, begnügt und dabei nichts unterlassen, was sie überzeugen konnte, daß er ihre Zärtlichkeit von ganzem Herzen erwidere und keinen andern Wunsch habe, als sich in ihrer Gunst zu erhalten. Er war daher in großer Verlegenheit, was er seinem Vater antworten sollte. »Herr«, sagte er endlich, »wenn ich dir aus dem, was mir nach Auffindung meines Pfeiles begegnet ist, und wozu ich mich damals entschloß, ein Geheimnis gemacht habe, so geschah es bloß darum, weil ich dachte, es könnte dir an nähern Aufschlüssen darüber nichts liegen. Ich weiß nicht auf welchem Wege dir dieses Geheimnis eröffnet worden ist, kann aber nicht verhehlen, daß man dir einen wahren Bericht abgestattet hat. Ich bin allerdings Gemahl der Fee, von der man dir gesagt hat; ich liebe sie und darf überzeugt sein, daß sie mich ebenfalls liebt. Was indes den Einfluß betrifft, den ich nach deiner Ansicht auf sie haben soll, so kann ich hiervon weiter nichts sagen. Es ist mir noch niemals in den Sinn gekommen, einen Versuch damit zu machen, und ich hätte sehr gewünscht, daß mein Herr mich dieses Versuches überhoben und mich im Besitze des Glückes, zu lieben und geliebt zu werden, gelassen hätte; denn diese Liebe war so uneigennützig, daß ich gar nichts anderes mehr wünschte. Indes ist der Wunsch eines Vaters Befehl für einen Sohn, der, wie ich, es sich zur Pflicht macht, in allen Stücken zu gehorchen. Obwohl höchst ungern und mit unbeschreiblichem Widerwillen, werde ich doch nicht ermangeln, meiner Gemahlin den Wunsch meines Herrn vorzutragen, kann aber nicht versprechen, daß ich ihn erfüllen werde. Sollte ich mir daher die Ehre versagen müssen, dir meine Hochachtung zu bezeigen, so wird dies ein Zeichen sein, daß ich nichts ausgerichtet habe, und ich bitte zum voraus, du mögest mir dann verzeihen und bedenken, daß du selbst mich in diese Notwendigkeit versetzt hast.« Darauf antwortete der Sultan von Indien: »Mein Sohn, es sollte mir sehr leid tun, wenn mein Verlangen mich jemals des Vergnügens berauben würde, dich bei mir zu sehen. Ich bemerke wohl, daß du die Gewalt nicht kennst, die ein Mann über seine Frau hat, und die deinige würde nur sehr schwache Liebe beweisen, wenn sie bei ihrer Macht als Fee die Kleinigkeit abschlagen wollte, um die ich sie durch dich bitten lasse. Lege deine Schüchternheit ab; sie kommt nur daher, weil du glaubst, sie liebe dich nicht ebenso sehr, als du sie liebst. Geh' hin, bitte sie nur und du wirst sogleich sehen, daß die Fee dich weit mehr liebt, als du glaubst; dabei mußt du wohl bedenken, daß man sich großer Vorteile beraubt, wenn man nie um etwas bittet. Wie du sie so sehr liebst, daß du ihr nie eine Bitte abschlagen würdest, so wird auch sie dir deine Bitte nicht abschlagen, weil sie dich liebt.« Der Sultan von Indien vermochte seinen Sohn durch solche Vorstellungen nicht zu überzeugen. Es wäre dem Prinzen weit lieber gewesen, wenn er irgend etwas anderes von ihm verlangt hätte, als daß er ihn der Gefahr aussetzte, seiner geliebten Pari Banu zu mißfallen. Er war darüber so verdrießlich, daß er zwei Tage früher, als er sonst zu tun pflegte, vom Hofe wieder abreiste. Als er nach Hause kam, fragte ihn die Fee, die ihn bisher immer mit heiterem Gesichte hatte erscheinen sehen, sogleich, was die Veränderung zu bedeuten habe, die sie an ihm bemerkte. Da er aber, statt zu antworten, sich nach ihrem Befinden erkundigte und zwar mit einer Miene, die deutlich zu erkennen gab, daß er ihre Frage zu umgehen suchte, sagte sie zu ihm: »Ich werde deine Frage nicht eher beantworten, als bis du die meinige beantwortet haben wirst.« Der Prinz sträubte sich lange dagegen und versicherte, es sei weiter nichts; aber je mehr er sich sträubte, um so mehr drang sie in ihn. »Ich kann dich«, sagte sie, »unmöglich in deiner gegenwärtigen Stimmung sehen, ohne daß du mir die Ursache deiner Bekümmernis gestehst, auf daß ich sie hebe, sie mag bestehen, in was sie wolle. Sie müßte von ganz außerordentlicher Art sein, wenn es mir unmöglich sein sollte, abzuhelfen, es wäre denn, daß der Sultan, dein Vater, gestorben wäre. In diesem Fall müßte dir nebst dem, was ich dazu beitragen könnte, die Zeit hauptsächlich Trost gewähren.«

Der Prinz Ahmed vermochte den inständigen Bitten der Fee nicht länger zu widerstehen und sagte also zu ihr: »Geliebteste meines Herzens, Gott verlängere das Leben des Sultans, meines Vaters, und segne ihn bis ans Ende seiner Tage! Ich verließ ihn voll Kraft und in der besten Gesundheit. Dies ist es also nicht, was mir den Kummer verursacht, den du an mir bemerkt hast; nein, der Sultan selbst ist es, und die Sache betrübt mich um so mehr, da sie mich in die verdrießliche Notwendigkeit versetzt, dir lästig zu fallen. Fürs erste, geliebte Prinzessin, weißt du, wie sorgfältig ich ihm mit deiner Genehmigung das Glück zu verhehlen gesucht habe, das mir dadurch zuteil wurde, daß ich dich sah, dich liebte, dein Wohlwollen und deine Liebe verdiente und von dir das Gelübde der Treue empfing, indem ich dir das meinige gab; gleichwohl ist es mir unbegreiflich, auf welche Art er alles erfahren hat.«

Bei diesen Worten unterbrach die Fee Pari Banu den Prinzen und sagte zu ihm: »Ich weiß es recht gut. Erinnere dich nur an das, was ich dir in betreff jener Frau vorausgesagt habe, die sich vor dir krank stellte und mit der du so großes Mitleiden hattest; eben diese hat dem Sultan, deinem Vater, alles berichtet, was du ihm verbergen wolltest. Ich hatte dir schon damals gesagt, daß sie so wenig krank sei, als du und ich, und dies hat sich auch bestätigt. Denn kaum hatten die beiden Frauen, denen ich sie zur Pflege übergeben, ihr einen allgemeinen Trank gegen alle Arten von Fieber, dessen sie aber gar nicht bedurfte, überreicht, so stellte sie sich, als hätte dieser Trank sie sogleich geheilt, und ließ sich zu mir führen, um Abschied zu nehmen und unverzüglich von dem Erfolg ihrer Sendung Bericht abzustatten. Ja, sie hatte so große Eile, daß sie fortgegangen wäre, ohne meinen Palast zu besehen, wenn ich ihr nicht zu verstehen gegeben hätte, daß dies wohl der Mühe wert sei, worauf zwei von meinen Frauen sie auf meinen Befehl überall herumführten. Fahre indes nur fort und laß sehen, wodurch der Sultan, dein Vater, dich in die Notwendigkeit versetzt hat, mir lästig zu fallen, was übrigens, wie ich dich zu glauben bitte, niemals vorkommen wird.«

»Liebe Gemahlin«, fuhr hierauf der Prinz Ahmed fort, »es kann dir nicht entgangen sein, daß ich mich bis jetzt mit deiner Liebe begnügt und dich nie um irgend eine andere Gunstbezeigung gebeten habe. Was könnte ich auch bei dem Besitz einer so liebenswürdigen Gemahlin noch weiter wünschen? Ich wußte recht gut, wie groß deine Macht ist, allein ich hatte mir zur Pflicht gemacht, sie niemals auf die Probe zu stellen. Deswegen beschwöre ich dich, bedenke wohl, daß nicht ich, sondern der Sultan, mein Vater, die meines Erachtens höchst unbescheidene Bitte an dich tut, du möchtest ihm ein Zelt verschaffen, das ihn nebst seinem ganzen Hofe und seinem ganzen Heere, so oft er im Felde ist, gegen die Unbilden der Witterung schütze, dabei aber in einer Hand Platz habe. Ich sage es noch einmal, nicht ich bin es, der um die Gefälligkeit bittet, sondern der Sultan, mein Vater.«

»Prinz«, erwiderte die Fee lächelnd, »es tut mir leid, daß diese Kleinigkeit dir so viel Unruhe und Bekümmernis verursacht hat, wie du soeben blicken ließest. Ich sehe wohl, daß zweierlei Sachen dazu beigetragen haben. Erstens, weil du dir zum Gesetz gemacht hattest, dich mit unserer gegenseitigen Liebe zu begnügen und mich nie um etwas zu bitten, was meine Macht auf die Probe stellen könnte; zweitens, weil du, du magst es nun leugnen oder nicht, der irrigen Ansicht warst, das Begehren, das du auf den Wunsch des Sultans, deines Vaters, an mich richten solltest, liege außerhalb der Grenzen meiner Macht. Was nun den ersten Grund betrifft, so lobe ich dich darob und würde dich nur noch mehr lieben, wenn es irgend möglich wäre. In Beziehung auf den zweiten aber wird es mir nicht schwer werden, dir zu beweisen, daß das Verlangen des Sultans eine Kleinigkeit für mich ist, und daß ich gelegentlich noch ganz andere, weit schwierigere Sachen zu vollbringen vermöchte. Deswegen beruhige dich und sei überzeugt, daß du mich nicht nur nicht belästigt hast, sondern ich mir stets ein großes Vergnügen daraus machen werde, dir alles zu bewilligen, um was du mich jemals bittest, sobald dir eine Gefälligkeit damit geschieht.«

Nach diesen Worten befahl die Fee, ihre Schatzmeisterin zu rufen. Die Schatzmeisterin kam, und die Fee sagte zu ihr: »Nurdschihan,[17] – so hieß nämlich die Fee, – bring mir das größte Zelt, das in meinem Schatze ist.« Nurdschihan kam nach einer kleinen Weile zurück und brachte ein Zelt, das nicht nur auf ihrer Hand Platz hatte, sondern man konnte es sogar darin verschließen; sie überreichte es ihrer Gebieterin, der Fee, und diese übergab es dem Prinzen Ahmed, damit er es besehen sollte.

Als der Prinz Ahmed sah, was die Fee Pari Banu ein Zelt und zwar das größte Zelt in ihrer Schatzkammer nannte, glaubte er, sie wolle seiner spotten, und verriet sein Befremden darüber durch Mienen und Gebärden. Pari Banu, die dies bemerkte, lachte laut auf und rief:

---

17 Licht der Welt.

»Wie! Mein Prinz, meinst du denn, ich wolle deiner spotten? Du sollst sogleich sehen, daß ich nicht so boshaft bin. Nurdschihan«, sagte sie hierauf zu ihrer Schatzmeisterin, indem sie das Zelt aus den Händen des Prinzen nahm und ihr zurückgab, »geh', spanne es aus, auf daß der Prinz sehen kann, ob der Sultan, sein Vater, es nicht groß genug finden wird.« Die Schatzmeisterin ging aus dem Palaste und entfernte sich so weit, daß beim Ausspannen des Zeltes das eine Ende davon bis an den Palast reichte. Als sie damit fertig war, fand der Prinz Ahmed es nicht nur nicht zu klein, sondern groß genug, um zwei ebenso zahlreichen Heeren, wie das des Sultans von Indien war, ein Obdach zu verschaffen. »Prinzessin«, sagte er jetzt zu Pari Banu, »ich bitte dich tausendmal um Verzeihung wegen meiner Ungläubigkeit. Nach dem, was ich jetzt sehe, glaube ich nicht, daß dir irgend etwas, was du einmal unternehmen willst, unmöglich sein könnte.« – »Du siehst«, erwiderte die Fee, »das Zelt ist größer, als nötig war; indes mußt du wissen, daß es die Eigenschaft hat, ganz selbst, ohne daß jemand Hand daran legt, größer oder kleiner zu werden, je nach der Größe dessen, was dadurch bedeckt werden soll.«

Die Schatzmeisterin schlug das Zelt wieder ab, legte es in seine vorige Lage und übergab es dem Prinzen. Der Prinz Ahmed nahm es, und gleich am folgenden Tage stieg er ohne längeres Zögern mit seiner gewöhnlichen Begleitung zu Pferde, um es dem Sultan, seinem Vater, zu überreichen.

Der Sultan, der des festen Glaubens lebte, ein solches Zelt, wie er verlangt hatte, könne gar nicht aufgefunden werden, erstaunte nicht wenig über die schnelle Rückkehr seines Sohnes. Er empfing das Zelt und wunderte sich über die Maßen, daß es so klein war; noch höher aber stieg seine Bewunderung, als er es auf der oben erwähnten Ebene ausspannen ließ und sich überzeugte, daß noch zwei andere ebenso große Heere, wie das seinige, bequem darunter Platz gehabt hätten. Da er indes diesen letzteren Umstand als überflüssig und beim Gebrauch sogar unbequem hätte betrachten könne, vergaß der Prinz Ahmed nicht, ihn darauf aufmerksam zu machen, daß die Größe des Zeltes sich stets der Stärke seines Heeres anpassen werde.

Der Sultan von Indien stellte sich, als ob er seinem Sohne sehr dankbar für dieses prachtvolle Geschenk wäre, und bat ihn, der Fee

Pari Banu in seinem Namen schönstens zu danken; zugleich befahl er, zum Beweis, wie hoch er dasselbe schätzte, es sorgfältig in seiner Schatzkammer aufzubewahren. In seinem Innern erwachte jetzt eine weit ärgere Eifersucht, als seine Schmeichler und die Zauberin ihm eingeflößt hatten, wenn er bedachte, daß sein Sohn mit Hilfe der Fee Sachen ausführen könne, die unendlich weit über die Grenzen seiner eigenen Macht hinaus gingen, obgleich er einer der gewaltigsten und reichsten Könige des Erdkreises war. Er wurde dadurch nur noch mehr aufgereizt, alles aufzubieten, um ihn zugrunde zu richten, und fragte die Zauberin darüber um Rat; diese aber riet ihm, den Prinzen aufzufordern, daß er ihm Wasser aus der Löwenquelle bringen sollte.

Als nun der Sultan abends, wie gewöhnlich, seine Höflinge um sich versammelt hatte und der Prinz Ahmed ebenfalls zugegen war, sprach er folgendermaßen zu ihm: »Mein Sohn, ich habe dir bereits meinen innigen Dank für das Zelt ausgesprochen, das du mir verschafft hast, und das ich als das kostbarste Stück in meiner ganzen Schatzkammer betrachte; du mußt mir aber noch einen andern Gefallen tun, womit du mich ebenso sehr erfreuen kannst. Ich habe nämlich gehört, daß deine Gemahlin, die Fee, sich eines gewissen Wassers aus der Löwenquelle bediene, um alle möglichen Arten von Fieber, auch die gefährlichsten, zu heilen; da ich nun vollkommen überzeugt bin, daß meine Gesundheit dir sehr am Herzen liegt, so zweifle ich auch nicht daran, daß du die Güte haben werdest, für mich ein Gefäß mit solchem Wasser zu erbitten und es mir zu überbringen, als ein Heilmittel, dessen ich jeden Augenblick bedürftig werden kann. Erweise mir auch noch diesen wichtigen Dienst und setze dadurch deiner kindlichen Liebe, wie sie ein guter Sohn gegen einen guten Vater haben muß, die Krone auf.«

Der Prinz Ahmed, welcher geglaubt hatte, der Sultan, sein Vater, werde sich mit dem Besitz eines so einzigen und nützlichen Zeltes, wie er ihm gebracht, begnügen und ihm keinen neuen Auftrag mehr aufbürden, der ihn bei der Fee Pari Banu in Ungunst setzen könnte, war über diese zweite Forderung sehr verdrießlich, obgleich seine Gemahlin ihn versichert hatte, daß sie ihm alles bewilligen werde, was in ihrer Macht stehe. Er schwieg eine Weile, ohne zu wissen, was er antworten sollte; endlich aber nahm er das Wort und sagte: »Herr, ich bitte dich, als gewiß anzunehmen, daß es nichts gibt, was ich nicht zu tun oder zu unternehmen bereit wäre, um dir etwas zu verschaffen, was zur Verlängerung deines Lebens beitragen kann; nur wünschte ich, daß es ohne die Vermittlung meiner Gemahlin geschehen könnte, und kann es daher nicht wagen, mit Gewißheit zu versprechen, daß ich dieses Wasser bringen werde. Alles, was ich sagen kann, ist die Versicherung, daß ich darum bitten werde, jedoch mit demselben Widerwillen, wie bei dem Zelte.« Als der Prinz Ahmed nun am andern Tag zur Fee Pari Banu zurückgekehrt war, stattete er ihr einen aufrichtigen und treuen Bericht über alles ab, was er getan hatte und was am Hofe seines Vaters bei Überreichung des Zeltes vorgegangen war. Er überbrachte ihr dafür den Dank des Sultans und erzählte zugleich, welche neue Bitte er in seinem Namen an sie zu machen hatte, und schloß mit den Worten: »Geliebte Prinzessin, ich teile dir alles nur als einen einfachen Bericht über das mit, was zwischen meinem Vater und mir vorgegangen ist; im übrigen kannst du tun, was du willst, und ich bin ebenso zufrieden, wenn du seinen Wunsch erfüllst, als wenn du ihn gar nicht berücksichtigst; denn ich will nichts, als was dir angenehm ist.«

»Nein, nein«, antwortete die Fee Pari Banu, »es ist mir sehr angenehm, dem Sultan von Indien zeigen zu können, daß du mir nicht gleichgültig bist. Ich will ihn zufriedenstellen, und welche Ratschläge ihm auch die Zauberin erteilen kann (denn ich sehe wohl, daß er nur auf sie hört), er soll weder mich noch dich in Verlegenheit bringen können. Es liegt diesmal etwas Boshaftes in seiner Forderung, wie ich dir sogleich auseinandersetzen werde. Die Löwenquelle befindet sich nämlich mitten im Hofe eines großen Schlosses, dessen Eingang von vier ungeheuren Löwen bewacht wird, von denen immer zwei schlafen, während die andern wachen; denn sie wechseln so miteinander ab. Laß dich indes dadurch nicht bekümmern; ich werde dir ein Mittel an die Hand geben, vermöge dessen du ohne die mindeste Gefahr mitten durch sie hindurchgehen kannst.«

Die Fee Pari Banu war eben mit Nähen beschäftigt, und da sie mehrere Zwirnknäuel neben sich liegen hatte, nahm sie eines, überreichte es dem Prinzen Ahmed und sagte: »Zuerst nimm dieses Knäuel, ich werde dir bald sagen, wozu du es gebrauchen kannst.

Fürs Zweite laß zwei Pferde anschirren, eines, um darauf zu reiten, das andere, um es als Handpferd nebenher zu führen, belastet mit einem in vier Teile zerschnittenen Hammel, der heute noch geschlachtet werden muß. Drittens versieh dich mit einem Gefäß, daß ich dir geben lassen werde, damit du Wasser damit schöpfen kannst. Morgen in aller Frühe setze dich dann zu Pferde, führe das andere Pferd am Zügel nebenher, und sobald du vor der eisernen Tür draußen bist, wirf das Zwirnknäuel aus. Es wird dann anfangen zu rollen und immer fortrollen bis ans Tor des Schlosses. Du reitest ihm nach, und da das Tor offen sein wird, wirst du die vier Löwen erblicken. Die beiden wachenden werden durch ihr Gebrüll sogleich die beiden andern schlafenden aufwecken. Erschrick indes nicht darüber, sondern wirf, ohne vom Pferde abzusteigen, jedem ein Hammelviertel zu. Hierauf gib deinem Pferde die Sporen und reite, so schnell du kannst, zur Quelle; fülle dort, aber ohne abzusteigen, dein Gefäß und eile dann mit derselben Schnelligkeit zurück. Die Löwen werden noch mit Fressen beschäftigt sein und dich ungehindert hinausziehen lassen.« Der Prinz Ahmed ritt am andern Morgen zur Stunde, welche die Fee Pari Banu bestimmt hatte, aus und vollzog Punkt für Punkt, was sie ihm vorgeschrieben. Er gelangte ans Tor des Schlosses, warf die Hammelviertel den vier Löwen zu, ritt sodann unerschrocken mitten durch sie hindurch, kam bis zur Quelle und füllte sein Gefäß mit Wasser. Sodann kehrte er sogleich wieder um und gelangte gesund und wohlbehalten wieder zum Schlosse hinaus. Als er aber ein Stück Weges fortgeritten war, sah er sich um und erblickte zwei Löwen, die hinter ihm hersprangen. Er erschrak indes nicht, sondern zog seinen Säbel und wollte sich zur Wehre setzen. Da er aber unterwegs bemerkte, daß der eine in einiger Entfernung seitwärts ablenkte und mit Kopf und Schweif zu verstehen gab, er komme nicht, um ihm etwas zu Leide zu tun, sondern um vor ihm herzulaufen, und da der andere zurückblieb, um hintennach zu folgen, so steckte er seinen Säbel wieder ein und ritt unausgesetzt bis in die Hauptstadt Indiens. Die beiden Löwen begleiteten ihn fortwährend und wichen nicht von ihm, bis sie vor das Tor des königlichen Palastes kamen. Hier ließen sie ihn allein hineinreiten und sprangen dann denselben Weg, den sie gekommen waren, zurück, zum großen Entsetzen des

Volks und aller derer, welche sie erblickten und sich entweder versteckten, oder rechts und links von ihrem Wege ab flohen, obwohl die Löwen in gleichmäßigem Gange vorwärts eilten und durchaus mit keinem Zeichen ihre Wildheit verrieten. Mehrere Palastbeamte eilten sogleich herbei, um dem Prinzen Ahmed vom Pferd zu helfen und begleiteten ihn bis vor die Zimmer des Sultans, der eben mit seinen Günstlingen sprach. Er näherte sich dem Throne, stellte das Gefäß zu den Füßen des Sultans, küßte den reichen Teppich, der die Stufen des Thrones bedeckte, stand dann wieder auf und sagte: »Herr, hier ist das heilsame Wasser, welches mein Herr in der Sammlung von Kostbarkeiten und Seltenheiten zu besitzen wünscht, die seinen Schatz zieren und bereichern. Indessen wünsche ich dir eine so vollkommene Gesundheit, daß du es niemals wirst gebrauchen müssen.«

Als der Prinz seine Anrede geendigt hatte, hieß der Sultan ihn zu seiner Rechten Platz nehmen und sagte zum ihm: »Mein Sohn, ich bin dir für dein Geschenk um so mehr verbunden, als du dich mir zu Liebe großer Gefahr ausgesetzt hast. (Er hatte dies nämlich von der Zauberin erfahren, die sowohl von der Löwenquelle, als von der Gefahr wußte, welche mit dem Wasserschöpfen daselbst verbunden war.) Tu mir jetzt den Gefallen«, fuhr er fort, »und sage mir, durch welche Geschicklichkeit oder welche unglaubliche Kraft du dein Leben gesichert hast.« – »Herr«, antwortete der Prinz Ahmed, »ich kann dein Lob durchaus nicht annehmen, sondern es gebührt einzig und allein meiner Gemahlin, der Fee, deren guten Rat ich befolgt habe.« Er setzte ihm hierauf auseinander, worin dieser gute Rat bestanden habe, und erzählte ihm die ganze Reise, die er gemacht und wie er sich dabei benommen. Als er zu Ende war, stand der Sultan, der ihn fortwährend mit großen Freudenbezeugungen, aber innerlich mit immer wachsender Eifersucht, angehört hatte, auf, zog sich ins Innere seines Palastes zurück und ließ sogleich die Zauberin vor sich führen. Die Zauberin ersparte dem Sultan die Mühe, ihr die Ankunft des Prinzen Ahmed und den Erfolg seiner Reise zu erzählen. Sie war durch das Gerücht, das sich in der ganzen Stadt verbreitet hatte, gleich anfangs davon unterrichtet worden und hatte bereits ein Mittel ausgedacht, das sie für ganz unfehlbar hielt. Dieses Mittel teilte sie nun dem Sultan mit, und der Sultan erklärte es am andern Tag in der Versammlung seiner Höflinge dem Prinzen Ahmed, der sich ebenfalls daselbst eingefunden hatte, mit folgenden Worten: »Mein Sohn, ich habe nur noch eine einzige Bitte an dich, und dann will ich keine weiteren Ansprüche mehr auf deinen Gehorsam und Einfluß bei deiner Gemahlin, der Fee, machen. Ich wünsche nämlich, daß du mir einen Mann herbeischaffst, der nicht über anderthalb Fuß groß sei, einen dreißig Fuß langen Bart habe und auf der Schulter eine fünfhundert Pfund schwere Eisenstange trage, die ihm als ein an beiden Enden beschlagener Stab diene; er muß übrigens auch sprechen können.«

Der Prinz Ahmed, der nicht glaubte, daß es auf der Welt einen solchen Menschen geben könne, wie sein Vater verlangte, wollte sich entschuldigen, allein der Sultan beharrte auf seiner Forderung und wiederholte ihm, die Fee vermöge noch weit unglaublichere Dinge.

Als nun der Prinz am folgenden Tage in das unterirdische Reich Pari Banus zurückgekehrt war, teilte er ihr die neue Forderung des Sultans, seines Vaters, mit und sagte, daß er diese Sache noch für weit unmöglicher halte, als die beiden früheren. »Ich für meine Person«, fuhr er fort, »kann mir durchaus nicht denken, daß es auf der ganzen Welt eine solche Art von Menschen geben soll. Er will mich ohne Zweifel auf die Probe stellen, ob ich wohl einfältig genug bin, mir viele Mühe zu geben, denselben aufzufinden, oder wenn es dergleichen gibt, so muß er die Absicht haben, mich zugrunde zu richten. Denn wie kann er verlangen, daß ich mich eines so kleinen Männleins bemächtigen soll, wenn es auf diese furchtbare Art bewaffnet ist? Welcher Waffen könnte ich mich bedienen, um ihn meinem Willen unterwürfig zu machen? Wenn es wirklich einen solchen Mann gibt, so bitte ich dich, mir ein Mittel zu sagen, wie ich mich mit Ehren aus diesem Handel ziehen kann.« – »Mein Prinz«, erwiderte die Fee, »sei deshalb ohne Sorgen. Gefahr gab es bloß damals, als du dem Sultan, deinem Vater, Wasser aus der Löwenquelle bringen mußtest; nicht aber jetzt, wo es sich darum handelt, den Mann aufzufinden, welchen er verlangt. Dieser Mann ist nämlich mein Bruder Schaibar, der zwar denselben Vater, wie ich, aber sonst durchaus nicht die mindeste Ähnlichkeit mit mir hat; denn er ist von sehr heftiger Gemütsart. Sobald man ihm mißfällt, oder ihn beleidigt, läßt er sich durch nichts abhalten, blutige Beweise seines Zornes zu geben. Sonst aber ist er der beste Mensch von der Welt, und stets bereit, jede Gefälligkeit zu erweisen. Er ist ganz so gestaltet, wie ihn der Sultan, dein Vater, beschrieben hat, und führt keine andere Waffe, als die fünfhundert Pfund schwere eiserne Stange, ohne die er niemals ausgeht, und die er dazu benützt, sich in Respekt zu setzen. Ich will ihn sogleich kommen lassen, damit du selbst siehst, daß ich die Wahrheit spreche; bereite dich indes vor, daß du über seine seltsame Gestalt nicht erschrickst, wenn du ihn erscheinen siehst.« – »Meine Königin«, antwortete der Prinz Ahmed, »du sagst, Schaibar sei dein Bruder? So häßlich und mißgestaltet er auch sein mag, so ist mir dies allein schon genug, daß ich bei seinem Anblick nicht erschrekken, sondern ihn lieben, ehren und als meinen nächsten Angehörigen betrachten werde.« Die Fee ließ sich hierauf in die Vorhalle ihres Palastes eine goldene Rauchpfanne mit glühenden Kohlen, und eine Kapsel von demselben Metall bringen. Aus der Kapsel nahm sie wohlriechendes Rauchwerk, das darin aufbewahrt war, und als sie es in die Rauchpfanne geworfen hatte, stieg ein dicker Rauch daraus empor. Einige Augenblicke nach dieser Zeremonie sagte die Fee zu dem Prinzen Ahmed: »Siehst du, Prinz, da kommt mein Bruder.« Der Prinz sah hin und bemerkte Schaibar, der nicht über anderthalb Fuß hoch war, und mit seiner fünfhundert Pfund schweren eisernen Stange auf der Schulter und dem stattlichen, dreißig Fuß langen Barte, der sich vorn in der Höhe erhielt, feierlich einherschritt. Sein Schnauzbart war verhältnismäßig dick und bis zu den Ohren aufgestülpt, so daß er beinahe das ganze Gesicht bedeckte; seine Schweinsaugen steckten tief in dem ungeheuer dicken und mit einer spitzigen Mütze bedeckten Kopfe. Außerdem war er vorn und hinten bucklig.

Hätte der Prinz nicht vorher gewußt, daß Schaibar Pari Banus Bruder war, so hätte er ihn nicht ohne das größte Entsetzen ansehen können; so aber war er beruhigt, erwartete ihn festen Fußes mit der Fee, und empfing ihn, ohne die mindeste Verzagtheit zu verraten. Schaibar, der, als er näher kam, den Prinzen Ahmed mit einem Blick ansah, welcher ihm das Herz im Leibe zu Eis hätte verwandeln können, fragte Pari Banu sogleich, wer dieser Mensch sei? »Lieber Bruder«, erwiderte sie, »das ist mein Gemahl; er heißt Ahmed und ist der Sohn des Sultans von Indien. Ich würde dich zu meiner Hochzeit eingeladen haben, allein ich wollte dich nicht von dem Kriegszuge abhalten, den du damals vorhattest, und von dem du jetzt, wie ich mit vielem Vergnügen gehört habe, siegreich zurückgekehrt bist. Bloß ihm zu Liebe habe ich mir die Freiheit genommen, dich rufen zu lassen.« Bei diesen Worten blickte Schaibar den Prinzen Ahmed mit einem freundlicheren Auge an, worin aber immer noch sein ganzer Stolz und seine ganze Wildheit zu lesen war, und sagte: »Liebe Schwester, kann ich ihm in irgend etwas dienen? Er darf nur sprechen. Da er dein Gemahl ist, halte ich es für Pflicht, ihm in allem, was er nur wünschen mag, gefällig zu sein.« – »Der Sultan, sein Vater«, antwortete Pari Banu, »ist neugierig, dich zu sehen; ich bitte dich also um die Gefälligkeit, dich von ihm hinführen zu lassen.« – »Er soll nur vorangehen«, erwiderte Schaibar, »ich bin bereit, ihm zu folgen.« – »Lieber Bruder«, versetzte Pari Banu, »es ist heute zu spät, um diese Reise noch zu unternehmen: habe also die Gefälligkeit, sie auf morgen zu verschieben. Da es indes gut ist, daß du von allem unterrichtet wirst, was seit unserer Verheiratung zwischen dem Sultan von Indien und dem Prinzen Ahmed vorgegangen ist, so will ich es dir heute abend erzählen.«

Am andern Morgen brach Schaibar, von allem, was ihm zu wissen nötig war, unterrichtet, mit dem Prinzen Ahmed auf, der ihn dem Sultan vorstellen sollte. Als sie vor die Hauptstadt kamen und Schaibar sich am Tore zeigte, wurden alle, die ihn sahen, beim Anblick dieser scheußlichen Gestalt so von Entsetzen ergriffen, daß sie sich in die Buden oder Häuser versteckten und die Türen hinter sich zuschlossen: andere aber ergriffen die Flucht und teilten allen denen sie begegneten, dasselbe Entsetzen mit, so daß sie sogleich umkehrten, ohne nur hinter sich zu sehen. Auf diese Art fanden Schaibar und der Prinz Ahmed, die mit abgemessenen Schritten vorwärts gingen, alle Straßen und öffentlichen Plätze bis zum Palaste des Sultans öde und menschenleer. Die Pförtner des Palastes aber ergriffen, statt wenigstens Vorkehrungen zu treffen, daß Schaibar nicht hereinkommen könnte, nach allen Seiten hin die Flucht und ließen das Tor offen stehen. So kamen denn der Prinz und Schaibar unbehindert bis an den Beratungssaal, wo der Sultan auf dem Throne sitzend seine Befehle austeilte, und da die Türsteher auch hier bei Schaibars Erscheinung ihren Posten im Stich ließen, traten sie ohne Hindernis hinein. Schaibar näherte sich stolz und mit erhobenem Kopfe dem Throne, und ohne zu warten, bis der Prinz Ahmed ihn vorstellte, redete er den Sultan von Indien mit folgenden Worten an: »Du hast nach mir verlangt, hier bin ich, was willst du von mir?« Der Sultan konnte nicht antworten, sondern hielt seine Hände vor die Augen und wandte sein Gesicht ab, um diese entsetzliche Gestalt nicht sehen zu müssen. Schaibar ergrimmte über diesen unhöflichen und beleidigenden Empfang, da man ihn doch herbemüht hatte; hob seine Eisenstange auf und schlug ihn mit den Worten: »So sprich doch!« so auf den Kopf, daß er tot niedersank. Dies geschah so schnell, daß der Prinz Ahmed keine Zeit hatte, für ihn um Gnade zu bitten; alles, was er tun konnte, war, daß er ihn hinderte, auch den Großwesir tot zu schlagen, der nicht weit von der Rechten des Sultans saß, indem er ihm vorstellte, daß er mit den guten Ratschlägen, die derselbe seinem Vater gegeben, nur zufrieden sein könne. »Diese da also«, sagte Schaibar, »haben ihm immer die schlechten Ratschläge gegeben?« So sprechend schlug er die andern Wesire rechts und links, welche sämtlich Günstlinge und Schmeichler des Sultans und Feinde des Prinzen Ahmed waren. So viele Schläge, so viele Tote, und nur diejenigen entkamen, die der Schrecken nicht regungslos gemacht und gehindert hatte, sich durch die Flucht zu retten. Als das schreckliche Gemetzel zu Ende war, ging Schaibar zum Beratungssaale hinaus, und als er mit seiner Eisenstange auf der Schulter mitten auf den Hof gekommen war, sah er den Großwesir, der den Prinzen Ahmed, seinen Lebensretter, begleitete, an und sagte zu ihm: »Ich weiß, daß eine gewisse Zauberin hier lebt, die dem Prinzen, meinem Schwager, noch mehr feind ist, als die unwürdigen Günstlinge, welche ich soeben gezüchtigt habe; ich will, daß man diese Zauberin vor mich führe.« Der Großwesir schickte nach ihr, und man brachte sie, und Schaibar schlug sie mit seiner Eisenstange, indem er ihr zurief: »Ich will dich lehren, verderbliche Ratschläge zu geben und dich krank zu stellen.« Die Zauberin sank auf der Stelle tot nieder. »Das ist immer noch nicht genug«, sagte Schaibar, »ich werde auch noch

die ganze Stadt schlagen, wenn sie nicht augenblicklich den Prinzen Ahmed, meinen Schwager, als ihren Sultan und als Sultan von Indien anerkennt.« Alsbald riefen alle, die zugegen waren und diesen Ausspruch hörten, so laut sie konnten: »Es lebe der Sultan Ahmed!« und in wenigen Augenblicken widerhallte die ganze Stadt von demselben Rufe. Schaibar ließ ihm das Gewand des Sultans von Indien anlegen, setzte ihn feierlich auf den Thron, und nachdem er ihm hatte huldigen und den Eid der Treue schwören lassen, holte er seine Schwester Pari Banu ab, führte sie mit großer Pracht ein und ließ sie als Sultanin von Indien ausrufen.

Was nun den Prinzen Ali und die Prinzessin Nurunnihar betrifft, die an der soeben bestraften Verschwörung gegen den Prinzen Ahmed keinem Teil genommen, ja nicht einmal darum gewußt hatten, so wies ihnen Ahmed eine bedeutende Provinz an, um darin den Rest ihrer Tage zuzubringen. Auch schickte er einen seiner Beamten an seinen ältesten Bruder, den Prinzen Husein, um ihm die eingetretene Veränderung anzuzeigen und das Anerbieten zu machen, daß er sich irgend eine Provinz im ganzen Reiche, welche er wolle, auswählen könne, um sie als sein Eigentum in Besitz zu nehmen. Der Prinz Husein aber fühlte sich in seiner Einsamkeit so glücklich, daß er dem Abgesandten auftrug, seinem jüngeren Bruder, dem Sultan, in seinem Namen herzlich für dies gefällige Anerbieten zu danken, ihn seiner Unterwürfigkeit zu versichern und ihm anzuzeigen, er bitte sich bloß die einzige Gnade aus, daß ihm erlaubt sein möge, in seiner selbstgewählten Zurückgezogenheit sein Leben zuzubringen.

Dem Sultan von Indien gefielen die Geschichten, welche die Sultanin Schehersad ihm erzählte, dermaßen, daß er immer noch zu keinem Entschluß kommen konnte, ob er sie hinrichten oder am Leben lassen solle. Die neue Geschichte, womit sie ihn jetzt unterhielt, begann sie in der nächsten Nacht mit folgenden Worten:

Geschichte des Ali Baba und der vierzig Räuber, die durch eine Sklavin ums Leben kamen

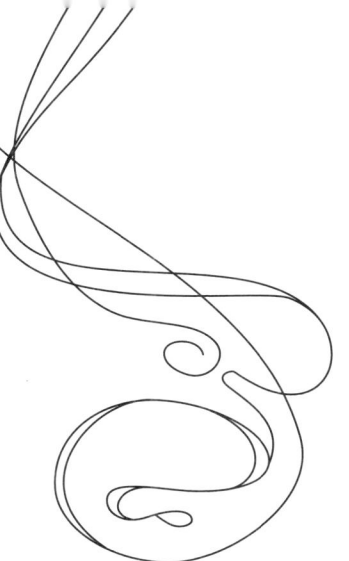

Sobald die Sultanin Schehersad von ihrer wachsamen Schwester Dinarsad geweckt worden war, erzählte sie ihrem Gemahl, dem Sultan von Indien, folgende Geschichte:

Mächtiger Sultan! – begann sie – in einer Stadt Persiens an den Grenzen deines Reichs lebten zwei Brüder, von denen der eine Casim, der andere Ali Baba hieß. Da ihr Vater ihnen nur wenig Vermögen hinterlassen und sie dieses Wenige gleichmäßig unter sich verteilt hatten, sollte man denken, ihre äußeren Umstände müßten ziemlich gleich gewesen sein; allein der Zufall wollte es anders.

Casim heiratete eine Frau, die bald nach ihrer Hochzeit eine wohlausgestattete Bude, ein reich angefülltes Warenlager und eine Menge liegender Güter erbte, so daß er auf einmal ein wohlhabender Mann und einer der reichsten Leute in der Stadt wurde.

Ali Baba dagegen heiratete eine Frau, die ebenso arm war als er selbst, wohnte sehr ärmlich und hatte keinen andern Erwerb, um sich und den Seinigen den Lebensunterhalt zu verschaffen, als daß er in einem nahen Walde Holz fällte, das er dann auf drei Eseln, seinem einzigen Besitztum, in die Stadt brachte und verkaufte.

Eines Tages, als Ali Baba wieder im Walde war und eben Holz genug gefällt hatte, um seine Esel damit zu beladen, sah er auf einmal in der Ferne eine gewaltige Staubwolke aufsteigen, die sich in gerader Richtung dem Orte näherte, wo er war. Er blickte sehr aufmerksam nach ihr hin und erkannte bald, daß es eine zahlreiche Reiterschar war, die raschen Schrittes herankam.

Obgleich man in der Gegend nichts von Räubern sprach, so kam Ali Baba doch auf den Gedanken, diese Reiter könnten dergleichen sein, und beschloß daher, seine Esel ihrem Schicksale zu überlassen und nur seine eigene Person zu retten. Er stieg also auf einen Baum, dessen Äste zwar nicht hoch, aber außerordentlich dicht belaubt waren, und nahm darauf mit um so größerer Zuversicht seinen Posten ein, als er von da aus alles sehen konnte, was unten vorging, ohne selbst gesehen zu werden. Der Baum stand am Fuße eines von allen Seiten freien Felsens, der viel höher als der Baum und so steil war, daß man auf keine Weise hinaufsteigen konnte.

Die Reiter, sämtlich große und stattliche Leute, und sowohl mit Waffen als Pferden sehr gut versehen, stiegen an dem Felsen ab, und Ali Baba, der ihrer vierzig zählte, konnte nach ihren Gesichtern und ihrem ganzen Anzuge nicht mehr zweifeln, daß es Räuber seien. Er täuschte sich auch nicht: es waren wirklich Räuber, die aber die Umgegend nicht im mindesten beunruhigten, sondern ihr Geschäft in weiter Ferne trieben und hier bloß ihren Sammelplatz hatten. Er wurde in seiner Meinung bestärkt, als er sie weiter beobachtete.

Jeder von den Reitern zäumte sein Pferd ab, band es an, warf ihm einen Sack voll Gerste, den er hinter sich gehabt hatte, über den Kopf, und packte dann seine Reisetasche ab. Die meisten derselben schienen Ali Baba so schwer, daß er schloß, sie müssen voll Gold und Silber sein.

Der stattlichste der Räuber, den Ali Baba für ihren Hauptmann hielt, näherte sich ebenfalls mit seiner Reisetasche auf der Schulter dem Felsen, der dicht an dem großen Baume war, wohin Ali Baba sich geflüchtet hatte, und nachdem er sich durch einige Sträucher den Weg gebahnt, sprach er die Worte: »Sesam, öffne dich!« so laut und deutlich, daß Ali Baba sie hörte. Kaum hatte der Räuberhauptmann diese Worte ausgesprochen, als sich eine Tür öffnete, durch die er alle seine Leute vor sich her eintreten ließ; er selbst ging zuletzt hinein und die Tür schloß sich wieder.

Die Räuber blieben lange in dem Felsen, und Ali Baba mußte geduldig auf dem Baume bleiben und warten; denn er fürchtete, es möchten einzelne oder auch alle zusammen in dem Augenblick, wo er seinen Posten verlassen und fliehen wollte, herauskommen. Gleichwohl geriet er in Versuchung, herabzusteigen, sich zweier Pferde zu bemächtigen, auf das eine zu sitzen, das andere am Zügel nebenher zu führen, und so, indem er seine drei Esel vor sich hertriebe, in die Stadt zu reiten; doch war dieses Unternehmen zu gewagt, und er beschloß daher, zu warten.

Endlich öffnete sich die Tür wieder, die vierzig Räuber traten heraus, und der Hauptmann, der zuletzt hineingegangen war, war jetzt der erste, der herauskam und die übrigen alle an sich vorbeiziehen ließ. Ali Baba hörte, daß auf seine Worte: »Sesam, schließe dich!« die Tür sich wieder schloß. Jeder kehrte zu seinem Pferde zurück, zäumte es, band seine Tasche über den Sattel und schwang sich wieder hinauf. Als der Hauptmann endlich sah, daß sie alle zum Ritte gerüstet waren, stellte er sich an ihre Spitze und schlug wieder denselben Weg ein, auf dem sie gekommen waren.

Ali Baba stieg nicht sogleich vom Baume herab. »Sie könnten«, sprach er bei sich selbst, »etwas vergessen haben, das sie wieder nötigte umzukehren und dann würden sie mich ertappen.« Er verfolgte sie mit den Augen, bis er sie aus dem Gesichte verloren hatte, und stieg zur größeren Sicherheit erst lange nachher herab. Da er die Worte, kraft deren der Räuberhauptmann die Türe geöffnet und wieder geschlossen, wohl in seinem Gedächtnisse behalten hatte, wandelte ihn die Lust an, einen Versuch zu machen, ob sie vielleicht dieselbe Wirkung haben würden, wenn er sie ausspräche. Er drängt sich daher durch das Gesträuch, fand die Tür, die von demselben verdeckt war, stellte sich vor sie hin, sprach die Worte: »Sesam, öffne dich!« und siehe da, im Augenblick sprang die Tür angelweit auf.

Ali Baba hatte einen dunklen und finstern Ort erwartet, aber wie groß war sein Erstaunen, als er das Innere des Felsens sehr hell, weit und geräumig und von Menschenhänden zu einem hohen Gewölbe ausgehöhlt sah, das von oben herab durch eine künstlich angebrachte Öffnung sein Licht empfing. Er erblickte hier große Mundvorräte, Ballen von köstlichen Kaufmannswaren, Seidenstoffen und Brokat, besonders auch wertvolle Teppiche, haufenweise aufgetürmt; was ihn aber am meisten anzog, war eine Masse geprägtes Gold und Silber, das teils in Haufen aufgeschüttet, teils in ledernen Säcken oder Beuteln aufgestapelt war. Bei diesem Anblick kam es ihm vor, als ob diese Felsenhöhle nicht erst seit einer Reihe von Jahren, sondern schon seit Jahrhunderten Räubern fortwährend zum Zufluchtsort gedient haben müsse.

Ali Baba besann sich nicht lange, was er hier tun sollte; er trat in die Höhle, und sobald er darin war, schloß sich die Tür wieder; doch beunruhigte ihn das nicht, denn er wußte ja das Geheimnis, sie zu öffnen. Mit dem Silbergelde gab er sich nicht lange ab, sondern machte sich an das gemünzte Gold und besonders an das, was in Säcken war. Von diesem nahm er zu wiederholten Malen so viel, als er tragen und seinen drei Eseln, die sich indes zerstreut hatten, aufladen konnte. Als er sie wieder an dem Felsen zusammengetrieben hatte, bepackte er sie mit den Säcken, und um diese zu verbergen, legte er Holz oben drauf, so daß niemand etwas davon merken konnte. Als er fertig war, stellte er sich vor die Tür, und kaum hatte er die Worte: »Sesam, schließe dich!« ausgesprochen, so schloß sie sich auch wieder; sie hatte sich nämlich jedesmal, wenn er hineingegangen war, von selbst geschlossen und war jedesmal, wenn er herauskam, offen geblieben.

Ali Baba nahm nun seinen Weg nach der Stadt zurück, und als er vor seinem Hause anlangte, trieb er seine Esel in einen kleinen Hof, dessen Tür er sorgfältig hinter sich zuschloß. Hierauf lud er das wenige Holz, das seinen Schatz bedeckte, ab, trug die Säcke in sein Haus und legte sie vor seiner Frau, die auf dem Sofa saß, auf den Tisch.

Seine Frau nahm die Säcke in die Hand, und als sie merkte, daß sie voll Gold waren, meinte sie, ihr Mann habe sie gestohlen. Wie er nun alle hereingebracht hatte, konnte sie nicht umhin, zu ihm zu sagen: »Ali Baba, solltest du so gottverlassen sein, um ... « Ali Baba unterbrach sie mit den Worten: »Sei ruhig, liebes Weib, und mach' dir darüber keine Sorge, ich bin kein Dieb, denn ich habe dies alles nur Dieben genommen. Du wirst bald anderer Meinung darüber werden, wenn ich dir mein Glück erzähle.« Er schüttete die Säcke aus, die einen großen Haufen Goldes enthielten, so daß seine Frau ganz geblendet wurde. Dann erzählte er ihr die Geschichte vom Anfang bis zum Ende und empfahl ihr dann vor allen Dingen, die Sache geheim zu halten.

Als die Frau sich von ihrem Erstaunen und Schrecken wieder erholt hatte, freute sie sich mit ihrem Manne über das Glück, das ihnen widerfahren, und wollte den ganzen Goldhaufen, der vor ihr lag, Stück für Stück zählen. »Liebe Frau«, sagte Ali Baba zu ihr, »du bist nicht gescheit. Was fällt dir da ein? Du würdest nie mit dem Zählen fertig werden. Ich will eine Grube machen und es dahinein vergraben; wir haben keine Zeit zu verlieren.« – »Es wäre doch gut«, antwortete die Frau, »wenn wir wenigstens ungefähr wüßten, wie viel es ist. Ich will in der Nachbarschaft ein kleines Maß borgen und es damit messen, während du die Grube machst.« – »Liebe Frau«, sagte Ali Baba darauf, »dies würde uns nichts nützen und ich rate dir, laß davon ab. Du kannst übrigens tun, was du willst, aber vergiß nur nicht, die Sache verschwiegen zu halten.«

Um ihr Gelüste zu befriedigen, ging Ali Babas Frau fort und zu ihrem Schwager Casim, der nicht weit von ihr wohnte. Casim war nicht zu Hause, und sie wandte sich daher an seine Frau mit der Bitte, ihr doch auf einige Augenblicke ein Maß zu leihen. Die Schwägerin fragte sie, ob sie ein großes oder ein kleines wolle, und Ali Babas Frau bat sich ein kleines aus. »Recht gerne«, antwortete die Schwägerin, »warte nur ein wenig, ich will es dir sogleich bringen.«

Die Schwägerin holte das Maß; da sie aber Ali Babas Armut kannte, war sie neugierig zu erfahren, was für Getreide seine Frau damit messen wolle, und kam daher auf den Gedanken, unten an das Maß unvermutet etwas Teig zu kleben. Darauf kam sie zurück, überreichte Ali Babas Frau das Maß und entschuldigte sich wegen ihres Ausbleibens, indem sie es lange habe suchen müssen.

Als Ali Babas Frau nach Hause zurückkam, stellte sie das Maß auf den Goldhaufen, füllte es an und leerte es in einiger Entfernung davon auf dem Sofa. Als sie nun alles gemessen hatte, war sie sehr zufrieden mit der ansehnlichen Zahl der Maße und teilte es ihrem Manne mit, der soeben die Grube vollendet hatte.

Während Ali Baba das Geld vergrub, trug seine Frau, um ihrer Schwägerin ihre Pünktlichkeit und Ordnungsliebe zu zeigen, das Maß zurück, hatte aber nicht bemerkt, daß ein Goldstück noch unten daran klebte. »Liebe Schwägerin«, sagte sie zu ihr, als sie es zurückgab, »du siehst, daß ich dein Maß nicht zu lange behalten habe; ich bin dir sehr verbunden dafür; hier hast du es wieder.«

Kaum hatte Ali Babas Frau ihr den Rücken gekehrt, als Casims Frau das Maß von unten besah, und man kann ihr Erstaunen denken, als sie das am Boden klebende Goldstück fand. Alsbald fuhr der Satan des Neides in ihr Herz. »Wie!« sagte sie, »Ali Baba hat das Gold maßweise, woher mag es wohl der Elende genommen haben?« Casim, ihr Mann, war, wie gesagt, nicht zu Hause, sondern in seiner Bude, von wo er erst auf den Abend zurückerwartet wurde. Die Zeit bis zu seiner Heimkehr dünkte ihr eine Ewigkeit, denn sie brannte vor Ungeduld, ihm die große Nachricht mitzuteilen, die für ihn eben so überraschend sein mußte, wie für sie.

Als Casim nach Hause kam, sagte seine Frau zu ihm: »Du glaubst ein reicher Mann zu sein, Casim, allein du täuschest dich: Ali Baba ist tausendmal reicher als du; er kann sein Gold nicht zählen, sondern muß es messen.« Casim verlangte eine Erklärung dieses Rätsels, und sie erzählte ihm, wie sie diese Entdeckung gemacht habe; zugleich zeigte sie ihm das Goldstück, das unten am Boden kleben geblieben war; es war so alt, daß der Name des Fürsten, der es hatte prägen lassen, ihnen unbekannt war.

Statt sich über das Glück des bisher so armen Bruders herzlich zu freuen, empfand Casim eine Eifersucht, die ihm keine Ruhe mehr ließ. Er konnte beinahe die ganze Nacht darüber nicht schlafen, und am andern Morgen ging er noch vor Sonnenaufgang zu ihm. Da er seit seiner Verheiratung mit der reichen Witwe ihn nicht mehr als seinen Bruder ansah und diesen Namen ganz vergessen hatte, so redete er ihn auch jetzt also an: »Ali Baba, du bist sehr zurückhaltend in deinen Angelegenheiten. Du spielst den Armen, den Notleidenden, den Bettler, und missest das Gold in Maßen.«

»Lieber Bruder«, antwortete Ali Baba, »ich weiß nicht, was du da sagen willst; erkläre dich deutlicher.« – »Verstell dich nur nicht so«, antwortete Casim, und indem er ihm das Gold zeigte, das seine Frau ihm gegeben hatte, fügte er hinzu: »Wieviel solcher Goldstücke hast du? Meine Frau hat dieses hier unten an dem Maße gefunden, das die deinige gestern von ihr borgte.«

Aus dieser Rede erkannte Ali Baba, daß infolge des Eigensinns seiner Frau Casim und dessen Weib bereits die Sache wußten, deren Geheimhaltung ihm so wichtig war. Allein der Fehler war einmal gemacht, und man konnte ihm nicht abhelfen. Ohne sich seinen Verdruß im mindesten anmerken zu lassen, gestand er daher seinem Bruder die ganze Sache und erzählte ihm, durch welchen Zufall und an welchem Ort er den Schlupfwinkel der Räuber entdeckt hatte; zugleich erbot er sich, den Schatz mit ihm zu teilen, wenn er nur das Geheimnis bewahren wolle.

»Ja, das verlange ich ohnehin«, versetzte Casim mit stolzem Tone; »aber«, fügte er hinzu, »ich will auch noch ganz genau wissen, wo der Schatz ist, an welchen näheren Merkmalen ich ihn erkennen und wie ich wohl selbst hineinkommen kann, wenn es mich gelüstet; sonst zeige ich dich bei dem Gericht an. Weigerst du dich, so hast du nichts mehr zu hoffen, sondern wirst auch das verlieren, was du schon hast; ich aber werde für diese Angabe meinen Anteil erhalten.«

Mehr aus Gutmütigkeit, als durch die unverschämten Drohungen seines rohen Bruders eingeschüchtert, gab Ali Baba ihm vollständige Auskunft über alles, was er wünschte und teilte ihm auch die Worte mit, die er sprechen mußte, um in die Höhle hinein und wieder heraus zu gelangen.

Mehr verlangte Casim nicht zu wissen. Er verließ seinen Bruder mit dem festen Vorsatz, ihm zuvorzukommen und in der Hoffnung, sich des Schatzes allein zu bemächtigen. Am andern Morgen brach er schon vor Tagesanbruch mit zehn Maultieren auf, die er mit großen Kisten beladen hatte; diese wollte er alle anfüllen und nahm sich vor, bei einer zweiten Fahrt nach dem Schatze noch weit mehr solche Kisten mitzunehmen, falls er noch so viele Ladungen darin vorfände, daß dies nötig wäre. Er schlug den Weg ein, den Ali Baba ihm bezeichnet hatte, gelangte an den Felsen und erkannte die Merkmale, sowie den Baum, auf dem Ali Baba sich versteckt hatte. Er suchte die Tür, fand sie und sprach die Worte: »Sesam, öffne dich!« Die Tür ging auf, er trat hinein und sogleich schloß sie sich wieder. Bei Besichtigung der Höhle geriet er in große Verwunderung, da er darin weit mehr Reichtümer antraf, als er nach Ali Babas Erzählung vermutet hatte, und sein Erstaunen wurde immer größer, je mehr er alles einzeln betrachtete. Als ein geiziger Mann, dem die Reichtümer über alles gingen, hätte er gerne den ganzen Tag lang seine Augen an dem Anblicke so vielen Goldes geweidet, wenn es ihm nicht eingefallen wäre, daß er eigentlich dazu gekommen sei, um das Gold zu holen und seine zehn Maulesel damit zu beladen. Er nahm daher eine Anzahl von Säcken, so viel er tragen konnte, ging damit auf die Tür zu, und da er an alles andere mehr dachte, als an das, was jetzt für ihn am wichtigsten war, so geschah es, daß er sich des notwendigen Wortes nicht mehr erinnerte, und, statt Sesam, sagte: »Gerste, öffne dich!« Aber wie groß war seine Bestürzung, als er sah, daß die Tür sich nicht öffnete, sondern verschlossen blieb. Nun nannte er noch mehrere andere Namen von Getreidearten, aber nur den rechten nicht, und die Tür blieb immer verschlossen. Auf diesen Zufall hatte sich Casim nicht gefaßt gemacht. Schrecken und Angst bemächtigte sich seiner, als er sich nun in so großer Gefahr erblickte, und je mehr er sich anstrengte, um das Wort Sesam in sein Gedächtnis zurückzurufen, um so verwirrter wurde er, und bald war dies Wort für ihn, als ob er es nie hätte nennen hören. Verzweiflungsvoll warf er jetzt die Säcke, womit er sich beladen hatte, zu Boden, ging mit großen Schritten in der Höhle auf und nieder, und alle die Reichtümer, von denen er sich umgeben sah, hatten jetzt keinen Reiz mehr für ihn. Doch lassen wir Casim sein Schicksal beweinen, unser Mitleid verdient er nicht.

Die Räuber kehrten gegen Mittag zu ihrer Höhle zurück, und als sie in die Nähe kamen und die mit Kisten beladenen Maulesel Casims erblickten, wurden sie über diese neue Erscheinung unruhig, sprengten mit verhängtem Zügel heran und jagten die zehn Maulesel, die Casim anzubinden vergessen hatte, und die ruhig weideten, auseinander, so daß sie sich da und dorthin im Walde zerstreuten und ihnen bald aus dem Gesicht entschwanden. Die Räuber nahmen sich nicht die Mühe, den Mauseln nachzureiten: es war ihnen weit wichtiger, ihren Besitzer aufzufinden. Während nun einige um den Felsen herum die Runde machten, um ihn zu suchen, stieg der Hauptmann nebst den übrigen ab, ging mit blankem Säbel gerade auf die Tür zu, sprach die Worte, und die Tür öffnete sich.

Casim, der mitten in der Höhle das Stampfen von Pferden hörte, zweifelte jetzt nicht mehr, daß die Räuber angekommen und er selbst verloren sei. Gleichwohl beschloß er, einen Versuch zu machen, um aus ihren Händen zu entrinnen und sich zu retten; daher stellte er sich dicht vor die Tür, um hinauszustürzen, sobald sie sich öffnen würde. Kaum hörte er das Wort Sesam, das seinem Gedächtnis entfallen war, aussprechen, und sah die Tür aufgehen, so stürmte er so ungestüm hinaus, daß er den Hauptmann zu Boden warf. Allein den andern Räubern vermochte er nicht zu entgehen; diese hielten ebenfalls den blanken Säbel in der Hand und nahmen ihm auf der Stelle das Leben. Jetzt war die erste Sorge der Räuber, in die Grotte hineinzugehen. Sie fanden nahe bei der Tür die Säcke, die Casim bis dahin gebracht hatte, um seine Mauleesel damit zu bepacken, und legten dieselben wieder auf den vorigen Platz, bemerkten aber nicht, daß diejenigen, die Ali Baba fortgeschafft hatte, fehlten. Indem sie sich nun über diese Begebenheit gemeinschaftlich berieten, begriffen sie wohl, wie Casim nicht aus der Grotte habe herauskommen können, allein wie er hineingekommen sei, das konnten sie nicht verstehen. Sie kamen auf den Gedanken, er sei vielleicht von oben herabgestiegen; allein die Öffnung, durch welche das Licht hereinfiel, war so hoch, und der Gipfel des Felsens so unzugänglich, daß sie einstimmig erklärten, dieses Rätsel könnten sie nicht auflösen. Daß er durch die Tür hereingekommen sei, konnten sie nicht annehmen, denn dazu mußte er doch das Geheimnis wissen, sie zu öffnen, und in dessen Besitz, glaubten sie, sei niemand außer ihnen selbst. Sie konnten nämlich nicht wissen, daß Ali Baba sie belauscht und es gehört hatte. Wie nun auch die Sache gekommen sein mochte, es handelte sich jetzt darum, ihre gemeinschaftlichen Reichtümer in Sicherheit zu bringen, und so kamen sie denn dahin überein, den Leichnam Casims in vier Teile zu teilen und innerhalb der Grotte nicht weit von der Tür zwei zur Rechten und zwei zur Linken aufzuhängen, zum abschreckenden Beispiel für jeden, der die Frechheit haben würde, etwas ähnliches zu wagen; sie selbst aber beschlossen, erst nach Verlauf einiger Zeit, wenn der Leichengeruch sich verloren haben würde, in ihre Höhle zurückzukehren. Da sie nichts weiter zurückhielt, so verließen sie ihren Zufluchtsort, nachdem sie ihn wohl verschlossen, stiegen wieder zu Pferde und durchstreiften die Ebene in der Richtung hin, wo die Straßen am meisten von den Karawanen besucht waren, um wie gewöhnlich Jagd auf dieselben zu machen und sie auszuplündern.

Indes war Casims Frau in großer Unruhe, als die finstere Nacht anbrach und ihr Mann immer noch nicht zurückkam. Voll Bekümmernis ging sie zu Ali Baba und sagte zu ihm: »Lieber Schwager, du weißt gewiß, daß dein Bruder Casim in den Wald gegangen ist und zu welchem Zweck. Er ist immer noch nicht zurückgekommen und doch ist es bereits tiefe Nacht; ich fürchte, es möchte ihm irgend ein Unglück zugestoßen sein.«

Ali Baba hatte nach der oben angeführten Unterredung mit seinem Bruder dessen Vorhaben vermutet und war deshalb an diesem Tage nicht selbst in den Wald gegangen, um ihm keinen Anlaß zum Argwohn zu geben. Ohne ihr irgend einen Vorwurf zu machen, der sie oder ihren Mann, wenn er noch am Leben gewesen wäre, hätte beleidigen können, sagte er zu ihr, sie solle sich deswegen noch nicht bekümmern, denn ohne Zweifel habe Casim es für zweckmäßig gefunden, erst später in die Stadt zurückzukehren.

Casims Frau glaubte dies um so leichter, da sie bedachte, wie sehr ihrem Manne daran liegen mußte, die Sache geheim zu halten. Sie kehrte also nach Hause zurück und wartete geduldig bis um Mitternacht. Nun aber verdoppelte sich ihre Bekümmernis und ihr Herzeleid um so mehr, da sie ihrem geängstigten Herzen nicht durch Schreien und Weinen Luft schaffen konnte, weil sie wohl einsah, daß die wahre Ursache davon vor der Nachbarschaft ein Geheimnis bleiben mußte. Jetzt, da ihr Fehler nicht wieder gut zu machen war, bereute sie ihre närrische Neugierde und ihr sträfliches Begehren, die häuslichen Angelegenheiten ihres Schwagers und ihrer Schwägerin durchschauen zu wollen. Sie weinte die ganze Nacht durch, und bei

Tagesanbruch eilte sie wieder zu ihm, indem sie mehr durch Tränen als durch Worte zu verstehen gab, warum sie komme. Ali Baba wartete nicht, bis seine Schwägerin ihn bat, er möchte sich die Mühe nehmen und nachsehen, was aus Casim geworden sei. Er machte sich auf der Stelle mit seinen drei Eseln auf und ging in den Wald, nachdem er ihr zuvor empfohlen hatte, ihre Betrübnis zu mäßigen. Als er sich dem Felsen näherte, ohne auf dem ganzen Wege weder seinen Bruder noch die Maulesel angetroffen zu haben, verwunderte er sich sehr über das Blut, das er am Eingange der Höhle bemerkte, und dies erschien ihm als eine üble Vorbedeutung. Er trat vor die Tür, sprach die Worte, sie öffnete sich, und das erste, was ihm in die Augen fiel, war der Leichnam seines gevierteilten Bruders. Bei diesem traurigen Anblick besann er sich nicht lange, was er tun solle, sondern beschloß alsbald, seinem Bruder die letzte Ehre zu erweisen, denn er dachte nicht mehr, wie wenig brüderliche Liebe dieser stets für ihn gehegt hatte. Er fand in der Höhle allerlei Zeug, um darein die vier Teile seines Bruders in verschiedene Ballen zu packen, womit er einen seiner Esel belud; oben darüber legte er Holz, damit niemand es merken möchte. Die beiden andern Esel bepackte er ohne weitern Aufschub mit vollen Goldsäcken, über die er, wie das erstemal, Holz legte, und nachdem er dies vollendet und der Tür befohlen hatte, sich wieder zu schließen, zog er nach der Stadt zurück. Er war jedoch vorsichtig genug, am Ausgange des Waldes so lange zu warten, daß er erst mit Anbruch der Nacht dieselbe erreichte. Zu Hause angekommen, trieb er nur die zwei mit Gold beladenen Esel in den Hof, überließ seiner Frau das Geschäft, sie abzuladen, und nachdem er ihr mit wenigen Worten das Schicksal Casims mitgeteilt hatte, führte er den dritten Esel zu seiner Schwägerin. Ali Baba klopfte an die Tür und sie wurde ihm von einer gewissen Morgiane geöffnet. Diese Morgiane war eine geschickte, kluge und erfinderische Sklavin, welche die größten Schwierigkeiten zu überwinden wußte, was Ali Baba wohl bekannt war. Als er daher in den Hof getreten war und dem Esel das Holz nebst den beiden Päcken abgenommen hatte, zog er Morgiane beiseite und sagte zu ihr: »Morgiane, das erste, was ich von dir verlange, ist unverbrüchliche Verschwiegenheit: du wirst bald sehen, wie viel deiner Gebieterin und mir daran liegen muß. Diese zwei Päcke enthalten den Leichnam deines Herrn; wir müssen jetzt daran denken, ihn so zu beerdigen, als ob er eines natürlichen Todes gestorben wäre. Führe mich zu deiner Gebieterin, und achte auf das, was ich ihr sagen werde.« Morgiane meldete es ihrer Gebieterin, und Ali Baba, der ihr auf dem Fuße folgte, trat ins Zimmer. »Nun, mein Schwager«, rief ihm die Witwe mit großer Ungeduld entgegen, »was für Nachricht bringst du mir von meinem Manne? Dein Gesicht verkündet nichts Tröstliches.« – »Schwägerin«, antwortete Ali Baba, »ich kann dir nichts sagen, bevor du mir gelobst, daß du mich vom Anfang bis zum Ende anhören willst, ohne den Mund zu öffnen. Nach dem Vorfall, den ich dir zu erzählen habe, ist es für dein eigenes Wohl und deine Ruhe gleich wichtig, wie für mich, daß die Sache verschwiegen bleibt.« – »Ach!« rief die Schwägerin halblaut aus, »diese Einleitung läßt mich erkennen, daß mein Mann nicht mehr am Leben ist; zugleich aber sehe ich ein, wie notwendig die Verschwiegenheit ist, die du von mir forderst. Ich muß mir freilich viel Gewalt antun, aber sprich nur, ich höre dich.« Ali Baba erzählte hierauf seiner Schwägerin den ganzen Erfolg seiner Reise bis zu seiner Heimkehr mit Casims Leichnam. »Schwägerin«, fügte er hinzu, »du hast nun freilich große Ursache, betrübt zu sein, besonders da du dieses nicht erwarten konntest. Dieses Unglück läßt sich nicht mehr ändern; wenn aber irgend etwas imstande ist, dich zu trösten, so erbiete ich mich, die wenigen Güter, die mir Gott beschert, mit den deinigen zu vereinigen und dich zu heiraten; zugleich gebe ich dir die Versicherung, daß meine Frau nicht eifersüchtig sein und ihr euch gewiß recht gut miteinander vertragen werdet. Gefällt dir mein Vorschlag, so müssen wir vor allem daran denken, die Sache so einzuleiten, daß jedermann glaubt, mein Bruder sei eines natürlichen Todes gestorben, und hierin denke ich, kannst du dich ganz auf Morgiane verlassen; auch ich werde meinerseits alles beitragen, was in meiner Macht steht.«

Was konnte Casims Witwe besseres tun, als Ali Babas Vorschlag annehmen? Neben dem Vermögen, daß ihr durch den Tod ihres ersten Mannes zufiel, bekam sie einen zweiten Mann, der reicher war, als sie selbst, und infolge der Entdeckung des Schatzes noch reicher werden konnte. Sie lehnte also den Antrag nicht ab, sondern betrach-

tete ihn im Gegenteil als einen sehr triftigen Grund, sich zu trösten. Indem sie daher ihre Tränen trocknete, die bereits reichlich zu fließen begonnen hatten, und zu klagen aufhörte, bewies sie Ali Baba genugsam, daß sie sein Anerbieten annahm. In dieser Stimmung verließ Ali Baba die Witwe Casims, und nachdem er Morgianen anempfohlen hatte, ihre Rolle gut zu spielen, kehrte er mit seinem Esel nach Hause zurück. Morgiane tat, was man von ihr erwartete; sie ging in demselben Augenblicke, wie Ali Baba, aus dem Hause zu einem Apotheker, der in der Nähe wohnte. Sie klopfte an seinen Laden, und als man ihr geöffnet, verlangte sie eine gewisse Art von Arzneitäfelchen, die in den gefährlichsten Krankheiten von sehr großem Nutzen sind. Der Apotheker gab ihr einige für das Geld, das sie auf den Tisch gelegt hatte, und fragte, wer denn im Hause ihres Herrn krank sei? »Ach!« erwiderte sie mit einem tiefen Seufzer, »Casim, mein guter Herr, ist es selbst. Man kann aus seiner Krankheit nicht klug werden, er spricht nichts und kann nichts essen.« Mit diesen Worten nahm sie die Arzneitäfelchen fort, von denen Casim keinen Gebrauch mehr machen konnte. Am andern Morgen kam Morgiane wieder zu demselben Apotheker und verlangte mit Tränen in den Augen einen Saft, den man Kranken nur in der äußersten Gefahr einzugeben pflegt; wenn dieser Saft sie nicht gesund machte, gab man alle Hoffnung auf ihre Genesung auf. »Ach!« sagte sie mit großer Betrübnis, als sie ihn aus den Händen des Apothekers empfing, »ich fürchte sehr, dies Mittel wird ebensowenig anschlagen, wie die Arzneitäfelchen. Ach, was war es für ein guter Herr, und jetzt soll ich ihn verlieren!« Da man nun auch von der andern Seite Ali Baba und seine Frau den ganzen Tag mit betrübtem Gesichte nach Casims Hause hin und her gehen sah, wunderte sich niemand über das Jammergeschrei, das Casims Frau und besonders Morgiane am Abend erhoben, um Casims Tod zu verkünden.

Am anderen Morgen ging Morgiane, die auf dem Marktplatze einen alten, ehrlichen Schuhflicker kannte, der seine Bude immer zuerst und lange vor den andern öffnete, in aller Frühe aus, um ihn aufzusuchen. Sie begrüßte ihn mit dem gewöhnlichen Gruß und drückte ihm sogleich ein Goldstück in die Hand. Der Schuhflicker, der in der ganzen Stadt unter dem Namen Baba Mustapha bekannt und ein sehr lustiger Kamerad voll heiterer Einfälle war, besah das Stück genau, weil es noch nicht recht Tag war, und als er sich überzeugt, daß er Gold bekommen, sagte er: »Ein schönes Handgeld! Was steht zu Befehl? Ich bin bereit, alles zu tun.« – »Baba Mustapha«, sagte Morgiane zu ihm, »nimm all dein Handwerkszeug, das zum Flicken nötig ist, und komm schnell mit mir; du mußt dir aber, wenn wir an dem und dem Orte angekommen sind, die Augen verbinden lassen.« Bei diesen Worten machte Baba Mustapha Schwierigkeiten. »Nein, nein«, antwortete er, »du verlangst gewiß etwas von mir, was gegen mein Gewissen oder gegen meine Ehre ist.« »Gott behüte«, erwiderte Morgiane, indem sie ihm ein zweites Goldstück in die Hand drückte, »ich fordere nichts von dir, was du nicht in allen Ehren tun könntest. Komm nur und mache dir keine unnötige Angst.« Baba Mustapha folgte, und Morgiane führte ihn, nachdem sie ihm an der bezeichneten Stelle ein Tuch vor die Augen gebunden, in das Haus ihres verstorbenen Herrn und nahm ihm das Tuch erst in dem Zimmer ab, wohin sie den Leichnam gebracht und seine vier Teile gehörig zusammengesetzt hatte. »Baba Mustapha«, sagte sie jetzt zu ihm, »ich habe dich hierher gebracht, damit du diese vier Stücke da zusammennähen sollst. Verliere keine Zeit, und wenn du damit fertig bist, bekommst du noch ein Goldstück.« Als Baba Mustapha fertig war, verband ihm die Morgiane in demselben Zimmer wieder die Augen, und nachdem sie ihm das versprochene dritte Goldstück eingehändigt und Verschwiegenheit empfohlen, führte sie ihn an den Ort zurück, wo sie ihm auf dem Herwege die Augen verbunden hatte. Hier nahm sie ihm das Tuch wieder ab und ließ ihn nach Hause gehen, verfolgte ihn aber mit den Blicken, so weit sie konnte, damit er keine Lust bekommen sollte, zurückzukehren und sie selbst zu beobachten.

Morgiane hatte heißes Wasser bereiten lassen, um Casims Leichnam zu waschen, und Ali Baba, der zugleich mit ihr ins Haus zurückgekehrt war, wusch ihn, beräucherte ihn mit Weihrauch und hüllte ihn mit den gewöhnlichen Feierlichkeiten und Gebräuchen ins Leichentuch. Bald brachte auch der Schreiner den Sarg, den Ali Baba bei ihm bestellt hatte. Damit nun der Schreiner nichts merken möchte, nahm Morgiane den Sarg an der Tür in Empfang, und nachdem sie ihn bezahlt und weggeschickt hatte, half sie Ali Baba die Leiche hineinlegen. Sobald dieser den Deckel darauf genagelt hatte, ging sie nach der Moschee und meldete, daß alles zu der Beerdigung bereit sei. Die Leute der Moschee, deren Geschäft es ist, die Leiche zu waschen, boten ihre Dienste an, um ihre Verrichtung zu erfüllen, allein sie sagte ihnen, dies sei schon geschehen. Kaum war Morgiane wieder zu Hause, als der Imam nebst den übrigen Dienern der Moschee ankam. Vier von Casims Nachbarn nahmen den Sarg auf die Schultern und trugen ihn hinter dem Imam, der fortwährend Gebete sprach, her auf den Begräbnisplatz. Morgiane, als die Sklavin des Verstorbenen, folgte unter Tränen und mit entblößtem Haupte, indem sie ein lautes Klagegeschrei erhob, sich heftig die Brust zerschlug und die Haare ausraufte. Hinter ihr ging Ali Baba, begleitet von den Nachbarn, die von Zeit zu Zeit und nach der Reihe die andern Nachbarn, welche den Sarg trugen, ablösten, bis man allmählich den Begräbnisplatz erreicht hatte.

Was nun Casims Frau betrifft, so blieb diese zu Hause, um ihrer Betrübnis nachzuhängen und ein lautes Klagegeschrei zu erheben mit ihren Nachbarinnen, die der bestehenden Sitte zufolge während der Begräbnisfeierlichkeit zu ihr gekommen waren, um ihre Wehklagen mit denen der Witwe zu vereinigen, und das ganze Stadtviertel weit und breit mit Trauer erfüllten. Auf diese Art blieb Casims unglückseliger Tod ein Geheimnis zwischen Ali Baba, dessen Frau, Casims Witwe und Morgiane, und diese vier Personen bewahrten es so behutsam, daß kein Mensch in der Stadt nur im mindesten etwas argwöhnte, geschweige denn erfuhr. Drei und vier Tage nach Casims Beerdigung schaffte Ali Baba die wenigen Gerätschaften, die er besaß, samt dem aus der Schatzhöhle der Räuber geholten Gelde, dieses aber nur bei Nacht, in das Haus der Witwe seines Bruders, um fortan da zu wohnen. Dadurch brachte er zugleich seine Verheiratung mit seiner Schwägerin zur öffentlichen Kunde, und da Heiraten dieser Art bei unserer Religion durchaus nichts Ungewöhnliches sind, so wunderte sich auch niemand darüber. Was Casims Laden betrifft, so hatte Ali Baba einen Sohn, der seit einiger Zeit seine Lehrjahre bei einem bedeutenden Kaufmanne vollendet und von ihm immer gute Zeugnisse erhalten hatte. Diesem übergab er ihn mit dem Versprechen, wenn er fortfahre, sich gut aufzuführen, so werde er ihn mit der Zeit seinem Stande gemäß vorteilhaft verheiraten.

Wir wollen indes Ali Baba sein neues Glück genießen lassen, und uns wieder ein wenig nach den vierzig Räubern umsehen. Sie kehrten nach der bestimmten Frist in ihren Schlupfwinkel im Walde zurück und erstaunten über die Maßen, als sie Casims Leichnam nicht mehr vorfanden; noch höher aber stieg ihre Verwunderung, als sie an ihren Goldsäcken eine bedeutende Verminderung bemerkten. »Wir sind verraten und verloren«, sprach der Hauptmann, »wenn wir uns nicht sehr in acht nehmen und sogleich die nötigsten Gegenmaßregeln ergreifen, werden wir allmählich alle unsere Reichtümer einbüßen, die unsere Vorfahren und wir selbst mit so vieler Mühe und Beschwerde erworben haben. Aus dem Schaden, der uns angetan worden ist, geht so viel hervor, daß der Dieb, den wir ertappten, das Geheimnis wußte, die Tür zu öffnen, und wir zum guten Glücke gerade in dem Augenblicke dazu kamen, als er wieder hinausgehen wollte. Er war jedoch nicht allein, sondern ein anderer muß ebenfalls darum wissen. Brauchen wir doch kein weiteres Zeugnis, da seine Leiche fortgeschafft worden ist und unser Schatz bedeutend abgenommen hat. Nun scheint es aber nicht, daß mehr als zwei Personen um das Geheimnis wissen, wir müssen also, nachdem wir den ersten umgebracht, auch den zweiten aus dem Wege räumen. Was sagt ihr dazu, brave Leute, seid ihr nicht auch meiner Meinung?«

Der Vorschlag des Räuberhauptmanns leuchtete der ganzen Bande vollkommen ein; sie billigten ihn alle und vereinigten sich dahin, daß man vor der Hand jede andere Unternehmung beiseite setzen und die vereinigten Kräfte bloß dieser allein widmen solle; ja man solle nicht eher ruhen, bis der Zweck erreicht sei.

»Eben das«, fuhr der Hauptmann fort, »habe ich von eurem Mut und eurer Tapferkeit erwartet; vor allem aber muß ein kühner, gewandter und unternehmender Mann aus eurer Mitte ohne Waffen, in der Tracht eines fremden Reisenden, in die Stadt gehen und seine ganze Geschicklichkeit aufbieten, um zu erkunden, ob man doch nicht von dem auffallenden Tode dessen spricht, den wir, wie er verdiente, umgebracht haben, wer er war und in welchem Hause er wohnte. Dies ist für jetzt das wichtigste, damit wir nichts tun, das wir jemals zu bereuen Ursache hätten, und uns nicht in einem Lande verraten, wo wir so lange unbekannt waren, und es so wichtig für uns ist, auch fernerhin unbekannt zu bleiben. Um indes denjenigen, der sich zu dieser Sendung erbieten wird, anzufeuern, und damit er uns nicht einen falschen Bericht hinterbringe, der unser aller Verderben nach sich ziehen könnte, frage ich euch, ob ihr es nicht für angemessen haltet, daß er sich in diesem Falle der Todesstrafe unterwerfe?«

Ohne erst die Abstimmung der andern abzuwarten, sagte einer der Räuber: »Ich unterwerfe mich der Bedingung und mache mir eine Ehre daraus, bei diesem Geschäfte mein Leben zu wagen. Gelingt es mir nicht, so werdet ihr euch wenigstens erinnern, daß es mir weder an gutem Willen, noch an Mut gefehlt hat, um das Wohl der Gesellschaft zu befördern.«

Der Räuber erhielt große Lobsprüche vom Hauptmann und seinen Kameraden und verkleidete sich dann so vollständig, daß niemand ihn für das halten konnte, was er wirklich war. Er ging nachts ab und traf seine Maßregeln so, daß er gerade um die Zeit, wo der Tag zu grauen anfing, in die Stadt kam. Auf dem Marktplatz angelangt, sah er nur einen einzigen Laden offen, nämlich den des Baba Mustapha.

Baba Mustapha saß mit dem Pfriemen in der Hand auf seinem Stuhle und wollte eben sein Geschäft beginnen. Der Räuber trat auf ihn zu, wünschte ihm guten Morgen, und da er sein hohes Alter bemerkte, sagte er zu ihm: »Guter Mann, du fängst sehr früh an zu arbeiten; du kannst bei deinen Jahren unmöglich jetzt schon gut sehen. Auch wenn es noch heller wäre, so zweifle ich doch, daß deine Augen noch zum Flicken scharf genug sind.« – »Wer du auch sein magst«, antwortete Baba Mustapha, »so scheinst du mich nicht zu kennen. Ich bin zwar allerdings schon sehr alt, habe aber dennoch treffliche Augen, und zum Beweis dafür will ich dir nur sagen, daß ich vor noch nicht langer Zeit einen Toten an einem Orte zusammengeflickt habe, wo es nicht viel heller war, als es jetzt hier ist.« Der Räuber war hocherfreut, sogleich einen Mann angetroffen zu haben, der ihm, wie er hoffte, von selbst ungefragt über das Auskunft geben würde, weswegen er hierher gekommen war. »Einen Toten?« frug er ganz verwundert, und um ihn zum Sprechen zu bringen, fügte er hinzu:

»Warum denn einen Toten zusammennähen? Du wolltest offenbar sagen, das Leichentuch, worin er eingehüllt war!« – »Nein, nein«, antwortete Baba Mustapha, »ich weiß recht gut, was ich sagen will. Du möchtest mich gerne zum Sprechen bringen, allein ich werde dir nichts mehr davon erzählen.«

Der Räuber bedurfte keine weiteren Erklärungen, um überzeugt zu sein, daß er gefunden habe, was zu suchen er gekommen war. Er zog ein Goldstück aus der Tasche, drückte es Baba Mustapha in die Hand und sagte zu ihm: »Ich habe durchaus nicht die Absicht, in dein Geheimnis eindringen zu wollen, obwohl ich dich versichern kann, daß ich es nicht verbreiten würde, wenn du mir es anvertrautest. Das einzige, um was ich dich bitte, ist, daß du so gefällig sein mögest, mir das Haus zu beschreiben oder zu zeigen, wo du den Leichnam zusammengenäht hast.« – »Wenn ich dies auch gern tun wollte«, antwortete Baba Mustapha, indem er Miene machte, ihm das Gold zurückzugeben, »so versichere ich dich doch, daß es mir unmöglich wäre, du kannst mir dies auf mein Wort glauben. Man hat mich nämlich an einen gewissen Ort geführt, wo mir die Augen verbunden wurden, und von da nach einem Hause, von wo aus man mich nach Vollendung meines Geschäfts auf dieselbe Weise an denselben Ort zurückführte. Du siehst also ein, daß ich dir unmöglich deinen Wunsch gewähren kann.« – »So wirst du dich doch«, fragte der Räuber weiter, »wenigstens einigermaßen noch des Wegs erinnern, den man dich mit verbundenen Augen geführt hat. Ich bitte dich, komme jetzt mit mir, ich will dir an derselben Stelle die Augen verbinden und dann wollen wir miteinander dieselbe Straße und dieselben Kreuz- und Querwege gehen, die du dich erinnerst damals gegangen zu sein. Da aber jeder Arbeiter seines Lohnes wert ist, so gebe ich dir hiermit ein zweites Goldstück. Komm und tu mir diesen Gefallen.«

Die beiden Goldstücke lockten Baba Mustapha. Er betrachtete sie eine Zeitlang in seiner Hand, ohne ein Wort zu sprechen, und ging mit sich zu Rate, was er tun solle. Endlich zog er seinen Geldbeutel, steckte sie hinein und sagte dann zum Räuber: »Ich kann zwar nicht versichern, daß ich mich des Wegs, den man mich damals führte, genau erinnere; da du es aber so haben willst, so komm, ich will mein Möglichstes tun, um mich darauf zu besinnen.«

Baba Mustapha machte sich nun zur großen Freude des Räubers auf, und ohne seinen Laden zu verschließen, worin er nichts Bedeutendes zu verlieren hatte, führte er ihn an den Ort, wo Morgiane ihm die Augen verbunden hatte. Als sie dort angekommen waren, sagte Baba Mustapha: »Hier hat man mich verbunden und ich sah gerade nach derselben Seite wie jetzt.« Der Räuber, der schon sein Schnupftuch in Bereitschaft hatte, verband ihm nun gleichfalls die Augen und ging neben ihm her, indem er ihn teils führte, teils sich von ihm führen ließ, bis er stehen blieb.

»Weiter«, sagte Baba Mustapha, »bin ich, so viel ich weiß, nicht gekommen«, und er befand sich wirklich vor Casims Hause, wo jetzt Ali Baba wohnte. Der Räuber machte, bevor er ihm das Tuch von den Augen nahm, schnell mit einem Stück Kreide ein Zeichen vor die Tür, und als er es ihm abgebunden hatte, fragte er ihn, ob er wisse, wem das Haus gehöre. Baba Mustapha antwortete, er wohne nicht in diesem Stadtviertel und könne ihm auch nichts Weiteres sagen.

Als der Räuber sah, daß er von Baba Mustapha nichts mehr erfahren konnte, dankte er ihm für seine Bemühung und ließ ihn nach seinem Laden zurückgehen; er selbst aber ging wieder in den Wald in der festen Überzeugung, dort eine gute Aufnahme zu finden.

Bald nachdem der Räuber und Baba Mustapha sich getrennt hatten, ging Morgiane eines Geschäftes wegen aus dem Hause Ali Babas, und als sie zurückkam, bemerkte sie das Zeichen, das der Räuber an die Tür gemacht hatte. Sie blieb stehen und betrachtete es aufmerksam. »Was mag wohl dieses Zeichen bedeuten?« sagte sie bei sich selbst; »sollte jemand Böses gegen meinen Herrn im Schilde führen, oder ist es bloß zum Scherze gemacht worden? Dem sei übrigens wie ihm wolle, es kann nichts schaden, wenn man sich für jeden Fall sicher stellt.« Sie nahm sofort ebenfalls Kreide, und da die zwei oder drei vorhergehenden und dahinterfolgenden Türen fast ebenso aussahen, wie ihre Haustür, so bezeichnete sie dieselben an der nämlichen Stelle und ging sodann in das Haus zurück, ohne weder ihrem Herrn noch dessen Frau etwas davon zu sagen.

Der Räuber setzte indes seinen Weg nach dem Walde fort und kam sehr bald zur übrigen Gesellschaft zurück. Er stattete sogleich

Bericht vom Erfolg seiner Reise ab und pries über die Maßen sein Glück, daß er gleich anfangs einen Mann gefunden, der ihm das, was ihn in die Stadt geführt, erzählt habe, denn er hätte es sonst von niemand erfahren können. Alle bezeigten große Freude darüber, der Hauptmann aber nahm das Wort, und nachdem er seinen Eifer gelobt, sprach er folgendermaßen zu der ganzen Gesellschaft: »Kameraden, wir haben keine Zeit mehr zu verlieren; laßt uns wohlbewaffnet, aber ohne daß man es uns ansieht, aufbrechen und, um keinen Verdacht zu erregen, einzeln, einer nach dem andern, in die Stadt gehen; dort kommt von verschiedenen Seiten her auf dem Marktplatze zusammen, während ich mit unserm Kameraden, der uns eben diese gute Nachricht gebracht hat, das Haus auskundschaften werde, um danach die zweckmäßigen Maßregeln treffen zu können.«

Die Rede des Räuberhauptmanns wurde mit großem Beifall aufgenommen, und sie waren bald reisefertig. Sie zogen nun zu zwei und drei von dannen, und da sie immer in angemessener Entfernung voneinander gingen, gelangten sie ohne Verdacht zu erregen in die Stadt. Der Hauptmann und der Räuber, der morgens hier gewesen war, trafen zuletzt daselbst ein. Dieser führte den Hauptmann in die Straße, wo er Ali Babas Haus bezeichnet hatte, und als er an die erste, von Morgiane bezeichnete Haustür kam, machte er ihn darauf aufmerksam und sagte, das sei die rechte. Als sie aber, um sich nicht verdächtig zu machen, weiter gingen, bemerkte der Hauptmann, daß die nächstfolgende Tür ebenfalls dasselbe Zeichen und an derselben Stelle hatte; er zeigte es daher seinem Führer und fragte ihn, ob es dies Haus sei oder das vorige. Der Räuber kam in Verlegenheit und wußte nichts zu antworten, besonders als er und der Hauptmann sahen, daß die vier oder fünf folgenden Türen ebenfalls dasselbe Zeichen hatten. Er versicherte dem Hauptmann mit einem Schwur, daß er bloß eine einzige bezeichnet habe, und setzte dann hinzu: »Es ist mir unbegreiflich, wer die übrigen so ähnlich bezeichnet haben mag, aber ich muß in dieser Verwirrung gestehen, daß ich diejenige, die ich selbst bezeichnet habe, nicht mehr herausfinden kann.« Als nun der Hauptmann seinen Plan vereitelt sah, begab er sich nach dem Marktplatz und ließ seinen Leuten durch den ersten besten, der ihm begegnete, sagen, sie haben sich dieses Mal eine vergebliche Mühe

gemacht, und es bleibe nichts anderes übrig, als den Rückweg nach ihrem gemeinschaftlichen Zufluchtsort anzutreten. Er selbst ging voran und sie folgten ihm alle in derselben Ordnung, wie sie gekommen waren.

Nachdem die Bande sich im Walde wieder versammelt hatte, erklärte ihr der Hauptmann, warum er sie habe wieder umkehren lassen. Sogleich wurde der Führer einstimmig des Todes schuldig erklärt, auch gestand er selbst, daß er es verdient habe, weil er bessere Vorsichtsmaßregeln hätte ergreifen sollen, und ohne Zittern bot er demjenigen den Hals hin, der den Auftrag erhielt, ihm den Kopf abzuschlagen.

Da es für das Wohl der Bande sehr wichtig war, den Schaden, den man ihr zugefügt, nicht ungerächt zu lassen, so trat ein anderer Räuber auf, versprach, es solle ihm besser gelingen, als seinem Vorgänger, und bat sich die Übertragung dieses Geschäfts als eine Gunst aus. Es wurde ihm genehmigt; er ging nach der Stadt, bestach Baba Mustapha, wie sein Vorgänger getan, und Baba Mustapha führte ihn mit verbundenen Augen vor Ali Babas Haus. Der Räuber bezeichnete dasselbe an einer weniger bemerkbaren Stelle mit Rötel, in der Hoffnung, er werde es auf diese Art gewiß von der weißbezeichneten unterscheiden können.

Aber bald darauf ging Morgiane aus dem Hause, wie am vorigen Tag, und als sie zurückkam, entging das rote Zeichen ihren scharfblickenden Augen nicht. Sie dachte sich dabei das nämliche, wie bei dem weißen Zeichen, und machte sogleich an die Türen der Nachbarhäuser, und zwar an die nämliche Stelle, dasselbe Zeichen mit Rötel.

Inzwischen kehrte der Räuber zu seiner Bande in den Wald zurück, erzählte, welche Maßregel er genommen, und sagte, es wäre ihm jetzt unmöglich, das bezeichnete Haus mit den andern zu verwechseln. Der Hauptmann und seine Leute glaubten mit ihm, die Sache müsse jetzt gelingen. Sie begaben sich daher in derselben Ordnung und mit derselben Vorsicht, wie tags zuvor, auch ganz ebenso bewaffnet, nach der Stadt, um den Plan auszuführen, den sie ersonnen hatten. Der Hauptmann und der Räuber gingen sogleich in die Straße Ali Babas, fanden aber dieselbe Schwierigkeit, wie das erstemal.

Der Hauptmann ward darüber erzürnt, und der Räuber geriet in dieselbe Bestürzung wie derjenige, der vor ihm diesen Auftrag gehabt hatte. So sah sich denn der Hauptmann genötigt, ebenso unbefriedigt wie das erstemal, noch an demselben Tage mit seinen Leuten den Rückweg anzutreten. Der Räuber, der an dem Mißlingen des Planes schuld war, erlitt gleicherweise die Strafe, der er sich freiwillig unterworfen hatte.

Da nun der Hauptmann seine Bande um zwei wackere Leute vermindert sah, fürchtete er, sie möchte noch mehr abnehmen, wenn er sich bei Erforschung von Ali Babas Haus auch fernerhin auf andere verlassen wollte. Ihr Beispiel zeigte ihm, daß sie mehr zu kühnen Waffentaten geeignet waren, als zu solchen Unternehmungen, wo man klug und listig zu Werke gehen mußte. Er übernahm daher die Sache selbst und ging nach der Stadt, wo ihm Baba Mustapha denselben Dienst leistete, wie den beiden Abgesandten seiner Bande; er machte jedoch kein Merkzeichen an Ali Babas Haus, sondern ging mehrere Male vorüber und betrachtete es so genau, daß er es durchaus nicht mehr verfehlen konnte.

Nachdem er sich nun von allem, was er wünschte, unterrichtet hatte, ging der Räuberhauptmann, wohl zufrieden mit seiner Reise, nach dem Walde zurück, und als er in die Felsenhöhle kam, wo die ganze Bande ihn erwartete, sagte er zu ihnen: »Kameraden, jetzt kann uns nichts mehr hindern, volle Rache für die Bosheit zu nehmen, die an uns verübt worden ist. Ich kenne das Haus des Schurken, den sie treffen soll, ganz genau und habe unterwegs auf Mittel gedacht, die Sache so schlau anzugreifen, daß niemand weder von unserer Höhle, noch von unserm Schatze etwas ahnen soll; denn dies ist der Hauptzweck, den wir bei unserm Unternehmen vor Augen haben müssen, sonst würde es uns ins Verderben stürzen. Hört einmal an«, fuhr der Hauptmann fort, »was ich ausgesonnen habe, um diesen Zweck zu erreichen. Wenn ich euch meinen Plan auseinandergesetzt haben werde und einer von euch ein besseres Mittel weiß, so mag er es uns dann mitteilen.« Sofort erklärte er ihnen, wie er die Sache anzugreifen gedenke, und als ihm alle ihren Beifall zu erkennen gaben, befahl er ihnen, sich in die umliegenden Dörfer und Flecken und auch in die Stadt zu zerstreuen und neunzehn Maulesel zu kaufen, nebst achtunddreißig großen ledernen Ölschläuchen, den einen voll, die andern aber leer.

Binnen zwei bis drei Tagen hatten die Räuber alles beisammen. Da die leeren Schläuche an der Mündung für seinen Zweck etwas zu eng waren, ließ der Hauptmann sie ein wenig erweitern, und nachdem er in jeden Schlauch einen seiner Leute mit den nötigen Waffen hatte hineinkriechen lassen, wobei jedoch eine aufgetrennte Ritze offen blieb, damit sie frei Atem schöpfen konnten, verschloß er die Schläuche so, daß man glauben mußte, es sei Öl darin; um aber die Täuschung zu vollenden, befeuchtete er sie von außen mit Öl, das er aus dem vollen Schlauch nahm.

Nachdem er diese Anordnung getroffen und die siebenunddreißig Räuber, jeden in einem Schlauch steckend, nebst dem mit Öl angefüllten Schlauch auf die Maultiere geladen hatte, nahm der Hauptmann um die festgesetzte Stunde mit denselben seinen Weg nach der Stadt und kam in der Abenddämmerung, etwa eine Stunde nach Sonnenuntergang, vor derselben an. Er ging zum Tore hinein und geraden Weges auf Ali Babas Haus zu, in der Absicht, bei ihm anzuklopfen und von der Gefälligkeit des Hausherrn für sich und seine Maultiere ein Nachtlager zu erbitten. Er brauchte nicht anzuklopfen, denn Ali Baba saß vor der Tür, um nach dem Abendessen frische Luft zu schöpfen. Er ließ daher seinen Maulesel halt machen, wandte sich an Ali Baba und sagte zu ihm: »Herr, ich bringe das Öl, das du hier siehst, aus weiter Ferne her, um es morgen auf dem Markte zu verkaufen, aber da es schon so spät ist, weiß ich nicht, wo ich ein Unterkommen finden soll. Wenn es dir nicht zu lästig wäre, würde ich dich um die Gefälligkeit bitten, mich für diese Nacht in deinem Hause aufzunehmen; ich würde dir großen Dank dafür wissen.« Obgleich Ali Baba den Mann, der jetzt mit ihm sprach, bereits im Walde gesehen und auch reden gehört hatte, so konnte er ihn doch in seinem Ölhändlersaufzuge unmöglich als den Hauptmann jener vierzig Räuber wieder erkennen. »Sei mir willkommen«, sagte er zu ihm, »und tritt herein!« Mit diesen Worten machte er ihm Platz, daß er samt seinen Maultieren hineingehen konnte.

Ali Baba rief nun seinen Sklaven und befahl ihm, sobald die Maultiere abgepackt sein würden, sie nicht bloß in den Stall zu führen, sondern ihnen auch Gerste und Heu zu bringen. Auch nahm er sich die Mühe, in die Küche zu gehen und Morgianen zu befehlen, sie solle für den neuangekommenen Gast schnell ein gutes Abendbrot bereiten und in einem Zimmer ein Bett für ihn herrichten.

Ali Baba tat noch mehr, um seinem Gaste viele Ehre zu bezeigen. Als er nämlich sah, daß der Räuberhauptmann seine Maulesel abgepackt hatte, und diese, wie er befohlen, in den Stall gebracht worden waren, nahm er den Fremden, der die Nacht unter freiem Himmel zubringen wollte, bei der Hand und führte ihn in den Saal, wo er seine Besuche zu empfangen pflegte, mit der Erklärung, er werde es nicht zugeben, daß er im Hof übernachte. Der Räuberhauptmann verbat sich diese Ehre, indem er sagte, er wolle ihm durchaus nicht zur Last fallen; der wahre Grund aber war, damit er seinen Plan um so ungestörter ausführen könnte. Indes bat ihn Ali Baba so höflich und so dringend, daß er ihm nicht länger widerstehen konnte. Ali Baba leistete demjenigen, der ihm nach dem Leben trachtete, nicht bloß so lange Gesellschaft, bis Morgiane das Abendbrot auftrug, sondern unterhielt sich mit ihm auch noch fortwährend über allerlei Dinge, von denen er glaubte, sie können ihm Vergnügen machen, und verließ ihn nicht eher, als bis er sein Mahl vollendet hatte. »Ich lasse dich jetzt allein«, sagte er dann zu ihm; »wenn du irgend etwas wünschest, so darfst du es nur sagen: Alles, was in meinem Hause ist, steht zu deinen Diensten.« Der Räuberhauptmann stand zugleich mit Ali Baba auf und begleitete ihn bis an die Tür. Während nun Ali Baba in die Küche ging, um mit Morgiane zu sprechen, begab er sich in den Hof unter dem Vorwand, er wolle im Stall nachsehen, ob es seinen Maultieren an nichts fehle.

Nachdem Ali Baba Morgianen von neuem empfohlen hatte, für seinen Gast aufs beste zu sorgen und ihm nichts abgehen zu lassen, fügte er hinzu: »Morgiane, ich will dir jetzt nur noch sagen, daß ich morgen vor Tag ins Bad gehe; mache meine Badetücher zurecht und gib sie Abdallah – so hieß nämlich sein Sklave, – sodann besorge mir eine gute Fleischbrühe, bis ich nach Hause komme.« Nachdem er ihr diese Befehle gegeben hatte, ging er zu Bett.

Indes gab der Räuberhauptmann, als er aus dem Stalle herauskam, seinen Leuten Befehl, was sie tun sollten. Vom ersten Schlauch an bis zum letzten sagte er zu jedem: »Wenn ich von meinem Schlafgemach kleine Steinchen herabwerfe, schneide mit dem Messer, das du bei dir hast, den Schlauch von oben bis unten auf und krieche aus der Öffnung heraus; ich werde dann bald bei euch sein.« Das Messer, von dem er sprach, war für diesen Zweck eigens gespitzt und geschliffen. Nachdem dies geschehen war, kehrte er zurück, und sobald er sich an der Küchentür zeigte, nahm Morgiane ein Licht, führte ihn nach dem für ihn eingerichteten Zimmer und ließ ihn dort allein, nachdem sie ihn zuvor gefragt hatte, ob er nichts weiter zu wünschen habe. Um keinen Argwohn zu erregen, löschte er bald darauf das Licht aus und legte sich ganz angekleidet nieder, damit er gleich nach dem ersten Schlafe wieder aufstehen könnte.

Morgiane vergaß Ali Babas Befehl nicht. Sie legte seine Badetücher zurecht, übergab sie an Abdallah, der noch nicht schlafen gegangen war, und stellte den Topf zur Fleischbrühe ans Feuer. Während sie nun den Topf abschöpfte, löschte plötzlich die Lampe aus. Im ganzen Hause war kein Öl mehr und zufällig auch keine Lichter vorrätig. Was sollte sie nun anfangen? Um ihren Topf abzuschöpfen, mußte sie notwendig hell sehen. Sie entdeckte ihre Verlegenheit Abdallah, der ihr zur Antwort gab: »Da gibt es freilich keinen andern Rat, als daß du dir aus einem der Schläuche unten im Hofe etwas Öl holst.« Morgiane dankte Abdallah für diesen Rat, und während er neben Ali Babas Zimmer sich niederlegte, um ihn dann ins Bad zu begleiten, nahm sie den Ölkrug und ging in den Hof. Als sie sich dem ersten besten Schlauche näherte, fragte der Räuber, der darin steckte, ganz leise. »Ist es Zeit?« Obwohl nun der Räuber leise gesprochen hatte, so wurde Morgiane doch über diese Stimme um so mehr stutzig, weil der Räuberhauptmann, nachdem er seine Maulesel abgeladen, nicht bloß diesen Schlauch, sondern auch alle übrigen geöffnet hatte, um seinen Leuten frische Luft zu verschaffen. Diese hatten ohnehin eine sehr üble Lage darin, obschon sie Atem holen konnten,

Jede andere Sklavin, als Morgiane, obwohl sie freilich nicht wenig überrascht war, statt des gesuchten Öls einen Mann in dem Schlauche zu finden, hätte darüber wahrscheinlich Lärm gemacht und vielleicht großes Unglück angerichtet. Morgiane aber war weit verständiger als ihresgleichen. Sie begriff sogleich, wie wichtig es war, die Sache geheim zu halten, in welch dringender Gefahr Ali Baba nebst seiner Familie und sie selbst schwebte, und daß sie jetzt notwendig so schnell wie möglich und ohne allen Lärm ihre Maßregeln ergreifen mußte. Gott der Herr hatte sie mit Verstand gesegnet, so daß sie die Mittel dazu bald erkannte. Sie faßte sich im Augenblicke wieder, und ohne im mindesten Schrecken zu verraten, antwortete sie, als ob sie der Räuberhauptmann wäre: »Noch nicht, aber bald.« Darauf näherte sie sich dem folgenden Schlauch, wo sie dieselbe Frage hörte, und so fort, bis sie zum letzten kam, der voll Öl war; sie gab auf jede Frage immer dieselbe Antwort.

Morgiane erkannte daraus, daß ihr Herr Ali Baba nicht, wie er glaubte, einen Ölhändler, sondern siebenunddreißig Räuber nebst ihrem Hauptmann, den verkleideten Kaufmann, in seinem Hause beherbergte. Sie füllte daher in aller Eile ihren Krug mit Öl, das sie aus dem letzten Schlauche nahm, kehrte sodann in die Küche zurück, und nachdem sie Öl in die Lampe gegossen und sie wieder angezündet hatte. nahm sie einen großen Kessel, ging wieder in den Hof und füllte ihn mit Öl aus dem Schlauche. Sodann ging sie wieder in die Küche und setzte ihn über ein gewaltiges Feuer, in das sie immer neues Holz zuschob, denn je eher das Öl ins Sieden kam, desto eher konnte sie auch den Plan ausführen, den sie zum gemeinsamen Wohl des Hauses entworfen hatte und der keinen Aufschub zuließ. Als endlich das Öl kochte, nahm sie den Kessel und goß in jeden Schlauch, vom ersten bis zum letzten, so viel siedendes Öl, als hinreichend war, um die Räuber zu ersticken und zu töten.

Nachdem Morgiane diese Tat, die ihrem Mut alle Ehre machte, ebenso geräuschlos ausgeführt, als ausgedacht hatte, kehrte sie mit dem leeren Kessel in die Küche zurück und verschloß sie. Sodann löschte sie das große Feuer, das sie angezündet hatte, aus und ließ bloß so viel übrig, als nötig war, um die Fleischbrühe für Ali Baba vollends zu kochen. Zuletzt blies sie auch die Lampe aus und verhielt sich ganz still, denn sie hatte beschlossen, nicht eher zu Bette zu gehen, als bis sie durch ein Küchenfenster, das nach dem Hofe hinaus sah, alles beobachtet hätte, was etwa vorging, soweit die Dunkelheit der Nacht es gestattete. Morgiane hatte noch keine Viertelstunde

gewartet, als der Räuberhauptmann erwachte. Er stand auf, öffnete das Fenster, sah hinaus und da er nirgends mehr Licht gewahrte, sondern überall im Hause die tiefste Ruhe und Stille herrschen sah, gab er das verabredete Zeichen, indem er kleine Steine hinabwarf. Mehrere davon fielen, wie er sich durch den Schall überzeugen konnte, auf die ledernen Schläuche. Er horchte begierig, hörte und merkte aber nichts, woraus er hätte schließen können, daß seine Leute sich in Bewegung setzten. Dies beunruhigte ihn, und er warf zum zweiten- und drittenmal kleine Steine hinab. Sie fielen auf die Schläuche, aber keiner von den Räubern gab das geringste Lebenszeichen von sich. Da er dies nicht begreifen konnte, ging er in der höchsten Bestürzung und so leise als möglich in den Hof hinab und näherte sich dem ersten Schlauch; als er aber den darin befindlichen Räuber fragen wollte, ob er schlafe, stieg ihm ein Geruch von heißem Öl und von etwas Verbranntem aus dem Schlauch entgegen, und er erkannte daraus, daß sein Plan gegen Ali Baba, ihn zu ermorden, auszuplündern und das seiner Gesellschaft geraubte Gold wieder mitzunehmen, gänzlich fehlgeschlagen hatte. Er ging nun zum folgenden Schlauch und so fort bis zum letzten und fand, daß alle seine Leute auf dieselbe Weise umgekommen waren. Die Abnahme des Öls in dem vollen Ölschlauche zeigte ihm, welcher Mittel und Wege man sich bedient hatte, um seinen Plan zu vereiteln. Jetzt, da er alle seine Hoffnungen zertrümmert sah, brach er, Verzweiflung im Herzen, durch die Tür, die aus dem Hofe in Ali Babas Garten führte, und flüchtete sich, indem er über eine Gartenmauer nach der andern sprang.

Als Morgiane kein Geräusch mehr hörte und nach geraumem Warten den Räuberhauptmann nicht zurückkommen sah, zweifelte sie nicht mehr daran, daß er durch den Garten geflohen sei; denn durch die Haustür konnte er nicht zu entrinnen hoffen, da sie doppelt geschlossen war. Hocherfreut, daß es ihr so gut gelungen war, das ganze Haus zu retten, ging sie endlich zu Bett und schlief ein. Ali Baba indes stand vor Tage auf und ging, von seinem Sklaven begleitet ins Bad. Er hatte nicht die geringste Ahnung von der gräßlichen Begebenheit, die sich, während er schlief, in seinem Hause zugetragen hatte, denn Morgiane hatte nicht für nötig gefunden, ihn aufzuwecken, weil sie im Augenblicke der Gefahr keine Zeit zu verlieren hatte und nach Abwendung derselben ihn nicht in seiner Ruhe stören wollte. Als Ali Baba aus dem Bade in sein Zimmer zurückkam und die Sonne schon hell am Himmel glänzte, wunderte er sich sehr, die Ölschläuche noch am alten Platze stehen zu sehen, und es war ihm unbegreiflich, daß der Kaufmann mit seinen Eseln nicht auf den Markt gegangen sein solle. Er fragte deshalb Morgiane, die ihm die Tür öffnete und alles so stehen und liegen gelassen hatte, damit er es selbst sehen möchte und sie ihm recht deutlich machen könnte, was sie zu seiner Rettung getan habe. »Mein guter Herr«, antwortete Morgiane, »Gott und der heilige Prophet erhalte dich und dein Haus! Du wirst dich von dem, was du zu wissen verlangst, besser überzeugen, wenn deine eigenen Augen sehen werden, was ich ihnen zeigen will. Nimm dir einmal die Mühe, mit mir zu kommen.« Ali Baba folgte seiner Magd; diese verschloß die Tür, führte ihn zum ersten Schlauch und sagte dann: »Blicke einmal in diesen Schlauch hinein, du wirst noch nie solches Öl gesehen haben.«

Ali Baba blickte hinein, und als er in dem Schlauche einen Mann sah, erschrak er über die Maßen, schrie laut auf und sprang zurück, wie wenn er auf eine Schlange getreten wäre. »Fürchte nichts«, sagte Morgiane zu ihm, »der Mann, den du da siehst, wird dir nichts Böses tun. Er hat das Maß seiner Missetaten erfüllt, aber jetzt kann er niemanden mehr Schaden zufügen, denn er ist tot.« – »Morgiane«, rief Ali Baba, »beim erhabenen Propheten! Sage mir, was soll das heißen? – »Ich will es dir erklären«, sagte Morgiane, »aber mäßige die Ausbrüche deiner Verwunderung und reize nicht die Neugierde der Nachbarn, auf daß sie nicht eine Sache erfahren, welche geheim zu halten von großer Wichtigkeit für dich ist. Sieh jedoch zuvor die übrigen Schläuche.« Ali Baba sah in die andern Schläuche nach der Reihe hinein, vom ersten bis zum letzten, worin Öl war, das sichtbarlich abgenommen hatte. Als er nun alle gesehen hatte, blieb er wie angewurzelt stehen, indem er seine Augen bald auf die Schläuche, bald auf Morgiane heftete, und so groß war sein Erstaunen, daß er lange kein Wort sprechen konnte. Endlich erholte er sich wieder und fragte dann: »Aber was ist denn aus dem Kaufmanne geworden?« – »Der Kaufmann«, antwortete Morgiane, »ist so wenig ein Kaufmann, als ich eine Kaufmännin bin. Ich will dir sagen, was er ist und wohin er sich geflüchtet hat. Doch wirst du diese Geschichte viel bequemer auf deinem Zimmer anhören, denn deine Gesundheit erfordert, daß du jetzt, nachdem du aus dem Bade gekommen, etwas Fleischbrühe genießest.«

Während Ali Baba sich auf sein Zimmer begab, holte Morgiane die Fleischbrühe aus der Küche und überbrachte sie ihm; Ali Baba sagte aber, ehe er sie zu sich nahm: »Fange immerhin an, meine Ungeduld zu befriedigen, und erzähle mir diese seltsame Geschichte mit allen einzelnen Umständen.« Morgiane erfüllte den Willen ihres Herrn und sprach also: »Herr, gestern abend, als du bereits zu Bette gegangen warst, legte ich, wie du mir befohlen, deine Badetücher zurecht und übergab sie Abdallah. Sodann stellte ich den Topf mit der Fleischbrühe ans Feuer, und während ich diese schäumte, erlosch auf einmal die Lampe, weil kein Öl mehr darin war. Im Kruge war kein Tröpfchen mehr zu finden und ebensowenig konnte ich ein Stümpchen Licht bekommen. Abdallah, der meine Verlegenheit bemerkte, erinnerte mich an die vollen Ölschläuche im Hofe, denn er zweifelte ebensowenig als ich und du selbst, daß es solche wären. Ich nahm also meinen Ölkrug und lief zu dem nächsten besten Schlauch. Als ich nahe daran war, kam eine Stimme aus demselben, die mich fragte. »Ist es Zeit?« Ich erschrak nicht, sondern erkannte sogleich die Bosheit des falschen Kaufmanns und antwortete ohne Zögern: »Noch nicht, aber bald.« Ich trat zum folgenden Schlauche, und eine andere Stimme tat dieselbe Frage an mich, worauf ich dieselbe Antwort wiedergab. So ging ich denn von einem Schlauche zum andern, immer dieselbe Frage und dieselbe Antwort, und erst im letzten Schlauche fand ich Öl, womit ich den Krug füllte. Als ich nun überlegte, daß sich mitten in deinem Hofe siebenunddreißig Räuber befanden, welche nur auf ein Zeichen oder Befehl ihres Anführers, den du für einen Kaufmann hieltest und so gut aufgenommen hattest, warteten, um das ganze Haus auszuplündern, so glaubte ich, jetzt sei keine Zeit mehr zu verlieren. Ich trug daher den Krug zurück, zündete die Lampe an, nahm den größten Kessel in der ganzen Küche und füllte ihn mit Öl. Sodann stellte ich ihn über das Feuer, und als das Öl recht kochte, goß ich in jeden Schlauch, worin ein Räuber steckte, so viel hinein, als hinlänglich war, um sie an der Ausführung des verderblichen Planes zu verhindern, der sie hierher geführt hatte. Nachdem nun die Sache ein solches Ende genommen, wie ich es mir gedacht hatte, kehrte ich in die Küche zurück, löschte die Lampe aus, und bevor ich zu Bett ging, fing ich an, durchs Fenster ruhig zu beobachten, was der falsche Ölhändler wohl jetzt tun würde. Nach einer Weile hörte ich, daß er zum Zeichen für seine Leute kleine Steine aus dem Fenster und auf die Schläuche warf. Er wiederholte dies mehrere Male, als er aber nichts sich regen sah oder hörte, ging er hinab, und ich sah ihn von einem Schlauche zum andern gehen, bis ich ihn in der Dunkelheit der Nacht aus dem Auge verlor. Doch gab ich noch einige Zeit acht, und da ich ihn nicht zurückkommen sah, zweifelte ich nicht, er werde in der Verzweiflung über seinen mißlungenen Plan durch den Garten entflohen sein. Nachdem ich mich nun überzeugt hatte, daß das Haus in Sicherheit sei, ging ich zu Bette. Dies ist nun«, setzte Morgiane zum Schlusse hinzu, »die Geschichte, nach der du gefragt hast, und ich bin überzeugt, daß sie mit einer Bemerkung zusammenhängt, die ich vor einigen Tagen gemacht habe, aber Euch nicht mitteilen zu müssen glaubte. Als ich nämlich einmal sehr frühe morgens von meinem Gang in die Stadt zurückkehrte, bemerkte ich, daß die Haustür weiß bezeichnet war, und den Tag darauf bemerkte ich ein rotes Zeichen. Da ich nun aber nicht wußte, zu welchem Zweck dies geschehen war, so bezeichnete ich jedesmal zwei bis drei Nachbarhäuser sowohl vor als hinter uns in der Reihe ebenso an derselben Stelle. Wenn du nun dies mit der Geschichte der letzten Nacht zusammenhältst, wirst du finden, daß alles von den Räubern im Walde angezettelt worden ist, deren Bande sich indes, ich weiß nicht warum, um zwei Köpfe verringert hat. Wie dem auch sein mag, es sind ihrer im höchsten Falle nur noch drei am Leben. Dies beweist, daß sie dir den Untergang geschworen haben, und daß du sehr auf deiner Hut sein mußt, so lange man weiß, daß noch einer davon am Leben ist. Ich für meine Person werde nichts unterlassen, um meiner Pflicht gemäß für deine Erhaltung zu sorgen.«

Als Morgiane ausgesprochen hatte, erkannte Ali Baba wohl, welch wichtigen Dienst sie ihm geleistet, und sprach voll Dankbarkeit also zu ihr: »Ich will nicht sterben, bevor ich dich nach Verdienst belohnt habe. Dir habe ich mein Leben zu verdanken, und um dir gleich jetzt einen Beweis von Erkenntlichkeit zu geben, schenke ich dir von Stund an die Freiheit, behalte mir aber vor, noch weiter an dich zu denken. Auch ich bin überzeugt, daß die vierzig Räuber mir diese Falle gelegt haben. Gott, der Allmächtige und Allbarmherzige, hat mich durch deine Hand befreit; ich hoffe, daß er mich auch ferner vor ihrer Bosheit beschützen, daß er sie vollends ganz von meinem Haupte abwenden und die Welt von den Verfolgungen dieser verfluchten Otternbrut befreien wird. Doch müssen wir jetzt vor allem die Leichen dieser Auswürflinge des Menschengeschlechts beerdigen, aber in aller Stille, so daß niemand etwas von ihrem Schicksal ahnen kann; das will ich mit Abdallah jetzt besorgen.«

Ali Babas Garten war sehr lang und hinten von hohen Bäumen begrenzt. Ohne zu säumen, ging er mit seinem Sklaven unter diese Bäume, um eine lange und breite Grube zu machen, wie für die Leichname, welche hineingelegt werden sollten, notwendig war. Der Boden war leicht aufzulockern, und sie brauchten nicht viel Zeit zu diesem Geschäfte. Sie zogen nun die Leichname aus den Lederschläuchen heraus, legten die Waffen, womit die Räuber sich versehen hatten, beiseite, schleppten dann die Leichname an das Ende des Gartens, brachten sie der Reihe nach in die Grube hinein, schütteten die aufgegrabene Erde über sie hin und zerstreuten dann die übrige Erde in die Runde umher, so daß der Boden wieder so eben wurde, wie zuvor. Die Ölschläuche und die Waffen ließ Ali Baba sorgfältig verstecken, die Maulesel aber, die er zu nichts brauchen konnte, schickte er zu verschiedenen Malen auf den Markt und ließ sie durch seinen Sklaven verkaufen.

Während nun Ali Baba alle diese Maßregeln ergriff, um die Art, wie er in so kurzer Zeit so reich geworden, der Kunde der Leute zu entziehen, war der Hauptmann der vierzig Räuber mit bitterem Herzeleid in den Wald zurückgekehrt. Dieser unglückliche und seinen Hoffnungen so ganz zuwiderlaufende Ausgang der Sache kränkte ihn dermaßen und machte ihn so bestürzt, daß er unterwegs keinen Entschluß fassen konnte, was er gegen Ali Baba nunmehr unternehmen sollte, sondern, ohne zu wissen wie, in die Höhle zurückkam.

Gräßlich war es ihm, als er sich in diesem düstern Aufenthalt nun allein sah. »Ihr wackeren Leute alle«, rief er, »Gefährten meiner Nachtwachen, meiner Streifereien und meiner Anstrengungen, wo seid ihr? Was kann ich ohne euch tun? Also darum habe ich euch nur zusammengebracht und auserlesen, um euch auf einmal durch ein so unseliges und eures Mutes so unwürdiges Schicksal umkommen zu sehen? Ich würde auch weniger beklagen, wenn ihr mit dem Säbel in der Faust als tapfere Männer gestorben wäret. Wann werde ich je wieder eine solche Schar von braven Leuten, wie ihr waret, zusammenbringen können? Und wenn ich es auch wollte, könnte ich es wohl unternehmen, ohne all dieses Gold und Silber, alle diese Schätze demjenigen als Beute überlassen zu müssen, der sich bereits mit einem Teile derselben bereichert hat? Ich kann und darf nicht daran denken, bevor ich ihm das Leben genommen habe. Was ich mit eurem mächtigen Beistande nicht auszuführen vermochte, muß ich jetzt ganz allein tun, und wenn ich erst den Schatz vor Plünderung bewahrt haben werde, will ich auch dafür sorgen, daß es ihm nach mir nicht an einem wackern Herrn fehle, auf daß er sich bis auf die spätesten Nachkommen erhalte und vermehre.« Nachdem er diesen Entschluß gefaßt hatte, war er über die Mittel, ihn auszuführen, nicht verlegen; sein Herz wurde wieder ruhig, er überließ sich aufs neue schönen Hoffnungen und versank in einen tiefen Schlaf.

Am anderen Morgen wachte der Räuberhauptmann früh auf, legte, seinem Plane gemäß, ein sehr stattliches Kleid an, ging in die Stadt und nahm Wohnung in einem Chan. Da er erwartete, von Aufsehen erregenden Vorgängen bei Ali Baba zu hören, fragte er den Aufseher des Chans gelegentlich im Gespräch, ob es nichts Neues in der Stadt gebe, und dieser erzählte ihm verschiedene Sachen, aber nur nicht das, was er zu wissen wünschte. Er schloß daraus, Ali Baba werde bloß darum ein Geheimnis aus der Sache machen, weil er nicht bekannt werden lassen wolle, daß er etwas von dem Schatze wisse und das Geheimnis ihn zu öffnen besitze, auch sei ihm wahrscheinlich nicht unbewußt, daß man ihm bloß deshalb nach dem Leben trachte. Dies bestärkte ihn in dem Vorsatz, alles zu tun, um ihn auf eine ebenso geheime Art aus dem Wege zu schaffen. Der Räuberhauptmann versah sich mit einem Pferde, mit dem er meh-

rere Reisen in den Wald machte, um verschiedene Arten reicher Seidenstoffe und seiner Schleiertücher in seine Wohnung zu bringen; dabei traf er die nötigen Maßregeln, um den Ort, wo er dieselben holte, geheim zu halten. Als er nun so viele Waren, als er zweckdienlich glaubte, beisammen hatte, suchte er sich einen Laden, um sie verkaufen, und fand auch einen; er mietete ihn von seinem Eigentümer, stattete ihn aus und bezog ihn. Ihm gegenüber befand sich der Laden, der früher Casim gehört hatte, aber seit einiger Zeit von Ali Babas Sohn in Besitz genommen war.

Der Räuberhauptmann, der den Namen Chogia Husein angenommen hatte, ermangelte nicht, als neuer Ankömmling der Sitte gemäß den Kaufleuten, die seine Nachbarn waren, seine Aufwartung zu machen. Da Ali Babas Sohn noch jung, wohlgebildet und sehr verständig war, und er mit ihm öfter als mit andern Kaufleuten zu sprechen Gelegenheit hatte, schloß er bald Freundschaft mit ihm. Er suchte seinen Umgang um so angelegentlicher, als er drei bis vier Tage nach Errichtung seines Ladens Ali Baba wieder erkannte, der seinen Sohn besuchte und wie er von Zeit zu Zeit zu tun pflegte, sich längere Zeit mit ihm unterhielt. Als er vollends von dem Jüngling erfuhr, daß Ali Baba sein Vater sei, verdoppelte sich seine Gefälligkeit gegen ihn, liebkoste er ihn, machte ihm kleine Geschenke und lud ihn mehrere Male zu Tische.

Ali Babas Sohn glaubte, Chogia Husein diese Höflichkeit erwidern zu müssen; da er aber sehr eng wohnte und nicht so bequem eingerichtet war, um ihn, wie er wünschte, bewirten zu können, sprach er darüber mit seinem Vater Ali Baba und bemerkte ihm, es würde wohl nicht schicklich sein, wenn er die Höflichkeiten Chogia Huseins noch länger unerwidert ließe. Ali Baba nahm es mit Vergnügen auf sich, den Fremden zu bewirten. »Mein Sohn«, sagte er, »morgen ist Freitag, und da die großen Kaufleute, wie Chogia Husein und du, an diesem Tage ihre Läden geschlossen halten, so mache nachmittags einen Spaziergang mit ihm und richte es auf dem Rückwege so ein, daß du ihn an meinem Hause vorbeiführst und hereinzutreten nötigst. Es ist besser, die Sache macht sich so, als du ihn förmlich einladest. Ich werde Morgianen Befehl geben, daß sie ein Abendessen zugerichtet in Bereitschaft hält.«

Am Freitag nachmittag fanden sich Ali Babas Sohn und Chogia Husein wirklich an dem Orte ein, wohin sie sich bestellt hatten, und machten ihren Spaziergang mit einander. Auf dem Rückwege führte Ali Babas Sohn seinen Freund absichtlich durch die Straße, wo sein Vater wohnte, und als sie vor der Haustüre waren, blieb er stehen, klopfte an und sagte zu ihm: »Hier ist das Haus meines Vaters; da ich ihm schon viel erzählt habe von der freundschaftlichen Art, wie du mir überall entgegenkommst, hat er mich beauftragt, ihm die Ehre deiner Bekanntschaft zu verschaffen. Ich ersuche dich nun, die Zahl deiner Gefälligkeiten gegen mich durch diese noch zu vermehren.«

Obgleich nun Chogia Husein zu dem Ziele, nach dem er strebte, gelangt war, nämlich Eintritt in Ali Babas Haus zu erhalten und ihn ohne eigene Gefahr und ohne großen Lärm zu töten, brachte er dennoch allerhand Entschuldigungen hervor und stellte sich, als wollte er von dem Sohne Abschied nehmen; da aber in diesem Augenblicke Ali Babas Sklave öffnete, so nahm ihn der Sohn artig bei der Hand, ging voran und zwang ihn gewissermaßen, mit ihm hereinzukommen.

Ali Baba empfing Chogia Husein mit freundlichem Gesicht und so gut, als er es nur wünschen konnte. Er dankte ihm für die Güte, die er gegen seinen Sohn bewiesen, und sagte dann: »Wir beide sind dir dafür zu um so größerem Danke verpflichtet, weil er noch ein junger in der Welt unerfahrener Mensch ist und du es nicht unter deiner Würde erachtest, zu seiner Bildung mitzuwirken.« Chogia Husein erwiderte Ali Babas Höflichkeiten durch andere und versicherte ihm zugleich, wenn seinem Sohne auch die Erfahrung von Greisen abgehe, so habe er doch einen gesunden Verstand, der so viel wert sei, als die Erfahrung von tausend andern.

Nachdem sie sich eine Zeitlang über verschiedene gleichgültige Gegenstände unterhalten hatten, wollte Chogia Husein sich verabschieden; Ali Baba ließ es aber nicht zu. »Herr«, sagte er zu ihm, »wohin willst du gehen? Ich bitte dich, erweise mir die Ehre, ein Abendbrot bei mir einzunehmen. Das Mahl, das ich dir geben will, ist freilich bei weitem nicht so glänzend, als du verdientest; aber ich hoffe, du wirst es, so wie es ist, mit ebenso gutem Herzen annehmen, wie ich es dir biete.« – »Herr«, antwortete Chogia Husein, »ich bin von deiner guten Gesinnung vollkommen überzeugt, und wenn ich dich bitte, es mir nicht übel zu nehmen, daß ich dein höfliches Anerbieten ausschlage, so bitte ich dich zugleich zu glauben, daß dies weder aus Verachtung, noch aus Unhöflichkeit geschieht, sondern weil ich einen besondern Grund dazu habe, den du selbst billigen würdest, wenn er dir bekannt wäre.« – »Und was mag dies für ein Grund sein, Herr?« versetzte Ali Baba; »darf ich dich wohl darum fragen?« – »Ich kann es dir wohl sagen«, antwortete Chogia Husein; »ich esse nämlich weder Fleisch, noch andere Gerichte, wobei Salz ist; du kannst hieraus selbst schließen, welche Rolle ich an deinem Tische spielen würde.« -»Wenn du sonst keinen Grund hast«, fuhr Ali Baba dringender fort, »so soll dieser mich gewiß nicht der Ehre berauben, dich heute abend an meinem Tische zu sehen, außer du müßtest etwas anderes vorhaben. Erstens ist in dem Brote, das man bei mir ißt, kein Salz, und was das Fleisch und die Brühen betrifft, so verspreche ich dir, daß in dem, was dir vorgesetzt werden wird, ebenfalls keines sein soll. Ich will sogleich die nötigen Befehle geben; erweise mir daher die Gefälligkeit, bei mir zu bleiben, ich komme im Augenblick wieder zurück.«

Ali Baba ging in die Küche und befahl Morgianen, das Fleisch, das sie heute auftragen würde, nicht zu salzen, und außer den Gerichten, die er schon früher bei ihr bestellt hatte, schnell noch zwei bis drei andere zu bereiten, worin kein Salz sei. Morgiane, die soeben im Begriff war aufzutragen, konnte nicht umhin, ihre Unzufriedenheit über diesen neuen Befehl zu äußern und sich darüber gegen Ali Baba zu erklären. »Wer ist denn«, fragte sie, »dieser eigensinnige Mann, der kein Salz essen will? Deine Mahlzeit wird nicht mehr gut sein, wenn ich sie später auftrage.« – »Werde nur nicht böse, Morgiane«, antwortete Ali Baba; »es ist ein rechtschaffener Mann, tu deswegen, was ich dir sage.« Morgiane gehorchte, aber mit Widerwillen, und es ergriff sie große Neugierde, den Mann kennen zu lernen, der kein Salz essen wollte. Als sie das Mahl bereitet und Abdallah den Tisch gedeckt hatte, half sie ihm die Speisen hineintragen. Indem sie nun Chogia Husein ansah, erkannte sie ihn sogleich trotz seiner Verkleidung als den Räuberhauptmann, und bei längerer aufmerksamer Betrachtung bemerkte sie, daß er unter seinem Kleide einen Dolch versteckt trug. »Jetzt wundere ich mich nicht mehr«, sagte sie in ihrem

Herzen, »daß dieser Gottlose mit meinem Herrn kein Salz essen will:[18] er ist sein hartnäckigster Feind und will ihn ermorden; aber ich will ihn schon daran verhindern.«

Sobald Morgiane mit Abdallah das Auftragen besorgt hatte, benutzte sie die Zeit, während die Herren aßen, um die nötigen Vorbereitungen zur Ausführung eines Planes zu treffen, der von mehr als gewöhnlichem Mute zeigte, und sie war eben fertig damit, als Abdallah ihr meldete, es sei Zeit, die Früchte aufzutragen. Sie brachte dieselben und trug sie auf, sobald Abdallah den Tisch abgeräumt hatte. Hierauf stellte sie neben Ali Baba ein kleines Tischchen und auf dasselbe den Wein nebst drei Schalen; dann ging sie mit Abdallah hinaus, als wollte sie mit ihm zu Nacht speisen, und um Ali Baba nicht zu stören, damit er sich mit seinem Gast angenehm unterhalten und ihm, nach seiner Gewohnheit, zusprechen könnte, sich den Wein schmecken zu lassen.

Jetzt glaubte der falsche Chogia Husein, oder vielmehr der Hauptmann der vierzig Räuber, der günstige Augenblick sei gekommen, um Ali Baba das Leben zu nehmen. »Ich will«, sprach er bei sich selbst, »Vater und Sohn betrunken machen, und der Sohn, dem ich gerne das Leben schenke, soll mich nicht hindern, seinem Vater den Dolch ins Herz zu stoßen; sodann will ich mich, wie das erstemal,

---

18 Das Salz war bei den Alten das Sinnbild der Freundschaft und Treue; sie brauchten es bei allen ihren Opfern und Bündnissen. Die Beduinen oder die Araber der Wüste betrachten es als das Symbol und Pfand der Treue und Unverletzlichkeit ihrer Verträge. Sie hegen – sagte Don Raphael – vor nichts so tiefe Ehrfurcht, als vor dem Brot und dem Salz. Haben sie einmal mit einem Menschen Brot und Salz gegessen, so wäre es ein fluchwürdiges Verbrechen, ihn auszuplündern oder sein Gepäck und seine Waren, womit er durch die Wüste reist, auch nur anzurühren. Für gleich schändlich gilt die geringste Beleidigung gegen seine Person; der Araber, der sich mit einem Verbrechen dieser Art befleckte, würde überall für einen niederträchtigen Schurken angesehen und fiele der tiefsten und allgemeinsten Verachtung anheim; ja er würde in seinen eigenen Augen verächtlich werden und könnte seine Schande niemals abwaschen. Es ist beinahe unerhört, daß Araber dieses schmachvolle Verbrechen begangen hätten; Bande, die mit Brot und Salz besiegelt wurden, sind ihnen unauflöslich. Wenn ein Fremder ihrer Habsucht diesen Damm entgegensetzen kann, so darf er mitten in der Wüste für sein Gepäck und sein Leben weit ruhiger sein, als wenn ihm der Stamm, in dessen Gebiet er kommt, zwanzig Geiseln gestellt hätte; der Araber, mit dem er einmal Salz und Brot gegessen hat, und alle seine Stammesgenossen betrachten ihn als Landsmann und Bruder. Man erweist ihm alle nur erdenklichen Ehrenbezeigungen und gibt ihm auf jede mögliche Art aufrichtige Bruderliebe zu erkennen.

durch den Garten flüchten, während die Köchin und der Sklave noch mit ihrem Abendessen beschäftigt oder in der Küche eingeschlafen sind.«

Morgiane aber hatte die Absicht des falschen Chogia Husein durchschaut und ließ ihm nicht Zeit, seinen boshaften Plan auszuführen. Statt ihr Abendbrot einzunehmen, zog sie ein sehr anmutiges Tanzkleid an, wählte einen passenden Kopfputz dazu, legte sich einen Gürtel von vergoldetem Silber um, und befestigte daran einen Dolch, dessen Scheide und Griff von demselben Metall waren; vor ihr Gesicht hing sie eine sehr schöne Maske. Nachdem sie sich nun so verkleidet hatte, sagte sie zu Abdallah: »Abdallah, nimm deine Schellentrommel und laß uns hineingehen, um vor dem Gaste unsers Herrn, dem Freunde seines Sohnes, die lustigen Spiele aufzuführen, die wir ihm manchmal abends zum besten geben.« Abdallah nahm die Schellentrommel, ging darauf spielend vor Morgianen her und trat so in den Saal. Hinter ihm kam Morgiane, die sich auf eine höchst ungezwungene und anmutsvolle Weise tief verneigte, gleich als bäte sie um Erlaubnis, ihre Geschicklichkeit zu zeigen. Da Abdallah sah, daß Ali Baba sprechen wollte, hörte er auf zu trommeln. »Komm nur herbei, Morgiane«, sagte Ali Baba; »Chogia Husein mag urteilen, ob du etwas verstehst, und uns dann seine Meinung darüber sagen.« Sodann sagte er, zu Chogia Husein gewendet: »Du darfst nicht glauben, Herr, daß ich mich in große Unkosten versetzt habe, um dir dieses Vergnügen zu bereiten. Ich finde es in meinem eigenen Hause, und du siehst, daß es niemand als ein Sklave und meine Köchin ist, die mich auf solche Art belustigen. Ich hoffe, es werde dir nicht mißfallen.«

Chogia Husein war nicht darauf gefaßt, daß Ali Baba auf das Mahl noch diese Belustigung folgen lassen würde. Er fing nun an zu fürchten, er möchte die Gelegenheit, die er gefunden zu haben glaubte, nicht benutzen können. Doch tröstete er sich für diesen Fall mit der Hoffnung, bei fortgesetztem freundlichen Umgang mit Vater und Sohn werde sich bald eine neue zeigen. Obgleich es ihm nun weit angenehmer gewesen wäre, wenn Ali Baba ihn mit diesem Spiele verschont hätte, so stellte er sich dennoch, als wüßte er ihm vielen Dank dafür, und war zugleich höflich genug, ihm zu erklären:

Alles, was seinem verehrten Gastfreunde Vergnügen mache, müsse notwendig auch ihm eine Quelle großer Freude sein.

Als nun Abdallah sah, daß Ali Baba und Chogia Husein aufgehört hatten zu sprechen, fing er aufs neue an, seine Schellentrommel zu schlagen, und sang ein Tanzlied dazu. Morgiane aber, die den geübtesten Tänzern und Tänzerinnen von Fach an Geschicklichkeit nichts nachgab, tanzte auf eine Weise, die bei jeder andern, als gerade bei der hier anwesenden Gesellschaft, Bewunderung hätte erregen müssen; am wenigsten Aufmerksamkeit schenkte der falsche Chogia Husein ihrer Kunst.

Nachdem sie nun mit gleicher Kraft und Anmut mehrere Tänze aufgeführt hatte, zog sie endlich den Dolch, schwang ihn in der Hand und tanzte einen neuen Tanz, worin sie sich selbst übertraf. Die mannigfaltigen Figuren, die sie bildete, ihre leichten Bewegungen, ihre kühnen Sprünge und die wunderbaren Wendungen und Stellungen, die sie dabei vornahm, indem sie den Dolch bald wie zum Stoße ausstreckte, bald sich stellte, als bohrte sie ihn in ihre eigene Brust, waren höchst anmutig anzuschauen. Endlich schien sie sich außer Atem getanzt zu haben, riß mit der linken Hand Abdallah die Schellentrommel aus den Händen, und indem sie mit der rechten den Dolch hielt, bot sie die Trommel von der hohlen Seite Ali Baba hin, wie Tänzer und Tänzerinnen, die ein Gewerbe aus ihrer Kunst machen, zu tun pflegen, um die Freigebigkeit ihrer Zuschauer anzusprechen.

Ali Baba warf Morgianen ein Goldstück auf die Trommel; hierauf wandte sie sich an Ali Babas Sohn, der dem Beispiel seines Vaters folgte. Chogia Husein, der sie auch zu sich kommen sah, hatte bereits seinen Geldbeutel gezogen, um ihr gleichfalls ein Geschenk zu machen, und griff eben hinein, als Morgiane mit einem Mute, der ihrer Festigkeit und Entschlossenheit alle Ehre machte, ihm den Dolch mitten durchs Herz bohrte, so daß er leblos zurücksank. Ali Baba und sein Sohn entsetzten sich über die Maßen ob dieser Handlung und erhoben ein lautes Geschrei. »Unglückselige!« rief Ali Baba, »was hast du getan! Willst du durchaus mich und meine ganze Familie verderben?« – »Nein, mein Herr«, antwortete Morgiane, »ich habe es im Gegenteil zu deiner Rettung getan.« Hierauf öffnete sie

Chogia Huseins Kleid, zeigte Ali Baba den Dolch, womit er bewaffnet war, und sagte dann zu ihm: »Da sieh, mit welchem kühnen Feind du zu tun hattest, blicke ihm mit scharfem Auge ins Angesicht: du wirst gewiß den falschen Ölhändler und den Hauptmann der vierzig Räuber erkennen. Ist es dir denn nicht aufgefallen, daß er kein Salz mit dir essen wollte? Bedarf es wohl noch weiterer Zeugnisse für seinen verderblichen Plan? Noch ehe ich ihn sah, hatte ich schon Argwohn geschöpft, als du mir sagtest, daß du einen solchen Gast habest. Ich sah ihn darauf von Angesicht, und nun liegt der Beweis vor dir, daß mein Verdacht nicht unbegründet war.«

Ali Baba fühlte in seinem innersten Herzen, welchen Dank er Morgianen schuldig war, die ihm nun zum zweiten Male das Leben gerettet hatte. Er umarmte sie und sagte zu ihr: »Morgiane, ich habe dir die Freiheit geschenkt und dabei versprochen, daß mein Dank es nicht dabei bewenden lassen werde, und ich bald noch mehr für dich tun wolle. Diese Zeit ist gekommen: ich mache dich hiermit zu meiner Schwiegertochter.«

Hierauf wandte er sich an seinen Sohn und sagte zu ihm: »Mein Sohn, du bist ein guter Sohn, und ich glaube, du wirst es nicht unbillig finden, daß ich dir Morgiane zur Frau gebe, ohne zuvor deine Stimme zu hören. Du bist ihr eben so großen Dank schuldig, wie ich selbst; denn es ist klar, daß Chogia Husein deine Freundschaft bloß dazu gesucht hat, um mir desto leichter meuchlerischerweise das Leben zu nehmen, und du darfst nicht zweifeln, daß er, wenn ihm dies gelungen wäre, auch dich seiner Rache geopfert haben würde. Bedenke überdies, daß du in Morgianen, wenn du sie heiratest, die Stütze meiner Familie, so lange ich leben werde, und die Stütze der deinigen bis ans Ende deiner Tage besitzen wirst.«

Der Sohn gab nicht den geringsten Widerwillen zu erkennen, sondern erklärte im Gegenteil, er willige in diese Heirat nicht bloß aus Gehorsam gegen ihn, sondern auch aus eigener Neigung. Hierauf traf man in Ali Babas Hause Anstalten, den Leichnam des Hauptmanns neben denjenigen der übrigen Räubern zu begraben, und dies geschah so geheim und in aller Stille, daß es erst nach langen Jahren bekannt wurde, als niemand mehr lebte, der bei dieser denkwürdigen Geschichte persönlich beteiligt war.

Wenige Tage nachher feierte Ali Baba die Hochzeit seines Sohnes und Morgianens mit großem Glanze und durch ein prachtvolles Festmahl, das mit Tänzen, Schauspielen und den gewöhnlichen Lustbarkeiten gewürzt war. Auch hatte er das Vergnügen, zu sehen, daß seine Freunde und Nachbarn, die er eingeladen hatte, und die zwar die wahren Beweggründe zu dieser Hochzeit nicht wissen konnten, aber sonst die schönen und guten Eigenschaften Morgianens kannten, ihn laut wegen seiner Großmut und Herzensgüte lobten.

Ali Baba war nicht mehr in die Räuberhöhle zurückgekehrt, seitdem er die Leiche seines Bruders Casim dort angetroffen und auf einem seiner drei Esel nebst vielem Golde zurückgebracht hatte, denn er fürchtete, er möchte die Räuber dort antreffen oder von ihnen überrascht werden; aber auch nach dem Tode der achtunddreißig Räuber, den Hauptmann mit eingerechnet, hütete er sich lange Zeit, dahin zurückzukehren, weil er besorgte, die zwei andern, deren Schicksal ihm nicht bekannt war, möchten noch am Leben sein. Endlich nach Verlauf eines Jahres, als er sah, daß nichts mehr gegen seine Ruhe unternommen wurde, wandelte ihn die Neugierde an, abermals eine Reise dahin zu unternehmen; doch ergriff er dabei die nötigen Vorsichtsmaßregeln zu seiner Sicherheit. Er stieg zu Pferde, und als er bei der Grotte anlangte, nahm er es als ein gutes Vorzeichen, daß er weder Spuren von Menschen, noch von Pferden bemerkte. Er stieg ab, band sein Pferd an, trat vor die Tür und sprach die Worte, die er noch nicht vergessen hatte: »Sesam, öffne dich!« Die Tür öffnete sich, er ging hinein und aus dem Zustand, worin er alles in der Grotte antraf, konnte er ersehen, daß ungefähr seit der Zeit, da der angebliche Chogia Husein einen Laden in der Stadt errichtet hatte, niemand darin gewesen war, und die ganze Bande der vierzig Räuber ausgerottet sein mußte. Auch zweifelte er nicht mehr daran, daß er der einzige in der Welt sei, der um das Geheimnis, die Höhle zu öffnen, wisse, und daß der darin verschlossene Schatz gänzlich zu seiner Verfügung stehe. Er hatte einen Quersack mitgenommen; diesen füllte er mit so viel Gold an, als er glaubte, daß ein Pferd tragen könnte, und kehrte dann zur Stadt zurück.

In hohem Glanze und geschmückt mit den höchsten Ehrenstellen der Stadt lebten seit dieser Zeit Ali Baba und sein Sohn, den er nach der Felsenhöhle führte und in das Geheimnis, sie zu öffnen, einweihte, desgleichen ihre Nachkommen, auf die sie das Geheimnis vererbten, und die ihr Glück mit weiser Mäßigung genossen.

Nachdem Schehersad dem Sultan Scheherban diese Geschichte erzählt hatte, begann sie in der nächsten Nacht mit folgender:

Die listige Dalilah

Zur Zeit des Kalifen Harun Arraschid lebten zwei schlaue und listige Männer, welche so außerordentliche Taten vollbrachten, daß der Kalif sie als Polizeipräfekten anstellte und jedem von ihnen eine Wache von vierzig Mann zur Verfügung stellte. Jeder erhielt auch ein Ehrenkleid vom Kalifen und einen monatlichen Gehalt von tausend Dinaren nebst freier Tafel. Als dies Seinab, die Tochter des verstorbenen Polizeipräfekten, hörte, sagte sie zu ihrer Mutter Dalilah: »Sieh einmal, wie der Kalif zwei hergelaufene Männer begünstigt, während wir ohne Ansehen und ohne Gehalt ein ärmliches Leben führen müssen.« Dalilah, welche durch ihre List und Schlauheit eine Schlange aus ihrem Nest zu locken wußte, und bei der ›Iblis‹ (der Teufel) selbst noch hätte Unterricht nehmen dürfen, antwortete ihrer Tochter: »Habe nur Geduld, ich werde Streiche ausführen, die meinen Ruf bald über den der beiden jüngst ernannten Polizeipräfekten Ahmed Denf und Hasan Schuman erheben werden, so daß der Kalif mir den Gehalt meines seligen Gatten wird fortbezahlen lassen.« – Sie verschleierte sich hierauf, zog ein wollenes Kleid mit einem breiten Gürtel an, wie die sich Gott weihenden Frauen zu tragen pflegten, nahm eine Waschkanne und füllte sie mit Wasser, in das sie auch einige Goldmünzen legte, die sie mit Palmblättern bedeckte. In die andere Hand nahm sie einen ungeheuer großen Rosenkranz und eine Fahne mit roten und gelben Lumpen behängt. So ging sie in den Straßen Bagdads umher und sagte die frommsten Sprüche her, während sie in ihrem Herzen auf Trug und Verrat sann. Endlich blieb sie vor dem Hause des Obersten der Leibwache des Kalifen stehen. Dieser Mann war unermeßlich reich, er bezog einen starken Gehalt aus der Staatskasse und besaß nebenbei noch viele Häuser und Güter. Das Haus, welches er mit seinem Harem bewohnte, war eines der schönsten Bagdads. Er war aber in seiner Ehe nicht glücklich, denn seine Gattin, welche er sehr liebte, gebar ihm kein Kind, und er hatte ihr in der Hochzeitsnacht schwören müssen, daß er nie eine zweite heiraten wollte. Gerade an dem Tage, wo Dalilah vor seinem Hause stand, hatte er, als einige seiner Freunde mit ihren schönen Kindern den Diwan besuchten, seiner Gattin über den Eid, den er ihr hatte schwören müssen, bittere Vorwürfe gemacht und sie in übler Laune verlassen. Seine Frau stand am Fenster, wie eine Braut geschmückt und mit den kostbarsten Edelsteinen an Hals, Ohren und Fingern beladen. Als Dalilah sie sah, sagte sie: »Diese Frau muß ich aus dem Hause ihres Gatten entführen und ihr ihren ganzen Schmuck ausziehen.« Sie fing dann an, Gott zu loben und zu preisen, bis die junge Frau aufmerksam auf sie ward, und in der Hoffnung, vielleicht durch ihren Segen von Gott mit einem Kinde beschenkt zu werden, ihrem Pförtner befahl, ihr die Tür zu öffnen.

Der Pförtner, ein armer Mann, der schon drei Monate keinen Lohn von seinem Herrn erhalten hatte, öffnete die Tür und bat Dalilah um einiges Wasser aus ihrer geweihten Kanne. Sie schüttelte sie so, daß die Palmblätter wegflogen und einige Goldmünzen herausfielen, und als sie der Pförtner ihr zurückgeben wollte, sagte sie: »Die hat dir Gott beschert, ich habe nichts mit irdischen Gütern zu tun.« Er führte hierauf Dalilah zu seiner Herrin, welche so vielen Schmuck an sich hatte, daß sie Dalilah wie ein Schatz erschien, dessen ihn verhüllende Talismane plötzlich ihre Kraft verloren. Die Hausherrin

Die listige Dalilah

begrüßte Dalilah und bewillkommte sie freundlich und ließ ihr zu essen bringen. Dalilah sagte aber: »Ich faste das ganze Jahr hindurch bis auf fünf Tage, und auch des Abends esse ich nur von den Speisen des Paradieses, die mir einige Heilige meiner Bekanntschaft verschaffen. Aber du, edle Frau, siehst sehr betrübt aus; was fehlt dir denn, da du doch so von Glanz und Reichtum umgeben und noch so jung und schön bist?« – »O Mutter«, antwortete die Hausherrin, »ich ließ in meiner Hochzeitsnacht meinen Gatten schwören, daß er nie eine andere Frau zu mir nehmen würde; nun möchte er aber Kinder haben, die nicht in meiner Macht liegen, ihm zu geben, und er drohte mir, bei seiner Rückkehr von einer Reise, die er eben unternommen, trotz seines Eides noch eine Andere zu heiraten; tut er dies aber, und erhält er Kinder von einer andern Frau, so werden sie alle seine Güter und seine Schätze einst erben, und ich werde arm und verlassen bleiben.« – »Hast du denn noch nichts von dem heiligen Abu Hamlat gehört«, fragte Dalilah im Tone des Erstaunens, »den noch keine unfruchtbare Frau besucht hat, die nicht bald nachher Kinder geboren hätte?« – »Ich bin seit meiner Vermählung weder zur Freude noch zur Trauer ausgegangen«, antwortete die Hausherrin, »und weiß nichts von Abu Hamlat.« – »So folge mir sogleich«, versetzte Dalilah, »ich kenne ihn gut und werde ihn bitten, daß er für dich alle seine Frömmigkeit aufbiete, um von Gott die Erfüllung deines Wunsches zu erlangen. Du aber mußt mir versprechen, daß, wenn du einen Sohn oder eine Tochter gebärst, du sie ganz für Gott erziehst.« Die Frau ließ sich überreden, mit ihr zu gehen, und der Pförtner, den seine Goldmünzen nicht an der Frömmigkeit Dalilahs zweifeln ließen, bestärkte sie in ihrem Vertrauen auf dieselbe. Als Dalilah mit ihr auf der Straße war, dachte sie an nichts anderes, als ihr die kostbaren Kleider und den reichen Schmuck, mit dem sie ausging, auf eine geschickte Weise abzunehmen. Sie ging nun voran und hieß des Obersten Frau ihr in einiger Entfernung folgen, damit sie nicht gestört werde, wenn die Leute sich mit ihren Anliegen um sie drängten. Da kamen sie an dem Laden eines jungen Kaufmanns vorüber, welcher Hasan hieß und noch unverheiratet war, dieser sah ihr mit so verlangendem Blicke nach, daß Dalilah es merkte. Sie hieß die Frau des Obersten auf eine Bank vor dem Laden Hasans sich niederlassen, so daß dieser sie gut sehen konnte. Dann begab sie sich zu ihm und fragte ihn: »Bist du der Kaufmann Hasan, der Sohn Muhsins?« – »Der bin ich«, antwortet Hasan; »doch woher kennst du meinen Namen?« – »Gute Leute«, versetzte Dalilah, »haben mich mit deinem Namen bekannt gemacht. Wisse, dieses Mädchen ist meine Tochter; ihr Vater ist vor kurzem gestorben; er war ein reicher Kaufmann und hat ihr ein ansehnliches Vermögen hinterlassen. Da sie nun das Alter erreicht hat, wo Mädchen zu heiraten pflegen, sagte mir mein Herz, ich sollte dich zu meinem Schwiegersohn wählen; was sagst du dazu?« – »Schon oft«, erwiderte Hasan, »schlug mir meine Mutter diese und jene als Braut vor, aber ich konnte mich nie dazu entschließen, mich zu verloben, ohne meine Braut vorher zu sehen; ich werde daher auch deinen Antrag nur annehmen, wenn du mir gestattest, deine Tochter zu entschleiern.« – »Das sollst du«, versetzte Dalilah; »folge mir nur in einiger Entfernung!« Hasan schloß seinen Laden und steckte für den Notfall einen Beutel mit tausend Dinaren zu sich. Die Alte ging voran; eine Strecke hinter ihr folgte die Frau des Obersten und dann Hasan, bis sie vor den Laden eines Färbers kamen, von dem Dalilah wußte, daß er eine Wohnung zu vermieten habe. Hier blieb sie stehen, grüßte ihn und sagte ihm: »Da in meinem Haus einige Reparaturen vorgenommen werden müssen und ich vernommen habe, daß du ein Haus zu vermieten hast, bin ich zu dir gekommen, um dich zu fragen, ob du mir es auf einige Zeit vermieten willst.« – »Recht gern«, antwortete der Färber; »jedoch nur unter der Bedingung, daß ein Zimmer des Hauses für unsere gemeinschaftlichen Gäste bleibe.« – »Schicke mir nur so viel Gäste wie du willst, sie sollen eine freundliche Bewirtung bei mir finden.« Der Färber übergab ihr dann die Schlüssel zu seinem Hause, das sehr weit von der Färberei lag. Dalilah führte nun zuerst die Frau des Obersten in das gemietete Haus, indem sie sagte: »Hier wohnt Scheich Abu Hamlat«, schloß sie in ein Zimmer ein, holte dann Hasan, der vor der Tür wartete, führte ihn in ein anderes Gemach und sagte ihm: »Warte hier, ich werde dir bald meine Tochter bringen, dann kannst du sie entschleiert sehen.« Hierauf kehrte sie wieder zur Frau des Obersten zurück und sagte ihr: »Wisse, meine Tochter, du kannst so nicht den Scheich Abu Hamlat besuchen, denn mein Sohn, welcher sein Vikar ist, würde dir deinen Schmuck und deine schönen Kleider vom Leibe herabreißen, du kannst nur in einem einfachen Unterkleide vor ihm erscheinen, wenn du seinen Segen erlangen willst.« Die Frau des Obersten legte sogleich ihren Schmuck, ihren Gürtel und ihr Oberkleid ab; Dalilah nahm alles und verbarg es hinter die Treppe. Sie begab sich wieder zu Hasan, und als er sie fragte: »Wo ist denn meine Braut?« schlug sie sich ins Gesicht und schrie: »Gott verdamme alle bösen Nachbarn! Gäbe es doch keinen neidischen Menschen! Denke einmal: als die Nachbarn mich mit dir in meine Wohnung kommen sahen und von meiner Tochter hörten, du solltest ihr Bräutigam werden, sagten sie ihr, du wärest aussätzig, so daß sie schwur, sie werde nicht eher einwilligen, bis sie deine Arme und deine Brust entblößt gesehen. Ich bitte dich daher, ziehe dein Oberkleid aus, damit sie sich von der Verleumdung dieser bösen Menschen überzeuge.«

Hasan tat, was Dalilah von ihm forderte, und diese verließ ihn mit dem Oberrock, in welchem der Beutel mit tausend Dinaren war, nahm schnell Schmuck und Kleider der Frau, welche sie hinter der Treppe verborgen hatte, band alles zusammen und ging damit zum Färber. »Nun, wie gefällt dir mein Haus?« frage sie dieser. »Recht gut«, antwortete Dalilah; »ich werde sogleich meine Effekten dahin bringen lassen. Du würdest mir aber einen großen Gefallen tun, wenn du in meine Wohnung gehen wolltest, um zugegen zu sein, wenn die Träger meine Mobilien, Bett und Weißzeug bringen; hier hast du auch einen Dinar; kaufe einige Speisen dafür und verzehre sie mit den Trägern.« Der Färber beauftragte seinen Jungen, auf den Laden acht zu geben, und ging mit dem Dinar fort. Als er aber fern war, sagte Dalilah zu dem Jungen, den er zurückgelassen, er sollte zu seinem Herrn gehen, und erbot sich, solange den Laden zu bewachen. Sobald sie aber allein in der Färberei war, packte sie alle Stoffe und Kleider, die in der Färberei waren, zusammen, rief einem Eseltreiber, der eben vorüber ging, und sagte ihm: »Warte hier in der Färberei, bis ich mit dem Esel zurückkehre: ich will nur diese Sachen nach Hause bringen, denn der arme Färber hier, mein Sohn, ist verschuldet, und der Kadi wird heute noch daher schicken, um alles, was sich hier befindet, aufnehmen zu lassen; zerstöre nur Kessel und

Öfen und alles, was zur Färberei dient, damit diese Leute nichts von Wert mehr darin finden.« Der Eseltreiber vertraute Dalilah seinen Esel an, und so machte sie sich auf, mit einem Esel, beladen mit dem Besten, was in der Färberei war, mit den tausend Dinaren Hasans und seinen und der Frau des Obersten Kleidern und Schmuck, und erzählte ihrer Tochter Seinab, wie sie auf einmal vier glückliche Streiche ausgeführt.

So viel, was Dalilah angeht. Der Färber aber, der, ehe er in seine vermietete Wohnung ging, Fleisch und Brot einkaufte und damit wieder vor seiner Färberei vorbei kam, war sehr erstaunt, als er einen Eseltreiber fand, der alle Häfen zusammen schlug, und auch die zum Trocknen und Färben umherhängenden Stoffe nicht mehr fand. »Wie kommst du daher und was tust du hier?« fragte ihn der Färber, vor Zorn außer sich. »Ich bin auf Befehl deiner Mutter hier«, antwortete der Eseltreiber, »die, um deine Waren vor dem Kadi zu retten, sie auf meinem Esel in ihr Haus bringt; sie hat mir auch gesagt, ich möchte alles im Hause zerstören, damit nichts von Wert in die Hände des Gerichts falle.« Als der Färber dies hörte, schlug er sich auf die Brust und schrie: »Gott beschäme alle Spitzbuben! Meine Mutter ist längst tot und ich bin niemandem etwas schuldig; wehe mir, meine Stoffe!« Da fing der Eseltreiber auch zu weinen an und schrie: »Wehe mir, mein Esel! Von dir fordere ich ihn!« Der Färber hingegen forderte seine Waren von dem Eseltreiber, und so zankten sie miteinander herum, bis alle Nachbarn zusammenliefen und mit ihnen nach dem gemieteten Hause gingen, wo Hasan und die Frau des Obersten waren. Nachdem letztere Dalilah lange vergebens erwartet hatte, ging sie allein in das Zimmer Hasans, den sie für Abu Hamlats Vikar hielt.

Hasan freute sich, als er die Frau des Obersten endlich kommen sah, und fragte sie nach ihrer Mutter. »Meine Mutter«, antwortete sie, »ist längst tot, was willst du von der?« – »Ist die Alte, welche mich hierher führte, um mich mit dir zu verloben, nicht deine Mutter?« fragte Hasan erstaunt. »Gewiß nicht«, erwiderte die Frau; »mir sagte sie, du seist ihr Sohn und segnete unfruchtbare Frauen an Abu Hamlats Stelle.« – »Ich sah sie heute zum ersten Male«, versetzte Hasan, »und gewiß ist sie eine Gaunerin, die nur meine Kleider und mein

Geld haben wollte; aber von dir fordere ich alles zurück, denn hätte ich dich nicht bei ihr gesehen, ich wäre ihr nicht gefolgt.« Die Frau hingegen sagte: »Du mußt mir meine Kleider und meinen Schmuck ersetzen, du bist im Einverständnisse mit deiner Mutter.«

So stritten sie miteinander, als der Färber und der Eseltreiber zu ihnen hereintraten und sie nach ihrer Mutter fragten. Als sie aber hörten, daß auch sie von der Alten betrogen worden, gingen sie zusammen zum Gouverneur und erzählten ihm, was ihnen widerfahren. »Was kann ich tun?« sagte der Gouverneur; »es gibt ja so viele alte Weiber in Bagdad; geht und sucht sie auf, wenn ihr sie mir herbringt, will ich sie bestrafen und euch das eurige zurückerstatten lassen.« Während diese nun in der ganzen Stadt umherliefen, um Dalilah aufzusuchen, saß sie ruhig bei ihrer Tochter Seinab und sagte ihr: »Mich gelüstet nach neuen Streichen.« »Wie«, sagte Seinab, »du wagst es, nach deinen letzten Streichen dich noch in Bagdad zu zeigen?« – »Ich fürchte nichts«, antwortete Dalilah; »ich gleiche Bohnenabfall, dem weder Feuer noch Wasser schadet.« Sie kleidete sich hierauf als Dienerin eines vornehmen Hauses und lief in der Stadt umher, bis sie vor ein Haus kam, wo eine Amme mit einem Kind auf dem Arme stand, das ein golddurchwirktes Kleid trug, eine goldene Kette mit Edelsteinen am Halse und einen Tarbusch mit Perlen besetzt auf dem Haupte hatte. Es war der Sohn des Obersten der Kaufleute, in dessen Haus die Verlobung seiner einzigen Tochter gefeiert wurde. »Ich höre Gesang und Musik oben«, sagte Dalilah zur Amme, »warum stehst du denn vor der Tür?« – »Meine Herrin«, antwortete die Amme, »hat mich heruntergeschickt, weil viele Damen bei ihr sind, um ihr zur Verlobung ihrer Tochter Glück zu wünschen, und das Kind, sobald es seine Mutter sieht, nicht ihren Arm verlassen will.« – »Also wohnt hier der Oberaufseher der Kaufleute?« versetzte Dalilah; »geh zu deiner Herrin, grüße sie von meiner Gebieterin Um Alchair (Mutter des Guten) und sage ihr, sie lasse ihr Glück wünschen und werde sie am Hochzeitstage besuchen, und ihre Putzfrauen beschenken.« Auch gab sie ihr ein falsches Goldstück für die Sängerinnen. »So nimm du einstweilen das Kind,« sagte die einfältige Amme, »denn ich bringe es sonst nicht mehr von seiner Mutter weg.« Dies war alles, was Dalilah wünschte, denn sobald die Amme wegging, zog sie ihm seine Kette und sein golddurchwirktes Kleid aus und nahm ihm seinen Tarbusch ab. Dann dachte sie: das Kind kann mir noch wenigstens tausend Dinare eintragen. Sie nahm es daher auf den Arm und ging damit auf den Bazar der Goldarbeiter, trat in den Laden eines Juden und sagte ihm: »Die Schwester dieses Kindes, die Tochter des Obersten der Kaufleute, ist heute verlobt worden und bedarf eines Schmuckes; gib mir Ohrringe, Fußringe, Gürtel, Armbänder, Ringe und eine Kette für sie, für zusammen ungefähr tausend Dinare; ich will es meiner Gebieterin zeigen, und wenn es ihr gefällt, dir das Geld bringen. Behalte du einstweilen das Kind.«

Da der Jude das Kind kannte, machte er keine Schwierigkeit und gab Dalilah das Schönste und Wertvollste, das er im Laden hatte, sie aber lief zu ihrer Tochter und erzählte ihr, auf welche Weise sie zu so kostbarem Schmucke gelangt. Die Amme war inzwischen zu ihrer Herrin gegangen und hatte ihr Um Alchairs Glückwünsche überbracht und den Sängerinnen das falsche Gold übergeben. Als diese aber es für Messing erkannten, lief sie schnell wieder hinunter, um ihr Kind zu nehmen, aber Dalilah war längst mit ihm verschwunden. Nun fing die Amme an zu weinen und zu schreien, und erzählte ihrer Herrin, was ihr widerfahren, Das ganze Haus geriet in die größte Bestürzung und das Fest ward in einen Trauertag verwandelt. Nachdem man vergebens das ganze Haus durchsucht hatte, machte sich der Oberste der Kaufleute selbst mit seinem ganzen Hausgesinde auf den Weg und durchstreifte alle Straßen Bagdads, bis er endlich sein Kind halbnackt in dem Laden des Juden sah. Da sagte er zum Juden: Hier ist ja mein Sohn. – Jawohl, mein Herr, antwortete der Jude. Der Kaufmann, außer sich vor Freude, sein Kind wiedergefunden zu haben, nahm es auf den Arm, ohne zu bemerken, daß es halb nackt war, und wollte damit fort gehen. Da sagte der Jude: Mein Herr, eine alte Frau, die das Kind hier ließ, hat einen Schmuck für tausend Dinare von mir für deine Tochter genommen und mir das Kind als Unterpfand gegeben; nimmst du das Kind weg, so verschaffe mir meinen Schmuck oder tausend Dinare. – Ich weiß nichts von einem Schmucke, noch von einer Alten, du bist betrogen worden. Da schrie der Jude: O Muselmänner, helfet mir, man tut mir Unrecht! Der Kaufmann hingegen, der jetzt erst entdeckte, daß sein

Die listige Dalilah

Sohn aller seiner Kostbarkeiten beraubt worden war, forderte sie vom Juden zurück. Als sie so mit einander stritten, kamen der Färber, der Eseltreiber und Hasan vorüber, welche noch immer Dalilah suchten. Sobald sie die Ursache des Streites zwischen dem Juden und dem Kaufmann hörten, sagten sie: Gewiß ist dies ein Streich von derselben Alten, die auch uns betrogen hat. Der Kaufmann sagte hierauf: Ich freue mich so sehr, mein Kind wieder zu haben, daß ich seine Kleider leicht verschmerze. Der Jude aber schloß sich den anderen Betrogenen an, um Dalilah aufzusuchen; er riet ihnen aber, sich zu trennen, um sie desto eher zu finden. »Bei dem Barbier Mahmud«, sagte er, »wollen wir, jeder von einem andern Wege her, wieder zusammen kommen.« Der Eseltreiber war kaum eine Straße weit allein gegangen, als er die Alte in einem andern Aufzuge sah. Er erkannte sie aber wieder, sprang auf sie zu und forderte seinen Esel von ihr. »Dein Esel«, antwortete sie ganz unbefangen, »steht bei dem Barbier Mahmud samt dem Mietlohne; folge mir nur, so will ich ihm sagen, daß er dir ihn gebe.« Sie ging aber eine Strecke weit voran, und ehe noch der Eseltreiber folgte, sagte sie dem Barbier: »Mein Freund, hier kommt mein Sohn, der unglücklich liebte und deshalb seinen Verstand verlor. Er rufet immer, wo er steht und sitzt und geht: Mein Esel! mein Esel! Nun haben einige Ärzte mir geraten, ihm zwei Backenzähne herausreißen zu lassen, vielleicht würde ihn diese Erschütterung heilen. Hier ist ein Dinar, ich bitte dich, wenn er seinen Esel fordert, ihm zwei Zähne herauszunehmen und ihn wieder fortzuschicken.« Dalilah blieb vor dem Laden des Barbiers stehen, bis der Eseltreiber darin war, dann ging sie fort, und sobald dieser vom Barbier seinen Esel forderte, führte er ihn in ein Nebenzimmer, rief seinen zwei Jungen und befahl ihnen, ihn zu binden; inzwischen holte er sein glühendes Instrument, riß ihm zwei Backenzähne aus und sagte zu ihm: »Hier hast du deinen Esel.«

Als der Eseltreiber den Barbier fragte, warum er ihm mit Gewalt Zähne herausgenommen? antwortete er: »Ich habe es auf Befehl deiner Mutter getan und hoffe, daß du dadurch von deiner Geisteskrankheit genesen wirst.« Der Eseltreiber schrie: »Ich habe keine Mutter, und du mußt für den Verlust meiner Zähne und meiner erlittenen Schmerzen mich entschädigen, komm nur mit mir zum Kadi.«

Der Barbier wollte ihm nicht folgen, sie zankten eine Weile auf der Straße miteinander herum. Dalilah unterdessen schlich wieder in den Laden, schleppte das Wertvollste daraus fort und ging zu ihrer Tochter Seinab, um ihr ihre weitern Streiche zu erzählen. Als der Barbier wieder in seinen Laden kam und vieles daraus vermißte, packte er seinerseits den Eseltreiber und forderte von ihm den Ersatz dessen, was ihm entwendet worden. Der Eseltreiber sah endlich ein, daß sie beide wieder hintergangen waren, und erzählte dem Barbier alle Streiche, welche die Alte schon ausgeführt hatte. In diesem Augenblick stellte sich auch der Jude, der Färber und Hasan ein, und da sie des Eseltreibers Aussage bestätigten, blieb dem Barbier nichts übrig, als seinen Laden zu schließen, und mit ihnen zu gehen, um die Alte aufzusuchen. Da sie aber diesmal mit mehr Vorsicht zu Werke gehen wollten, erbaten sie sich vom Gouverneur zehn Soldaten, um sie sogleich ergreifen zu lassen. Die Alte ließ sich von Seinab nicht abhalten, auf neue Beute auszugehen, und sie wandelte gerade um eine Ecke herum, als der Eseltreiber mit seinen zehn Soldaten vor ihr stand. »Dieses Mal«, sagte er, »sollst du mir nicht entkommen«, und befahl sogleich den Soldaten, sie in ihre Mitte zu nehmen und vor den Gouverneur zu führen. Es war schon Abend und der Gouverneur war ausgeritten, sie mußten daher im Hofe warten, wohin auch bald der Jude, der Färber, Hasan und der Barbier folgten. Da aber der Gouverneur noch lange ausblieb, und die Soldaten die ganze vorhergehende Nacht durchwacht hatten, schliefen sie ein, die Ankläger aber saßen beisammen in der Nähe des Haustores. Als Dalilah dies sah, schlich sie leise dem Haremgebäude zu, welches im Hinterhofe lag und eine kleine Tür nach einer andern Straße hatte, und fragte nach der Herrin des Harems. Als diese erschien, sagte sie ihr: »Mein Gatte ist Sklavenhändler, und führte eben fünf Sklaven auf den Markt, als dein Gemahl, der Gouverneur, ihm begegnete, sie für tausend Dinare kaufte und ihm befahl, sie hierher zu bringen; da aber mein Gatte abreisen mußte, beauftragte er mich, sie hierher zu führen.« Da der Gouverneur wirklich seiner Frau wenige Tage vorher tausend Dinare für Sklaven gegeben hatte, zweifelte sie nicht an Dalilahs Aussage, um so weniger, als auf ihre Frage, wo denn die Sklaven wären, Dalilah ihr vom Fenster den Eseltreiber, den Färber, den

Die listige Dalilah

Barbier, den Juden und Hasan zeigte, welche alle recht stattlich aussahen und der Frau des Gouverneurs recht gut gefielen. Sie öffnete daher ihre Kiste und gab Dalilah tausend Dinare als Kaufpreis und schenkte ihr noch zweihundert Dinare für sie. Dalilah bat sie, ihr die geheime Tür öffnen zu lassen, weil sie dann einen großen Umweg ersparte, und so entkam sie ungesehen wieder aus dem Hause, und eilte zu ihrer Tochter Seinab, welche mit Erstaunen hörte, auf welche listige Weise ihre Mutter nicht nur der Gefahr entronnen, sondern sogar mit neuer Beute heimgekehrt. Als der Gouverneur bald darauf nach Hause kam, sagte ihm seine Frau: »Ich freue mich sehr über die Mamelucken, die du gekauft.« – »Was für Mamelucken?« fragte der Gouverneur erstaunt, »ich habe bei dem Leben meines Hauptes keinen Mamelucken gekauft.« – »Du scherzest«, versetzte die Frau, »die Alte war bei mir, und ich bezahlte ihr tausend Dinare, und die Mamelucken sitzen da unten im Hofe, ich habe den Pförtner beauftragt, sie zu bewachen.« Der Gouverneur ging in den Hof und sah niemanden als die fünf Ankläger Dalilahs, und als er den Pförtner nach den fünf Mamelucken fragte, sagte er, er wisse nichts von Sklaven, es sei nur eine Sklavin aus dem Harem gekommen, die ihm sagte, er möge auf die fünf Menschen acht geben, die mit der Alten gekommen, und das habe er auch getan. Als der Gouverneur dies hörte, sagte er zu den Anklägern: »Nun seid ihr meine Sklaven; denn ihr habt die Alte hergebracht, ohne euch hätte sie meiner Frau kein Geld entlocken können.« Diese schrien aber: »Von dir fordern wir, was die Alte uns entwendet hat, denn wir brachten sie gefangen her, deine Soldaten sind eingeschlafen und deine Gattin hat sie entschlüpfen lassen.« Auch der Oberst der Leibwache, der inzwischen von seiner Reise zurückgekehrt war und von seiner Frau hörte, wie sie ihren Schmuck und ihre Kleider verloren, eilte jetzt herbei und sagte zum Gouverneur: »Du mußt mir alles ersetzen, denn du solltest dafür sorgen, daß keine solche Spitzbübin sich in Bagdad aufhalte.« – »So wartet nur einige Tage«, sagte der Gouverneur, »wir wollen sie schon wieder ertappen, dann lasse ich sie sogleich hängen.« Am folgenden Morgen gab er dem Eseltreiber, der sie am besten kannte, wieder zehn Soldaten mit und befahl ihm, die Alte aufzusuchen. Gegen Mittag begegnete er ihr auf der Straße, ließ sie ergreifen und wieder zum

Gouverneur führen. Da dieser gerade ausreiten wollte, befahl er dem Kerkermeister, sie einzusperren; dieser sagte aber: »Ich übernehme keine solche Verantwortung, dieses Weib ist ein wahrer Teufel, sie wird mir entkommen und dann muß ich für sie büßen.« Der Gouverneur ritt deshalb selbst mit der Alten und den Soldaten ans Ufer des Tigris, und befahl dem Scharfrichter, sie an den Haaren aufzuhängen. Der Scharfrichter tat, wie ihm befohlen ward, und die zehn Soldaten blieben zu ihrer Bewachung zurück. Diese schliefen aber bald wieder ein, und glaubten es um so eher tun zu können, als Dalilah sich unmöglich allein losmachen konnte. Da kam ein Beduine vorübergeritten, welcher zu sich selbst sagte: »Wie freue ich mich, auch einmal nach Bagdad zu kommen, wie will ich mich an den Bagdader Honigkuchen laben!« Als Dalilah dies hörte, sagte sie: »Schütze mich, verehrter Scheich der Araber!« – »Du stehst unter Gottes Schutz«, antwortete der Beduine, »doch hast du gewiß ein Verbrechen begangen, weil du so da hängst.« – »Mein Vergehen ist sehr gering«, erwiderte Dalilah; »ich wollte bei einem Zuckerbäcker, der mein Feind ist, etwas kaufen, da spuckte ich aus und traf einen Honigkuchen, worauf er mich bei dem Richter verklagte. Der Richter sprach: Diese Frau muß hängend zehn Pfund Honigkuchen essen, und so lange hängen bleiben, bis sie sie verzehrt hat. Da ich aber keinen Honigkuchen hinunterbringen kann, so muß ich hier sterben, wenn du mir nicht hilfst.«

Der Beduine sagte hierauf freudig zu Dalilah: »Gib mir den Kuchen her, ich will ihn gleich für dich essen.« – »Ja, das hilft nur«, versetzte Dalilah, »wenn du ihn hängend ißt, sonst wird mir meine Strafe nicht erlassen.« Der Beduine entkleidete sich hierauf und zog das Gewand der Alten an, und ließ sich an den Haaren von ihr aufhängen. Sie aber nahm schnell seine Kleider und seine Kopfbinde, setzte sich auf sein Pferd und sprengte davon zu ihrer Tochter Seinab. Als der Beduine eine Weile dahing, und die Alte mit dem Kuchen nicht kommen sah, rief er: »Wo bleibt denn der Kuchen?« Die Soldaten aber, die aus ihrem Schlafe erwachten und den Beduinen am Baume sahen, fragten ihn: »Was tust du hier und wo ist die Alte hingekommen?« – »Ich habe die Alte losgebunden«, antwortete der Beduine, »weil ich statt ihrer den Honigkuchen essen will, den sie nicht

Die listige Dalilah

ertragen kann.« Sie merkten aus dieser Antwort, daß die Alte sie abermals hintergangen hatte. Nun waren sie unschlüssig darüber, ob sie den Beduinen länger hier bewachen oder die Flucht ergreifen sollten, als auf einmal der Gouverneur erschien und ihnen sagte: »Bindet Dalilah los und führt sie vor Gericht!« – »Hast du den Honigkuchen?« fragte ihn der Beduine. Als der Gouverneur den ihn Fragenden ansah, und statt einer alten Frau ein junges Männergesicht sah, sagte er zu seinen Soldaten: »Was habt ihr getan?« Sie erzählten ihm hierauf, wie sie eingeschlafen und erst beim Erwachen den Beduinen an Dalilahs Stelle fanden, und baten ihn um Gnade. »Ihr habt nichts zu befürchten«, sagte ihnen der Gouverneur; »dieser Gaunerin ist niemand gewachsen, bindet nur den armen Beduinen los.« Sobald dieser frei war, fiel er dem Gouverneur zu Füßen und sagte: »Gott beschütze um deinetwillen den Kalifen! Verschaffe mir doch mein Pferd und meine Kleider wieder, ich wußte ja nicht, daß diese Frau eine Spitzbübin war, sonst hätte ich sie nicht losgebunden.« Bald darauf kamen auch der Färber, der Jude, Hasan, der Barbier, der Eseltreiber und der Oberste der Leibwache herbei, um zu sehen, was nun mit Dalilah vorgehen werde, und als sie hörten, sie sei wieder entronnen, fielen sie über den Gouverneur her, forderten von ihm den Ersatz ihres Verlustes und verklagten ihn beim Kalifen. Sie gingen hierauf ins Schloß des Kalifen und ein jeder erzählte ihm, wie er von Dalilah bestohlen worden war. Als sie vollendet hatten, sagte der Kalif zu dem Gouverneur: »Womit kannst du dich entschuldigen?« – »Damit«, antwortete er, »daß sie mich selbst um zwölfhundert Dinare gebracht hat, indem sie meiner Frau diese fünf freien Menschen als Sklaven verkaufte.« – »Du mußt mir diese Alte herbringen«, sagte der Kalif, »ich fordere sie von dir als Gouverneur.« – »Fordere lieber mein Leben«, versetzte der Gouverneur, »als diese Alte, die schon an einem Baume hing und sich wieder zu befreien wußte. Das ist ein Geschäft für Ahmed Denf oder Husan Schuman, die einen Gehalt von zwölfhundert Dinaren jährlich beziehen und einundvierzig geheime Agenten zu ihrer Verfügung haben, deren jeder ein Monatsgehalt von hundert Dinaren bezieht.« – »Du hast Recht«, sagte der Kalif, »es ist die Sache meiner Polizeipräfekten, ihrer habhaft zu werden«, und ließ sogleich Ahmed Denf rufen, und befahl ihm, die Alte zu bringen, welche alle diese Männer bestohlen. Ahmed, der Dalilah nicht genau kannte, wollte seinen Kollegen Hasan Schuman zu Rate ziehen, aber einer seiner Leute hielt ihn davon ab und verbürgte ihm die Gefangennehmung Dalilahs.

Ahmed teilte nun seine Leute in vier Abteilungen, und sie zogen je zehn in der Stadt herum, um Dalilah aufzusuchen. Da man bald in der ganzen Stadt davon sprach, erfuhr Dalilah auch, daß man ihr aufpasse; aber Seinab, weit entfernt, sich zu fürchten, sagte zu ihrer Mutter: »Diesesmal will ich es mit der Polizei aufnehmen: Kleider und Waffen Ahmeds und seiner Einundvierzig sollen heute noch meine Beute werden.« Sie zog sich hierauf sorgfältig an, ging zu einem Drogisten, von dem sie wußte, daß er eine Wohnung mit doppeltem Eingang zu vermieten hatte, gab ihm einen Dinar und sagte ihm: »Vermiete mir für dieses Geld deine Wohnung nur bis auf heute abend.« Als er ihr den Schlüssel gab, ließ sie einige Speisen und Getränke, einen Diwan und Teppiche hineinbringen; dann stellte sie sich nur halb verschleiert vor die Tür, bis Ali, einer von Ahmeds Unteroffizieren, mit seinen zehn Polizeidienern vorüberkam. Da ging sie auf ihn zu und küßte ihm die Hand. Ali sah ihr ins Gesicht, und da sie sehr hübsch war, fragte er sie in einem freundlichen Tone, was sie begehre. »Bist du Ahmed Denf?« fragte Seinab in schüchternem Ton. »Nein«, antwortete Ali; »aber er ist mein Vorgesetzter und wenn du irgend ein Anliegen hast, so kannst du es mir ebensogut vortragen. Wer bist du denn?« – »Mein Vater war Wirt in Moßul«, antwortete Seinab, »und hinterließ bei seinem Tode ein so großes Vermögen, daß ich aus Furcht vor den Gerichten mit meinem Gelde hierher floh, und ich möchte gern hier des Schutzes Ahmed Denfs mich versichern, weil ich hörte, daß er nach dem Kalifen die mächtigste Person in Bagdad wäre.« – »Du kannst dich auf ihn verlassen«, sagte Ali. »Wenn du wahr sprichst«, versetzte Seinab, »so wirst du mit deinen Leuten mir wohl die Ehre erweisen, einen Bissen bei mir zu essen und einen Trunk Wein dazu zu nehmen.« Sie führte sie hierauf in ein Gemach und gab ihnen zu trinken, bis sie halb berauscht waren; dann mischte sie einen Schlaftrunk in den Wein, und sie sanken einer nach dem andern wie tot zu Boden. Hierauf stellte sie sich wieder vor die Tür, bis die andern zehn vorüberkamen, lockte sie in ein anderes Zimmer und verfuhr mit ihnen, wie mit den ersten. Dasselbe tat sie auch mit der dritten und vierten Abteilung, an deren Spitze Ahmed Denf selbst stand. Sie zog dann einem nach dem andern seine Kleider und Waffen aus, lud sie auf den Esel des Eseltreibers und ging damit zu ihrer Mutter. Als Ahmed erwachte und sich und seine Leute halb nackt sah, schrie er: »Wehe mir! ich ging aus, um die listige Dalilah gefangen zu nehmen: nun hat sie mich und alle meine Leute zum besten gehabt. Mit welchem Gesichte werde ich vor dem Kalifen erscheinen?« Nun blieb ihm nichts mehr übrig, als sich an Hasan Schuman zu wenden und seinen Beistand anzuflehen. Hasan sagte ihm: »Sei ohne Sorge, vor Abend bringe ich die Alte vor den Kalifen; aber vorher muß er mir ihre Gnade versprechen, denn diese Frau ist keine Diebin, sie hat gewiß alle diese Streiche nur vollbracht, um Beweise von ihrer Gewandtheit und Schlauheit zu geben.« Sie begaben sich hierauf zusammen zum Kalifen und als er Ahmed fragte, wo die Alte sei, antwortete er: »Ich kann sie nicht finden; beauftrage Hasan, sie gefangen zu nehmen, der kennt sie besser als ich.« – »Ich bürge für alles, was den Leuten von Dalilah entwendet worden«, hob Hasan an, »und bringe dir Dalilah her, wenn du sie begnadigen willst, denn sie ist keine gewöhnliche Diebin.« – »Bei meinen Ahnen!« schwur der Kalif, »wenn sie den Leuten das Ihrige zurückgibt, begnadige ich sie; hier hast du ein Gnadentuch für sie, bringe es ihr!« Hasan verließ den Kalifen, und in wenigen Stunden hatte er Dalilahs Wohnung ausgemittelt. Er begab sich mit einigen seiner Leute vor ihr Haus und klopfte an der Tür. Seinab fragte: »Wer da?« – »Hasan Schuman!«, antwortete er. »Im Namen des Kalifen, wo ist deine Mutter?«

Als Dalilah, welche oben war, dies hörte, sagte sie zu Seinab: »Jetzt sind wir gefangen; gegen Hasan Schuman vermag ich nichts mehr. Sage ihm nur die Wahrheit, da kommen wir noch am besten durch.« – »Meine Mutter ist hier«, rief Seinab zum Fenster hinunter; »was willst du von ihr?« – »Sie komme mit mir zum Kalifen und bringe alles mit, was sie den Leuten entwendet hat, dann wird der Kalif sie begnadigen; weigert sie sich aber, dies zu tun, so klage sie nur sich selbst an, wenn es ihr schlimm geht.« Dalilah kam herunter, knüpfte das Gnadentuch um den Hals und lud die entwendeten

Kleider und Stoffe auf den Esel des Eseltreibers und das Pferd des Beduinen, nahm einen Beutel voll Gold in die Tasche und wollte Hasan folgen. Hasan untersuchte alles; da er aber noch die Kleider und Waffen Ahmeds und seiner Einundvierzig vermißte, fragte er sie, warum sie diese zurückgelassen. Sie antwortete: »Die hat meine Tochter ausgezogen, nicht ich.« Sie gingen nun mit einander zum Kalifen und legten alles vor ihn hin, was dem Juden, dem Obersten der Leibwache, dem Färber, dem Barbier, dem Beduinen, dem Eseltreiber und Hasan gehörte, und jeder nahm das Seinige zurück. Aber der Färber rief: »Wer ersetzt mir meine zugrunde gerichtete Färberei?« Auch der Eseltreiber schrie: »Wer bezahlt mir meine erlittenen Schmerzen und wer erstattet mir meine Zähne wieder?« Der Kalif lachte und ließ jedem hundert Dinare bezahlen. Dann fragte er Dalilah: »Warum hast du den Leuten so viel auf einmal entwendet?« – »Nicht aus Begierde«, antwortete Dalilah, »nach dem, was andern gehört, sondern weil ich so viel von der Gewandtheit Ahmeds und Hasans hörte, daß ich zeigen wollte, daß ich ihnen in nichts nachstehe.« – »Und was wünschest du?« fragte der Kalif. »Mein Vater«, antwortete Dalilah, »war Richter in Bagdad; ich beschäftigte mich, Tauben zu Briefträgern zu erziehen, und mein Gatte war Polizeipräfekt. Ich möchte nun für mich den Gehalt meines Vaters und für meine Tochter den meines Gatten beziehen.« – »Und was wollt ihr dafür leisten?« fragte der Kalif. »Ich will die Oberaufseherin deines großen Chans sein.« Der Kalif hatte nämlich einen Chan für Kaufleute errichten lassen, welcher dreißig Wohnungen enthielt; vierzig Sklaven waren zur Bewachung desselben und zur Bedienung der darin wohnenden Kaufleute angestellt, und vierzig Hunde wurden unterhalten, um ihn vor jedem Einbruche bei Nacht zu schützen; auch war ein eigener Koch angestellt, um diese Sklaven und Hunde zu füttern. »Meiner Tochter aber, welche noch besser als ich die Leitung der Taubenpost versteht, räume das Schlößchen vor dem Chan ein, daß sie dort mit der Erziehung der Tauben sich beschäftige und die Versendung deiner geheimen Briefe besorge.« Der Kalif ernannte sogleich Dalilah zur Oberaufseherin des Chans und vertraute Seinab die Leitung der Taubenpost an. Das ist's, was wir von den Streichen der listigen Dalilah wissen.

Die listige Dalilah

Geschichte
der messingnen Stadt

Als der Fürst der Gläubigen Abdulmelik, der Sohn Merwans, eines Tages von den Großen des Reichs umgeben war, kam die Rede auf Geschichten alter Völker und ihre mächtigen Kaiser. Da sagte einer der Anwesenden: »Keinem Sterblichen ward je so viel verliehen, als Salomo, dem Sohne Davids; denn er gebot über Menschen und Genien, über Vögel und vierfüßige Tiere. Gott befahl sogar dem Winde, ihm seinen Teppich einen Monat lang auf der Hin- und eben so lang auf der Rückreise zu tragen, auch gab ihm Gott einen Siegelring, mit welchem er Eisen, Blei, Stein und Kupfer versiegeln konnte, kurz er gab ihm alles.« Da sagte Abdulmelik: »Es ist wahr, zürnte er gegen Genien, so sperrte er sie in kupferne Büchsen ein, goß Blei darauf, siegelte sie mit seinem Ringe zu und warf sie ins Meer.« Hierauf erhob sich Taleb, ein berühmter Schwarzkünstler und hochgestellter Mann, der Bücher hatte, die ihn Schätze aus der Erde zu ziehen lehrten, und sprach: »O Fürst der Gläubigen! Gott erhalte dein Reich und erhebe deinen Rang in beiden Welten! Mein Vater erzählte mir, einst habe mein Großvater sich eingeschifft, um nach der Insel Sizilien zu fahren; da gefiel es Gott, einen Sturmwind herbeizuführen, der das Schiff vom Wege ablenkte und es erst nach einem Monate an einen hohen Berg trieb, den niemand kannte. Die Schiffleute wußten garnicht, wo sie waren, und fanden am Ufer Leute von wunderbarer Gestalt, die sie nicht verstanden. Nur der König dieses Landes verstand Arabisch, obgleich er kein Fremder war. Dieser kam ans Ufer, begrüßte sie und sagte: »Ihr habt euch gewiß verirrt, denn euer Schiff ist das erste, das hier landet; doch fürchtet nichts, ihr sollt wieder glücklich in eure Heimat zurückkehren.« Der König bewirtete sie dann drei Tage lang mit Vögeln und Fischen. Am vierten Tage führte er sie zu den Fischern hin; dort sahen sie, wie einer sein Netz auswarf und eine kupferne Flasche heraufbrachte, die mit Salomos Siegel versiegelt war. Er brach der Flasche den Hals ab und öffnete das Siegel; da stieg ein blauer Rauch heraus und verwandelte sich in der Luft in die häßlichste Gestalt der Welt und rief: »Gnade! Gnade! o Prophet Gottes, ich will nichts mehr so tun.« Mein Urgroßvater ging dann zum König und fragte ihn, was das wäre? da sagte er: »Es ist ein rebellischer Geist, der wegen seines Ungehorsams gegen Salomo eingesperrt und ins Meer geworfen ward. Als er jetzt herauskam, glaubte er, Salomo lebe noch und habe ihm verziehen; darum rief er: Gnade! Gnade! o Prophet Gottes!«

Abdulmelik war sehr erstaunt über diese Erzählung und sagte: »Es gibt keinen Gott außer dem einzigen Gott; der hat Salomo ein großes Reich gegeben; könnte ich nur einmal mit meinen Augen solche Salomonische Flaschen sehen, sie würden jedem zur Belehrung und zur Warnung dienen.« Da sagte Taleb: »Diese Büchsen finden sich in der messingnen Stadt, wenn du solche zu haben wünschest, so schreibe Musa, deinem Statthalter über den Westen und Andalusien, er möge einige seiner Leute mit Lebensmitteln und Wasser dahin schicken, und dir ohne Säumen einige von dort bringen lassen.« Der Kalif ließ sogleich einen Schreiber rufen und an den Emir Musa schreiben. Er gab dann Taleb den Brief und sagte ihm: »Ich wünsche, daß du selbst den Brief überbrächtest.« Taleb antwortete: »Ich gehorche Gott und dem Fürsten der Gläubigen«, ließ sich Geld, Lebensmittel und ein Reittier geben und reiste von Damaskus nach der

Hauptstadt von Ägypten. Dort verweilte er einige Zeit bei guter Bewirtung, begab sich dann nach Oberägypten, wo der Emir Musa sich aufhielt. Als dieser von der Ankunft Talebs hörte, ging er zu ihm, bewillkommte ihn und ließ ihn mit Auszeichnung bewirten. Taleb überreichte ihm dann den Brief des Kalifen, und als er ihn gelesen hatte, sagte er: »Ich gehorche Gott und dem Fürsten der Gläubigen«, ließ sogleich einige Reisende kommen und sagte ihnen: »Der Kalif schreibt mir, ich solle ihm Salomonische Flaschen verschaffen, wie fange ich das an?« Die Reisenden antworteten: »Wende dich an Abdul Kadus, der wird dir den Ort angeben, wo sie liegen, denn er ist viel gereist zu Wasser und zu Land, er ist der beste Führer und Ratgeber, kennt alle Wüsten und ihre Bewohner und alle Meere, und ist schon mancher Gefahr glücklich entgangen.« Musa schickte nach ihm und es erschien ein alter Mann, dem die Jahre schon hart zugesetzt hatten, und dem man ansah, daß er schon die wunderbarsten Dinge erlebt. Musa teilte ihm den Brief des Kalifen mit und sagte: »Da ich dieses Land wenig kenne und gehört habe es sei niemand so weit gereist, als du, so bitte ich dich, mit uns zu gehen und uns zu helfen, den Willen des Kalifen zu erfüllen. Du sollst dich, so Gott will, nicht umsonst bemühen.« Abdul Kadus erwiderte: »Ich gehorche Gott und dem Fürsten der Gläubigen; doch, mein Herr, die messingne Stadt liegt weit von hier; wir haben einen weiten Weg zu machen und laufen viel Gefahr auf der Reise.« Da fragte Musa: »Wie lange müssen wir ausbleiben?« Der Alte antwortete: »Wir brauchen zwei Jahre hin, und ebensoviel zurück, und du bist ein Mann, der für Gott gegen Ungläubige kämpft, du darfst also durch eine so lange Abwesenheit das Land nicht dem Feinde preisgeben, darum ernenne einen Stellvertreter, der in deiner Abwesenheit die Feinde bekämpfe und das Land verwalte; übrigens weiß ja der, dessen Leben nicht in seiner Gewalt steht, auch nicht, wie bald er dem Tode anheimfällt.«

Musa ließ sogleich seinen Sohn Harun rufen, der ein guter und in der Regierungskunst erfahrener Mann war, und übertrug ihm die Statthalterschaft Ägyptens; dann ließ er die Truppen zusammenkommen und empfahl ihnen, seinem Sohne, wie ihm selbst, in allem Gehorsam zu leisten. Als dies geschehen war, sagte der Alte zu Musa:

»Laß tausend Kamele mit Wasser beladen und wieder tausend mit Lebensmitteln und ebenso viele mit irdenen Krügen.«. – »Wozu diese?« fragte Musa erstaunt. Der Alte antwortete: »Wir haben vierzig Tage durch die große Wüste von Kairawan zu gehen, wo es wenig Wasser gibt und man keine Menschen sieht; dort weht ein heftiger Samum, der die Schläuche austrocknet, weshalb das Wasser nur in Krügen aufbewahrt werden kann.« Musa schickte nach Alexandrien und ließ von dort viele Krüge holen. Er nahm dann seinen Wesir zu sich, ließ zweitausend bepanzerte Reiter neben den Kamelen herreiten, und der Alte ritt als Führer voran. Ihre Reise war sehr beschwerlich, sie zogen bald durch bewohntes, bald durch unbewohntes Land, und häufig führte der Weg durch wilde, gefährliche, wasserlose Wüsten oder über hohe Berge. So zogen sie ein Jahr lang umher. Eines Morgens waren sie vom rechten Wege abgekommen; der Führer wußte nicht mehr, wo er war, und rief: »Es gibt keinen Schutz und keine Macht, außer bei Gott, dem Erhabenen! Bei dem Herrn der Kaaba, ich habe mich in der dunklen Nacht verirrt und befinde mich nun in einem Lande, das ich heute zum ersten Male sehe.« Da sagte Musa: »So führe uns wieder zur Stelle zurück, wo wir vom Wege abgekommen sind.« Als der Alte sagte, er könne sie nicht mehr finden, rief Musa: »So laß uns nur weiter gehen, vielleicht wird uns Gott durch seine Macht leiten.« Sie gingen nun bis zur Zeit des Mittaggebetes vor sich hin und kamen in ein schönes ebenes Land, so flach wie das Meer, wenn es ganz ruhig ist. Bald sahen sie in der Ferne etwas Hohes und Schwarzes, sie gingen etwas näher und fanden ein Gebäude, so hoch und so fest wie ein Berg, ganz von schwarzen Steinen gebaut, mit furchtbar großen Altanen und einem chinesischen eisernen Tore, das einen blendenden Glanz von sich warf. Niemand wußte, wofür er dieses Riesengebäude halten sollte, das tausend Schritte im Umfang hatte und dessen hundert Ellen hohe bleierne Kuppel in der Ferne sich wie eine Rauchsäule ausnahm. Da sagte der Führer: »Wir wollen diesem Gebäude näher treten, vielleicht können wir dort etwas erfahren.« Als er aber näher kam, erkannte er es und rief: »Es gibt keinen Gott außer Gott, und Muhamed ist sein Prophet.« Da sagte Musa: »Ich sehe, du preisest Gott: hast du uns eine frohe Botschaft mitzuteilen?«

Geschichte der messingnen Stadt

Der Alte antwortete: »Freue dich! der erhabene Gott hat uns aus den schrecklichsten Wüsten befreit. Wisse, mein Vater hat mir einmal von seinem Großvater erzählt, er sei in diesem Lande gewesen und nach langen Irrwegen an dieses Schloß gekommen, und von da in eine messingne Stadt. Wir haben von hier nach dem Orte unserer Bestimmung nur noch zwei Monate zu reisen; wir müssen immer dem Rande der Wüste folgen, finden aber viele Wohnungen, Brunnen und Bäche, die Alexander der Zweihörnige eroberte, als er sich nach Westen wandte; die meisten Brunnen auf unserem Wege hat er graben lassen.« Musa dankte für diese freudige Nachricht und sagte: »Komm, laß uns jetzt die Wunder dieses Schlosses sehen!« Sie gingen auf das Tor zu und fanden darüber folgende Inschrift mit goldenen Buchstaben:

»Die Überbleibsel ihrer Werke verkünden uns, daß auch wir ihnen folgen müssen. O Wanderer, der du vor dieser Wohnung stehst, willst du die Geschichte eines Volks kennen lernen, das sich von seinen Reichtümern trennen mußte, so geh ins Schloß und forsche nach den Begebenheiten derjenigen, die dort im Staube beisammen wohnen.«

Musa weinte über diese Verse und sagte: »Es gibt keinen Gott außer Gott, der ewig fortdauert.« Er kam dann an ein anderes Tor, auf welchem folgende Inschrift zu lesen war:

»Wie manches Volk hat vor uralter Zeit hier gelebt und ist wieder verschwunden! wären die Menschen verständig, so würden sie einsehen, wie die Zeit mit andern verfährt, und es sich zur Warnung dienen lassen; sie haben Schätze gesammelt, die sie wieder andern überlassen mußten, während sie selbst nach allem Abmühen ins enge Grab steigen. Wie manche Freude wurde ihnen zuteil, wie viel haben sie genossen, während sie jetzt selbst im Staube verzehrt werden.«

Diese Inschrift machte auf Musa einen tiefen Eindruck; die ganze Welt erschien ihm nichtig und das irdische Leben kaum beachtenswert. »Ich bin Gottes«, rief er, »und zu ihm kehren wir alle wieder; es gibt keinen Schutz und keine Macht, außer bei Gott, dem Erhabenen! er hat uns zu etwas Großem in der Zukunft geschaffen; diese Welt hat aber für mich nicht mehr den Wert eines Mückenflügels; alle Könige müssen zuletzt sterben und die Armen haben nach dem

Tode mehr zu erwarten. Gepriesen sei Allah, der Ewigdauernde.« Er ging dann ins Schloß und bewunderte ungestört dessen schöne Bauart mit ungeheuren Räumen, in denen kein Mensch zu sehen war. Als er in den Hof kam, wo eine Kuppel sich erhob, fand er vierhundert Gräber. Er näherte sich einem derselben, das einen großen Grabstein von weißem Marmor hatte, auf welchem folgende Verse eingegraben waren:

»Wie oft bin ich gleich dir stehen geblieben, um Inschriften auf Grabsteinen zu lesen; wie lange habe ich gegessen und getrunken und Sängerinnen angehört; wie viele feste Schlösser habe ich erobert und seine Schönen mir zugeeignet; auch ich, o Wanderer! habe vor dir über das Schicksal nachgedacht und es war mir, als fragte man schon nach mir, und es hieß: Er ist tot. Drum, o Wanderer, sorge für deine Seele, ehe du zu den Toten niedersteigst.«

Musa weinte und war so gerührt, daß ihm fast der Atem ausging. Er näherte sich dann der Kuppel und sah acht hölzerne Pforten mit goldenen und silbernen Nägeln beschlagen. Über der Hauptpforte waren folgende Verse geschrieben:

»Nicht aus Freigebigkeit hinterließ ich andern meine Güter, sondern der Tod, der unter den Menschen umherzieht, zwang mich dazu. Lange freute ich mich mit meinem Gute, und beschützte es wie ein reißender Löwe. Ich war stets voller Sorgen, gab aus Geiz kein Senfkörnchen von dem Meinigen her und hätte man mich ins Feuer geworfen. Da kam bald der über mich verhängte Tod, und es lag nicht in meiner Macht, ihn abzuwenden. Nichts halfen mir meine gesammelten Truppen, kein Freund und kein Nachbar konnte mich retten. Mein ganzes Leben war eine Täuschung, ich lebte bald in Wohlstand, bald in Not, stets den Tod vor Augen. Kaum füllen sich deine Beutel mit Dinaren, so gehören sie schon einem andern und es kommen Kameltreiber und Totengräber. Dann kömmt der Tag des Gerichts und du trittst vor Gott allein und nur mit Sünden schwer beladen. Drum, o Wanderer, laß dich nicht vom Glanze der Welt verblenden und bedenke, wie sie es deinen Freunden und Nachbarn gemacht.«

Musa war so angegriffen, daß er in Ohnmacht fiel; als er wieder zu sich kam, ging er in die Kuppel und sah ein großes Grabmal mit einem eisernen chinesischen Grabstein, auf dem folgendes zu lesen war:

»Im Namen Gottes, des Einzigen, Mächtigen, Ewigdauernden, der allein bleibt, während alle seine Diener vergehen müssen. O Wanderer, der du hierher kömmst, belehre dich an dem, was du hier von den Schicksalen der Welt erfährst, laß dich nicht vom Glanze der Welt verführen, sie ist trügerisch gleich dem Traum eines Schlafenden, oder einem täuschenden Sandspiegel, dem der Wanderer sich vergebens nähert, um seinen Durst zu löschen. Auch ich setzte mein Vertrauen auf diese Welt und wurde von ihr verraten. Ich war Herr von viertausend Jungfrauen, so schön wie der Mond, und sie gebaren mir tausend Söhne, stark und mutig wie Löwen. Ich lebte tausend Jahre und sammelte Schätze, wie kein König der Erde noch besaß; ich glaubte, das würde ewig fortdauern; aber der Zerstörer aller Freuden, der Verwüster aller Wohnungen, der Kinder zu Waisen macht, weder den Armen verschont, noch vor den Befehlen des Königs sich fürchtet, ereilte auch mich in meinem Schlosse, und als ich die Vergänglichkeit sah, ließ ich diese Verse als Belehrung für Verständige aufschreiben. Ich hatte ein Heer von zehntausend Reitern, alle tapfere Helden, mit langen Panzern, schneidenden Schwertern, schrecklichen Lanzen und edlen Rossen; als die Bestimmung Gottes, des Herrn der Welten, eintraf, fragte ich meine Krieger, ob sie das Schicksal von mir abwenden könnten, und als sie dies nicht vermochten, ergab ich mich der Fügung, die mir den Tod gab und mich in dieses Grab versenkte. Ich bin Kusch, der Sohn Kanans, Sohn Schaddads, Sohn des älteren Ad.«

Dann kamen folgende Verse:

»Wer wird einst im Wechsel der Zeiten meiner noch gedenken, und ich bin doch der Sohn Schaddads, der die Welt beherrschte mit allen Menschen, die darauf sind; alle Könige der Erde beugten sich vor meinen Waffen und alle ihre Bewohner fürchteten meine Macht; wenn ich ausritt, sah ich eine Million Zügel, und unzählbare Schätze füllten meine Paläste; doch endlich kam der Tod, der alle Menschen auseinander trennt, und ich stieg aus meiner Herrlichkeit in die niedrigste Wohnung; da hätte ich gern für einen Augenblick Leben mein ganzes Vermögen hingegeben, aber Gott wollte diesen Tausch nicht, und so liege ich hier einsam getrennt von den Freunden. Drum, o Wanderer, sorge für deine Seele vor dem Tode und stelle dich sicher gegen die Tücke des Schicksals!«

Musa ward auch von diesen Versen so ergriffen, daß ihm das Leben zur Last wurde. Hierauf kamen sie an einen gelben Stein mit Füßen von Cypressenholz, worauf geschrieben war:

»An diesem Tische haben tausend Könige gespeist, die am rechten Auge blind waren, und tausend, die am linken Auge blind waren, und tausend, die zwei gesunde Augen hatten; alle sind aus der Welt geschieden und wohnen jetzt in Gräbern.«

Nachdem Musa von allem, was er gelesen, eine Abschrift genommen, reisten sie wieder weiter, und nach drei Tagen kamen sie an einen hohen Hügel, auf dem ein kupferner Reiter auf einem kupfernen Pferd saß; er hatte eine lange blendende Lanze in der Hand, auf deren Spitze folgendes mit römischen Buchstaben geschrieben war:

»O Wanderer, der du hierherkommst, wenn du den Weg nach der messingnen Stadt nicht weißt, so reibe den Reiter, er wird sich herumdrehen, und wende dich dann nach der Seite, nach welcher er die Spitze der Lanze dreht.«

Musa rieb den Reiter, er drehte sich herum, und sie schlugen den Weg ein, nach welchem er die Lanze hob und fanden sich bald auf geebnetem Wege. Nach drei Tagen kamen sie auf einen hohen Berg, auf dem sie eine große lange Säule sahen; als sie darauf zugingen, fanden sie eine Statue von schwarzem Stein, die einen Menschen vorstellte, der bis zu den Achseln in der Säule steckte; er hatte zwei große Flügel, zwei Hände wie die Tatzen eines Löwen, mit eisernen Krallen, einen Haarschopf mitten auf dem Kopfe wie ein Roßschweif, zwei Augen, die in die Länge gespalten waren und Feuer sprühten, und aus der Stirne stach noch ein drittes häßliches dunkelrotes Auge hervor, wie das eines Luchses. Diese Gestalt rief in einem fort: »Gepriesen sei der, welcher diese lange harte Pein über mich verhängt hat!« Musa bat den Alten, diese Gestalt einmal zu fragen, wer sie sei und warum sie sich in diesem Zustande befinde? Der Alte sagte: »Ich fürchte mich vor ihr.« Musa versetzte: »Der hat genug mit sich selbst zu tun, um dir etwas anzuhaben.« Der Alte ging auf sie zu und fragte: »Wer bist du? wie heißt du? wer hat dich hierher gebracht?« Da antwortete sie: »Ich bin ein böser Geist und heiße Dasmusch, und werde gepeinigt und bleibe hier gebannt bis zum Tage der Auferstehung durch die höchste Gewalt Gottes. Die wunderbare

Ursache aber, warum ich an diese Säule gebannt bin, ist folgende: Iblis, den Gott verdammen möge, hatte einen Götzen aus rotem Korall, der mir anvertraut war. Diesen Götzen betete einer der Könige des Meeres an, welcher über zehnhunderttausend bewaffnete Menschen und zehnhunderttausend Genien gebot, ich verführte aus dem Leibe des Götzen hervor die Leute und sie gehorchten mir und erkannten die Herrschaft Suleimans, des Propheten Gottes, nicht an. Dieser König hatte eine Tochter, welche Tag und Nacht den mir anvertrauten Götzen anbetete, und so schön war, daß man selbst Salomo auf sie aufmerksam machte. Dieser schickte zu ihrem Vater, ließ um sie anhalten und befahl ihm auch, den Götzen zu zerstören und den einzigen Gott und seinen Propheten Suleiman anzuerkennen. Tust du dies, ließ ihm Salomo sagen, so geht es dir gut, wo nicht, so bereite dich zum Tode vor, denn ich werde dich mit Truppen überfallen, welche die ganze Erde ausfüllen, und du wirst gleich dem gestrigen Tage werden, der nie mehr wiederkehrt. Als der König diesen Brief las, warf er ihn zornig weg und sagte zu seinen Wesiren: Was soll ich Salomo, dem Sohne Davids, antworten, der einen Boten herschickt, meine Tochter als Gattin verlangt und mir befiehlt, meinen Götzen zu zerstören und seinen Glauben anzunehmen? Die Wesire antworteten: Großer König und mächtiger Herr! was kann Salomo dir tun? Du bist ebenso groß und noch mächtiger als er, du hast über eine Million Krieger zu gebieten und wohnst auf diesem großen Meere, wo er gar nicht zu dir gelangen kann und wo Menschen und Genien für dich kämpfen; übrigens berate mit deinem Herrn, dem Götzen, und befiehlt er dir, ihm entgegen zu ziehen, so tue es! Der König stand auf und ging zum Götzen, brachte ihm ein Opfer, fiel vor ihm nieder und sprach: O Herr, ich bitte um deinen Schutz, der König Salomo will dich zerstören. O Herr, gebiete uns, dein Befehl wird vollzogen, denn wir kennen deine Macht. Ich verbarg mich nun, weil ich Salomos Macht nicht kannte, in dem Leibe des Götzen und sagte: Ich fürchte mich nicht vor Salomo; wenn er Lust hat, soll er mich nur bekriegen, ich werde ihm mit Schwert und Lanze das Leben nehmen.

Meine Antwort gab dem König Mut genug, um Salomo den Krieg zu erklären; er spie seinem Gesandten ins Gesicht und gab ihm folgende beleidigende Antwort: Sage Salomo, sein Herz habe ihm Lug und Trug vorgespiegelt; er möge seine ganze Macht aufbieten, wenn er nicht zu mir geht, so komme ich zu ihm. Als der Bote Salomo diese Antwort überbrachte, glühte er vor Zorn und sein Entschluß stand fest. Er sammelte alsbald Menschen und Geister und Vögel und wilde Tiere, befahl dann dem Löwen, dem König der vierfüßigen Tiere, alle reißenden Tiere aus den Wüsten und Einöden zu versammeln. Er rief dann den Adler, den König der Vögel, und befahl ihm, alle Raubvögel zusammenfliegen zu lassen. Seinem Wesir Damuriat erteilte er den Befehl, alle Genien und Teufel und widerspenstigen Geister zu rufen, und Asaf, den Sohn Berahjas, beauftragte er, alle menschlichen Truppen zusammenzubringen. Als alles in unzählbarer Masse sich eingestellt hatte, setzte sich Salomo mit seinen Scharen auf seinen Teppich; die Vögel flogen über ihm und die Menschen und Genien gingen vor ihm her. Als der ganze Zug am Ufer des Meeres anlangte, stieg Salomo vom Teppich herunter und schickte einen Boten zum König der Insel, der ihm sagen sollte: Hier ist nun Salomo, der Prophet Gottes, gehorche ihm, zerstöre deinen Götzen, gib ihm deine Tochter zur Frau und rufe mit allen Bewohnern des Landes aus: Es gibt keinen Gott außer dem einzigen Gott, und Salomo ist sein Prophet! wo nicht, so verteidige dich gegen seinen Angriff. Glaube aber nicht, daß dich das Meer gegen ihn schützt, denn er befiehlt dem Winde, ihn zu dir zu tragen, und erscheint mitten auf deiner Insel, um dich zu verderben. Als der Gesandte dem König Salomos Botschaft überbrachte, antwortete er: Sage Salomo, ich ziehe ihm morgen entgegen und hoffe ihn zu treffen. Der Bote kehrte wieder zu Salomo zurück, der sich hierauf zur Schlacht rüstete.

Sobald der Gesandte weg war, ließ mich der König rufen und gebot mir, alle unter mir stehenden Truppen zu versammeln. Ich gehorchte, brachte eine Million Menschen und ebenso viele Genien zusammen; auch der König zog alle seine Leute zusammen, und es kam eine Zahl heraus, die nur Gott kennt. Salomo aber stellte wilde Tiere zur Rechten und zur Linken seiner Truppen auf, und befahl den Vögeln in der Luft, über ihren Köpfen zu fliegen, dem Feinde, sobald er einen Angriff versuche, mit den Flügeln ins Gesicht zu schlagen und ihnen mit den Schnäbeln die Augen auszupicken. Er selbst schwebte auf seinem vom Winde getragenen Teppich in der Luft, er setzte Damuriat über den rechten Flügel der Menschen und Asaf über den linken, die Könige der Menschen stellte er zur Rechten und die Könige der Geister zur Linken und die wilden Tiere und Vipern und Schlangen schickte er voraus. Indessen traten wir ihnen doch entgegen und kämpften zwei Tage, am dritten Tage aber brach nach der Bestimmung das Verderben über uns herein. Ich stellte mich an die Spitze der ersten Reihe unserer Truppen und forderte zum Zweikampfe heraus. Da trat mir Damuriat, der Wesir Salomos, wie ein großer feuerspeiender Berg mit seiner schrecklichen Macht entgegen und schoß einen feurigen Pfeil gegen mich ab, aber ich wich ihm aus und schleuderte einen feurigen Pfeil gegen ihn, der ihn traf. Aber sein Pfeil machte meine Flamme unschädlich und er schrie so laut, daß ich glaubte, die Berge wankten und der Himmel stürzte über mir zusammen. Auf seinen Befehl griffen dann seine Truppen uns an und das Handgemenge ward allgemein unter furchtbarem Getöse; die Erde zitterte, Flammen sprühten, Rauch stieg gen Himmel, Köpfe fielen, Gallen zersprangen, fliegende Genien kämpften in der Luft, wilde Tiere auf der Erde; ich selbst focht immer gegen Damuriat, der mich so sehr in die Enge trieb und mir so hart zusetzte, daß ich die Flucht ergriff, und sogleich zerstreuten sich auch alle meine Truppen. Aber Salomo rief den Seinigen zu: Nehmet sie mit ihrem ruchlosen Könige gefangen! Da stürzten wilde Tiere zur Rechten und zur Linken über uns her; Vögel pickten uns die Augen aus und schlugen uns ihre Flügel ins Gesicht, Schlangen bissen uns und unsere Pferde, so daß kein einziger von den Unsrigen entkam. Zwar floh ich noch eine Strecke von drei Monaten vor Damuriat, aber zuletzt sank ich erschöpft zu Boden und wurde von ihm eingeholt. Als er mich gefangen nahm, sagte ich ihm: Bei dem, der dich erhoben und mich erniedrigt hat, laß mich leben und führe mich zu Salomo (Friede sei mit ihm). Aber Salomo nahm mich sehr schlecht auf, ließ sich diese Säule bringen, höhlte sie aus, steckte mich hinein und legte sein Siegel darauf; Damuriat trug mich dann hierher und setzte einen mächtigen König über mich, um mich zu bewachen, und so muß ich hier in schwerer Pein bis zum Auferstehungstage gefangen bleiben.«

Höchst erstaunt über diese schreckliche Gestalt, rief Musa aus: »Es gibt keinen Gott außer dem einzigen Gott, der Salomo ein großes Reich geschenkt.« Der Alte sagte dann dem Geiste: »Erlaubst du mir, dich etwas zu fragen?« Der Geist antwortete: »Frage nur, was du willst.« Da fragte der Alte: »Gibt es hier Geister in kupferne Flaschen von Salomos Zeit her eingesperrt?« – »Jawohl«, erwiderte der Geist, »im Meere Karkar wohnen Leute, die noch von Noah abstammen (Friede sei mit ihm!), dorthin kam die Sündflut nicht, denn jene Gegend ist von der ganzen übrigen Erde abgeschieden.« Der Alte ließ sich dann noch den Weg nach der messingnen Stadt und dem Orte, wo die kupfernen Flaschen liegen, näher angeben und zog mit Musa und seinen Begleitern weiter. Nach einer kurzen Strecke sahen sie etwas Schwarzes in der Ferne, von zwei einander gegenüber lodernden Flammen umgeben. Als Musa fragte, was das wäre? antwortete der Alte: »Freue dich, Fürst, das ist die messingne Stadt, so ist sie mir in meinem Schatzbuche beschrieben; denn sie ist aus schwarzen Steinen gebaut und hat zwei Schlösser aus spanischem Messing, welche wie zwei Feuer einander gegenüber aussehen, und daher hat sie auch ihren Namen. Sie gingen nun auf die Stadt zu, welche mächtige Gebäude enthielt und schön angelegt war, von sehr festen, achtzig Ellen hohen Mauern mit fünfundzwanzig Toren umgeben. Aber diese Tore konnten nur von innen geöffnet werden; Musa war daher in der größten Verlegenheit und wußte keinen Rat, um in die Stadt zu dringen und ihre Wunder zu sehen, und der Alte sagte ihm: so ist sie in dem Schatzbuch beschrieben. Nach einigem Nachdenken befahl er einem seiner Offiziere, um die Stadt herum zu reiten und zu sehen, ob sich nicht ein zugänglicher Ort finde. Dieser bestieg sein Kamel, nahm Wasser und Lebensmittel mit und nach zwei Tagen hatte er den Kreis um die Stadt vollendet, berichtete aber, sie sei wie aus einem Stücke gegossen, er habe auch keine Öffnung gefunden, die es möglich machte, hineinzukommen.

Musa fragte ihn dann, ob er gar nichts von der Stadt gesehen? »Tapferer Fürst«, antwortete der Offizier, »es müssen Wunderwerke in den Mauern, vor denen wir hier stehen, verborgen sein; ich bin ganz erstaunt über die Festigkeit dieser Stadt, über ihre schönen Gebäude und hohen Türme.« Musa stieg dann mit dem Alten auf den höchsten Berg, der vor der Stadt lag, und von hier aus sahen sie die schönste Stadt vor sich liegen, die man finden konnte; hohe Häuser, feste Schlösser, fließende Bäche, schön angelegte Straßen. Ihr Auge entdeckte aber keinen Menschen, noch ein Haustier; Nachteulen hausten darin mit andern Vögeln, aber sie war sicher vor jedem Wechsel der Zeit. Die Wohnungen beklagten die Bevölkerung, die sie einst umschlossen, und die Schlösser beweinten die, welche sie gebaut. Musa wunderte sich über den traurigen Zustand dieser Stadt und rief: »Gepriesen sei Gott, der die Launen des Schicksals nicht zu befürchten hat und den die Zeit nicht ändert.« Unter solchen Betrachtungen sah Musa an der Seite des Berges, welche der Stadt gegenüber lag, sieben marmorne Tafeln, auf denen allerlei Ermahnungen eingegraben waren. Musa bat den Alten, diese Inschriften zu lesen, und dieser näherte sich der ersten Tafel und las folgende Inschrift:

»O Mensch, warum bedenkst du nicht, was vor dir war, deine Jahre, Monate und Tage haben dich es vergessen lassen. Weißt du nicht, daß der Todeskelch dich erwartet und daß du bald von der Welt scheiden mußt? Drum sorge für deine Seele, ehe du ins Grab sinkst. Wo sind die Könige, welche Länder besessen, Menschen unterjocht, Schlösser gebaut und Truppen angeführt haben? Der Tod hat sie überfallen, der alles Vereinte trennt, ihre Wohnungen stehen nun leer, sie sind aus geräumigen Schlössern ins enge Grab gestiegen.«

Dann las er noch folgende Verse:

»Wo sind die mächtigen Kaiser mit allen ihren Leuten? Gegen ihren Willen mußten sie sie räumen, als der Herr des Himmels sie heimsuchte, und nichts halfen ihnen alle ihre Schätze.«

Musa ward tief ergriffen und Tränen flossen auf seine Wangen herab; er ließ sich dann Tinte geben, schrieb die Tafel ab und ging zur zweiten, welche folgende Inschrift hatte:

»O Mensch! welche Hoffnungen täuschen dich? Was zerstreut dich von dem Gedanken des Todes? Weißt du nicht, daß niemand in dieser Welt bleibt? Wo sind denn die Könige, die so viele Länder besessen? Wo sind die, welche Irak bevölkert haben? Wo ist der Erbauer Ispahans? Wo ist der Herr von Chorasan? Der Todesbote hat ihnen zugerufen und sie mußten antworten. Der Verkündiger der Vergänglichkeit hat sie angesprochen, und sie verschwanden; ihre festen Schlösser schützten sie nicht, und alles, was sie gezählt und aufgehäuft, konnte das Übel nicht von ihnen abwenden.«

Zuletzt las er noch folgende Verse:

»Wo sind die großen Kaiser und ihre Reiche? Sie haben die Erde verlassen, als wären sie nie gewesen. Sie haben aus Furcht vor dem Zerstörer der Freuden viele Truppen gesammelt, dann mußten sie doch beschämt von dannen weichen.«

Musa weinte heftig und rief: »Bei Gott! wir sind zu etwas Großem geschaffen!« Er schrieb auch diese Tafel ab und ging zur dritten Tafel, auf welcher geschrieben war:

»O Erdensohn, du lebst in Zerstreuungen und wendest dich ab vom Befehle deines Herrn; ein Tag nach dem andern vergeht von deinem Leben, und du kehrst dich nicht daran. Sammle dir doch Vorrat für den Auferstehungstag, und bereite dich vor, deinem Herrn zu Rede zu stehen!«

Auf dieser Tafel standen noch folgende Verse:

»Wo sind die Mächtigen, die so viele Länder bebauten und immer ruchloser und gewalttätiger wurden? Alle Bewohner der Erde, Indier und Sindier, Abyssinier und Mohren, und Nubier fielen dem Tode anheim, sobald sie übermütig wurden, und alle ihre Schlösser konnten ihnen nicht helfen.«

Musa gefiel auch diese Inschrift so sehr, daß er sie abschrieb; er stellte sich dann vor die vierte Tafel, welche folgende Inschrift hatte:

»O Mensch, wie lange glaubst du, daß dein Herr dir noch zusieht, wenn du immer tiefer ins Meer deiner Leidenschaften untertauchst? Jeder Tag bringt dir Gottes Güte, jeden Tag sollte dein Dank zu ihm hinaufsteigen, statt dessen beschäftigst du dich mit eitlen Dingen. O schäme dich doch vor dem, der alles sieht, und erfülle des Teufels Wünsche nicht! Mir ist, als frage man schon nach dir und es heißt: Er ist gestorben voller Reue über seine Vernachlässigung der göttlichen Gebote.«

Am untern Rande der Tafel standen noch folgende Verse:

»Wo sind die, welche hier feste Grundpfeiler gelegt und hohe Gebäude darauf errichtet? Wo sind die, welche diese festen Burgen bewohnt haben? Sie sind alle verschwunden, sie ruhen im Grabe bis zum Tage, an welchem jedes Geheimnis offenbart wird. Gott, der allein Ehrwürdige, ist unvergänglich.«

Musa fiel vor großem Staunen in Ohnmacht; als er wieder zu sich kam, schrieb er auch die vierte Tafel ab und näherte sich der fünften, auf der geschrieben war:

»O Menschensohn! was leitet dich ab von dem Gehorsam gegen Gott, der dich als Kind gepflegt und erzogen? Wie kannst du seine Huld vergessen, während er immer gnädig auf dich herabsieht und seine schützende Hand über dich ausbreitet? Du entgehst doch einer Stunde nicht, welche bitterer ist als Geduld,[19] und heißer als brennende Kohlen; bereite dich zu dieser Stunde vor, denn wer kann ihre Bitterkeit mildern und ihre Glut löschen? Gedenke der Völker und Jahrhunderte, die vor dir waren, und belehre dich daran, ehe du untergehst!«

Am Rande der Tafel waren noch folgende Verse eingegraben:

»Wo sind die alten Könige der Erde? Dahin sind sie mit ihrem ganzen Erwerb. Einst ritten sie an der Spitze von Armeen, welche die ganze Erde ausfüllten, bekämpften mächtige Herrscher, besiegten und vernichteten unzählbare Heerscharen; aber unerwartet kam der Befehl des Herrn des Himmels, und nach dem glanzvollsten Leben war Verwesung ihr Ende.«

Nachdem Musa auch diese Inschrift abgeschrieben hatte, näherte er sich der sechsten Tafel, worauf zu lesen war:

»O Menschensohn! Glaube nicht, daß dein Heil ewig dauert; der Tod schwebt immerfort über deinem Haupt. Wo sind deine Väter? Wo deine Brüder und Freunde? Alle sind ins Grab gestiegen, als hätten sie nie gegessen oder getrunken. Nun sind sie vor den erhabenen Herrn getreten und empfangen den Lohn ihrer Taten. Sorge daher für deine Seele, ehe du ins Grab sinkst!«

Die Inschrift schloß mit folgenden Versen:

»Wo sind die Könige der Franken! Wo sind die, welche in Tanger thronten? Nur ihre Werke bleiben ewig in einem Buche aufgezeichnet, das der Einzige als unauslöschliche Beweise aufbewahrt.«

---

19 Das arabische Wort Sabr, welches »Geduld« bedeutet, ist auch zugleich der Name eines bittern Holzes.

Als Musa diese Verse gelesen und abgeschrieben hatte, rief er: »Es gibt keinen Gott außer Gott! Wie groß war der Tod dieser Leute!« Er näherte sich dann der siebenten Tafel, worauf geschrieben war:

»Gepriesen sei der, welcher über alle seine Geschöpfe den Tod verhängt, der selbst aber ewig lebt und niemals stirbt. O Menschensohn! laß dich von deinen vergnügten Tagen, Stunden und Augenblicken nicht irre leiten! Wisse, daß der Tod dir immer näher rückt und gleichsam auf deinen Schultern sitzt, jeden Augenblick bereit, dich zu überfallen. Schon ist mir, als sähe ich dich deines süßen und angenehmen Lebens beraubt; drum horche auf meine Rede und vertraue nur dem höchsten Herrn! Wisse, in dieser Welt ist kein Bleiben, sie gleicht einem Spinngewebe, alles vergeht darin! Wo ist der Gründer und Erbauer der Stadt Amid? Wo ist der, welchem die Stadt Farikein ihr Dasein verdankt?[20] Nach aller ihrer Herrlichkeit sind sie ins Grab gestiegen, und so werden auch wir einst vergehen, denn nur der erhabene, barmherzige Gott allein bleibt ewig.«

Der Erzähler fährt fort: Der Emir Musa bewunderte diese Inschrift und schrieb sie ab, stieg dann wieder vom Berg herab und sagte den Führern und den andern Leuten, die ihn umgaben: »Wie fangen wir es an, um in diese Stadt zu kommen, ihre Wunder zu sehen und ihre Schätze zu nehmen?« Der Führer antwortete: »O Fürst, wenn du in die Stadt willst, so müssen wir eine lange Leiter machen, um über die Mauer zu steigen, vielleicht können wir dann, so Gott will, die Tore öffnen.« Musa fand diesen Rat gut und befahl sogleich seinen Leuten, Holz zu schneiden, und sie arbeiteten fünf Tage lang an einer langen Leiter, die bis zur Mauer hinaufreichte. Da sagte Musa: »Gottes Segen sei mit euch! wer von euch will über die Mauer steigen und uns die Tore öffnen?« Einer von ihnen antwortete: »Ich will hinaufsteigen und euch öffnen.« Als er ganz droben war und einen Blick in die Stadt warf, schrie er mit lauter Stimme: »Bei Gott, schön!« dann schlug er die Hände zusammen und sprang hinunter, brach den Hals und starb sogleich. Musa rief erschrocken: »Bei Gott! der Mann ist tot!« Hierauf erhob sich ein anderer und sagte. »O Fürst! der Mann war gewiß rasend und darum ist er um-

---

20 Beide Städte liegen in der Provinz Diarbekr.

gekommen; ich will auf die Mauer steigen und euch die Tore öffnen.« Musa erwiderte: »Tue das, Gott segne dich! doch hüte dich, so davon zu fliegen, wie dein Gefährte!« Der Mann stieg auf die Mauer, und als er droben war, lachte er laut und rief: »Schön! Schön!« dann schlug er die Hände zusammen, sprang die Mauer hinab und fiel tot hin. Da rief Musa: »Es gibt keinen Schutz und keine Macht, außer bei Gott, dem Erhabenen! Dies geschah nun dem Verständigen und Einsichtsvollen; fahren wir so fort, so gehen wir alle zugrunde, ohne daß der Wunsch des Fürsten der Gläubigen erfüllt wird; was mögen wohl diese Männer gesehen haben, um sich selbst in den Abgrund zu stürzen?« Indessen stieg doch noch ein dritter auf die Mauer, stürzte aber ebenfalls hinab und ihm folgten noch viele von Musas Leuten.

Da sagte der Alte: »Hier kann niemand helfen, als ich: der Erfahrene handelt anders, als der Unerfahrene.« – »Ja, bei Gott!« rief Musa; »nur du darfst noch hinaufsteigen, und fliegst auch du davon, so ziehen wir weg, und wollen nichts mehr von dieser Stadt sehen.« Der Alte stieg mit den Worten: »Im Namen Gottes, des Barmherzigen«, auf die Leiter, und als er droben war, lachte er und rief: »Schön, bei Gott, schön!« er setzte sich dann ein wenig, stand wieder auf und sagte: »O Fürst, fürchte nichts; durch seinen barmherzigen Namen hat Gott die List der Teufel von dir gewandt.« Musa fragte: »Was siehst du?« Er antwortete: »Ich sehe zehn Jungfrauen, schön wie der Mond, sie haben Haare, Mund und Hals wie Huris, sie rauben dem Besonnensten den Verstand und laden jeden, der sie ansieht, ein, zu ihnen zu kommen. Dem oben Stehenden scheint es dann, als wäre Wasser unten, und auch ich hatte schon im Sinn, hinunterzuspringen, da verbannte ich aber den Zauber durch den Namen Gottes, und nun sehe ich unsere Gefährten tot vor mir liegen.« Hierauf rief der Alte noch einmal: »Im Namen Gottes, des Barmherzigen!« und ging bis zu zwei kupfernen, nach den Regeln der Kunst angelegten Türmen mit zwei goldenen Toren, an denen aber weder Schloß noch Riegel zu sehen war.

Mitten am Tore war ein kupferner Reiter ausgehauen, welcher seine Hand ausstreckte, in deren Mitte war geschrieben: »O Wanderer, der du hierher kommst, willst du dieses Tor öffnen, so reibe zwölfmal den Nagel an meiner Brust, und sogleich wird sich dir das

Tor mit der Erlaubnis des erhabenen Gottes öffnen.« Als der Alte dies tat, drehte sich der Reiter wie der Blitz herum, und das Tor öffnete sich; er stieg dann hinunter und kam in einen unterirdischen Gang, der zum Stadttore führte; aber auch dieses war mit Ketten und Schlössern verriegelt, viele Leichen lagen umher und allerlei Fahnen und Kriegsgeräte. Da dachte der Alte: Gewiß hat einer dieser Männer die Schlüssel zum Tore: er näherte sich ihnen daher und suchte, bis er den steinalten Torwächter fand, dem die Schlüssel zu Häupten lagen. Der Alte nahm die Schlüssel, räumte das Kriegsgerät weg und öffnete das Tor ganz allein, trotz seiner Höhe und Größe. Beim Öffnen des Tores vernahmen die Leute, die außen standen, ein Geräusch wie ein Donnern; freudig priesen die Leute Allah, sprangen dem Alten entgegen und wollten mit ihm in die Stadt gehen. Er aber sagte: »Nur ein Teil von euch komme mit mir, der übrige bleibe außen stehen.« Als der Alte hierauf an der Spitze der Hälfte seiner Leute die Straßen und die Märkte der Stadt durchzog, bewunderten sie die schönen Häuser, Schlösser und Bäche, die in der Stadt waren, und erstaunten über die vielen Leichen, die in den Straßen umherlagen. Auf dem Markte der Geldwechsler fanden sie alle Gerätschaften geordnet, aufgehängte Waagen, Gold und Juwelen, die niemand bewachte und niemand wegnahm, nur Leichen lagen dabei, die zum Teil schon in Verwesung übergegangen waren und nur noch die Knochen übrig hatten, als Warnung für Verständige. Sie kamen dann auf den Markt der Spezereihändler und sahen die Läden voll von dem feinsten Moschus, Ambra, Aloe und Kampfer, in Gefäßen von Elfenbein, Ebenholz, spanischem Messing und anderen Metallen, die so kostbar wie Gold waren und deren Eigentümer tot umherlagen. Hierauf gelangten sie an das königliche Schloß, das ganz unbewacht war; hier hingen Schwerter mit Gold verziert und daneben lagen tote Männer und Jünglinge, Schloßhüter und Adjutanten, deren Haut schon wie gedörrtes Fleisch aussah, und die man für Schlafende hielt. Musa blieb erstaunt vor ihnen stehen und pries Gott. Auf dem offenen Tore des Schlosses war mit goldenen und Azurbuchstaben geschrieben:

»Sei aufmerksam, o Mensch, auf das, was du hier siehst, und bedenke dein Ende, ehe du vergehst; betrachte diese Leute, die plötz-

lich verschieden und nun für all ihr Bemühen im Staube liegen. Schicke dir einen reichen Vorrat an heilbringenden Taten voraus, denn alle Bewohner dieser Erde müssen sie einst verlassen. Diese Männer haben viele Gebäude errichtet und viele Güter gesammelt, die ihnen nichts halfen, als die Todesstunde kam. Sie sind vom Gipfel des Ruhms in die Tiefe des Grabes gestiegen. Wehe einem solchen Sturz! Dann rief man ihnen in ihrem Grabe zu: Wo sind die Kronen und die Throne und aller Schmuck? Wo sind die verschleierten Gesichter, die einst als Muster der Schönheit galten? und das Grab antwortet: die Rose ist auf ihren Wangen verblichen, und, nachdem sie die besten Leckerbissen verzehrt, werden sie nun selbst ein Raub der Würmer.«

Musa weinte und fiel in Ohnmacht, und als er wieder zu sich kam, schrieb er die Verse ab; dann ging er ins Innere des Schlosses, da fand er vierzig einander gegenüberliegende sehr hohe Säle, voll mit Gold, Silber, Perlen und Edelsteinen. Im vordersten Saale war ein Thron von Elfenbein und Rubinen, mit dem reinsten Golde belegt, daneben erhob sich eine goldene Säule, auf deren Spitze ein Vogel stand mit einer Perle im Schnabel, welche wie ein Stern leuchtete. Auf dem Throne saß ein Mädchen, so schön wie die leuchtende Sonne, sie war in ein Kleid gehüllt, das ganz aus Edelsteinen war, und hatte eine Perlenschur am Halse, mit Moschus und Ambra ausgestopft, die das Reich eines Kaisers wert war. Dieses Mädchen sah Musa mit Gazellenaugen an, und sowohl ihr Blick, als der Glanz ihres Angesichts und die Schwärze der Haare machten den tiefsten Eindruck auf ihn. Als er sie aber grüßte und sie seinen Gruß nicht erwiderte, sagte der Alte: »Dieses Mädchen ist tot; ihre Augen sind herausgenommen und Quecksilber an ihre Stelle gegossen worden. So scheinen sie sich, so oft die Luft weht, zu bewegen.« Musas Auge fiel dann auf zwei Statuen, welche vor dem Mädchen standen; die eine war weiß, die andere schwarz, die eine hatte ein Schwert in der Hand, die andere eine Lanze. Zwischen den beiden Statuen lag auf den Stufen des Thrones eine goldene Tafel mit einer silbernen Inschrift. Musa fand folgendes darauf:

»Im Namen Gottes, des Ewigdauernden, des Einzigen und Mächtigen, der allein durch die Dauer ausgezeichnet ist, während alle seine Diener vergehen, der den Tag und die Nacht leitet! O Wanderer, der du hierher kommst, denke nach über das, was du hier siehst vom Wechsel der Zeit, laß dich nicht verblenden von der Welt, sie ist trügerisch und treulos gegen ihre Anhänger. Ich habe mich auf sie verlassen und mich ihr ganz hingegeben, und doch, wie du siehst, hat sie mich verraten, so wie alle älteren Völker und vergangene Jahrhunderte; wenn du mich nicht kennst, so will ich dir sagen, wer ich war. Ich bin die Königin Tadmora, Tochter von Königen, welche so viele Länder beherrscht und so viele Menschen unterjocht; ich habe das größte Reich auf Erden besessen, ich war gerecht in meinen Urteilen und mild gegen meine Untertanen, aber auf einmal suchte mich und mein Volk der Tod heim. Es vergingen nämlich viele Jahre, und kein Tropfen Regen fiel vom Himmel und nichts Grünes wuchs auf der Erde, Nachdem wir unsern Vorrat verzehrt hatten, suchten wir uns Nahrung aus andern Ländern zu verschaffen; aber die Leute, welche ausgegangen waren, um Lebensmittel zu holen, sagten, wenn sie diese mit Perlen aufgewogen und aufgemessen hätten, wäre es ihnen auch nicht möglich gewesen, etwas herbeizuschaffen. Als uns nun keine Hoffnung mehr blieb, ergaben wir uns der Bestimmung und schlossen die Tore der Stadt. Wer nun herkommt, der nehme von diesen Gütern so viel er will, nur lasse er mir, was ich an meinem Körper an Kostbarkeiten trage, er fürchte Gott und entblöße mich nicht und lasse mir meine Ausstattung, dann wird euch auch Gott nicht mit Teurung und Hungersnot heimsuchen.«

Musa weinte heftig, schrieb alles ab, und sagte seinen Freunden: »Schafft Kamele herbei und beladet sie mit allen diesen Gütern.« Da sagte der Wesir: »Sollen wir wirklich das schönste, was dieses Mädchen besitzt, zurücklassen? Wir wollen es lieber dem Fürsten der Gläubigen bringen.« Musa antwortete: »Hast du das Verbot auf der Tafel nicht gelesen?« Der Wesir erwiderte: »Und darum sollen wir diese kostbaren Perlen und Edelsteine hier lassen? Dieses Mädchen ist doch tot, was tut sie mit diesem irdischen Schmucke? Ein baumwollenes Kleid genügt ihr. Nimmst du ihn nicht, so nehme ich ihn und bringe ihn dem Fürsten der Gläubigen.« Mit diesen Worten stieg er zu ihr hinauf; als er aber zwischen den beiden Statuen stand, schlug ihm die mit dem Schwerte den Kopf ab und die mit der Lanze

Geschichte der messingnen Stadt

spaltete ihm den Rücken. Da sagte Musa: »Gott habe kein Mitleid mit deiner Seele! warum warst du so habgierig?« Nachdem hierauf Musas Leute ihre Kamele mit Gold und Edelsteinen und andern Kostbarkeiten beladen hatten, verließen sie die Stadt und reisten am Ufer des Meeres einen ganzen Monat lang, bis sie an einen hohen Berg kamen, in welchem viele Höhlen ausgegraben waren. Auf dem Berge standen viele schwarze Menschen in Häute gekleidet, die kein Wort sprachen. Als sie Musas Truppen sahen, flüchteten sie sich in ihre Höhlen mit ihren Frauen und Kindern und sahen schüchtern zu Musa und seinen Leuten auf.

Musa fragte den Alten: »Wer sind diese Leute?« Er erwiderte: »Es sind Leute, welche das besitzen, was du suchst.« Musa stieg vor dem Berge ab, und kaum hatte er sich in sein Zelt begeben, da kam der König der Schwarzen, der allein unsere Sprache redete, und grüßte ihn und seine Leute und fragte sie: »Wer seid ihr? was wollt ihr? was hat euch hierher geführt?« Musa antwortete: »Der Fürst der Gläubigen, Abdul Melik, der Sohn Merwans, hat von unserm Herrn Salomo, dem Sohne Davids (Friede sei mit ihm!), gehört und von dem großen Reiche, das ihm der erhabene Gott geschenkt; auch hat er vernommen, wie Salomo über Genien, Tiere und Vögel regierte und die Widerspenstigen in kupferne Flaschen einsperrte, die er versiegelt in den Abgrund des Meeres warf, dessen Wellen die Ufer eures Landes bespülen. Der Fürst der Gläubigen hat uns daher hierher geschickt, um solche Flaschen aufzusuchen; und wir bitten dich nun, o König! uns behilflich zu sein, daß wir den Befehl des Fürsten der Gläubigen vollziehen können.« Der König versprach ihnen seinen Beistand und führte sie in die für Gäste bestimmte Wohnung, ließ alles nötige dahin bringen und erwies ihnen viel Ehre. Musa fragte dann den König: »Welchen Glauben habt Ihr und was betet Ihr an?« Er antwortete: »Wir beten den Gott des Himmels an und glauben an Muhammed (Gottes Friede sei mit ihm!), der am Ende der Zeit wieder erscheinen wird.« Musa fragte: »Wer hat euch dies gelehrt? ich sehe doch keinen Menschen bei Euch?« Er antwortete: »An jedem Donnerstag steigt eine Feuersäule gegen den Himmel auf und wir sehen einen Mann auf dem Wasser gehen, welcher ruft: O ihr Söhne der Tiefe! bekennet, daß es keinen Gott gibt, als den einzigen Gott, der keinen Gefährten hat, und daß Muhammed sein Diener und Gesandter ist. Wir beschworen ihn dann bei dem, den wir anbeten, er möge uns sagen, wer Muhammed sei, und er antwortete: Muhammed ist ein Prophet, der in späterer Zeit erscheinen und alle Religionen vernichten und Dienst des göttlichen Richters herstellen wird. Ich fragte ihn dann: Wer ist Gott, den du so beschreibst? Er antwortete: Sein Thron ist im Himmel und seine Herrschaft auf Erden; er ist einzig und mächtig, und dieser Mann lehrte uns die Grundpfeiler des Islams und das Gebet und die Fasten.« Musa freute sich sehr, als er vernahm, daß diese Bergbewohner Muselmänner waren; er blieb drei Tage in der ihm angewiesenen Wohnung, dann ließ er Taucher kommen und sagte ihnen, er wünsche einige der Salomonischen Flaschen zu haben. Sie tauchten ins Meer, brachten drei kupferne Flaschen herauf und überreichten sie Musa mit vielen andern kostbaren Geschenken.

Musa trat dann mit den Seinigen den Rückweg nach Bagdad[21] an, und als sie in der Nähe der Stadt waren, kamen ihnen die vornehmsten Bewohner derselben entgegen. Musa erzählte dem Fürsten der Gläubigen die Wunder, die er auf seinem Wege gesehen, sowie auch die Geschichte des Wesirs, der wegen seiner Gier nach dem Gewande des Mädchens getötet worden, und überreichte ihm die Flaschen und die Geschenke des Königs der Schwarzen, worüber sich der Fürst der Gläubigen sehr wunderte. Als er eine dieser Flaschen öffnete, stieg ein Rauch gen Himmel, der sich zu einem sehr häßlichen Geiste gestaltete, und schrie: »Gnade, o Prophet Gottes! ich will nicht mehr so sein.« Der Kalif sagte: »Kehre wieder auf deinen Platz zurück.« Der Geist ging wieder in die Flasche, und der Kalif versiegelte sie und ließ sie in seine Schatzkammer bringen und rief: »Wahrlich, dem Suleiman ist eine große Herrschaft verliehen worden.« Das ist's, was von der Geschichte der messingenen Stadt uns zugekommen. Aber nur Gott ist allwissend!

---

21 Der Erzähler vergißt, daß Bagdad damals noch nicht existierte und daß unter dem Kalifen Abd Almelik Damask die Residenz war und daß Musa viel später als Abd Almelik lebte und Spanien eroberte.

Geschichte der messingnen Stadt

Schluß

Als Schehersad, welche während der tausend und eine Nächte dem Könige drei Söhne geboren, diese Erzählung vollendet hatte, warf sie sich vor dem Sultan nieder und sprach: »König der Zeit, Herr deines Jahrhunderts, darf ich nun als Lohn für meine Erzählung mir eine Gnade ausbitten?« – »Wünsche, was du willst, Schehersad, es werde dir gewährt!« antwortete der Sultan. Da rief sie die Ammen und befahl ihnen, ihre Kinder herbeizubringen. Die Ammen brachten drei Knaben, von denen der eine schon laufen konnte, der andere kroch und der dritte noch am Busen seiner Amme lag. »König der Zeit«, sagte Schehersad, »hier sind deine Kinder; ich bitte dich, um ihretwillen mir das Leben zu schenken, damit die armen Kinder nicht mutterlos werden.« Der König, bis zu Tränen gerührt, umarmte seine Kinder und sagte: »Bei Gott! Schehersad, ich habe dir schon längst verziehen, denn du bist tugendhaft und rein; Gott segne dich und die Deinigen!« Schehersad küßte dem König die Hand und wünschte ihm noch ein langes, glorreiches Leben. Die Freude verbreitete sich sogleich im ganzen Palaste und bald darauf in der ganzen Stadt. Es war eine äußerst freudige Nacht, lichter als der hellste Tag. Am folgenden Morgen schenkte der König in Anwesenheit aller Truppen seinem Schwiegervater, dem Wesir, ein prachtvolles Ehrenkleid und dankte ihm dafür, daß er ihm seine Tochter zur Frau gegeben, welche ihn von ferneren Mordtaten abhielt. Er beschenkte auch dann die übrigen Wesire, Emire und Großen des Reichs und ließ die Stadt auf seine Kosten beleuchten, allerlei öffentliche Spiele und Belustigungen veranstalten und den Armen viele Almosen aus seiner Schatzkammer austeilen. Er herrschte dann noch viele Jahre in Glück und Freude, bis ihn der Tod überraschte, mit dem alles irdische endet. Gepriesen sei der, an dem die Zeit nichts ändert, und Friede sei mit seinem Gesandten Muhammed, der Zierde aller Sterblichen!

Schluß

Abbildungsverzeichnis

Geschichte des Fischers mit dem Geiste
    Bild auf Seite *3, 13, 17, 27, 31, 35, 47*

Geschichte des versteinerten Prinzen
    Bild auf Seite *51, 59, 67, 79, 89, 97, 109*

Geschichte vom Zauberpferde
    Bild auf Seite *117, 127, 137, 145, 157, 165,
    171, 183, 191, 201, 209, 219*

Geschichte Chodadads und seiner Brüder
    Bild auf Seite *227, 237, 245, 255*

Geschichte der Prinzessin von Deryabar
    Bild auf Seite *263, 273, 281, 291, 299, 309,
    317, 327, 335*

Geschichte des Ali Baba und der vierzig Räuber,
die durch eine Sklavin ums Leben kamen
    Bild auf Seite *343, 351, 363, 367, 371, 381,
    387, 391, 401, 405, 409*

Die Bilder sind wie in der Originalausgabe in vielen Fällen nicht der jeweiligen Geschichte zugeordnet.

Trotz intensiven Bemühens seitens des Verlages war es nicht möglich, alle Rechtsansprüche zu ermitteln. Berechtigte Ansprüche werden im Rahmen der üblichen Vereinbarungen abgegolten.